天罡地煞的魅力

——《水浒传》考释录

王振星 著

山东文艺出版社

图书在版编目（CIP）数据

天罡地煞的魅力：《水浒传》考释录 / 王振星著.
—济南：山东文艺出版社，2023.1
ISBN 978-7-5329-6844-2

Ⅰ.①天…　Ⅱ.①王…　Ⅲ.①《水浒》研究　Ⅳ.①I207.412

中国国家版本馆CIP数据核字(2023)第034501号

天罡地煞的魅力：《水浒传》考释录

TIANGANGDISHA DE MEILI:《SHUIHUZHUAN》KAOSHILU

王振星　著

主管单位　山东出版传媒股份有限公司
出版发行　山东文艺出版社
社　　址　山东省济南市英雄山路189号
邮　　编　250002
网　　址　www.sdwypress.com

读者服务　0531-82098776（总编室）
　　　　　　0531-82098775（市场营销部）
电子邮箱　sdwy@sdpress.com.cn

印　　刷　肥城新华印刷有限公司
开　　本　890毫米×1240毫米　1/32
印　　张　10.75　插页/2
字　　数　300千
版　　次　2023年1月第1版
印　　次　2023年1月第1次印刷
书　　号　ISBN 978-7-5329-6844-2
定　　价　49.00元

目 录

引　言

　　传统的理念以为文学是社会生活与历史的再现，那么，文学经典也当仁不让地承载、反映特定民族的思想文化意识。《水浒传》亦如此。

　　宋江起义的事实散见于宋、元、明几代的正史和野史之中，其材料多取自北宋官方的史料和当时的私人著述。此后，水浒故事经过民间口头相传、话本小说、诗文、戏曲的加工创造，又发展到舞蹈、绘画、雕刻等综合性的艺术形式。其间几百年的民族矛盾、国家兴亡、忠奸斗争和民族风俗习尚等，都融进了小说《水浒传》，形成了历史与各种艺术形式交汇的文学晶体。同时，它又是一个具有巨大辐射力和渗透力的文化实体，不仅对明清时代的小说、戏曲产生了广泛的影响，而且后世从《水浒传》自身又生发出小说（续书）、戏曲、弹词、诗、词、文、序、跋、评论、电影、电视剧等形式众多的作品。

　　水浒故事系列也体现了我们民族的文化心态和明确的价值观念，表现出浓厚的意识形态取向，因此不同的社会阶层对水浒故事的认识也不尽相同。

　　在大众视域中，作为芸芸众生的一员，水浒英雄既关注个人的命运，也理解民众的诉求。他们与封建的社会秩序发生冲突，要求改变生存环境，实现自身的人生价值，因此忠、勇、智、信和仗义疏财成为他们奉行的道德准则和伦理规范。他们要求冲破黑暗现实，建立一个平等、民主的"八方共域、异姓一家"的理想的社会制度。水浒故事对他们的肯定和颂扬是中国文学史乃至文化史上一个破天荒的壮举。广大民众通过水浒故事表达了自己对社会生活中的种种现象的爱憎褒贬的情感；水浒故事的理想王国是人类进步思想体系发展过程中的一个环节，对广大民众的反抗斗争起着巨大的鼓舞作用。

立足于社会精英的立场看，这里的精英主要是指统治阶级以及依附于他们的官僚与知识分子阶层，他们对水浒故事的文化信息存在着矛盾的态度。一方面，他们把梁山英雄视为"强盗""劫贼"，对水浒人物反封建社会秩序极其鲜明的个性大加挞伐，并对《水浒传》屡次查禁。早在明代崇祯皇帝时，刑科给事中左懋第就向崇祯皇帝告密，他以为"世之多盗""皆《水浒》一书为之"，要求下令："书坊不许卖，士大夫及小民之家俱不许藏，令各自焚之。"①还有清乾隆皇帝的奴才、福建道监察御史胡定在给皇帝的告密奏折中也写道："盗言宜申饬也。阅坊刻《水浒传》，以凶猛为好汉，以悖逆为奇能，跳梁漏网，惩创蔑如。……市井无赖见之，辄慕好汉之名，启效尤之志，爰以聚党逞凶为美事，则《水浒》实为教诱犯法之书也。"要求"将《水浒传》毁其书版"②。这些人把视线集中落在了《水浒传》所具有的叛逆性上，以是否有利于封建君权的统治作为判断标准，来维护其本阶级的既得利益与统治意识。

其实，这一阶层也并非铁板一块，其中一部分文人注意到了水浒故事的忠义思想价值，对水浒故事渲染的忠义伦理精神给予热情褒扬，近而从比较完美的语言形式到生动的内容，都对水浒故事加以肯定。尤其是水浒故事对塑造人们的爱国品格，起到了不可低估的英雄史诗般的陶冶作用。

水浒故事的文化信息已经弥漫于社会的不同阶层，表现出细致的情感和意识观念。诸如忠孝节义、豪侠征战、功名训诲、英雄崇拜、尚武爱国、佛道神话等，就体现了鲜明的伦理道德取向和文化审美趣味的差异。特别是把

---

① [明]《兵科抄出刑科右给事中左懋第题本》，朱一玄，刘毓忱编：《水浒传资料汇编》，南开大学出版2002年版，第449页。

② [清]江西按察司衙门：《定例汇编》（节录），朱一玄，刘毓忱编：《水浒传资料汇编》，南开大学出版2002年版，第458页。

《水浒传》断断续续地改编成电影、电视连续剧、动漫作品等，受众几乎波及社会各个层面，水浒故事又时而成为街谈巷议的话题，昭示着我们民族文化心理的丰富性与延续性。

水浒故事的产生与发展离不开特定的社会历史条件，也必然打上特定历史时期的印迹，这铸就了《水浒传》思想伦理的显著特征。

首先，《水浒传》的忠义思想是显见的。这种思想早在话本小说《宣和遗事》中就表露无遗。该书中的"广行忠义，殄灭奸邪"，"助行忠义，卫护国家"，已为水浒故事定下了基调。《水浒传》对以宋江为首的英雄好汉的塑造，宣扬了忠义思想，这种"忠义"有着时代的烙印。

北宋末年，金人南侵，直至靖康之难北宋灭亡，这导致两宋交替之际，民族矛盾、社会矛盾急剧变化。面对金人，中原沦陷区百姓纷纷结社抗战，以至建立"忠义社"，即"忠义民兵"。他们的口号有"杀敌报国""誓杀金贼""不负赵王"等。太行山八字军称为"忠义八字军"，每个人脸上刺有"尽忠报国誓杀金贼"八个字。"忠义"就是民众为国尽忠，对外抗战御辱，对内铲除邪恶，包括反对贪官污吏、土豪恶霸的行为，是一种"辅国安民"的思想。《水浒传》中的宋江每每以忠义自诩，阮小五高歌"酷吏赃官都杀尽，忠心报答赵官家"，阮小七高唱"先斩何涛巡检首，京城献与赵王君"①（《水浒传》第十九回），都是忠义运动的时代表现。

在民族矛盾上升的时期，"忠义"的民族色彩往往显得更为浓烈。明代遗民陈忱，化名"大宋遗民"，著有《水浒后传》，书中反清复明的思想比较容易理解。他把《水浒传》中劫后余生而分散各地的英雄李俊、燕青、阮

---

① 引文以人民文学出版社1975年版百回本《水浒传》为据。现存所见《水浒传》，无论繁本简本，前七十回之前的故事次序、结构段落大都相同，回数上略有参差。繁本以《李卓吾先生批评忠义水浒传》（以下简称容与堂本，或容本）刊刻时间最早（明万历三十八年），评林本《京本增补校正全像忠义水浒志传评林》曾被视为最早的简本，一般认为刊刻于万历二十二年。鉴于《水浒传》成书的复杂过程，以及民间口传文学的歧异，使得不同内容、结构的《水浒传》同时流行于世。

小七、乐和、李应等三十二人，各按其生平、经历、思想和性格，通过种种不同的不幸遭遇，重新聚合在一起，最后因北宋沦亡，避地海外，开基立业，并积极配合南宋朝廷从海外起兵抗金。这些英雄忠肝义胆，智勇双全，光彩夺目。《水浒后传》中涉及的重大历史事件，如北宋联金伐辽，金兵违盟南侵，渡黄河，破开封（汴京），徽、钦二帝被俘，刘豫、张邦昌降金称帝，高宗南渡定都临安等，基本上与历史相符。不少细节描写也有一定的根据，反映了君昏臣暗造成的一场民族大灾难。作者在书中寄托了矢志故国的亡国之慨，是《水浒传》续书中较好的一部。梁山英雄的忠义观念弥漫着一种爱国主义的赤诚情愫。

这种忠义的政治伦理观念，来源于儒家孝道的世俗伦理。汉武帝之后的中国封建时代，儒家伦理意识是社会民众奉行的社会道德准则，这是处理人与人、人与社会关系的准则，体现的是世俗社会平民阶级的道德实践和思想，体现了儒家文化的世俗伦理特征。"孝"是中国传统农业社会十分重视维护的宗法关系的基本规范，就本义而言，它是指晚辈对父母的一种感恩与敬爱的情感或行为。"万恶淫为首，百善孝为先"，孝还是所有道德行为的前提与基础。对自家父母的孝，常常可以衍生出对君主的"忠"，对朋友的"信"。普及与推广孝道，是维护社会固有秩序的有力措施，历代统治阶级以及公众舆论都十分重视孝的宣传。孔子原始儒学的核心在于"仁"，《论语·学而》说："孝弟也者，其为仁之本欤！"①孝顺父母，对父母以礼相待，并且敬爱兄长，被视为"仁"的基础。

"孝"在水浒故事中占有突出的地位，是水浒故事忠义观念的基石，也是《水浒传》极力宣扬的一种伦理情结。

宋江是水浒故事中最突出的人物，是一百零八将的灵魂。在《水浒传》中，宋江一出场即性情至孝："他面黑身矮，人都唤他做黑宋江；且又于家

---

① 杨伯峻：《论语译注》，中华书局1980年版，第2页。

大孝，为人仗义疏财，人皆称他做孝义黑三郎。"（《水浒传》第十八回）由于身居官场，世道险恶，为了不连累父母，他在郓城做刀笔小吏时，便与他的父亲宋太公商量妥当，让宋太公到官府告他不孝，脱离父子关系，并拿到了官府的证明——"执贴文凭"；并在家中挖好了"地窨子"，以备不测。等到县里的公人来宋家村捉拿他时，宋太公对公人说："老汉祖代务农，守此田园过活。不孝之子宋江，自小忤逆，不肯本分生理，要去做吏，百般说他不从。因此老汉数年前，到本县官长处告了他忤逆，出了他籍，不在老汉户内人数。他自在县里居住，老汉自和孩儿宋清在此荒村，守些田亩过活。他与老汉水米无交，并无干涉。老汉也怕他做出事来，连累不便，因此在前官手里告了执凭文帖，在此存照。"（《水浒传》第二十二回）宋江被刺配江州牢城，临行，宋太公又反复叮咛："你如今此去，正从梁山泊过。倘或他们下山来劫夺你入伙，切不可依随他，教人骂作不忠不孝。此一节牢记于心。"（《水浒传》第三十六回）父亲的教诲，宋江奉行不悖，他拒绝了晁盖等人的援救："哥哥，你这话休提！这等不是抬举宋江，明明的是苦我。……小可不争随顺了哥哥，便是上逆天理，下违父教，做了不忠不孝的人在世，虽生何益。如哥哥不肯放宋江下山，情愿只就兄长手里乞死。"（《水浒传》第三十六回）直到江州题了反诗，被判死刑，连囚徒也做不成了，只好跟前来劫法场的水浒好汉上了梁山。到梁山后，宋江首先从孝道出发，下山搬取老父。

一些好汉为了维护孝的至诚，也不惜杀人待罪。在水浒英雄中，除了没有家庭牵挂的外，好汉们到梁山泊后，都通过不同途径把家属搬上梁山，以尽人伦之道。

水浒故事中的"孝"不仅包括对父母的亲情，也包含着对下层百姓互助互怜的感情。水浒英雄们多身居下层，了解下层人民的苦处，因此他们朴素的孝不只限于自身，还波及世间。

在封建社会，在家孝敬父母，在外报效朝廷、报效国家，以便显亲扬名、光宗耀祖，这是一种由孝而至大孝的伦理过程，是极力受到推崇的。《礼记·祭义》说："孝有三：大孝尊亲，其次弗辱，其下能养。"[①]所谓"尊亲"，就是提高自身的人格，就是《孝经》所说的"立身行道，扬名于后世，以显父母"。

其次，《水浒传》突出勇武精神，表现出蓬勃的阳刚之气。

水浒英雄大多武艺高强，有过人的勇力和胆气，这是他们除奸恶、斗不平，立身处世的基本条件。在他们看来，是好汉就得有"力拔山兮气盖世"的勇力和气概。鲁智深拳打镇关西、倒拔垂杨柳、大闹野猪林，气势恢宏。武松任酒使性，独闯景阳冈，空手搏虎而千古流芳；不仅如此，他还斗杀西门庆、醉打蒋门神、大闹飞云浦、血溅鸳鸯楼，胆气淋漓。李逵斗"浪里白条"、沂岭杀四虎，冲锋陷阵，猛威慑人。劫法场，英雄们人人施威，个个有胆，令官军闻风退逃；战场上，将与将的格斗，兵与兵的厮杀，撼天动地；竞技中，燕青岱岳争跤、梁山泊撷翻高俅，迅如猿猱，猛如鸷鸟；诸如此类，无不在炫耀着雄壮、劲烈的阳刚之气。

在水浒故事滥觞的宋代，其社会政治体制中存在着一个突出的问题：重文轻武。自宋太祖杯酒释兵权后，武官的地位大大下降。宋以前，兵、将、帅的关系比较稳定，武官得以拥兵自重，甚至割据一方。宋代则兵、将、帅相离，打仗时才临时调拨，平时则冷落、散漫，武官还往往受文官的辖制。宋时朝廷武力受到严重削弱，燕云十六州长期得不到收复，边患一直没有平息，堂堂大国要不断地给辽、西夏、金进贡。于是武官空有一身的本事，却无以报效国家，这便成为当时社会广泛关注的问题。水浒故事炫武逞力，反调重文轻武的社会倾向，这也是对中国古代文化中贵柔斥力现象的反思。到元代，勇猛彪悍的蒙古游牧民族在马上取得天下，他们对武力扫荡天下毫不

---

① 杨天宇：《礼记译注》，中华书局 2004 年版，第 621 页。

怀疑，展露的是尚武薄文的文化气息。水浒故事盛行于元代，以戏曲、小说为主要形式的水浒故事有着时代的印记。

《水浒传》倡言勇力，不仅在中国文学史上树起了一座阳刚的丰碑，而且培养了普通民众的自尊心、自信心和行动的能力：在受到外辱欺凌时，敢于奋起抵抗。中国的近代史是中华民族的屈辱史，但出现了许许多多的英雄，他们往往以梁山英雄好汉的言行为榜样，面对危难和死亡顽强地抗争，打了不少硬仗、胜仗。直到抗日战争时期，罗荣桓元帅等率领的鲁西八路军于 1939 年 8 月，在梁山全歼日军一个大队，取得了"梁山战斗"的胜利。

据《齐鲁文史》载，1939 年 3 月，时任八路军主力第一一五师代师长陈光和政委罗荣桓，根据中共中央和八路军总部命令，率领一一五师师部和主力部队进入山东境内。8 月，他们在梁山县前集村正准备庆祝八一建军节，得到情报说，有一队日军从汶上向梁山开来。他们在前集伏击敌人，给日军造成重大伤亡，自少佐大队长以下三百余人全部被歼灭。梁山战斗是八路军一一五师在双方兵力相当、日军武器占优势的情况下，在平原一带进行的一次成功的伏击战，它提高了八路军官兵坚持平原游击战的信心，鼓舞了军民抗日的勇气。[①] 战斗结束后，罗荣桓元帅曾意味深长地说："在梁山脚下看《水浒》，打鬼子，多有意思啊！"[②] 没有豪言，流露的却是勇武与坚毅。《水浒传》对涵养国民的英雄气魄，陶冶民众的爱国情操，也没有缺位。

水浒故事从历史发端到流传开来，既宣扬了忠义的政治伦理思想，又倡导了勇武精神。不仅如此，在中国小说审美发展史中，《水浒传》丰富了小说人物之林，为后世小说提供了不竭的创作源泉。

还有，《水浒传》"好汉"一词出现频次颇高，人们更大程度上是从道德因素来理解的，这些天罡地煞往往凭借自身之力，义薄云天，帮助弱者、

---

① 贾东荣：《陈光在山东的战斗生活》，《齐鲁文史》2002 年第 1 期。
② 朱文烽：《罗荣桓传》，当代中国出版社 1991 年版，第 181—182 页。

扶危济困，表现出浓厚的个人英雄主义色彩，但也不乏小生产者的急功近利、损人利己与思想狭隘的特征。在《水浒传》的语境中，"好汉"大多具有正面性，有时可以与"英雄"相提并论。梁山一百单八天罡地煞星都可以纳入好汉的范畴。

这诸多因素大概就是《水浒传》的魅力吧。

第一章

梁山泊的人文环境

古代的梁山和梁山泊是连在一体的。

梁山，原名寿良山，又称良山，汉朝时是皇家猎场。《元和郡县志》卷十载：

"寿张县，本汉寿良县也，属东郡。后汉光武以叔父名良改曰寿张，属东平国。……梁山，在县南三十五里。《汉书》曰'孝王北猎梁山'是也。"[1]《寿张县志》记载："良山群峰拱峙，每朝云雾烊幪其上，色凝翠碧。登临远眺者，目此为奇观。"[2]后因西汉文帝次子梁孝王曾在此游猎，"故名梁山。考县本名寿良，因光武帝避叔讳改名寿张，则山之改良为梁"[3]。可见，后汉初梁山由良山更名而来。

梁山位于今山东省济宁市梁山县境内，主峰在梁山县城南侧，北面有龟山、凤凰山、小安山、金山（东平湖湖心岛）和银山等。在北宋末年，梁山泊属京东西路，在东平府寿张县、济州郓城县、济州巨野县、东平府中都县（今汶上县）和东平府须城县（今东平县）界内，是水浒英雄聚义的地方。

①［唐］李吉甫：《元和郡县志》上，中华书局1983年版，第259页。

②［清］刘文煜修，王守谦纂：《寿张县志》卷8，光绪二十六年刊本。

③［清］岳濬、法敏主修，杜诏等撰：《山东通志》卷6《训》，文渊阁四库全书影印本。

一、宋江三十六人的历史侧影

水浒故事发端于历史，宋江是历史实有的人物，《宋史》和《东都事略》中都晃动着他的身影。《宋史·徽宗本纪》在宣和三年记载说："淮南盗宋江等犯淮阳军，遣将讨捕，又犯京东（山东一带）、河北，入楚、海州界，命知州张叔夜招降之。"《宋史·张叔夜传》载，张叔夜"再知海州"，收伏宋江：

> 宋江起河朔，转略十郡，官军莫敢撄其锋。声言将至，叔夜使间者觇所向，贼经趋海濒，劫巨舟十余，载掳获。于是募死士得千人，设伏近城，而出轻兵距海，诱之战。先匿壮卒海旁，伺兵合，举火焚其舟。贼闻之，皆无斗志，伏兵乘之，擒其副将，江乃降。①

《东都事略·侯蒙传》也载：

> （侯蒙）出知亳州，旋除资政殿学士，提举崇福宫。……于时宋江寇京东，蒙上书陈制贼计曰："宋江以三十六人，横行河朔，京东官军数万，无敢抗者，其才必过人。不若赦过招降，使讨方腊以自赎，或足以平东南之乱。"②

---

① [元]脱脱等：《宋史》卷353《张叔夜传》，中华书局1977年版，第11141页。
② [宋]王称：《东都事略》卷103《侯蒙传》，刘晓东点校：《二十五别史》，齐鲁书社2000年版，第886页。

《宋史·侯蒙传》也有相似的记载：

> 宋江寇京东，蒙上书言："江以三十六人横行齐、魏，官军数万无敢抗者，其才必过人。今青溪盗起，不若赦江，使讨方腊以自赎。"帝曰："蒙居外不忘君，忠臣也。"命知东平府，未赴而卒，年六十八。[①]

从以上史料可以看出，宋江率领的这支义军有三十六个将领，且声势浩大，威名远播，后来被宋朝政府招降。正是由于这样，胡适先生在《〈水浒传〉考证》一文中说："看这些话可见宋江等在当时的威名。这种威名传播远近，留传于民间，越传越奇，遂成一种'梁山泊神话'。"[②] 这个"梁山泊神话"确乎有历史的影子，虽然在正史、野史、笔记和话本小说中的一些说法往往相抵牾，但也无法抹去其历史的底蕴。

以致到南宋末年，著名学者和词人周密在《癸辛杂识》中，记载了宋末遗民龚开（圣与）作《宋江三十六人赞》，出现了一个宋江等三十六人的完整名单：

> 呼保义宋江，智多星吴学究，玉麒麟卢俊义，大刀关胜，活阎王阮小七，尺八腿刘唐，没羽箭张清，浪子燕青，病尉迟孙立，浪里白跳张顺，船火儿张横，短命郎阮小二，花和尚鲁智深，行者武松，铁鞭呼延绰，混江龙李俊，九文龙史进，小李广花荣，霹雳火秦明，黑旋风李逵，小旋风柴进，插翅虎雷横，神行太保戴宗，急先锋索超，立地太岁阮小五，青面兽杨志，赛关索杨雄，

---

① [元] 脱脱等：《宋史》卷351《侯蒙传》，中华书局1977年版，第11114页。
② 胡适：《中国章回小说考证》，安徽教育出版社2006年版，第10页。

一直撞董平，两头蛇解珍，美髯公朱仝，没遮拦穆弘，拼命三郎石秀，

双尾蝎解宝，铁天王晁盖，金枪班徐宁，扑天雕李应。①

《癸辛杂识》是一部史料笔记，主要记录了两宋朝野遗事和社会风俗，具有较高的史料价值。此中的三十六人，除了晁盖被摈弃，加入了一个后来居上的公孙胜，基本上构成了《水浒传》三十六天罡星的格局。

---

①［元］周密：《癸辛杂识续集》上，见《宋元笔记小说大观（六）》，上海古籍出版社 2001 年版，第 5790—5794 页。

二、梁山泊的历史踪迹

梁山泊历史悠久，而《水浒传》就是写梁山泊故事的优秀巨著。

据史料记载，梁山泊是古代大野泽的遗迹。两千多年前，我国地理名著《禹贡》中载有："徐州大野既潴，东原底平。"①东原就是今天的东平。《元和郡县志》卷十《河南道六·郓州》说："大野泽，一名钜野，在县东五里。南北三百里，东西百余里。"②《太平寰宇记》载："钜野泽……南北三百里，东西百余里。一名大野泽。《尔雅》十薮，鲁有大野，西狩获麟于此泽也。"③从这些粗略的记载可知，现在的东平、汶上、巨野、郓城、梁山和济宁一带的平原洼地，都是古大野泽的范围。后来由于气候的变化和河渠的开掘以及黄河下游不断的决口改道，逐渐形成了梁山泊。

从五代至北宋年间，黄河屡次决口泛滥，直接影响到梁山泊。据《五代史》《宋史》记载，后晋开运元年（944）、北宋天禧三年（1019）、熙宁十年（1077），黄河三次大决口之后皆汇聚梁山泊，使梁山泊水势浩渺无际。而且在五代后周时期，便有了"梁山泊"的提法。司马光在《资治通鉴·后周纪五》中说："周世宗显德六年（959），浚五丈渠东过曹、济、梁山泊，以通青、郓之漕，发畿内及滑、亳丁夫数千以供其役。"④到《宋史》中，梁山泊屡屡被提及，《宋史·蒲宗孟传》载，宋神宗时期"郓界梁山泊，素多盗"⑤；同

---

① 李民，王健：《尚书译注》，上海古籍出版社2004年版，第61页。
② ［唐］李吉甫：《元和郡县志》上，中华书局1983年版，第262页。
③ ［宋］乐史：《太平寰宇记》卷14《济州》，中华书局2007年版，第280页。
④ ［宋］司马光：《资治通鉴》卷294《后周纪五》，中华书局2011年版，第9727页。
⑤ ［元］脱脱等：《宋史》卷328《蒲宗孟传》，中华书局1977年版，第10571页。

书《杨戬传》说梁山泊，"古钜野泽，绵亘数百里"①。岁月迁延，梁山泊也随着黄河的决口改道而变化。《金史·食货志》记载，大定二十一年（1181），黄河南徙夺淮入海，北流枯竭，"黄河已移故道，梁山泊水退，地甚广，已尝遣使安置屯田"②。

元代，黄河又多次泛滥，梁山泊水势又一度大胜，梁山泊水面还是相当辽阔的。元代水浒戏屡屡写到梁山泊，这多与东平有关，与元杂剧山东作家群有关。元代初年，东平行台管辖范围较大，《元史·地理志一》载："东平路……元太祖十五年，严实以彰德、大名、磁、洺、恩、博、濬、滑等户三十万来归，以实行台东平，领州县五十四。"③现在的济宁、泰安区域都属于其辖区。山东作家群以东平人居多，他们形成了一个十分活跃的元曲作家群，因而东平也成了水浒戏的主要产地。④根据《录鬼簿》《录鬼簿续编》和《太和正音谱》记载，从事元杂剧创作的山东作家群中，要么是东平人，要么与东平发生过联系，人数达到二十多人。《录鬼簿》记载，高文秀就是东平籍的作家，他创作杂剧 32 种，其中水浒戏就有 8 种，是元代创作水浒戏最多的剧作家。其次是寓居东平的康近之，有《梁山泊黑旋风负荆》《黑旋风老收心》2 种。在地理位置上，东平濒临梁山泊，这一带水浒故事在民间广泛流传，一部分作家创作大量水浒戏就不足为奇了；比较可信的是，这些作家应该目睹过当时的梁山泊。在《黑旋风双献功》第一折中，高文秀曾借宋江之口，说得很清楚："寨名水浒，泊号梁山。纵横河港一千条，四下方圆八百里。东连大海，西接济阳，南通巨野、金乡，北靠青、齐、兖、郓。

---

① [元] 脱脱等：《宋史》卷468《杨戬传》，中华书局1977年版，第13664页。
② [元] 脱脱等：《金史》卷47《食货志二》，中华书局1975年版，第1047页。
③ [明] 宋濂等：《元史》卷58《地理志一》，中华书局1976年版，第1365页。
④ 王志民：《元杂剧活动中心之一——东平府》，《东岳论丛》1985年第3期。

有七十二道深河港，屯数百只战舰艨艟；三十六座宴楼台，聚几千家军粮马草。风高敢放连天火，月黑提刀去杀人。"①对比史载虽然有些夸张，但"八百里梁山水泊"苍郁混茫，波澜壮阔，震古烁今，从此在后世读者中扎下了根。

到明初洪武年间（1368—1400），梁山泊尚大水茫茫，百里之内难见陆地。《明史·地理志》也说：寿张县"南有梁山泊，即故大野泽下流。东北有会通河，又有沙湾，弘治前黄河经此，后湮"②。梁山泊曾水势浩渺无际，到明永乐年间（1403—1425），因疏浚大运河，"筑戴村坝，遏汶南流"，梁山泊又北流断绝。从此，梁山的东南部存留南旺湖。顾祖禹说："今州境内积水诸湖，即其（梁山泊）余流矣。"③特别是到景泰年间（1450—1458），梁山一望无际的水泊逐渐干涸成陆，退为良田。

星移斗转，逝者如斯。清代康熙时，曹玉珂为寿张县令，由于梁山泊大部分淤为平地，他已看不到"峰峻壑深，过于孟门、剑阁，为天下之险，若辈方得凭恃为雄"的梁山泊了。梁山虽然"险无可恃"，但山上"果有宋江寨焉，于是进父老而问之，对曰：'昔黄河环山夹流，巨浸远汇山足，即桃花之潭，因以泊名，险不在山而在水也。'"。④顾祖禹《读史方舆纪要》卷三十三载：梁山"周二十余里，上有虎头崖，下有黑风洞。山南即古大野泽。……宋政和中，盗宋江等保据于此。其下即梁山泊也"⑤。沧桑巨变，不能因为水泊干涸而否认

---

①〔明〕臧晋叔编：《元曲选》第2册，中华书局1989年版，第687页。
②〔清〕张廷玉等：《明史》卷41《地理志二》，中华书局1974年版，第944页。
③〔清〕顾祖禹：《读史方舆纪要》卷33《山东四·兖州府下》，中华书局2005年版，第1570页。
④〔清〕曹玉珂：《过梁山记》，〔清〕刘文焌修，王守谦纂《寿张县志》卷8《艺文志》，光绪二十六年刊本。
⑤〔清〕顾祖禹：《读史方舆纪要》卷33《山东四·兖州府下》，中华书局2005年版，第1554页。

宋江等英雄在此筑墙固寨，这是不近情理的。

清咸丰五年（1855），黄河改道东北流，横穿京杭大运河，夺大清河入渤海。在梁山北面又冲击成一个山间平湖，因地处东平县境内，遂更名为"东平湖"——这或许是当年八百里水泊仅存的遗迹了。

梁山水泊纵横无涯，港汊交错，加上水泊气温适宜，适于水生物种的生长。北宋时期泊内生长着大量的芦苇、蒲草、莲荷、菱芡及鱼虾、贝类。因而到了小说《水浒传》中，便有了动人的描绘：

> 山排巨浪，水接遥天。乱芦攒万万队刀枪，怪树列千千层剑戟。……阻当官军，有无限断头港陌；遮拦盗贼，是许多绝径林峦。鹅卵石叠叠如山，苦竹枪森森如雨。战船来往，一周回埋伏有芦花；深港停藏，四壁下窝盘多草木。（《水浒传》第十一回）

梁山泊方圆八百里，梁山主峰及附近各山又处于水泊包围之中，突兀耸立，地形复杂险峻，山凭水势，水增山危，可以说是天然屏障。军事上，进便于出击，守利于防卫，退易于转移，是理想的战略军事基地。为此，《宋史》中的《徐几传》《蒲宗孟传》《任谅传》都提及"梁山泊多盗""梁山泊素多盗""梁山泊渔者习为盗"。明清时代著名学者顾炎武、顾祖禹都认为水浒英雄起事山东梁山泊"无可疑者"。因为《宋史》提供了宋江等人活动的区域："宋江寇东京""出青、齐、单、濮间"；又称宋江为"山东盗""京东盗"。而梁山泊一带正属于京东西路，又处于青、齐、单、濮四州的包围之中。所以顾祖禹在《读史方舆纪要》中认为，宋江纵横山东、河北、淮南之间，是"梁山泊水路可通"的缘故；宋江曾经结山寨于梁山泊，

"政和中，剧贼宋江结寨以此"①。近代学者余嘉锡也认为："宋史无宋江据梁山泊事，他书亦不言其根据地所在。《宣和遗事》始言'晁盖八个，劫了蔡太师生日礼物，不免邀约杨志等前往太行山梁山泊去，落草为寇'。'宋江杀阎婆惜后，直奔梁山泊，晁盖已死，吴加亮等推让宋江做强人头领。'……宋江据梁山泊，既历见于元人诗文及明、清地志，又为《方舆纪要》所取，自必确有其事，无可疑者。……而曰京东者，因梁山泊弥漫京东诸州郡，故举其根据地之所在以称之也。江所以能驰骋十郡，纵横于京东、河北、淮南之间者，以梁山泊水路可通也。"②宋江以梁山泊为根据地，应该是可信的。

在谈论《水浒传》成书问题时，《宣和遗事》与龚开的《宋江三十六赞》都是绕不开的，两者产生的时间先后也无定论。在《宋江三十六赞》中，有五位将领的赞词明确与"太行山"有关：卢俊义"白玉麒麟，见之可爱。风尘大行，皮毛终坏"；燕青"平康巷陌，岂知汝名？大行春色，有一丈青"；张横"大行好汉，三十有六。无此火儿，其数不足"；戴宗"不疾而速，故神无方。汝行何之，敢离大行"；穆横"出没大行，茫无畔岸。虽没遮栏，难离火伴③"。可见，龚开所说的"大行"，指的是宋江三十六人活动范围在太行山。

在《宣和遗事》中，"太行山"与"梁山泊"连在了一起。在"梁山泊聚义本末"一节中，太行山、梁山泊频频出现：

　　……这李进义同孙立商议，兄弟十一人往黄河岸上，等待杨

---

　　①［清］顾祖禹：《读史方舆纪要》卷33《山东四·兖州府下》，中华书局2005年版，第1569页。

　　②余嘉锡：《宋江三十六人考实 杨家将故事考信录》，云南人民出版社2005年版，第88—91页。

　　③［元］周密：《癸辛杂识续集上》，见《宋元笔记小说大观（六）》，上海古籍出版社2001年版，第5790—5793页。

志过来，将防送军人杀了，同往太行山落草为寇去也。

…………

且说那晁盖八个，劫了蔡太师生日礼物，不是寻常小可公事，不免邀约杨志等十二人，共有二十个，结为兄弟，前往太行山梁山泺去落草为寇。……宋江写着书，送这四人（注：杜千、张岑、索超、董平）去梁山泺寻着晁盖去也。……

宋江……把阎婆惜、吴伟两个杀了；就壁上写了四句诗。道是，诗曰：杀了阎婆惜，寰中显姓名。要捉凶身者，梁山泺上寻。

…………

宋江看了人名，末后有一行字写道："天书付天罡院三十六员猛将，使呼保义宋江为帅，广行忠义，殄灭奸邪。"宋江看了姓名，见梁山泺上见有二十四人，和俺共二十五人了。

宋江为此，只得带领得朱同、雷横，并李逵、戴宗、李海等九人，直奔梁山泺上，寻那哥哥晁盖。及到梁山泺上时分，晁盖已死；又是以次人吴加亮、李进义两人做落草强人首领。……[1]

可见，在上述描绘中，太行山与梁山泊交织在一起；到《水浒传》中，梁山与梁山泊又连在一起，处于山东境内。"梁山泊是怎样'东移'的呢？这是东平元杂剧作家群的功劳。"[2]在元代，与山东作家群同时，也存在一个山西作家群，奇怪的是，没有一部关于《宣和遗事》中"太行山梁山泊"的杂剧。从现存剧目看，梁山泊在山西作家群中无影无踪。

《宣和遗事》中"太行山梁山泊"，只是一个活动方位概念，

① 无名氏编著，曹济平等校点：《宣和遗事》，《中国话本大系》，江苏古籍出版社1993年版，第31—35页。

② 王珏，李殿元：《〈水浒传〉中的悬案》，四川人民出版社1997年版，第56页。

比较模糊；元杂剧中的水浒戏使得梁山泊的地理位置有了明确的指向，而且有具体的描绘。其实，梁山泊"东移"，也与元代诗歌有关。在元明时代，元代诗人的社会影响力远远超越元杂剧作家，他们大张旗鼓地书写梁山泊，并与水浒故事融汇在一起，使得山东梁山泊名闻天下。元代诗人推动梁山泊"东移"，没有引起研究者的足够重视，甚至忽略这一点；有的即使注意到了这些作品，也没有更系统地检索与发掘。元代以后，梁山泊依然为诗人们反复咏叹，梁山泊的变化以及水浒故事的影响历历可数。从以下的诗歌作品中，可以深刻地感悟梁山泊的自然性与文学性。

三、古代诗歌中的梁山泊

如果说史书对梁山泊的刊载过于理性，那么在诗人们的笔下，曾经的梁山泊一方面风光旖旎、变化多端，记录着梁山泊的自然变迁；另一方面与水浒故事连为一体，成为诗人们咏叹水浒故事的载体。

首先，反映梁山泊的变迁，不乏对自然风光的抒写。

在唐代，著名诗人高适有《东平路中遇大水》一诗，他曾写道："天灾自古有，昏垫弥今秋。霖霪溢川原，澒洞涵田畴。指途适汶阳，挂席经芦州。永望齐鲁郊，白云何悠悠。傍沿巨野泽，大水纵横流。虫蛇拥独树，麋鹿奔行舟。稼穑随波澜，西城不可求。"① 从高适的描写看，靠近齐鲁交界的东平、梁山、郓城、汶上一带，正被巨野泽北来的大水淹没。此外，他还有《宋中十首》（其四）、《东平别前卫县李寀少府》言及梁山，后者云："黄鸟翩翩杨柳垂，春风送客使人悲。怨别自惊千里外，论交却忆十年时。云开汶水孤帆远，路绕梁山匹马迟。此地从来可乘兴，留君不住益凄其。"② 梁山杨柳依依，梁山泊（巨野泽）大水横流，为我们展示了唐代梁山泊的状态，这是梁山泊形成的时期。

中唐时期的贾岛《送蔡京》云："跃蹄归鲁日，带漏别秦星。易折芳条桂，难穷邃义经。登封多泰岳，巡狩遍沧溟。家在何林下，梁山翠满庭。"③ 蔡京为唐代郓州人，家在梁山附近，贾岛赋诗送别。

---

① 《全唐诗》（增订本）卷212，中华书局编辑部点校，中华书局1999年版，第2214页。
② 《全唐诗》（增订本）卷214，第3册，第2232页。
③ 《全唐诗》（增订本）卷573，第9册，第6718页。

这时的梁山郁郁苍苍，翠满庭院。

到宋金时期，梁山泊浩渺无际，芙蕖菰蒲攒集；鸥鸟飞度，雁鸭飞鸣；四季变换，水产丰饶；渔人樯橹往来，齐鲁风情不让南国。有诗为证：

北宋大臣韩琦有《过梁山泊》："巨泽渺无际，齐船度日撑。渔人还饶吹，水鸟背旗旌。蒲密遮如港，山遥势似澎。不知莲芰里，白昼苦蚊虻。"[①]面对波涛汹涌、声势浩大、气势恢宏的梁山泊，不禁脱口赞叹。

苏辙《梁山泊次韵》描绘："近通沂泗麻盐熟，远控江淮粳稻秋。粗免尘泥污车脚，莫嫌菱蔓绕船头。谋夫欲就桑田变，客意终便画舫游。愁思锦江千万里，渔蓑空向梦中求。"[②]还有《梁山泊见荷花忆吴兴五绝次韵》风光旖旎：

> 南国家家漾彩舫，芙蕖远近日微明。梁山泊里逢花发，忽忆吴兴十里行。
>
> 终日舟行花尚多，清香无奈着人何。更须月出波光净，卧听渔家荡桨歌。
>
> 行到平湖意自宽，繁花仍得就船看。回头却向吴侬说，从此远游心未阑。
>
> 花开南北一般红，路过江淮万里通。飞盖靓妆迎客笑，鲜鱼白酒醉船中。
>
> 菰蒲出没风波际，雁鸭飞鸣雾雨中。应为高人爱吴越，故于齐鲁作南风。[③]

---

① 傅璇琮等：《全宋诗》卷322第6册，北京大学出版1991年版，第4002页。
② 傅璇琮等：《全宋诗》卷322第15册，北京大学出版1991年版，第9897页。
③《全宋诗》卷854第15册，第9897–9898页。

刘跂《与李深梁山泊分韵得轻风生浪迟五首》其一："大泽水常满，秋来洲渚平。游鳞不能渡，短棹若为行。气吐西江蜃，风抟北海鹏。波涛未可料，汩没恐身轻。"①

陈师道一连写下三首梁山泊的诗篇，如《巨野泊触事》："蒲巷牵丝直，平湖坠镜清。顺流风借便，捷路雪初晴。鸟度欲何向？鸥来只自惊。有行须快意，安得易为情？"②《颜市阻风二首》（其二）："万古梁山泊，今年未掾船。"③

《梁山泊》更写出了梁山泊的"伟观"：

> 积阴风易作，隆寒声益急。百为定有数，一动必三日。奔陨水势壮，镊朕波头立。前行后浪促，突起旁挟射。奔腾万骑来，倏忽一箭疾。摧残蒲苇尽，簸荡鱼龙泣。私尤地轴脱，已分梁山没。向来万斛重，不作一叶直。舟行雨水间，触夺声蟋蟀。路转帆举落，舟排冰叠积。经事长一智，中人所知识。千金不垂堂，岂复待一失。穷途得伟观，老气犹少色。事定未得忘，嗟来庶可及。④

金代党怀英《和济倅刘公伤秋》："川流为潴钜野阔，水色天容两开豁。山随水远势奔骛，骏马西来衔辔脱。山前云木散不收，坐看木末来归舟。秋容澄明纳万象，画本寂寞横双眸。谪仙曾来钓烟碛，想见夕阳寒影只。骑鲸去作汗漫游，只有荒台压澄碧。台边昨夜西风来，倦游羁宦心悠哉。岂无琼艘百舸载，春色是中可以忘

①《全宋诗》卷 1072 第 18 册，第 12195–12196 页。
②《全宋诗》卷 1119 第 19 册，第 12721 页。
③《全宋诗》卷 1119 第 19 册，第 12729 页。
④《全宋诗》卷 1119 第 19 册，第 12732 页。

形骸。官居得秋况不恶，高吟何遽悲摇落。君不见中郎诗翰忆湖山，秋色正满连云阁。"①

这一时期梁山泊川流不息，四季风光各异，成为文人们心灵栖息的理想之地，也艺术地反映了唐宋时期梁山泊的风貌。

到元代，梁山泊的风致依然让诗人们神往。

元代前期学者袁桷反复咏叹梁山泊，他笔下梁山泊不输西湖。《梁山泊》："千顷芙蕖送我船，碧香红影弄娟娟。梁山风景能消得，不到西湖却十年。"②《梁山泊》："梁山水泊八百里，容得碧鸥千万群。愧我扁舟数归路，晚风掠阵入苍云。嫩草丰茸间软蒲，一川晴绿映春芜。平冈散牧分云锦，蔟蔟斜阳是画图。大船晒网小船罾，知是吴侬唤得鹰。共说五湖难住却，朔风吹雨卷千塍。"③

贡奎《梁山泊次袁伯长韵》："积水平芜渺没间，夕阳渔市网如山。扁舟却逐孤云去，得似凫翁照影闲。帖帖汀荷望眼平，微风疏雨叶香清。令人忽忆西湖曲，碧盖红妆短棹横。穿庐已拆羊马稀，水钓欲收鹰鹘飞，日莫津头哭声惨，谁家区脱冷无衣。烟波莽莽不知程，一发青山天际生。曾是归人旧行路，等闲回首若为情。"④

释梵琦《梁山泊》："天畔青青庐叶齐，晚来戛戛水禽啼。一钩惨淡衔山月。五色湾环跨海霓。新摘莲花堪酿酒，旧闻荇菜可为齑。北人大抵无高韵，零落梭船傍柳堤。"⑤

萨都剌《再过梁山泊有怀观志能二绝》（其一）："故人同出不同归，云水微茫入梦思。记得题诗向芦叶，满湖风雨似来

①薛瑞兆，郭明志编纂：《全金诗》第1册，南开大学出版社1995年版，第502—503页。

②杨镰主编：《全元诗》第21册，中华书局2013年版，第260页。

③《全元诗》第21册，第265页。

④《全元诗》第23册，第180页。

⑤《全元诗》第38册，第331页。

时。"①

元末明初汪广洋《梁山泊》："河水滔滔阔，梁山奕奕雄。洪流连海外，巨镇拥齐东。石洞含晴霭，杨林进晚风。无因蹑飞屩，高处望龟蒙。"②

元末明初胡翰《夜过梁山泊》："日落梁山西，遥望寿张邑。洸河带泊水，百里无原隰。葭菼参差交，舟楫窅窕入。划若厚土裂，中含元气湿。浩荡无端倪，飘风向帆集。野阔天正昏，过客如鸟急。往时冠带地，孰踵萑蒲习。肆噬剧跳梁，潜谋固坏蛰。古云萃渊薮，岂不增快悒。蛙鸣夜未休，农事春告及。渺焉江上怀，起向月中立。"③梁山雄奇，梁山泊云水微茫，渊深野阔。泊内河港交错，浩荡无端，百里内看不到低湿之地；水面上芦荻丛生，云气升腾，给人一种野阔天昏之感。

到明永乐年间（1403—1425），梁山泊又北流断绝。翰林学士薛瑄写诗道："巨野茫茫远际天，春风春雨淡春烟。河流尚自成陈迹，俯仰千秋事渺然。"④到清代，梁山泊水势大减，不复往昔风采；随着黄河改道，水源逐渐枯竭，变成了一望无际的沃野。

清初陈璜有《过梁山》："不见蓼儿洼，梁山一带斜。黄河归旧道，绿野任驱车。弦诵声名起，桑麻岁事奢。荆公田泊语，今日尽农家。"⑤李祖陶《过梁山》也说："三百里梁山，众水汇成泊。黄河昔经此，南北分流各。明昌再徙流，大泽填然涸。惟余山上路，丁丁费釜凿。一线关岭岈，两崖成岈奥。豁若开长沟，深如探绝壑。车难方轨行，

---

①《全元诗》第30册，第149-150页。

②《全元诗》第56册，第169页。

③《全元诗》第46册，第10页。

④［明］薛瑄：《巨野道中》，［明］于慎行编《兖州府志》卷50《艺文志十二》，万历二十四年刻本，齐鲁书社影印。

⑤［清］刘文煃修，王守谦纂：《寿张县志》卷8，光绪二十六年刊本。

马怕连麏跃。鱼贯转车轮，一步一前却，如鼠穿穴中，如蚁缘蜗角。对面一车来，两人都错愕。何当烦巨灵，远踏云中脚。劈分此梁山，开豁如华岳。南北成通途，舟车纷绎络。把酒属青天，孤云正寥廓。"①清代中后期，宋翔凤《梁山泊》说得更清楚："一望梁山泊，茫茫野树秋。难寻河旧迹，渐近水分流。此去愁看剑，从来畏窃钩。西风吹底急，未遂稻梁谋。"②到了清末，蒋楷有《过梁山》："梁山山下绿平铺，泊水于今一勺无。八百里真开地利，数千人合受天诛。羊牛下上云岩古，鸡犬鸣狺风教殊。战马西归羁不得，放闻伏莽徧江湖。"③

　　清代已经看不到方圆几百里的梁山泊了，梁山泊的历史镜像只好存留于文人的脑际，跳跃在他们的诗文之中了。

其次，梁山泊成为咏叹水浒故事的渊薮。

　　伴随着梁山泊渐渐消逝于历史的尘埃，它的人文记忆与积淀，却时时撞击着文人的心扉，敲打着文学的户牖，在中国文学史上留下一道道辙印。与之相关的水浒故事不断强化诗人们的诗思，记录了水浒故事的发展历程，顽强地佐证着《水浒传》的过去与未来，与小说的成书和传播历史几乎是同步的。

　　元代南北统一，梁山泊又成了诗人们描摹的热点意象，水浒故事的滥觞在诗歌中有了正面的回应。

　　陆友在《题宋江三十六人画赞》中也说："忆昔熙宁全盛日，百年曾未识干戈。江南丞相变法度，不恤人言新进多。蔡家京下出

① [清] 李祖陶著：《迈堂文略》，见《清代诗文集汇编》第 519 册，上海古籍出版社 2010 年版，第 299 页。

② [清] 宋翔凤著：《洞箫楼诗纪》卷 13，见《清代诗文集汇编》第 513 册，第 182 页。

③ [清] 蒋楷著：《那处诗钞》卷 2，见《清代诗文集汇编》第 777 册，第 18 页。

门下，首乱中原倾大厦。睦州盗起隳连城，谁挽长江洗兵马。京东宋江三十六，白日横行大河北。官军追捕不敢前，悬赏招之使擒贼。后来报国收战功，捷书夜奏甘泉宫。楚龚好古在画赞，不敢区区逢圣公。我尝舟过梁山泊，春水方生何眇漠。或云此是石碣村，至今闻之犹褫魄。"①

释梵琦在《宋江分赃台》序中说："宋徽宗时，大盗三十六人同日拜官，见李若水诗集。在梁山泊中。"诗云："三十六人同拜官，岂无正士立朝端。空教兀术胆如斗，赤手扶持天可汗。"②

其后，袁桷置身梁山泊，一方面欣赏梁山泊的自然风光，另一方面思绪纷飞，咏叹已逝的宋江等人，写下《次韵瑾子过梁山泊三十韵》：

> 大野潴东原，狂澜陋左里。交流千寻峰，会合百谷水。量深恣包藏，神静莫比拟。碧澜渺无津，绿树失其涘。扬帆鸟东西，击楫鸥没起。长桥箐师歌，短渡贩客止。天平云覆幕，湾回路成砥。鹰坊严聚屯，渔舍映渚沚。柳丝翠如织，荇带组交蘱。出日浮钲金，明霞纡绶紫。一歃浣肠回，三颒慰颡沘。高桅列鱼贯，远吹生凤觜。前奔何无休，后进复不已。绕如林鸟旋，疾若坂马驶。飘飘愧陈人，历历见遗趾。流移散空洲，崛强寻故垒。波清凫聚阵，日落鱼会市。土屋危可缘，草广突如峙。莲根涨新圩，蒲芽护荒坻。水花碧团团，云叶白迤迤。浚修出飞泉，阐辟搜故址。缅思重华帝，允属夏后氏。彝伦著箕畴，伟功传迁史。目力渺无穷，行迹端可纪。前村捋柔桑，沃壤接良耜。余芳锦堆烂，宿麦翠围侈。乃知东鲁儒，终作中朝士。养源汇涾瀿，包荒纳退迤。驱驰屡经过，感叹复慰喜！南还幸遂愿，

①《全元诗》第36册，第187—188页。
②《全元诗》第38册，第331页。

永雪洗耳耻。①

由梁山泊的气势,联系到宋江等人的事迹,对其活动的遗址深信不疑。

至此之后,梁山好汉的英气一直弥漫于梁山水泊。如元代诗人朱思本的《梁山泊》:"大野传禹功,厥浸连鲁卫。薆荟涵虚然,苍茫眩溶瀁。济阴极东原,连云浩无际。昔为大盗区,过者常裂眦。今为尧舜民,共乐太平世。运河经其中,尽日闻榜枻。忆昔淮逝游,潎潎环水漈。围田千万顷,蓄泄时启闭。比屋皆陶朱,红陈溢租税。于焉有明鉴,不必劳智慧。苟能用斯术,富庶良可继。吾言匪迂疏,安得躬献替。"②明初刘基有的《分赃台》:"突兀高台累土成,人言暴客此分赢。饮泉清节今寥落,可但梁山独擅名。"③

清代的梁山泊虽然干涸,浩瀚的泊水一勺全无,渔人难觅,剩下的是沃野阡陌,南北通途,但水浒故事影响依然。如鲍鉁《望梁山》所言:"马跑泉上望羼颜,千载疑踪极目间。偏是稗官能动众,行人指点说梁山。"④清初武全文《寿张怀古》也说:"谁把弹丸留刚寿,黄流几度寿张分。郊原汉杰遗邱在,堤上前贤负米闻。索纸从容书忍字,挺枪慷慨忆将军。登高频问梁山险,极目寒烟猎日曛。"⑤

朱琦《梁山泊》:"啸聚传兹地,茫茫一水宽。如何形势便,转使埽除难。世治萑苻尽,山平草木残。可堪书海盗,犹作义旗看。"⑥侯家璋《梁山营》:"天地正气磨欲灭,靖康奸党为祸烈。生民涂

---

①《全元诗》第 21 册,第 132–133 页。
②《全元诗》第 27 册,第 58–59 页。
③ 章培恒主编:《全明诗》第 2 册,上海古籍出版社 1990 年版,第 554 页。
④ [清] 鲍鉁:《道腴堂诗编》卷 17,见《清代诗文集汇编》第 267 册,第 148 页。
⑤ [清] 刘文烇修,王守谦纂:《寿张县志》卷 8,光绪二十六年刊本。
⑥ [清] 朱琦著:《小万卷斋诗薰》卷 19,见《清代诗文集汇编》第 494 册,第 678 页。

炭国运非，遍地疮痍日流血。宋江三十有六人，捋须涂面称豪杰。纠合亡命聚绿林，隅负梁山成虎穴。摧坚挝碎阵前鼓，左贯蚩尤猛如虎。湖泊水草环长城，半习戈矛半樯橹。劫掠一过城邑空，官家将帅真儿童。庙堂无策师不武，山东独长四寇雄。盗满京畿大地赤，艮岳障天起花石。深宫道德讲清虚，专问谁提剑三尺。河间太守人中豪，奖率王师秉节旄。飞来计穷断水陆，谈笑缚贼山猿号。呜呼！疵疽已溃大命倾，女真数满一万兵。北庭两宫垂首泣，晚霞同射梁山营。"[1] 以致清初康熙年间的彭孙贻唱出了《梁山泊谣》：

> 梁山泊涸尘已生，百里一片芦花横。此中嚆矢所出没，戍守安山新筑城。撼金浴铁驰甲马，常逐挽漕舟畔行。居人往往夸群盗，弓劲马高箭夜鸣。北方健儿好身手，双字胸中无一有。口传耳食只盲词，百事俱讹毫不丑。宣和遗事稗官编，作俑大盗声名传。贯中暗哑弄笔墨，水浒频张暴客贤。词人滑稽肆胸臆，戏谓朝贤不如贼。遂令此辈得公行，盗跖庄生侪孔墨。闯王闯将聊效颦，王侯半出其中人。枭雄藉此作佳话，俱道梁山泊是真。路傍古碑已断烂，指作宋江所勒珉。彦章铁篙谓果有，寿亭单刀尽更新。野人对此徒失笑，焉能家喻户晓频。[2]

真实记录了当地百姓夸赞水浒好汉的情景，从《宣和遗事》到《水浒传》，都被诗人纳入了视野。

梁山一带原野弥望，梁山泊虽然干涸，但水浒故事已深深地扎

---

① [清]侯家璋著：《守默斋诗集·东州草》卷2，见《清代诗文集汇编》第569册，第142-143页。

② [清]彭孙贻著：《茗斋集》卷15，见《清代诗文集汇编》第52册，第213-214页。

根在广袤的梁山泊故地。

梁山泊从宋元时期的浩渺，到明清朝代的消退干涸，诗人们反反复复的诗篇汇聚了梁山泊的雄奇、窈窅与逼仄，且蕴蓄着狂野浩荡与岁月的峥嵘。

星移斗转，逝者如斯。梁山泊既经历沧海桑田的变化，在文化视域中又固化为水浒故事的显在符号，成为宋江等人安身立命之基，成为后世说不尽的水浒故事的渊薮。

四、梁山泊的遗踪

梁山坐落在鲁西南平原上，西枕黄河，东濒孔子孟子的诞生地曲阜邹城。当年英雄们凭险聚义的"八百里水泊"已难再现，但峰峦间，英雄们的踪迹依然可睹可触，蕴蓄着好汉们纵横南北的磅礴气势。

沿山道、石阶而行，迂回盘旋，郁郁苍苍的松林之中，错落有致地分布着左军寨、右军寨、疏财台、点将台、练武场、赛马场、黑风口、宋江寨、水浒寨、杏花村等遗址。根据《水浒传》的描写而修复的忠义堂、断金亭，展示了梁山好汉威武雄壮之姿和重义豪脱的人格力量。据《水浒传》描述，梁山泊内有宛子城、蓼儿洼，有忠义堂、断金亭，有六关八寨。六关是：山前南路第一关，进山后有第二关、第三关，东路有东山关，西路有西山关，北路有北山关。八寨为：前后左右四个旱寨，东南、西南、东北、西北四个水寨。另外后山有两个小寨、山下有一个水寨，用作把守据点。此外，有金沙滩、鸭嘴滩两个小寨，是联络站。在水泊周围设有作为暗哨和接待站的四个酒店，即东山酒店、西山酒店、南山酒店和北山酒店。现在第一关、第二关、第三关已修复而成，人们缘此入山，可以观赏到梁山军寨的森严壁垒。

黑风口风急狭险，峥嵘崔嵬。黑旋风一夫当关，其砍向邪恶势力的双斧令人震慑。忠义堂矗立在梁山最高处——虎头峰巅，巍峨耸观，飘然雄劲；堂内东、西、北三面墙上雕绘的大型壁画《梁山英雄聚义图》，一百零八将的神态气质给人留下了难以忘怀的印象。这幅波澜壮阔的史诗画卷与忠义堂东西厢房的三十六天罡星、七十二地煞星的雕像相映衬，气象非凡。堂前柱子上艺术大师刘海粟题写的"常怀忠烈常忠义，不爱资财不扰民"的楹联，透射着浓重的中国传统文化的色彩。

给人印象更深的，还有梁山上的摩崖石刻，古今诗赋嵌于石壁之上，字字醒目。

早在北宋时期，大臣韩琦就题有《过梁山泊》一诗，济州知府让人把诗句刻在石壁上。后人游览水泊，也多赋诗题字，摩崖镌刻渐渐成为梁山的重要景致。明末以后，由于朝廷把《水浒传》列为禁书，下令勒石清地，摩崖石刻也遭到毁坏。现代社会摩崖镌刻在梁山又重放光彩。如舒同题有"水泊梁山"；赵朴初先生题诗"废书而长叹，燕青是可儿。名虽蒙浪子，不犯李师师"；费新我题写的"草莽名山"；王学仲题写有"满川水泊梁山青，落草投荒聚义厅。剑光刀影呼啸处，英雄自古藐朝廷"一诗，等等，皆庄重苍健，雄浑有力，展示了当代学人对水浒故事的理解与认识。值得注意的是，在梁山北麓峭壁上，范曾题有恢宏的《水泊梁山记》：

> 迤逦梁山，荦确延岱宗脊脉；浩渺水泊，波澜接黄河源头。千秋云走，史乘载铮铮人杰；万里风飙，水浒传凛凛鬼雄。盖凡河岳阔峻、草木萧森之地，必有万千气象在焉，所谓水土养人，斯之谓也。
>
> 梁山故地，夏商归于兖州，自古多激扬赴义之士。商纣暴虐，国祚已尽，微子兴悲，良有以也。周室衰而群雄起，礼崩始于庙堂，乐坏被于江湖。孔子著春秋倡仁，孟子既起而倡义。所谓君子之怀，蹈仁义而弘大德也。富贵不能淫，贫贱不能移，威武不能屈，遂为大丈夫懿范。梁山以一隅之地而名彪青史，岂偶然哉？
>
> 上溯九百年，北宋衰微，大厦毁于白蚁，山崩起于朽壤。宋

江兴师除奸，威名动天地，纵横十郡，所向披靡。元末有施耐庵者，网罗放矢旧闻，汇为水浒传，以生花之妙笔，演绎史迹，写梁山一百单八将传奇故事，石破天惊、气干霄汉，六百年来为天下所共赏。梁山英雄替天行道云者，亦处江湖之远则忧其君之大德使然也。

伫立八百里水泊之涯，古今骚人，皆慨然而太息，有不为天地大德之运行而忧思难忘者乎？吁噫，以德治天下，正兴国之本欤。

范曾仿其祖上范仲淹的《岳阳楼记》，追溯梁山泊与水浒故事，概括了梁山所处的人文环境，使水浒故事既与儒家先贤相提并论，又与《岳阳楼记》遥遥相应，赋予《水浒传》跨越时空的审美精神。

第二章

《水浒传》创作意识发微

中国古代小说的滥觞是多渠道的，从形态上看，不论分为文言的、白话的，还是短篇的、长篇的，都与古代文体的演化密切相关，与古代文化形态难以割舍。中国传统学术是经、史、子、集四部之学，一般习惯认为，史部为史学，集部为文学，子部大体属于哲学；但这种分类是参照现代学科分类划分的，传统学术并没有构筑对文史哲加以明确区分的框架。对古代小说而言，它一开始并不是一种独立的文体，而是"潜伏"于四大部类中。杨义先生曾说："小说根源于现实生活和人性人智，但它在发生发展的过程中，又和经、史、子、集各种文体有过千丝万缕的依附、渗透和交叉，从小说文体自身发展的角度看，它早期和文体'史前期'与其他文体没有分离、为独立的状态，就是多祖现象。考察战国思潮和文化形态，小说的多祖现象，小说和其他文体的接触点存在于三个方面：（一）小说与子书；（二）小说与神话；（三）小说与史书。"[①]中国小说的发端不仅与子书、神话、史书密切相关，其发展演化也与三者无法割舍。着眼于中国文学史的视域，章回小说的内涵也与神话、子书、史书水乳交融。

---

① 杨义：《中国古典小说史论》，中国社会科学出版社1995年版，第9页。

天罡地煞的魅力：《水浒传》考释录　36

一、《水浒传》与神话意识

古代小说与神话依附共生，这在章回小说中是一个显在的文化现象，也是章回小说外在的一种文化生态。《水浒传》如此，《西游记》如此，《红楼梦》亦如此。题材类型各异的章回小说，或明或暗，或多或寡地与神话结缘，神话意识弥漫于章回小说之中。为此，神话也撑起了《水浒传》的架构，其创作意识流淌着中国古代神话的因子。

神话是原始文化的综合表现，蕴蓄着丰富的艺术成分和艺术气质。随着社会文明程度的深化，中国神话也经过了一个繁冗的嬗变过程。这种嬗变，大致是沿着神话的历史化、宗教化、文学化的途径进行的。而文学化神话作为神话嬗变的一个显著现象，对中国古典小说的创作起到了潜移默化的作用；诸如充满神秘主义的汉魏六朝志怪小说、唐宋传奇、明清小说都晃动着神话的影子。《水浒传》虽然不如志怪、神魔小说那么明显，但它的主题意蕴、结构仍与神话有着深厚的亲缘关系。

自古以来，各个学派的学者都喜欢谈论神话，阐明自己的神话思想，以此论证自己的哲学观点。"每个学者在神话中仍可发展那些他最熟悉的对象。从根本上说，各个学派在神的魔镜中所看到的仅仅是他们自己的面孔。"[1] 在这面魔镜中，艺术理论家看见了艺术的源头，神学家看到了"终极的存在"，哲学家看见了"原始哲学"等等。但在主导中国文化的儒家思想中，神话却遭到了冷遇与轻视。

---

[1]［德］恩斯特·卡西尔：《国家的神话》，华夏出版社1990年版，第6页。

《论语》曾多次提到神，《八佾》："祭如在，祭神如神在。子曰：'吾不与祭，如不祭。'"①《述而》："子疾病，子路请祷。子曰：'有诸？'子路对曰：'有之。《诔》曰：祷尔于上下神祇。'子曰：'丘之祷久矣。'"②《先进》："季路问事鬼神。子曰：'未能事人，焉能事鬼？'"③《述而》："子不语怪、力、乱、神。"④《雍也》："子曰：'务民之义，敬鬼神而远之，可谓智矣。'"⑤等等。一部《论语》基本上不谈论鬼神，因为这与儒家崇实抑虚、求是务实的理性主义精神有密切关系。这种理性所重视的是人伦常理和实际生活经验，而与非经验性和非理性的神话水火难容。如神话中诸神的形象，有植物的和动物的，有人神同体、人兽同构，十分怪异可怖；诸神的行为和举动更是荒谬绝伦，肆无忌惮，野蛮、混乱随处可见，甚至无生命的东西也具有神的特性。这一切与儒家的理性精神扞格。神话虽然遭到儒家的排斥，但在中国传统文化中并没有消失，常常在中国古代小说中抛头露面。

（一）石头神话意象

　　文学化神话是文人作家自觉采用神话进行的独立创作，即把某些原始神话的特质嵌入新的文学创作领域，并进行加工、改造，从而服务于自己的创作意志。石头神话在《水浒传》中具有明显的痕迹。小说第一回写"伏魔之殿"被打开之后，殿中突现的是一块写有天

---

① 杨伯峻：《论语译注》，中华书局 1980 年版，第 27 页。
② 杨伯峻：《论语译注》，中华书局 1980 年版，第 76 页。
③ 杨伯峻：《论语译注》，中华书局 1980 年版，第 113 页。
④ 杨伯峻：《论语译注》，中华书局 1980 年版，第 72 页。
⑤ 杨伯峻：《论语译注》，中华书局 1980 年版，第 61 页。

书的石碣，洪太尉逼命道士们打开"伏魔之殿"：

> ……先把石碑放倒，一齐并力掘那石龟，半日方才掘得起。又掘下去，约有三四尺深，见一片大青石板，可方丈围。洪太尉叫再掘起来。真人又苦禀道："不可掘动！"大尉那里肯听。众人只得把石板一齐扛起，看时，石板底下却是一个万丈深浅地穴。只见穴内刮剌剌一声响亮，那响非同小可，恰似：
>
> 天摧地塌，岳撼山崩。钱塘江上，潮头浪拥出海门来；泰华山头，巨灵神一劈山峰碎。共工奋怒，去盔撞倒了不周山；力士施威，飞锤击碎了始皇辇。一风撼折于竿竹，十万军中半夜雷。
>
> （《水浒传》第一回）

108 位魔君冲天而起，"直使宛子城中藏猛虎，蓼儿洼内聚飞龙"。很显然，伏魔之殿里的石碣具有了超自然的能力，它不仅仅具有信仰符号的功能，而且包含了宗教与哲学的意蕴，成为表现作者思想倾向的一个特定意象。

石头作为一个神话意象，与原始初民对石头的崇拜有密切的关系。"自有人类以来，最早和人类有关系，而且是实用的、美观的、并且神秘的人工物，不得不首推石器了。"[1] 石头作为生产生活的重要工具，须臾不能与人类分离。但当时的人们并不真正认识它的自然属性，只是觉得它有一种难以把握的超自然的能力，因为他们"相信万物皆有生命、思想、情绪，与人类一般，此即所谓的泛灵论……"[2] 在这种观念支配下，它便被赋予了灵性，后世对它的记载也不绝于

---

① 林惠祥：《文化人类学》，商务印书馆 1991 年版，第 117 页。
② 茅盾：《中国神话研究初探》，《茅盾评论文集》，文化艺术出版社 1981 年版，第 242 页。

书。《山海经·海内经》郭璞注引《开筮》中的"息石息壤"，可以随水而长，填塞滔滔汪洋，使人类从咆哮的洪水中得以逃生。《淮南子·女娲补天》中的五色石可以补苍天，救生民，给人类消灾弭祸，在人们的心目中具有强大的力量。

由于原始人相信万物和人类一样具有生命意志，因而人石转化也就不足为奇。《艺文类聚》卷六引战国墨家的《随巢子》的佚文说："禹产于昆石，启生于石。王韶之云：'启生而母化为石。'"① 以后的神话也在重复着夏民族的第一个君主启破石而生的主题，石头便成为夏民族的图腾物。这一神话标志着从泛神崇拜到图腾崇拜的原始宗教的发展。石头不仅孕育了人，而且逐渐成为人的坚强与力量的象征。弗雷泽也注意到："在马达加斯加有一种抵制命运荡不安的办法，就是把一块石头埋在沉重的房基下面。那种习以为常的向石头发誓的做法，多半是基于这样一种信念：石头能将其坚固和力量赋予誓言。"② 这些都是人石互含互化的典型现象，具有普遍性。因此在远古的神话信仰中可以看到，人中有石，石中有人。在这里，我们对石碣便有了明朗的理解：在《水浒传》中，石碣就是 108 位好汉的象征。

水浒好汉冲出石碣，扶弱锄恶，匡时救世，展示了他们的坚强与勇力。北宋末年，朝纲不振，奸佞当道，盘剥无厌，致使民不聊生。

> 有胥吏杜公才者献策于戬，立法索民田契，自甲之乙，乙之
>
> 丙，展转究寻，至无可证，则度地所出，增立赋租。始于汝州，

① ［唐］欧阳询撰：《宋本艺文类聚》卷六，上海古籍出版书 2013 年版，第 186 页。

② ［英］詹·乔·弗雷泽：《金枝》，徐育新等译，大众文艺出版社 1998 年版，第 50 页。

浸淫于京东西、淮西北，括废堤、弃堰、荒山、退滩及大河淤流之处，皆勒民主佃。额一定后，虽冲荡回复不可减，号为"西城所"。梁山泊古钜野泽，绵亘数百里，济、郓数州，赖其蒲鱼之利，立租算船纳直，犯者盗执之。一邑率于常赋外增租钱至十余万缗，水旱蠲税，此不得免。擢公才为观察使。宣和三年，戬死……而李彦继其职。彦天资狠愎……京西提举官及京东州县吏刘寄、任辉彦、李士渔、王浒、毛孝立、王随、江惇、吕坯、钱械、宋宪皆助彦为虐，如奴事主，民不胜怨痛。……当时谓朱勔结怨于东南，李彦结怨于西北。①

　　南宋文人洪迈在《容斋随笔》中也说："宣和间，朱勔挟花石进奉之名，以固宠规利。东南部使者郡守多出其门，如徐铸、应安道、王仲闳辈济其恶，豪夺渔取，士民家一石一木稍堪玩，即领健卒直入其家，用黄封表志，而未即取，护视微不谨，则被以大不恭罪，及发行，必撤屋决墙而出。……杨戬、李彦创汝州西城所，任辉彦、李士渔、王浒、毛孝立之徒，亦助之发物供奉，大抵类勔，而又有甚焉者。徽宗患其扰，屡禁止之，然覆出为恶，不能绝也。"②一个花石纲，一个括田所，权奸们把北宋社会搞得民不聊生，北宋王朝岌岌可危，宋江等梁山好汉正是在这种背景下揭竿而起的。到《水浒传》中，他们要求铲除奸佞邪恶，伸张正义，替天行道，为挽救北宋王朝的颓运竭忠义，显神力。

　　从《水浒传》前几十回看，许多好汉上梁山前的经历都属于个人反抗，林冲、鲁智深、杨志、晁盖、阮氏三雄等人，他们行列而

---

①［元］脱脱等：《宋史》卷468《杨戬传》，中华书局1977年版，第13664-13665页。

②［宋］洪迈：《容斋随笔·容斋续笔》，岳麓书社1994年版，第265页。

来，主动出击，抗暴除恶，其重义敢为的执着精神得到崇尚和认同。但在他们个人意志的伸张不足以改变社会状况的情况下，共同的秉性便把他们扭结成一股强大的意志力，从小聚义到大聚梁山泊，在潜层次中蕴含着作者的石头神话情结，包含了作者对现实生活的体验与感受。单个好汉的力量融会到有组织的群体力量中去，凝聚成梁山队伍的勇武之力，不仅可以打祝家庄、曾头市，破高唐，取大名府，还可以两赢童贯，三败高俅。由于聚义伊始众好汉的态度各异，有的希望"青史上留得一个好名"，有的"图个下半世快活"，有的念念不忘赦罪招安，思想不一致。到第七十一回"忠义堂石碣受天文"，从天眼里降下石碣，"前面有天书三十六行，皆是天罡星，背后有天书七十二行，皆是地煞星。下面注着众义士的姓名"。更为奇特的是石碣的侧首一边是"替天行道"四字。众人服从了石碣的安排，皆称"天地之意，物理之数，谁敢违拗"，好汉们的坚强与力量被纳入讲求忠义的伦理秩序中。以后他们征辽、平方腊，成为国家的柱石。在作者的审美体验中，石头神话体现了"力"，但支配"力"的是超级普遍的伦理，如此好汉们的勇力又转化为"忠义"的伦理之力。正所谓"神话中洋溢的智性思维之光，带有'哲理性'或'伦理性'的意味，是民族精神初始的深刻细腻的表现"。

（二）石头神话意境

援石而入意境，把石头神话纳入审美视野，它所具有的神话精神内核与美学意蕴交融在一起，既展示了远古时代石头超自然力量的灵异，又显示出水浒好汉的精神内涵。它仿佛是一股不衰竭的幽泉滋润着好汉们的阳刚气质，并使《水浒传》的结构脉络贯通。

在小说中石头宛如一个命定的神话，从而把好汉们聚合在一起。金圣叹在探究《水浒传》结构时，十分看重石头神话意象，在他腰斩的七十回《水浒传》中，特别提到"石碣"，因为"石碣"在全书中既是一条明线，又暗含着好汉们的意识趋于一致的旨归，对小说的叙事结构至关重要。正如他所说："一部大书七十回，以石碣起，以石碣止。奇绝。"[1] 而此处有一个关键人物洪信洪太尉。

《水浒传》开篇引用北宋名儒邵雍诗作："纷纷五代乱离间，一旦云开复见天。草木百年新雨露，车书万里旧江山。寻常巷陌陈罗绮，几处楼台奏管弦。人乐太平无事日，莺花无限日高眠。"追述北宋历史，从五代十国的割据到大宋盛世王朝，太祖武德皇帝出世，他是"上界霹雳大仙"下降，开基创业，帝位依次传于太宗、真宗、仁宗。宋仁宗也是"上界霹雳大仙"转世，并有文曲星包拯和武曲星狄青辅佐，风调雨顺，国泰民安。但到仁宗嘉祐三年瘟疫蔓延，仁宗皇帝便"钦差内外提点殿前太尉洪信为天使，前往江西信州龙虎山，宣请嗣汉天师张真人星夜临朝，祈禳瘟疫"。洪太尉奉旨去请张天师祈禳瘟疫。上山之前，监宫真人反复告诫，上山须志诚，"只除是太尉办一点志诚心"，"如若心不志诚，空走一遭，亦难得见"，"休生退悔之心，只顾志诚上去"。才走了"三二里路"便"脚酸腿软"，心中有怨言："我是朝廷贵官公子，在京师时重裀而卧，列鼎而食，尚兀自倦怠；何曾穿草鞋，走这般山路！知他天师在那里，却教下官受这般苦！"于是遇到老虎，被吓倒在地；又遇到大蛇，被吓得"三魂荡荡，七魄悠悠"（《水浒传》第一回）。洪太尉不但缺少至诚

① 陈曦钟，侯忠义，鲁玉川辑校：《水浒传会评本》，北京大学出版社1987年版，第48页。

之心，却念念不忘"贵官"，殊不知官贵则骄，官贵则傲，官贵则霸。这样一个"骄情傲色"①的权贵，何以能够担当重任。加之眼拙不识人，遇到牧童打扮的天师，反说其面貌"猥獕"。金圣叹对此议论说："此一句，直兜至第七十回皇甫端相马之后，见一部所列一百八人，皆朝廷贵官嫌其猥獕，而失之于牝牡骊黄之外者也。"②意味着朝廷蔽塞，难识英雄。但洪太尉又是天意的代表，因为"伏魔之殿"的石碣背面凿着"遇洪而开"四个字，放出被幽闭的天罡地煞是"天数"，故作者强调："却不是一来天罡星合当出世，二来宋朝必显忠良，三来凑巧遇着洪信。岂不是天数！"根据《宋史·职官志一》记载："宋承唐制，以太师、太傅、太保为三师，太尉、司徒、司空为三公，为宰相、亲王使相加官，其特拜者不预政事，皆赴上于尚书省。"③太尉居三公之首，为武官的头领。《水浒传》不仅有洪太尉，还有高太尉、宿太尉、陈太尉等，他们组成的官僚集团把持着朝政，导致社会乱象丛生。

"石碣"在小说结构上贯穿整个故事，即对相同或相对的故事单元前后勾连并暗示其后故事的性质。金本《水浒传》的"楔子"中，"石碣"一出现，金圣叹就表现出浓厚的兴趣，大加称奇。"石碣"被推倒，"妖魔"化作"百十道金光，望四面八方去了"。到第十三回，晁盖出场，因为他"把青石宝塔独自夺了过来东溪边放下。因此人皆称他做托塔天王"。由于他平生仗义疏财，江湖上闻名，引来不少好汉投奔他，是聚义起事的"提纲挈领之人"。④因此金圣叹认为

---

①陈曦钟，侯忠义，鲁玉川辑校：《水浒传会评本》，北京大学出版社1987年版，第39页。

②陈曦钟，侯忠义，鲁玉川辑校：《水浒传会评本》，北京大学出版社1987年版，第46页。

③[元]脱脱等：《宋史》卷114《职官志一》，中华书局1977年版，第3771页。

④陈曦钟，侯忠义，鲁玉川辑校：《水浒传会评本》，北京大学出版社1987年版，第258页。

晁盖搬走青石宝塔，"暗射石碣镇魔事"，"亦暗射开碣走魔事"，①以此揭开了聚义的序幕。

至第十四回，为劫取生辰纲，吴用到石碣村"撞筹三阮"；生辰纲事发后，晁盖等人一起躲藏到石碣村三阮家里，并在此打败了官兵的追剿，同奔梁山泊。石碣村是"七星聚义"的立足点，也预示了梁山泊的大聚义，在整个小说的大框架中作用相当明显。为此金圣叹在此回中评道：

> 《水浒》之始也，始于石碣；《水浒》之终也，终于石碣。石碣之为言一定之数，固也。然前乎此者之石碣，盖托始之例也。若《水浒》之一百八人，则自有其始也。一百八人自有其始，则又宜何所始？其必始于石碣矣。故读阮氏三雄，而至石碣村字，则知一百八人之入水浒，断自此始也。②

从石碣村到梁山泊，随小说结构的腾挪迁转，好汉们陆续走向梁山，至第七十回一百零八人聚齐。于是，石碣第三次展现在人们面前。因为众兄弟相聚上应天数，公孙胜升坛作法奏闻天帝，果然天门大开，滚下"一块火来"，"竟钻入东南地下去了"，火块入地变成了"石碣"，"此石都是义士大名，镌在上面。侧首一面是'替天行道'四字，一边是'忠义双全'四字。顶上皆有星辰南北二斗，下面却是尊号"。石碣见证了梁山大聚义的辉煌，钻入地下也暗示了好汉们凋残的结局。金圣叹十分欣赏这种结构布局及叙事的手法，对"石碣"心领神会，于是挥动大笔，稍作改削，斩收全书。他从"文

---

① 陈曦钟，侯忠义，鲁玉川辑校：《水浒传会评本》，北京大学出版社1987年版，第259页。

② 陈曦钟，侯忠义，鲁玉川辑校：《水浒传会评本》，北京大学出版社1987年版，第270页。

法"的角度，展示了他的锦心绣口："一部大书以石碣始，以石碣终，章法奇妙。"①金圣叹把"石碣"作为《水浒传》结构上的大起大结的标识，让好汉们风风火火地聚义，避免了功成被害的凄惨结局（不包括他后加的"惊恶梦"的尾巴），给人留下了回味不尽的时空境界，使得原作品在结构上显得洗练和紧凑，突出了其大结构的强烈意识和审美趣味。他对《水浒传》的加工、删改，体现了他过人的识力，对"石碣"的神话意识也有深刻的领悟，所以他反复地提醒读者："三个'石碣'字，是一部《水浒传》大段落。"②

（三）玄女神话

金圣叹虽然一再突出"石碣"的神话意象，但他的七十回本的《水浒传》毕竟使百回本、百二十回本的《水浒传》在情节结构上出现了残缺。我们从神话意识的视角也能说明这一点，这便是小说另一个突出的神话意象——玄女神话。

与儒家的神话观念不同，道教的泛神化倾向，使中国传统文化的神灵世界又有了赖以存生的理论基础。西汉末中土民间原始道教发展为神仙道教，以神仙说为中心，融合道家、易经、阴阳、五行、卜筮、占星、谶纬之说，并行之种种方术，综合了我国庞杂的信仰。从水浒故事产生的宋代，直到元明时期，统治阶级崇奉道教，并在他们的大力提倡下广为发展，不仅深深地影响着知识阶层，而且在普通百姓中也很有市场。

---

① 陈曦钟，侯忠义，鲁玉川辑校：《水浒传会评本》，北京大学出版社 1987 年版，第 1264 页。

② 陈曦钟，侯忠义，鲁玉川辑校：《水浒传会评本》，北京大学出版社 1987 年版，第 16 页。

在这样的文化背景之下，《水浒传》倡言神灵，既不能摆脱儒家鬼神观念的束缚，又着墨于道教的神秘主义色彩。具体表现为对神话的改造，即神话的文学化，让神的形象现实地人化，让其意志符合全书的主旨；同时又再造神话，即完成对水浒好汉由魔——人——神的塑造，展示了芸芸众生对他们的崇敬之情。

　　神话的文学化，在《水浒传》中最明显的莫过于引入玄女神话。

　　玄女形象最初来源于黄帝战蚩尤的神话，由此衍生出这一神话一系列变形的结果。何新先生曾断定："女娲——旱魃——天女妭又变名称作'玄女'，亦即后世道教中那位著名的'九天玄女'。例如《史记·索引》引《龙鱼河图》：'天遣玄女授黄帝兵符，伏蚩尤。'《广韵》符字注引《河图注》云：'玄女出兵符，授黄帝战蚩尤。'……此所谓天神、玄女，显然就是女娲——天女妭助黄帝攻蚩尤故事的变形。"[①]可知玄女起初是中国古代神话中的女神，后来为道教所崇奉，又成为道教中有名的女神。由于"在古代，宗教和神话是有机粘连的同一体，神话即语言的（或文字的）讲述着的宗教。宗教的经典往往是神话的宝库"。在神话与道教的交互作用下，玄女的形象愈来愈鲜明。

　　《太平御览》卷15"天部"引《黄帝玄女战法》说："黄帝与蚩尤九战九不胜。黄帝归于太山，三日三夜雾冥。有一妇人，人身鸟形，黄帝稽首再拜，伏不敢起，妇人曰：'吾玄女也，子欲何问？'黄帝曰：'小子欲万战万胜。'遂得战法焉。"[②]宋初张君房《云笈七签》卷一一四辑蜀杜光庭《墉城集仙录》卷上《九天玄女传》说："九天玄女者，黄帝之师，圣母元君弟子也。黄帝……战蚩尤于涿

---

　　① 何新：《诸神的起源》，三联书店1986年版，第50页。
　　② ［宋］李昉，李穆，徐铉等：《太平御览》卷15，四部丛刊本。

鹿，帝师不胜，蚩尤作大雾三日，内外皆迷。……帝用忧愤，斋于太山之下。王母遣使披玄狐之裘，以符授帝曰：'精思告天，必有太上之应。'居数日，大雾冥冥，昼晦，玄女降焉。乘丹凤，御景云，服九色彩翠之衣，集于帝前。帝再拜受命，玄女曰：'吾以太上之教，有疑可问也。'帝稽首曰：'蚩尤暴横，毒害蒸黎，四海嗷嗷，莫保性命，欲万战万胜之术，与人除害可平。'玄女即授帝六甲六壬兵信之符，……遂灭蚩尤。"[①] 玄女帮助黄帝战胜蚩尤，这一神话情节被后世固定下来。

台湾文化大学研究所蓝吉富先生认为，中国文学里面关于神话的引用，多半是摭拾其中的一个观念（如地狱、轮回）或一事物（如天女、龙女）然后加上中国式的加工处理，结果将其超人间性易为人间性，产生与道教神话混用现象。[②] 玄女在《水浒传》中的出现就是属于这种情况。大约产生于元初的《大宋宣和遗事》就有"玄女庙受天书"的故事：宋江为躲避官军的追捕，走入玄女庙。官兵退后，"走出庙来，拜谢玄女娘娘；则见香案上一声亮响，打一看时，有一卷文书在上。宋江才展开看了，认得是个天书；又写着三十六个姓名……宋江看了人名，末后有一行字写道：'天书付天罡院三十六员猛将，使呼保义宋江为帅，广行忠义，殄灭奸邪。'"[③] 这就为宋江等好汉的行为抹上了浓厚的神秘色彩。

到《水浒传》中，玄女曾两度出现。第四十二回"还道村受三卷天书"，玄女教训宋江："汝可替天行道，为主全忠仗义，为臣辅国安民。去邪归正。他日功成果满，作为上卿。"并留下四句天言："遇

① ［唐］杜光庭：《墉城集仙录》，张君房：《云笈七签》卷114，四部丛刊本。

② 王维：《文学与神话——台湾"中国文学中的神话"研究情况综述》，《国外社会科学情况》1989年第2期。

③ 无名氏编著，曹济平等校点：《宣和遗事》，《中国话本大系》，江苏古籍出版社1993年版，第34-35页。

宿重重喜，逢高不是凶。北幽南至睦，两处见奇功。"不仅要求宋江"替天行道"讲忠义，而且"遇宿""逢高"委曲隐忍，南征北战无怨无悔。第八十八回"宋公明梦授玄女法"，写宋江无计攻破辽军的浑天阵，这时玄女亲临战场，逐细教宋江攻打之法，并鼓励宋江："吾传天书与汝，不觉又早数年矣。汝能忠义坚守，未尝少息"；"保国安民，勿生退悔"。玄女反复告诫宋江要"替天行道""保国安民"，并勾勒出他一生经历的重大事件，操纵着他的命运，在关键时候又指点迷津，援以帮手。玄女的法旨是宋江行动的纲领，既贯穿于宋江的一生，也贯穿于整部小说。可以说，玄女神话与石头神话一样，都是《水浒传》结构的一"大段落"。

《水浒传》承袭了玄女神话的精神实质，宋江也像黄帝一样得到了玄女的神助。过去论者多把玄女作为道教的神仙，来说明《水浒传》受道教的影响及崇道的倾向性，从而掩盖了玄女神话的底蕴。我们把玄女回归到"天遣玄女"的神话中，那么《水浒传》更能体现"替天行道"的宗旨，宋江等好汉的行为因而具有了正义性和神圣性。与石头神话相联系，这恐怕更符合作者的创作意图。

关于《水浒传》的结构一直存在着是否为一个有机体的争论，这种争论实际上是受研究者对这部小说思想主题的理解的影响。从上述分析看，《水浒传》的作者们成功地利用了中国古代神话的素材最终熔铸了这部小说，使之成为内在结构紧密相连的有机体。也有的论者认为："整部小说以'误走妖魔'和'神聚蓼儿洼'为两端，以'英雄排座次'为中点，在结构布局上正是呈现了一种严格的轴对称的特点。如果金本说《水浒》在结构上以紧凑、洗练取胜，那么全本《水浒》在布局上以宏伟、对称见长；因此我们既承认金圣叹的腰斩不失为一种好的处理方法，同时又认为原本《水浒》自有它结构上的长处和特点。"①虽然两种版本各有所长，但金本砍去了玄女第二次出现的情节，不仅弱化了"替天行道"的主旨，而且打破了双维度的"对称"性，这不能不说是一种缺憾。从神话意识的角度看，金本《水浒》的结构存在着内在的裂痕。

如此看来，石头神话与玄女神话不仅在内蕴上使《水浒传》主旨贯通，而且在结构上使全书最大限度地保持着内在的稳定性和统一性。

小说开端演述"伏魔之殿"，"镇锁着三十六员天罡星，七十二座地煞星，共是一百单八个魔君在里面"，被放出之后，"社稷从今云扰扰，兵戈到处闹垓垓"（《水浒传》第二回）。他们投生为世间 108 位好汉，轰动宋朝社稷江山，他们从小聚义到众归梁山泊，凝成了一股强大的抗争力量。但他们又矢志忠义，受招安后，征辽、平方腊，又重整宋朝山河。在勤王事的战役中，许多好汉殒命疆场，当宋江等人凯旋归朝后，又不为奸佞所容，最后他们的魂魄神聚蓼儿洼。宋江被封为"忠烈义济灵应侯"，并于梁山泊盖起"靖忠庙"，后又"妆塑神像三十六员于正殿，两廊仍塑七十二将，侍从人众。……护国保民，受万万年香火。年年享祭，岁岁朝参。万民顶礼保安宁，士庶恭祈而赐福"（《水浒传》第一百回）。宋江等 108 位好汉获取了与文曲星包拯、武曲星狄青同样的地位，登上了神座。可谓"天罡尽已归天界，地煞还应入地中。千古为神皆庙食，万年青史播英雄"（同上）。他们成了神，也就获得了永生；他们从妖魔到神的转化，正是小说再造神话的形而上层次的体现。

天罡地煞从神秘的天界降生，在世间轰轰烈烈的一番历练，平

---

　　① 孙逊：《金圣叹腰斩〈水浒〉的再评价》，《名家解读〈水浒传〉》，山东人民出版社 1998 年版，第 213 页。

外患，消内乱，重整社稷秩序，他们完成了自己的使命，回归来处，"天罡尽已归天界，地煞还应入地中"。重归天界，由起点到终点，他们的人生轨迹就是一个圆。由神话到再造神话，回环往复，前后照应，以此构建了一个圆形框架。

儒家关注社会，对人间秩序凝注了最大关怀；而稳定社会秩序的最大责任人就是皇帝，"天下之事千变万化，其端无穷，而无一不本于人君之心者，此自然之理也"[①]。国家之乱系于"君之心"，若君主心不正，就可能导致国家的混乱。到北宋末年，小说强调"皇上至圣至明，只被奸臣闭塞，暂时昏昧"，而以高俅、杨戬、童贯、蔡京为代表的贪官，"为官贪滥""非理害民"、陷害良善、不仁不义。宋徽宗任用这些奸邪，"君之心"恰被其蒙蔽，导致末世社会景象。而要治乱"惟从格君心之非，正心以正朝廷，正朝廷以正百官"[②]。那就要剪除奸佞，实行贤人政治。《水浒传》竭力渲染的忠义思想就是这种愿望的表露，寄寓了作者的治乱之志，同时也是作者对救世之道的积极探索。

《水浒传》包含着浓厚的神话色彩，特别是水浒英雄完成由人格到神格的历程，寄寓了人们无比的崇敬之情。同时，这种由魔到神的神话结构，作为文学中的艺术性的冲击力量，对此后的明清小说创作影响深远。

---

① ［宋］程颢，程颐著：《二程集》，中华书局1981年版，第590页。
② ［宋］程颢，程颐著：《二程集》，中华书局1981年版，第165页。

二、《虬髯客传》与《水浒传》

基于历史真实与艺术虚构的辨识，古人对唐传奇《虬髯客传》的归类认识不一，诸如传记类、杂附类、子杂类、小说类、演义类、异闻类、豪异秘纂类、豪侠类、义侠类、情侠类等，这也见出其内涵的复杂性。随着研究视野的不断拓展，到现当代便被视作豪侠小说为人们普遍接受了。

（一）《虬髯客传》的天命意识

关于《虬髯客传》，鲁迅先生曾概括说："杜光庭之《虬髯客传》（见《广记》一百九十三）流传乃独广，光庭为蜀道士，事王衍，多所著述，大抵诞谩，此传则记杨素妓人之执红拂者识李靖于布衣时，相约遁去，道中又逢虬髯客，知其不凡，推资财，授兵法，令佐太宗兴唐，而自率海贼入扶余国杀其主，自立为王云。后世乐此故事，至作画图，谓之三侠；在曲则明凌初成有《虬髯翁》，张凤翼张太和皆有《红拂记》。"[①] 此小说故事构思巧妙，富有传奇性，人物各具性情：李靖深沉倜傥、红拂慧眼卓识、虬髯客慷慨豪爽，神采飞动，令人炫目，故"流传乃独广"，对文学影响至深；尤其在明代，似乎出现了一股"虬髯客热"，依据小说改编的剧本接二连三，首先是张凤翼改编的《红拂记》；之后有凌濛初改编的《红拂三传》：以红拂为主人公的《识英雄红拂莽择配》（又名《北红拂》）、以李靖为主人公的杂剧（已失传）、以虬髯客为主人公《虬

---

① 鲁迅：《中国小说史略》，上海古籍出版社 1998 年版，第 57 页。

髯翁》（又名《扶余国》）；还有张太和《红拂记》传奇一本；到明末冯梦龙又创作了《女丈夫》传奇剧本。《虬髯客传》把故事背景置于隋末群雄逐鹿的动荡社会之下，在文末寄蕴着小说的主旨："乃知真人之兴也，非英雄所冀。况非英雄乎？人臣之谬思乱，乃螳螂之拒走轮耳。"①联系作者生活的藩镇割据、中央统治岌岌可危的晚唐时代看，小说亦在宣扬封建的天命观，维护唐王朝封建正统统治，寓意显而易见。

针对这一传统认识，也有论者与水浒故事发生的宋代联系在一起。刘开荣在《唐代小说研究·虬髯客传的主题所反映作者的立场观点及作品的创作问题》中，认为《虬髯客传》是宋朝的政治宣传品。这也引发了学术界的不同声音，卞孝萱先生驳论说：

> "看'陈桥之变'这一幕，与唐李渊被部下拥立为帝的情景如出一辙。""赵匡胤的'素有大志'，与唐太宗的'为人聪明英武有大志'是一样的处心积虑，不止一日了。"又以赵匡胤即位后自信"帝王之与有天命"为例，认为"赵氏这一段话，可以说与《虬髯客传》所反映的作者思想完全吻合"。又以赵匡胤"杯酒释兵权"为例，认为"宋主这样坦白地叫同患难的朋友们作虬髯客"。其结论是："《虬髯客传》可以说是新建立的宋王朝的一篇很好的政治宣传品了。"孝萱案：刘氏将宋太祖比附唐高祖、唐太宗，将宋太祖"杯酒释兵权"附会为叫功臣"作虬髯客"，未免不伦不类，何况刘氏举不出宋太祖看过此《传》的证据。②

---

　　①［唐］杜光庭：《虬髯客传》，张文潜等：《唐宋传奇选》，福建教育出版社1983年版，第214页。
　　②卞孝萱：《论〈虬髯客传〉的作者、作年及政治背景》，《东南大学学报》（哲学社会科学版）2005年第3期。

认定《虬髯客传》为宋王朝的"政治宣传品",虽比附牵强,但从小说创作看,也可寻绎《虬髯客传》对《水浒传》创作的艺术影响,因为中国古代文本的基本特点存在着互文性,跨时空、跨文本的互文阐释为我们提供了广阔的文化视野。早在上世纪六十年代,法国学者朱莉娅·克里斯蒂娃就提出了"互文性"理论,她认为:"每一个词语(文本)都是词语与词语(文本与文本)的交汇","任何文本的建构都是引言的镶嵌组合;任何文本都是对其他文本的吸收与转化"①。"互文性"异于中国文学中常见的"互文见义"现象,互文见义是一种修辞,而"互文性"在于发掘寻绎文本之间的复杂联系。况且,《虬髯客传》在明代颇受青睐,直到《红楼梦》曹雪芹也称"红拂"为"女丈夫",并借林黛玉之口赞美:"长揖雄谈态自殊,美人巨眼识穷途。尸居余气杨公幕,岂得羁縻女丈夫。"②(《红楼梦》第六十四回)可见,《虬髯客传》对后世小说戏曲的影响一直没有间断。

如果说神话内蕴规范了《水浒传》的结构,那么在众好汉凄惨飘零的结局中,唐传奇《虬髯客传》却带给我们一丝亮光。梁山好汉在招安之后,便去保国安民,北征辽国,南平方腊,特别在征讨方腊的战役中付出了沉重的代价,伤亡惨重。战后幸存的好汉,要么被权奸谋害,要么坐化病亡,要么隐遁出家,要么辞官还乡,要么投身海外;在小说悲戚的叙事氛围下,虬髯客的故事无疑为《水浒传》提供了借鉴。李俊带着童威、童猛等人泛舟出海,飘荡海外建功立业,自在逍遥。李贽说:"人但知鲁智深成佛、李俊为王,都是顶天立地汉子。不知燕青更不可及,意者其犹龙乎?意者其犹

---

①［法］朱莉娅·克里斯蒂娃:《符号学:符义分析探索集》,复旦大学出版社2015年版,第86-91页。

②引文以人民文学出版社2000年版《红楼梦》为据,下同。

龙乎？"①《虬髯客传》对《水浒传》的创作或明或暗都起到了推动作用。

（二）草野豪杰创业的"虬髯客模式"

《虬髯客传》最早见于杜光庭的《神仙感遇传》，初名《虬须客》。宋代李昉等编纂的《太平广记》卷193收此篇，归类于"豪侠"。南宋陈振孙《直斋书录解题》把《虬髯客传》列入"豪异秘纂"类，更名为"扶余国主"，并揭示其主题为豪异追求帝王事业的秘事。明代王世贞《艳异编》把此篇归为"义侠部"。唐末以后，历代解读者都把《虬髯客传》视为豪侠小说，并为现当代研究者所接受。"以'虬髯客'为题目，《太平广记》系之于《豪侠类》，足以发明其题旨在描述非常之人与非常之事。如红拂妓之敢于背主私奔，李靖之志在弃暗投明：二者皆欲寻求其适当主人，惟虬髯客本欲窥窃神器，独创大业，后世美之，称'风尘三侠'……"②虬髯客观世事，顺天命，其行止不轨旧套，卓荦烁今。

豪侠虽然"以武犯禁"，但这一群体在先秦却备受瞩目，故司马迁在《史记》中创《游侠列传》，彰显他们"其言必信，其行必果，已诺必诚，不爱其躯，赴士之阨困，既已存亡死生矣，而不矜其能，羞伐其德"③的精神。但秦汉以后，豪侠的出路似乎只剩下三条：要么为绿林草莽，占山为王；要么为清官效命，归依主流社会；要么为豪强，称霸一方。汉以后大一统的社会使豪侠已难有立身之地，

---

① 陈曦钟，侯忠义，鲁玉川辑校：《水浒传会评本》，北京大学出版社1987年版，第1335页。

② 王梦鸥：《唐人小说校释》，台北中正书局1994年版，第334页。

③ ［汉］司马迁：《史记》卷124《游侠列传》，中华书局1959年版，第3181页。

正史中也难觅他们快意恩仇的身影，更遑论为其立传了。但这并不是说豪侠之士在现实中消亡了，他们隐迹民间，又为文学所青睐，成为文学中历久不衰的主角。虬髯客不仅是豪侠中光彩夺目的形象，而且他冲破了秦汉以来豪侠"三条出路"的樊篱，开拓进取，勇于到海外冒险创业，其不欲居人下的豪壮之气令人感佩。隋末乱世，群雄并起，红拂妓慧眼识布衣李靖，与其私奔，共归太原。途中遇虬髯豪士，结为至交。虬髯客胸藏大志，当他在太原两次审察李世民后，便抛却了逐鹿中原的念头，遂将资材赠予李靖，并嘱肺腑之言："某本欲于此世界求事，或当龙战三二年，建少功业。今既有主，住亦何为？……此后十余年，东南数千里外有异事，是吾得志之秋也。"李世民取得天下以后，李靖已位极人臣：

> ……东南蛮奏曰："有海贼以千艘，积甲十万人，入扶余国，杀其主自立，国内已定。"靖知虬髯成功也。归告张氏，具礼相贺，沥酒东南祝拜之。①

虬髯客退避海上，立国称王，成就大业。自此，传统的豪侠模式被打破了。唐代文学中的侠士固然多多，但竟逐并终于做了帝王的，恐怕只有虬髯客一人，这种豪侠的命运结局我们可姑且名之为"虬髯客模式"。

检索宋元文学，像虬髯客一样的豪侠似乎绝迹，倒是豪侠之人在海外历经磨难之后，志气委顿的不乏其例。《青琐高议·高言》篇叙高言乃豪侠，因朋友负义而怒杀之，便逃奔异域，北走胡地，

---

① ［唐］杜光庭：《虬髯客传》，张文潜等：《唐宋传奇选》，福建教育出版社1983年版，第215页。

南走海上，历经多国而气馁，回国后不愿再为豪侠之事："间心自明，再游都辇，复观先子丘垅。身再衣币帛，口重味甘鲜。有人唾吾面，扼吾喉，拊吾背，吾且俯首受辱，焉敢复贼害人命乎！"①残酷的现实使高言脱胎换骨，锐气全无，也算不得真豪士。

虬髯客具有强烈的政治人生追求，为谋事四处奔走，真实地写出了隋末社会的动荡不安，曲折地反映了晚唐时期群雄割据、藩镇专权的社会动乱局势，普通百姓要求豪杰人物横空出世以安邦定国的愿望和理想。小说在开篇写"天下方乱，英雄竞起"，布衣李靖"献奇策"，要求统治者"须以收罗豪杰为心"，注重网罗招纳人才，驯其心志为己所用。"豪杰"就是稳定天下的人才，李靖、虬髯客都属于这一类。

隋末的情况如此，北宋末年的状况亦如此。鲁迅说："宋代外敌凭陵，国政弛废，转思草泽，盖亦人情。"②《水浒传》第七十一回英雄排完座次以后，小说有一单道梁山泊好处的骈体文，是类似"总赞"的文字，末云："人人戮力，个个同心。休言啸聚山林，真可图王伯业。"宋江为首并发誓说："荷天地之盖载，感日月之照临，聚弟兄于梁山，结英雄于水泊。共一百八人，上符天数，下合人心。自今已后，若是各人存心不仁，削绝大义，万望天地行诛，神人共戮，万世不得人身，亿载永沉末劫。但愿共存忠义于心，同著功勋于国，替天行道，保境安民。"一百零八人表达了鲜明的政治理想与追求。事实上，这些赞语与誓言寄托了宋元时期渴望广纳贤才、团结对外的共同理想。针对北宋亡国的残酷现实，有识之士提出广辟贤路，招纳英雄豪杰的主张。南宋诗人华岳在其《翠微北

---

① [宋] 刘斧：《青琐高议前集》卷3，见《宋元笔记小说大观（一）》，上海古籍出版社2001年版，第1030页。

② 鲁迅：《中国小说史略》，华东师范大学出版社1998年版，第99页。

征录》中有一篇奇文《平戎十策》，这是他在开禧三年（1207）给皇帝写的一篇奏议，在"取士"一节中，举出贤才的八个来源：

> ……其门有八：一曰有官，谓沉溺下僚，不能自奋；二曰无官，谓素在草茅，不能自达；三曰世家，谓将帅子孙，不能自效；四曰豪杰，谓江湖领袖，山林标准；五曰罪戾，谓曾犯三尺，求脱罪籍；六曰黥配，谓才气过人，轻反刑法；七曰将校，谓素有谋略，久淹行伍；八曰胥靡，谓隐于吏籍，不得展布。……

钱锺书先生认为，《平戎十策》"劝皇帝四面八方搜罗'英雄豪杰'，别把国事全部交托给'书生学士'；他讲英雄豪杰的八个来源——从'沉溺下僚'的小官一直到'轻犯刑法'的'黥配'和'隐于吏籍'的'胥靡'——简直算得《水浒传》的一篇总赞"[1]。不把国事全部托于读书人，排除门第观念，既重视文士，也不另眼看待"江湖"侠士。

《水浒传》将各路豪杰拢归梁山泊，实践了华岳建言的愿望，而且形象充满了活力。

以宋江为首的一百零八位好汉锄邪恶，扶良善，仗义疏财，占据水泊；他们讲求忠义，替天行道。虽然不时传来"杀去东京，夺了鸟位"的声音，但终于接受招安，征辽国，讨方腊，护国安民。虽功绩垂世，但也埋下了李俊海外称王的伏笔。在平定方腊后，梁山队伍回朝至苏州，混江龙李俊不愿到朝廷接受封诰，诈病不起，和童威、童猛来太湖与费保等人商定，"尽将家私打造船只，从太仓港乘驾出海，自投化外国去了。后来为暹罗国之主。童威、费保等都做了化外官职，自取其乐，另霸海滨。这是李俊的后话"（《水

---

① 钱锺书：《宋诗选注》，人民文学出版社 2005 年版，第 371 页。

浒传》第九十九回）。宋江没有完成的"图王伯业"，留给了李俊等人。好汉们不仅有着虬髯客般政治人生追求，四处奔走，而且紧随虬髯客的人生轨迹，到海外谋事发展去了。

（三）创作意图殊途同归

一般认为，杜光庭是《虬髯客传》的作者。他早年科举失利，便入五台山学道，后出仕为唐内供奉；唐末避难蜀中，经历了唐帝国惨烈覆亡的朝代轮替。《虬髯客传》围绕乱世英雄乘时竞起，而又无违天命的主题展开，亦在宣扬唐太宗李世民顺应天意，唐王朝应时应运而生。虬髯客主动退出与太原"真人"李世民的争锋，退避海外尽展宏图。在小说的结末，作者深深地慨叹："乃知真人之兴，非英雄所冀。况非英雄乎？人臣之缪思乱，乃螳螂之拒走轮耳。"其中潜隐的创作意想，在于"为大唐帝国的解体灭亡唱了一曲别具一格、而且是有声有色的挽歌"①。"中晚唐人喜欢谈论开元天宝遗事，是在劫难之后对盛唐气象的向往；唐末人来谈论唐太宗开国，已是王朝更替时际忧虑国脉的存绝了。"②从观念形态上说，《虬髯客传》一定程度上表现了时代的文人心态：钟情于大唐的国运，竭力从伦理纲常上突显豪侠之"忠义"。虬髯客一旦认定李世民为"真天子"，不与之争锋，便把自己赖以称王天下的"珍宝货泉之数"，"悉以充赠"李靖夫妇，并劝李靖"将余之赠，以奉真主，赞功业，勉之哉！……辅清平之主，竭心尽善，必及人臣"。虬髯客被抹上了"忠义"的色调，昭示了作者对唐王朝的一往情深。联系杜光庭的经历也可反映这一点。他随唐僖宗离开长安至蜀地，并以帝师的身份护佑辅助

---

① 杨义：《中国古典小说史论》，中国社会科学出版社 1995 年版，第 160 页。
② 杨义：《中国古典小说史论》，中国社会科学出版社 1995 年版，第 160 页。

当时的统治者治理蜀地，俨然"山中宰相"。因此他写《虬髯客传》表明自己的心迹，也是很自然的事了。

因为作者的关系，《虬髯客传》被纳入了道教文学的苑囿，"颇疑《道藏》为今传之祖本"[①]，由此也可以看出道教神仙文化与古代小说的依存之关系。杜光庭身处唐末动荡乱世，创作这部小说，一方面突出李唐王朝是君权神授，"非英雄所冀"，非英雄所能争锋；另一方面，吐露出对藩镇割据、兵战不已、家国倾颓的社会不满，但又难觅出路，不得不将目光投射到豪侠身上，希望他们锄强扶弱、匡扶正义。杜光庭依据道教"以内修身，外以治国"的理念塑造李靖、虬髯客，让他们辅助"真命天子"来拯救处于风雨飘摇中的唐王朝。

基于道教理念，杜光庭还运用道教的"谶语"宗教形式塑造人物，并建构故事框架，以先验性的预言推动小说情节发展，使《虬髯客传》充满了道教色彩。谶语的出现不仅是中国历史的一种文化现象，也是中国宗教的一种重要的文化现象。中国古典小说的创作就长期受到了谶语文化的影响，在谶语的运用上，《水浒传》应是其中较早和较成功的一部。

谶语是秦汉时期巫师、方士编造的一种应验性的神秘预言，是预示吉凶、治乱兴衰的隐语。谶语起源于周秦，《国语·郑语》："宣王之时有童谣。曰：'檿弧箕服，实亡周国。'"[②]《史记·秦始皇本纪》中记载了"亡秦者，胡也"的谶语。东汉光武帝刘秀也曾利用谶语谋取皇位，他获得《赤伏符》，这是他当皇帝的主要神学的理论根据。《赤伏符》说："刘秀发兵捕不道，四夷云集龙斗野，

---

① 汪辟疆：《唐人小说》，上海古籍出版社1978年版，第218。
② 徐元诰撰，王树民、沈长云点校：《国语集解》，中华书局2002年版，第473页。

四七之际火为主。……符瑞之应，昭然著闻，宜答天神，以塞群望。"①
于是即皇帝位。"纬"是由儒生们根据统治者的意志，用天人感应、阴阳灾异的学说对儒家经典进行穿凿附会、演绎而成的神秘说教。汉代谶与纬合流，成为谶纬之学，拥有一套符合统治者需要的神学体系，成为古代官方的儒家神学，作为一股强大的社会思潮，对未来政治预测预言。清代学者赵翼就说《六朝多以反语作谶》：

> 自反切之学兴，遂有以反语作谶者。《三国志》，诸葛恪未被害时，民间谣曰："诸葛恪，芦苇单依篾钩落，于何相逢成子阁。""成子阁"反语石子冈也，后恪为孙峻所杀，投尸于石子冈。《晋书·孝武纪》，帝为清暑殿，识者谓"清暑"反语为"楚声"，哀楚之征也。《齐书》，益州向无诸王作镇，宋时有邵硕曰："后有王胜惠来作此州。"及齐武帝以始兴王鉴为益州刺史，"胜惠"反语为"始兴"也，硕言果验。又文惠太子启武帝，乞东田作小苑，"东田"反语为"颠童"，后其子郁林王即位，果以童昏见废。《梁书》，武帝创同泰寺，后又创大通门，以对寺之南，取反语以协"同泰"也，遂改年号为大通，以符寺及门名。昭明太子时，有谣曰："鹿子开城门，城门开鹿子。""鹿子开"者，反语谓"来子哭"，时太子之长子欢为南徐州刺史，太子薨，乃遣人追欢来临丧，故曰"来子哭"也。②

谶纬神学虽然魏晋之后逐渐衰落，但谶纬的内容却被道教吸收，化为道教的宗教理念，又被引入小说创作之中。魏晋南北朝的神仙

---

①［南朝宋］范晔撰，［唐］李贤等注：《后汉书》卷1《光武帝纪上》，中华书局1965年版，第21—22页。

②赵翼撰，董文武译著：《廿二史札记》，中华书局2008年版，第140页。

传记、部分唐宋传奇作品就开始运用符谶的方式进行小说叙事，刻画人物形象。"有些作家受到谣谶、诗谶的启发，在叙事过程中，以谣、诗、偈、卜等形式，使之对于情节的发展或人物命运起着暗示或象征作用。当然其中不无宿命的色彩，但从艺术来看，这种写法也可以是一种特别的伏笔，从而增加了故事发展的传奇性。"[①]谶语的神秘性与模糊性可以决定小说情节的走向，统帅小说的悬念与人物的命运，强化小说的传奇性，引发阅读者期待意识。

虬髯客志向高远，怀有"图王伯业"的政治抱负。他事先从"望气者"那里得知"太原有奇气"，有"异人"；与李靖、红拂相识后，邀他们一同赴太原，谋取大事。在朝代更迭时期，出现异人奇气，就预示了真命天子的出世，这就是"谶语"现象。在太原，虬髯客见到李世民，李世民"不衫不履，裼裘而来，神气洋洋，貌与常异。虬髯默然居坐末，见之心死。"虬髯客告诉李靖，李世民乃"真天子也"。作者实际上已经展开了"谶语"内容，但虬髯客不甘心失去"奇气"，还要让"善相"的道兄审视李世民，最终判断其是否真的具备王者之气：

> ……道士对弈，虬髯与靖傍立为侍者。俄而文皇来，长揖而坐。神清气朗，满座风生，顾盼暐如也。道士一见惨然，下棋子曰："此局输矣！输矣！于此失却局，奇哉！救无路矣！知复奚言！"罢弈请去。既出，谓虬髯曰："此世界非公世界也，他方可图。勉之，勿以为念。"因共入京。[②]

---

①吴承学：《中国古代文体形态研究》，北京大学出版社 2013 年版，第 43 页。

②［唐］杜光庭：《虬髯客传》，张文潜等：《唐宋传奇选》，福建教育出版社 1983 年版，第 214 页。

道士以棋局来谶告虬髯客，李世民乃真命天子，不可与争锋。虬髯客把准备多年的资财悉数赠予李靖，让他辅佐李世民，并断定："太原李氏真英主也。三五年内，即当太平。李郎以奇特之才，辅清平之主，竭心尽善，必极人臣。……将余之赠，以奉真主，赞功业，勉之哉！"虬髯客服膺"道兄"的判断，杜光庭便以谶语的形式预卜了李世民、李靖的君臣伟业。直面现实，虬髯客急流勇退，放弃逐鹿中原的心志，放手到海外寻觅出路，更让人惊异的是："此后十余年，当东南数千里外有异事，是吾得事之秋也。"终为扶余国国王。运用"谶语"贯穿小说始终，关乎虬髯客、李靖、李世民的人物命运，这是杜光庭的用意，也是《虬髯客传》启发后世小说的传奇性手法。

道教发展到宋代，其神仙系统已经完备，丹鼎、符箓成为道士的职业活动，道教的神仙方术迷信更加系统化，以致宋代最高统治者也以方术要求道士。据《云麓漫钞》卷14载，政和六年，以"七科"铨择道士，其中一项就是"书符咒水"①。宋代君王对巫术感兴趣的例子还不少，如《宋史·方伎下·王仔昔传》载，王仔昔因画符箓灵验，被宋徽宗封为"通妙先生"②。《宋史·钦宗本纪》："（靖康元年十一月）丙辰，妖人郭京用六甲法，尽令守御人下城，大启宣化门出攻金人，兵大败。"③这一事变直接导致了北宋政权的覆亡。不仅如此，宋代许多官吏也相信巫术，如《东轩笔录》卷7中的王雱。④《清波杂志》卷12《张怀素》记述吕夷甫、蔡卞等崇信张氏道术之事：

---

① ［宋］赵彦卫：《云麓漫钞》，中华书局1997年版，第253页。
② ［元］脱脱等：《宋史》卷462《方技下》，中华书局1977年版，第13528页。
③ ［元］脱脱等：《宋史》卷23《钦宗本纪》，中华书局1977年版，第434页。
④ ［宋］魏泰：《东轩笔录》，见《宋元笔记小说大观（三）》，上海古籍出版社2001年版，第2726页。

蔡尝语陈莹中:"怀素道术通神,虽飞禽走兽能呼遣之。"至言:"孔子诛少正卯,彼尝谏之为太早。汉、楚成皋相持,彼屡登高观战。不知其几岁,殆非世间人也。"自古方士,怪诞固多有之,未有如此大言者。士大夫何信之笃、惑之深耶?后又有妇人虞,号仙姑,年八十余,有少女色,能行大洞法。徽宗一日诏虞诣蔡京,京饭之。虞见一大猫,拊其背语京曰:"识此否?乃章惇也。"京即诋其怪而无理。翌日,京对,上曰:"已见虞姑邪?猫儿事极可骇。"《熙宁实录》亦载赐蔡州尼惠普号广慈昭觉大师。惠普有妖术,朝士多问以祸福,富郑公亦惑其说。①

浸润在这样的环境中,《水浒传》与道教关系密切就是很自然的了。小说开篇不写梁山,先写道教圣地龙虎山,就是一个表征。百回本《水浒传》开篇"楔子"描述宋仁宗时京师瘟疫流行,大臣闷纷纷奏请天子"祈禳天灾,救济万民"。洪太尉请来信州龙虎山嗣汉天师,"在京师禁院做了七昼夜好事,普施符箓,禳救灾病,瘟疫尽消,军民安泰"。天师"祈禳天灾""普施符箓"直接为全书打上了道教的色彩。

《水浒传》与道教关系的紧密,还表现为道教谶语的大量运用。

首先,谶语在《水浒传》中以天书的形式呈现。镇锁三十六天罡星、七十二地煞星的伏魔殿中,有一块碑碣,上面凿着"遇洪而开"的天书,被掀开以后,好汉们冲出魔洞,散落人间。祖老天师洞玄真人用人皆不识的"天书符箓"镇锁住一百零八位魔君,被放出后,

---

① [宋]周辉:《清波杂志》,见《宋元笔记小说大观(五)》,上海古籍出版社 2001 年版,第 5141 页。

天罡地煞的魅力:《水浒传》考释录 | 64

"使宛子城中藏猛虎，蓼儿洼内聚分龙"，预示众英雄将干一番轰轰烈烈的事业。这"一来天罡星合当出世，二来宋朝必显忠良，三来凑巧遇着洪信，岂不是天数"！因此《水浒传》在描写英雄单独或三五成群地走上梁山时，总把这归为天命。比如史进与少华山朱武交往，"是天罡星合当聚会"；宋江回家奔丧为官府所捉，使得"天罡有分皆相会，地煞同心尽协力"；宋江发配江州，"直教撞破天罗归水浒，掀开地网上梁山"；徐宁上山，是"撺掇天罡来聚会，招摇地煞共相逢"等等。直到一百零八将大聚义，依然是"星辰契合""上应星魁"，是天意的安排。而在平定方腊的战斗中，好汉们"十损其八"，作者仍以天数加以解释。至"宋公明神聚蓼儿洼"，英雄们相继殒命，小说仍以"天罡尽已归天界，地煞还应入地中"加以解释，并与开头相呼应。不仅有道教祖师的天书，还有九天玄女的天书。《水浒传》第四十二回写宋江遇到九天玄女，得授天书：

> 娘娘法旨道："宋星主，传汝三卷天书，汝可替天行道：为主全忠仗义，为臣辅国安民。去邪归正。他日功成果满，作为上卿。吾有四句天言，汝当记取，终身佩受，勿忘于心，勿泄于世。"宋江再拜："愿受天言，臣不敢轻泄于世人。"娘娘法旨道："遇宿重重喜，逢高不是凶。北幽南至睦，两处见奇功。"……有诗为证：还道村中夜避灾，荒凉古庙侧身来。只因一念通溟漠，方得天书降上台。（《水浒传》第四十二回）

宋江得到道教神仙的青睐。上梁山后，三败高俅，接受宿元景宿太尉招安，又北征辽国南平方腊，尽力彰显了他的忠义伦理，正应了玄女的"天言"。

其次，谶语在《水浒传》中用童谣来展示。

北宋末年社会内外矛盾加剧，朝廷对外忍让妥协，对内镇压百姓反抗，汴京流传着一首"十不管"童谣："不管太原，却管太学。不管防秋，却管春秋。不管炮石，却管安石。不管肃王，却管舒王。不管燕山，却管聂山。不管河北地界，却管举人免解。不管河东，却管陈东。不管二太子，却管立太子。"[①]这首童谣表达了民众对统治者的强烈不满，显示出民众忧国忧民的自觉性。童谣不仅直面现实，也可预示事态的延进。

在中国古代小说创作中，秉承"天意"的人，大者便可做帝王，小者便可为头领。《水浒传》第三十九回写宋江于浔阳楼题反诗，"他时若遂凌云志，敢笑黄巢不丈夫"，恰好蔡京在写给儿子蔡九的家信中说："近日太史院司天监奏道：夜观天象，罡星照临吴楚分野之地。敢有作耗之人，随即体察剿除。吩咐下官，紧守地方。更兼街市上小儿谣言四句道：'耗国因家木，刀兵点水工。纵横三十六，播乱在山东。'"为此，蔡九与黄文炳认真地谈起这首童谣，黄文炳分析说："'耗国因家木'，耗散国家钱粮的人，必是家头着个木字，明明是个宋字。第二句'刀兵点水工'，兴起刀兵之人，水边着个工字，明是个江字。这个人姓宋名江，又作下反诗，明是天数。万民有福。"蔡九知府又问"纵横三十六，播乱在山东"有何深意，黄文炳则说："或是六六之年，或是六六之数，'播乱在山东'，今郓城县正是山东地方。这四句谣言已都应了。"童谣暗示了宋江以后的行为。

再次，谶语在《水浒传》中用诗谶来表现。

为破高廉阵法，罗真人让公孙胜下山，临别赠予八字："逢幽而止，遇汴而还。"（《水浒传》第五十四回）告诫弟子要及时

---

① ［宋］徐梦莘：《三朝北盟会编》，台湾大化书局 1979 年版，第 51 页。

抽身，功成而还。与辽国的争战期间，宋江等人拜见罗真人，罗真人赠予宋江八句法语："忠心者少，义气者稀。幽燕功毕，明月虚辉。始逢冬暮，鸿雁分飞。吴头楚尾，官禄同归。"（《水浒传》第八十五回）这与玄女的法旨相呼应，不仅暗示了宋江的结局，也预示了众好汉的归宿，在梁山事业辉煌的盛气中，传达出凄怆的悲剧信息。这与佛教的智真长老赠予鲁智深的偈语，有异曲同工之妙。

鲁智深初到五台山出家，智真长老念偈说："寸草不留，六根清净。与汝剃了，免得竞争"；"灵光一点，价值千金。佛法无边，赐名智深"（《水浒传》第四回）。因为长老相信他将来"成得正果"，所以对他寄寓厚望。平定辽国后，宋江、鲁智深到五台山参禅，智真长老又赠弟子智深四句偈言："逢夏而擒，逢腊而执。听潮而圆，见信而寂。"鲁智深最后领悟："俺师父智真长老，曾嘱咐与洒家四句偈言，道是'逢夏而擒'，俺在万松林里厮杀，活捉夏侯成；'遇腊而执'，俺生擒方腊。今日正应了：'听潮而圆，见信而寂。'俺想既逢潮信，合当圆寂。"作为好汉领袖的宋江，他参卜前程，智真长老答偈曰："六根束缚多年，四大牵缠已久。堪叹石火光中，翻了几个筋斗。咦！阎浮世界诸众生，泥沙堆里频哮吼。"（《水浒传》第九十回）宋江命途坎壈，世间苦挣的悲哀形象已跃然纸上；而且众生"泥沙堆里频哮吼"的表象，已说明众好汉终于汲汲于世而又为世所不容的残酷现实。

《水浒传》的写作，似乎把古代的各种文体形式及文章样式都包罗进去，在作者看来，运用宗教的手段也不例外。谶语预示人物命运，暗示人物的个性，描写的故事更为生动、玄虚，为人物创作伏脉千里。其实，谶语在小说中具有双重的功能：一方面其背后是渊深而神秘的宗教本体，其价值取向在于宗教领悟；另一方面以意象的形式，与人物遭际合为一体，具有一定的审美价值。这种空灵的意象走向人心，在美的感染中使人"悟道"，让人更容易感到宗教的理念。

这一条条符谶时明时暗，玄机飘忽，让人感到有一只无形的巨掌在指点、拨弄着英雄们的命运，既振奋又颓丧，既飘忽又真实。直至宋江被毒死，于梁山上盖庙宇、建祠堂，雕塑一百零八将神像而受到人们的香火祭奠与膜拜。对于《水浒传》的创作意图，李贽早在《忠义水浒传序》中就认定小说是"发愤之所作"，"施、罗二公，身在元，心在宋；虽生元日，实愤宋事"①，李贽对此的评点，后世论者无出其樊篱。张锦池说得更直白："不是一般地希望草泽英雄出来匡扶宋室，而是想借水浒故事总结宋室何以灭亡的原因。"②杜光庭通过《虬髯客传》揄扬唐太宗李世民，为李唐王朝深情地唱着挽歌，当然受到李家的欢迎。《水浒传》的作者强调"替天行道"，对道君皇帝宋徽宗百般回护，这又何尝不是痛惜北宋王朝的国运？

虬髯客虽然顶着宗教的光环崇信义，重然诺，轻资财，但其以天下为己任，"己欲立而立人，己欲达而达人"（《论语·雍也》）的行为，又宛然一个儒家仁者。鲁迅先生在《而已集·小杂感》曾说："人往往憎和尚，憎尼姑，憎耶教徒，而不憎道士。懂得此理者，懂得中国大半。"③在《致许寿裳》又说："中国根底全在道教，此说近颇广行。以此读史，有许多问题可以迎刃而解。"④鲁迅先生把道教看作中国传统文化的重要组成部分，因为道教承袭了原始的自然崇拜和鬼神崇拜传统，将各种神祇、人鬼以及古代圣王、圣人乃至民间信仰的神灵、英雄人物，都纳入其神仙系谱，并伴以相关的

① 朱一玄，刘毓忱编：《水浒传资料汇编》，南开大学出版社2002年版，第171页。
② 张锦池：《〈水浒传〉考论》，人民出版社2014年版，第243页。
③ 鲁迅：《鲁迅全集》第3卷，人民文学出版社1957年版，第398页。
④ 鲁迅：《鲁迅全集》第3卷，人民文学出版社1957年版，第285页。

符箓、祈雨、施咒、招魂、堪舆、谶语等方术，虽充斥着庸俗与愚昧，但其承载着民族的文化心态史，为文学艺术提供了丰富的表述手段与叙事方式。古代小说与道教相融合，在明代中叶前道教盛行的时期，广泛宣扬了道教思想，"以此读史，有许多问题可以迎刃而解"，以此审视《水浒传》，不仅可以理解小说的道教底蕴，也可以明了塑造天罡地煞的用心，赋予其更厚重的文化内涵。其实，在《宣和遗事》中，道教就得到尊崇：

> 徽宗一日问林灵素曰："朕昔到青华帝君处，获言改除魔髡，此何谓也？"林灵素答曰："今通天下之为教者三：曰儒，曰道，曰释而已。儒以夫子为宗，道以老子为宗，释以释迦为宗。孔子之道，垂法万世；盖曾问道于老子，其道本同。惟有佛氏之教，唐传奕曾道：'削发而不拜君亲，易衣而苟逃租赋，不忠不孝，非我中华之人，乃是西方胡鬼。'佛教最为害道，今纵不可遽灭，合与改正，将佛氏改为官观，释迦改为天尊，菩萨改为大士，罗汉改为尊者，和尚改为德士，皆留发，顶冠、执简。"徽宗依奏施行。有皇太子上殿争之，令胡僧一立藏十二人并五台僧二人道坚等，与灵素斗法。僧不能胜，情愿顶冠、执简。太子乞赎僧罪。圣旨："胡僧疎放。道坚乃中国人，送开封府刺面决配于开宝寺前令众。"当时敕天下，依准灵素所奏奉行。[①]

三教之争历来不休，脱胎于《宣和遗事》的《水浒传》必然受其影响。故《水浒传》反复表明宋江等人是天上的星宿降临世间，"替天行道"。如第二十一回"虔婆醉打唐牛儿"，称宋江："替天行

---

① 无名氏编著，曹济平等校点：《宣和遗事》，《中国话本大系》，江苏古籍出版社 1993 年版，第 55—56 页。

道呼保义，上应玉府天魁星。"第四十二回"还道村受三卷天书"，以九天玄女的法旨加以天命固化："宋星主！传汝三卷天书，汝可替天行道：为主全忠仗义，为臣辅国安民，去邪归正。他日功成果满，作为上卿。吾有四句天言，汝当记取，终身佩受，勿忘于心，勿泄于世。"第七十一回"忠义堂石碣受天文"，何道士解读石碣说："此石都是义士大名，镌在上面。侧首一边是'替天行道'四字，一边是'忠义双全'四字。……"第八十五回"宋公明夜度益津关"，罗真人有言："将军上应星魁天象，威镇中原，外合列曜，一同替天行道。今则归顺宋朝，此清名千秋不朽矣。"第九十回"五台山宋江参禅"写道："智真长老道：'常有高僧到此，亦曾闲论世事循环。久闻将军替天行道，忠义根心，深知众将义气为重。吾弟子智深跟着将军，岂有差错。'"诸如此类，意在表明宋江等人受命于天，乃星宿转世为人，目的就是"替天行道"。

《水浒传》虽有一定的历史根据，但毕竟由元末明初文人写定，借天罡地煞、借梁山泊，寄托文人之思、文人之情。陈忱在《水浒后传·论略》中就直接揭示《水浒传》："假宋江之纵横，而成此书，盖多寓言也。"①

---

① ［清］陈忱：《水浒后传·论略》，书海出版社 2000 年版，第 1 页。

第三章

天罡地煞的文化品位

《水浒传》描绘了广阔的朝野世界，上至帝王将相，下至市井小民，几乎各个阶层的人物都能找到他们的身影，这108位天罡地煞构筑了一个坚实的人世间。在现实与理想之间，小说在不断提升他们的文化品位。在传统文化的视域中，既可多角度审视天罡地煞的"儒者气象"，又可选取几个人物作具体观照，以期这些天罡地煞既有整体感，又具有个性气质。

一、天罡地煞的"儒者气象"

赵宋王朝确立了"崇文抑武"的治国方略,有宋一代文化发展空前繁荣,除了官僚阶层,普通民众的文化水平也得到大幅度的提高;包括中下层文人、手工业者、商贩、无业游民、兵弁、奴仆等市民阶层,已成为新兴的社会力量,展示着自身的物质欲望与文化诉求。

(一)被"儒化"的天罡地煞

从现实社会谋生的职业或手段审视,天罡地煞的来源还是比较广泛的,粗略地划分为:

官吏(包括武官):宋江(郓城县押司)、鲁智深(渭州提辖)、林冲(东京禁军教头)、杨志(东京制使)、朱仝(郓城县马兵都头)、雷横(郓城县步兵都头)、花荣(青州清风寨武官)、黄信(青州兵马都监)、秦明(青州兵马统制)、李云(沂水县都头)、孙立(登州兵马提辖)、呼延灼(汝宁郡都统制)、韩滔(陈州团练使)、徐宁(东京金枪班教师)、彭玘(颍州团练使)、索超(大名府留守司正牌军)、宣赞(衙门防御保义使)、关胜(蒲东巡检)、郝思文(先锋官)、单廷圭(凌州兵马团练)、魏定国(凌州兵马团练)、董平(东平府兵马都监)、张清(东昌府守将)、龚旺(东昌府副将)、丁得孙(东昌府副将)、凌振(甲仗库副使炮手)、戴宗(江州两院押牢节级)、李逵(江州牢子)、杨雄(蓟州两院押狱)、裴宣(六案孔目)、乐和(登州小牢子)、蔡福(大名府两院押狱)、蔡庆(大名府押狱)。共33人。

富豪、庄主富户：卢俊义、柴进、史进、宋清、李应、穆弘、穆春、扈三娘、孔明、孔亮。共10人。

从事"大农业"者（农牧渔猎）：阮小二、阮小五、阮小七、白胜、解珍、解宝、李俊、张顺、童威、童猛、陶宗旺。共11人。

手工业者：孟康、郑天寿、汤隆。共3人。

酒店主：施恩、朱富、曹正、孙新、顾大嫂、张青、孙二娘、王定六、李立。共9人。

小商贩：石秀、燕顺、王英、吕方、郭盛、段景住。共6人。

书生：吴用、萧让、金大坚、蒋敬。共4人。

医生：安道全、皇甫端。共2人。

道士：公孙胜、樊瑞。共2人。

家仆：燕青、侯健、杜兴。共3人。

江湖游民：朱武、陈达、杨春、李忠、周通、杜迁、宋万、朱贵、武松、刘唐、张横、时迁、薛永、石勇、焦挺、杨林、欧鹏、马麟、邓飞、邹渊、邹润、项充、李衮、鲍旭、郁保四。共25人。

除了官吏之外，梁山英雄中身为各种小业主和小商贩者也不在少数。他们虽是小商贩，但在那个腐朽窳败的乱世，根本无法经商致富，要么破产，要么铤而走险，共同的命运使他们走上了梁山。江湖游民也是梁山泊大家庭的重要成员，为谋生闯荡江湖，他们四海为家，生活得不到保障，但他们走南闯北，见多识广，重江湖义气，处事手段往往果敢凶猛，不乏为非作歹之举。《水浒传》中的这些天罡地煞区域分布广，是社会芸芸众生的一员。他们的个性、言语、行为，都表现了那个特定时代人们的习性、爱好、职业与日常生活状态，显得真实可信。

在生活层面，他们追求"大碗喝酒、大块吃肉"的快活方式，这是有现实生活基础的。中国长期以来是传统的农业社会，生产力水平比较低下，自给自足的小农经济生活方式比较落后，劳动者的生活除了下田劳作外，大部分时间花在了制作饮食上，而这种饮食的结构只能是以蔬菜为主。《礼记·王制》说：“诸侯无故不杀牛，大夫无故不杀羊，士无故不杀犬、豕，庶人无故不食珍。”[①]虽有这样的规定，士以上的贵族也未必就一定拘于此类礼法。《国语·楚语》也说道：“祀加于举。天子举以大牢，祀以会；诸侯举以特牛，祀以大牢；卿举以少牢，祀以特牛；大夫举以特牲，祀以少牢；士食鱼炙，祀以特牲；庶人食菜，祀以鱼。上下有序，则民不慢。”[②]平民百姓的日常生活都是以蔬菜为主，只有祭祀时才用鱼。这都说明长期的农业社会的生活水平状况。贵族统治者与平民百姓存在的差别在于是否能够“食肉”，因而，在历史的叙事中，就有把贵族统治者称为“肉食者”，把平民百姓称为“蔬食者”的说法。到了宋代，生产力虽然有了很大的发展，商品经济也相对繁荣，但是物质财富相对匮乏，对大多数人来说每天能够吃到肉，也是比较困难的。陆游在《老学庵笔记》卷8中曾记载秀才们的口头禅：“苏文熟，吃羊肉；苏文生，吃菜羹。”[③]说的是宋代的读书人要想考取进士，必须把苏轼的文章学好，这样才能科举成功，跨上仕途，成为统治阶级中的一员，因而才能富贵，吃上羊肉，否则名落孙山，只能回家吃蔬菜了。陆游的记载形象、切实，可见在宋代“食肉”仍然被视为高水平的生活水准，引起人们的向往和羡慕。虽然满足生活的欲望对社会各阶层充满了诱惑力，但人们并没有停止在口腹之欲上面。在汴京最著名的大酒店樊楼上，史进、穆弘酒后狂歌：“浩气冲天贯斗牛，

---

①杨天宇：《礼记译注》，上海古籍出版社2004年版，第153-154页。
②徐元诰撰，王树民、沈长云点校：《国语集解》，中华书局2002年版，第516页。
③［宋］陆游：《老学庵笔记》卷8，见《宋元笔记小说大观（五）》，上海古籍出版社2001年版，第3522页。

英雄事业未曾酬。手提三尺龙泉剑，不斩奸邪誓不休！"（《水浒传》第七十二回）在大庭广众之下，虽觉孟浪些，但也表达了好汉们的心声。

智多星吴用本是教书先生，但他雄才大略，智谋过人，既不像当时一般知识分子那样贪恋功名，又不听天由命，甘做牖下之儒。他出场时曾有一首《临江仙》词："万卷经书曾读过，平生机巧心灵，六韬三略究来精。胸中藏战将，腹内隐雄兵。谋略敢欺诸葛亮，陈平岂敌才能，略施小计鬼神惊。名称吴学究，人号智多星。"（《水浒传》第十四回）吴用博览群书、运筹帷幄，可与汉代陈平、诸葛亮相提并论。

宋江为押司，是县府机构中机要秘书一类的刀笔小吏。宋代的史料中，只有《宋史·侯蒙传》说他"其才必过人"。但他"自幼学儒，长而通吏"，还能吟诗填词，颇有文采，他曾三次题写诗词。

第一次因为杀了阎婆惜被刺配江州，在浔阳楼畅饮沉醉，想起心事，感恨伤怀，作《西江月》词："自幼曾攻经史，长成亦有权谋。恰如猛虎卧荒丘，潜伏爪牙忍受。不幸刺文双颊，那堪配在江州。他年若得报冤仇，血染浔阳江口。"在《西江月》下，又写了四句诗："心在山东身在吴，飘蓬江海谩嗟吁。他时若遂凌云志，敢笑黄巢不丈夫。"（《水浒传》第三十九回）

第二次在梁山英雄大聚义后，宋江做了山寨头领，正值重阳节众兄弟们赏菊。就在这喜庆的筵席上，宋江又乘酒兴作《满江红》词，令乐和歌唱："喜遇重阳，更佳酿今朝新熟。见碧水丹山，黄芦苦竹。头上尽数添白发，鬓边不可无黄菊。愿樽前长叙弟兄情，如金玉。统豺虎，御边幅。号令明，军威肃。中心愿平虏，保民安国。日月长悬忠烈胆，风尘障却奸臣目。望天王降诏早招安，心方足。"（《水浒传》第七十一回）

第三次是在燕青陪同下潜入京师李师师家，以便打通关节求招安。因李师师"亲赐酒食"，激动万分，又一次乘酒意吟成《念奴娇》："天南地北，问乾坤何处可容狂客？借得山东烟水寨，来买凤城春色。翠袖围香，绛绡笼雪，一笑千金值。神仙体态，薄幸如何消得！想芦叶滩头，蓼花汀畔，皓月空凝碧。六六雁行连八九，只等金鸡消息。义胆包天，忠肝盖地，四海无人识。离愁万种，醉乡一夜头白。"（《水浒传》第七十二回）[1]与历史上"勇悍狂侠"的宋江不同，《水浒传》中的宋江宛然是一个志存高远、心怀忠义的文士了。

柴进是"帝子神孙"，卢俊义乃河北大名府的"第一等长者"（富豪），公孙胜是修行深厚的罗真人的高徒，他们应当有较高的文化素养。萧让是秀才，蒋敬是"落科举子"，都是读书人。他们与宋江、吴用一起构成了梁山泊的知识阶层，是梁山对外对内布政行文、出谋划策的中坚力量。

从他们的身份及所从事的职业看，其中的大多数具备一定的文化水准，这是"图王伯业"的基础。就像赵翼在《廿二史札记》卷四《东汉功臣多近儒》中说："西汉开国，功臣多出于亡命无赖，至东汉中兴，则诸将帅皆有儒者气象，亦一时风会不同也。"[2]"儒者气象"包含着诸多文化修养，自幼曾攻经史的宋江了然于心。《水浒传》第二十一回由一首《古风》描绘宋江："宋朝运祚将倾覆，四海英雄起寥廓。流光垂象在山东，天罡上应三十六。瑞气盘缠绕郓城，此乡生降宋公明。神清貌古真奇异，一举能令天下惊。幼年涉猎诸经史，长为吏役决刑名。仁义礼智信皆备，曾受九天玄女经。江湖结纳诸豪杰，扶危济困恩威行。他年自到梁山泊，绣旗影摇云

---

①唐圭璋先生编的《全宋词》第二卷收录了宋江这首词，只是个别字句稍异，词末注"词品拾遗引瓮天脞语"，中华书局1965年版，第986页。

②［清］赵翼撰，董文武译著：《廿二史札记》，中华书局2008年版，第85页。

水滨。替天行道呼保义，上应玉府天魁星。"在宋江的主持下，从"聚义厅"到"忠义堂"，从"替天行道"到"顺天""护国"（《水浒传》第八十二回），这是一次具有文化资质的富民领导的斗争。水浒传奇故事"儒者气象"愈来愈浓，这也是天罡地煞具有不衰魅力的一个重要原因。

随着水浒故事的传播，文人们谈论最多的仍是其忠义伦理精神，他们为梁山好汉的造反行为作出了合乎儒家思想的解释。繁本系统中较早的《忠义水浒传》汪道昆的《序》说：

> 夷考当时，上有秕政，下有菜色。而蔡京、童贯、高俅之徒，壅蔽主聪，操弄神器，卒使宋室之元气索然，厌厌不振，以就夷虏之手。此诚窃国之大盗也。……遂啸聚山林，凭陵郡邑。虽掠金帛，而不虏子女。唯翦萎墨，而不戕善良。诵义负气，百人一心。有侠客之风，无暴客之恶。是亦有足嘉者。①

简本系统中较早的《水浒志传评林》中的《题叙》说：

> 尽心于为国之谓忠，事宜在济民之谓义。若宋江等其诸忠者乎？当是时，宋德衰微，乾纲不揽，官箴失措，下民咨咨，山谷嗷嗷。英雄豪杰，愤国治之不平，悯民庶之失所，乃崛起山东，乌合云从，据水浒之险为依。……彼盖强者锄之，弱者扶之，富者削之，贫者周之，冤曲者起而伸之，囚困者斧而出之。……有为国之忠，有济于民义！②

---

①［明］汪道昆：《水浒传序》，朱一玄，刘毓忱编：《水浒传资料汇编》，南开大学出版社2000年版，第168页。

②［明］天海藏：《题水浒传序》，万历双峰堂本《水浒志传评林》，江苏广陵古籍刻印社2006年影印本。

他们针对北宋末年的社会现状，抨击奸臣当道，民贼误国，指出忠义不在朝廷，而在山林水泊，水浒英雄的传奇经历，浸透着忠义的伦理思想。所以明朝人杨定见《忠义水浒全书小引》认为："《水浒》而忠义也，忠义而《水浒》也。"①言简意赅。

明代思想家、评论家李贽，对《水浒传》的评点可谓发自肺腑，第一次对水浒故事的忠义伦理做出了全面的肯定：

> 夫忠义何以归于水浒也？其故可知也。夫水浒之众，何以一一皆忠义也？所以致知者可知也。……则谓水浒之众，皆大力大贤有忠有义之人可也，然未有忠义如宋公明者也。今观一百单八人者，同功同过，同死同生，其忠义之心，犹之于宋公明也。独宋公明者，身居水浒之中，心在朝廷之上；一意招安，专图报国；卒至于犯大难，成大功，服毒自缢，同死而不辞，则忠义之烈也！真足以服一百单八人者之心；故能结义梁山，为一百单八人之主。最后南征方腊，一百单八人者，阵亡已过半矣。又智深坐化于六和，燕青涕泣而辞主，二童就计于混江，宋公明非不知也，以为见几明哲，不过小丈夫自完之计，决非忠于君，义于友者所忍屑矣。是之谓宋公明也，是以谓之忠义。②

李贽在其序文及评点中大力推崇忠义思想，这与他自己浓厚的忠义思想是相通的。

---

①［明］杨定见：《忠义水浒全书小引》，朱一玄，刘毓忱编：《水浒传资料汇编》，南开大学出版社 2002 年版，第 187 页。

②［明］李贽：《忠义水浒传·序》，朱一玄，刘毓忱编：《水浒传资料汇编》，南开大学出版社 2002 年版，第 171–172 页。

在忠义思想引导下，义士们虽然被逼上梁山，但依然想着效命疆场，既可分忧报国，又可建功立业。在此基础上，《水浒传》构筑了一个理想社会，即"梁山泊的大同世界"。一百二十回本《水浒传》中，在一百零八将大聚义排座次之后，有一篇通俗骈文，赞美梁山泊的好处：

> 八方共域，异性一家。天地显罡煞之精，人境合杰灵之美。千里面朝夕相见，一寸心死生可同。相貌语言，南北东西虽各别；心情肝胆，忠诚信义并无差。其人则有帝子神孙，富豪将吏，并三教九流，乃至猎户渔人，屠儿刽子，都一般儿哥弟称呼，不分贵贱；且又有同胞手足，捉对夫妻，与叔侄郎舅，以及跟随主仆，争斗冤仇，皆一样的酒筵欢乐，无问亲疏。或精灵，或粗卤，或村朴，或风流，何尝相碍，果然认性同居；或笔舌，或刀枪，或奔驰，或偷骗，各有偏长，真是随才器使。可恨的是假文墨，没奈何着一个圣手书生，聊存风雅；最恼的是大头巾，幸喜得先杀却白衣秀士，洗尽酸惭。地方四五百里，英雄一百八人。昔时常说江湖上闻名，似古楼钟声声传播；今日始知星辰中列姓，如念珠子个个连牵。在晁盖恐托胆称王，归天及早；惟宋江肯呼群保义，把寨为头。休言啸聚山林，早愿瞻依廊庙。（百二十回本《水浒全传》第七十一回，上海人民出版社1975年版）

比一百二十回本《水浒传》刊行还早的百回本《水浒传》（容与堂刊本），在第七十一回水浒英雄排座次后，也赞美说："山分八寨，旗列五方。交情浑似股肱，义气真同骨肉"，一百零八位英雄各司其职，"人人戮力，个个同心。休言啸聚山林，真可图王伯业。列两副仗义疏财金字障，竖一面替天行道杏黄旗"。他们并歃血对苍天盟誓："生死相托，吉凶相救，患难相扶，一同保国安民"；"自今已后，若是各人存心不仁，削绝大义，万望天地行诛，神人共戮，万世不得人身，亿载永沉末劫。但愿共存忠义于心，同著功勋于国，替天行道，保境安民"。

在梁山泊的理想天地中，众英雄不论出身贵贱，一律是兄弟，各尽其才，各尽其能；在待遇上，"论秤分金银，论套穿衣裳"，"大块吃肉，大碗喝酒"，互信互助，生死相依。这种梁山泊的政权，是我国封建社会下层人民向往的理想社会制度，它有别于封建社会建立的任何一种宗法政治王朝，是受压迫者中敏锐的有志之士绘制的社会蓝图。《水浒传》破天荒地以小说的形式展示了一个理想的王国，显示了深厚的文化底蕴。《礼记·礼运》中的大同章，明确提出了"大同"的概念，孔子仰慕先贤，擘画了自己心目中大同社会：

> 大道之行也，天下为公，选贤与能，讲信修睦。故人不独亲其亲，不独子其子，使老有所终，壮有所用，幼有所长，鳏寡孤独废疾者，皆有所养；男有分，女有归；货恶其弃于地也，不必藏于己；力恶其不出于身也，不必为己。是故谋闭而不兴，盗窃乱贼而不作，故外户而不闭，是谓大同。[①]

在这里，大同世界的本质就是"公"，体现在用人上，是选贤任能；体现在人与人的关系上，是讲究"信"与"睦"。人们在生活中，"不独亲其亲"，还要"亲"他人之"亲"，"不独子其子"，还要视他人之子如己之子。人与人相互信任、团结，男女各守其分，各司其责，

---

① 杨天宇：《礼记译注》，上海古籍出版社 2004 年版，第 265 页。

没有阴谋,没有盗贼,就形成了"老有所养""壮有所用""幼有所长""鳏寡孤独废疾者"也有人照顾的充满仁爱的世界。在这样的社会状态中,有财货不必为自己去争,以自身的能力服务公众,整个社会太平安定。

《水浒传》构想的梁山泊和谐、平等的理想社会,表达了封建时代作者自己所能企及的思想境界,当然也是芸芸众生的理想追求的一个鲜活写照,因为普通百姓接触儒释道的经典述论是有限的,而作为通俗文学的小说,《水浒传》的形象描述具有更广泛的影响力。假如宋江三十六人成了刘邦、朱元璋之类的人物,那么《水浒传》必然就是另一种写法了。"中国专制制度下的'封闭'社会,能够产生《水浒传》这样的小说和思想,说明它确实有它存在的'理由',有它自我调适、自我反馈、自我循环的'办法',有它的'民主性'成分。"[①]中国传统文化中一直存有民主性,《水浒传》形象地展示了这种"民主性",也得到历代读者的默认与肯定。天罡地煞中虽然不乏文盲,但在"梁山泊的大同世界"中,都被笼罩在"儒者气象"之中。

与西方小说相比,中国古典小说更注重故事的传奇性,在故事的跌宕起伏叙事中塑造人物性格,后世把《水浒传》看作英雄传奇小说的杰作,就很能表现这一点。作为一部中国经典作品,《水浒传》自问世之后,文人们就不停地进行点评,金圣叹就强调说:"天下之文章,无有出《水浒》右者……《水浒》所叙,叙一百八人,人有其性情,人有其气质,人有其形状,人有其声口。夫以一手而画数面,则将有兄弟之形;一口而吹数声,斯不免再映也。施耐庵以一心所运,而一百八人各自入妙者,无他,十年格物而一朝物格,

① 萧兵,周俐:《古代小说与神话宗教》,山西人民出版社2005年版,第104页。

斯以一笔而写百千万人，固不以为难也。"①但是，金圣叹鼓吹的"性格理论"也有比较明显的局限性，因为一百零八位天罡地煞并非个个形象逼真丰满，都能够为人熟知与记忆，给人印象最深的多集中于宋江、吴用、卢俊义、鲁智深、林冲、武松、李逵、燕青等人物身上。作为现代中国《水浒传》的点评者之一，张恨水平生不间断地评析水浒人物，结集为《水浒人物论赞》一书，涉及天罡地煞共63人；现当代出版的各种文学史，分析的也是宋江等主要人物特征；还有当代学人所论的水浒人物也不完全包括一百零八位天罡地煞。因此，在观照水浒英雄的时候，笔者依然选取部分人物作为文化标本，寻绎考释，探赜索微。

（二）宋末社会的文化心态

1125 年，金灭辽后大军南侵。听到金兵南下的消息，徽宗皇帝吓得赶紧传位与儿子钦宗（赵桓），自己准备逃跑。钦宗改年号为"靖康"，1126 年为靖康元年。其时，金兵兵临城下，以近六万的侵略之师包围汴京（开封）。徽宗逃到镇江，钦宗固守京城，但却主张与金人求和。金帅斡离不对宋提出的议和条件是："今若欲议和，当输金五百万两、银五千万两、牛马万头、表缎百万匹，尊金帝为伯父，归燕云之人在汉者，割中山、太原、河间三镇之地，而以宰相、亲王为质，送大军过河，乃退耳。"②钦宗对金人的赔款、割地、遣质、更盟的要求全部依允。但 1126 年冬，金兵再次南侵，1127 年初，

---

①陈曦钟，侯忠义，鲁玉川辑校：《水浒传会评本》，北京大学出版社 1987 年版，第 9 页。

②［明］陈邦瞻：《宋史纪事本末》卷 56《金人入寇》，中华书局 2018 年版，第 565 页。

汴京陷落，北宋灭亡。

《宋史》卷23《钦宗本纪》载：

> 金人以帝及皇后、皇太子北归。凡法驾、卤簿，皇后以下车辂、卤簿，冠服、礼器、法物，大乐、教坊乐器，祭器、八宝、九鼎、圭璧，浑天仪、铜人、刻漏，古器、景灵宫供器，太清楼秘阁三馆书、天下州府图及官吏、内人、内侍、技艺、工匠、娼优，府库畜积，为之一空。[①]

《宋史纪事本末·金人入寇》也有类似的记载：

> 金人以二帝及太妃、太子、宗戚三千人北去。凡法驾、卤簿，皇后以下车辂、卤簿，冠服、礼器、法物，大乐、教坊乐器，祭器、八宝、九鼎、圭璧，浑天仪、铜人、刻漏，古器、景灵宫供器，太清楼、秘阁、三馆书，天下府、州、县图及官吏、内人、内侍、技艺工匠、娼优，府库畜积，为之一空。[②]

徽宗被封为昏德公，宋钦宗被封为重昏侯，幽居五国城（黑龙江省依兰县）。"靖康之难"是宋王朝的奇耻大辱，也是中国历史上的一场浩劫。面临危亡，志士民众愤然而起，要么尽力支持宋军抗战，要么纷纷建立"忠义社"即"忠义民兵"，抗金图存；一股强大的爱国思潮席卷大江南北。

面对女真侵略者的铁蹄刀剑，承受着统治者投降退让的巨大压

①［元］脱脱等：《宋史》卷23《钦宗本纪》，中华书局1977年版，第436页。
②［明］陈邦瞻：《宋史纪事本末》卷56《金人入寇》，中华书局2018年版，第590—591页。

力，宋代绝大部分志士经受住了血与火的考验，表现出正直刚烈、杀身成仁的崇高气节。这种气节的形成，与北宋时期复兴的儒学思想传统有密切的关系。这一点，连消灭了宋王朝而为其忠烈之士作传的元人也指出来了："靖康之变，志士投袂，起而勤王，临难不屈，所在有之。及宋之亡，忠节相望，班班可书，匡直辅翼之功，盖非一日之积也。"① 易代之际，出现这么多讲求气节与操守的贤才，是宋代致力弘扬儒家思想的结果。

在原始儒家那里，要使国家兴旺，国君首先在正己的前提下，必须尊重人才，选贤任能。孟子讲："尊贤使能，俊杰在位，则天下之士皆悦，而愿立于其朝矣。"（《孟子·公孙丑上》）② 所谓"贤"，首先要有正直的节操。《论语·为政》载，鲁哀公问孔子："何为则民服？"孔子说："举直错诸枉，则民服；举枉错诸直，则民不服。"③ 这就是说，要把正直的人选拔到重要岗位上，辅佐国君治理好国家，人民就心悦诚服；相反，若重用奸邪之徒，就会诱使国君迫害贤良，葬送社稷。《水浒传》已很形象地说明这一点，宋徽宗信用的蔡京、童贯、高俅、杨戬之流，他们巧言令色，把持朝政，嫉贤妒能，欺上瞒下，陷害忠良；在国家危亡之际，懦弱无能，甚至出卖民族利益。

面对时弊，梁山英雄懂得"学成文武艺,货与帝王家"的人生理想，多多少少都受到儒家文化思想的熏染。在乱世之秋，他们支持宋江的招安主张，抱着一腔忠义之心，愿为国家出力。"臣心一片磁针石，不指南方死不休。"这是民族英雄文天祥的思想，也是宋元两代民族矛盾高涨的历史条件下汉族人民包括知识分子的潜在民族心理。

---

① ［元］脱脱等：《宋史》卷446《忠义一》，中华书局1977年版，第13149页。
② 杨伯峻：《孟子译注》，中华书局1960年版，第77页。
③ 杨伯峻：《论语译注》，中华书局1980年版，第19页。

人们并没有把宋江等好汉当作农民起义的领袖看待，而是把他们看成是"忠义之聚于山林者"，把他们看作是出自多门的贤才豪杰，是能文能武的英雄。

金人的铁蹄，踏碎了北宋文治的美梦。大敌当前，庙谟失策，主帅非人，再加上承平日久，将不知兵，兵不知战，金兵之长驱直入，所向披靡。在国家危亡之时，北宋朝廷只得匆匆诏求将帅之才。靖康元年五月，"壬辰，诏天下举习武艺兵书者"，"戊戌，令中外举文武官才堪将帅者"。①诏书虽下，但习武艺、兵才堪帅者寥寥无几，北宋已养成了文恬武嬉的局面。在这种历史背景下，水浒英雄主动接受招安，并全伙征辽，战无不胜，攻无不克，不可一世，为汉人出气解愤。《水浒传》的作者如此安排，显然是其儒家忠君思想在社稷危难之际，渴望贤才豪杰挺身而出的愿望的流露。直到现代，仍有宋末历史的回声。张恨水在《水浒新传·自序》中说："到了1940年，我就改变办法打算写一本历史小说。而在这本小说里，我要描写中国男儿在反侵略战争中奋勇抗战的英雄形象。这样对旧上海读者也许略有影响，并且可以逃避敌伪的麻烦。考量的结果，觉得北宋末年的情形，最合乎选用。其初，我想选岳飞、韩世忠两个作为主角，作一部长篇，却以手边缺乏参考书，而又以《说岳》一书在前，又重复而不易讨好未敢下笔。后来将两本《宋史》胡乱翻了一翻，翻到《张叔夜传》，灵机一动，觉得大可利用此人做线索，将梁山一百八人参与勤王之战来做结束。宋江是张叔夜部下，随张抗战，在逻辑上也很讲得通。《水浒传》又是深入民间的文学作品，描写宋江抗战，既可引起读者的兴趣，而现成的故事，也不怕敌伪

---

①［清］毕沅：《续资治通鉴》卷96《钦宗靖康元年》，中华书局1957年版，第2529—2530页。

向报馆挑眼。"①一百零八位天罡地煞执忠仗义，替天行道，他们是一群亦儒亦侠的豪杰，是"统豺虎，御边幅"的贤士。

（三）孔子及其弟子的文化人格

在中国传统文化中，"人格"观念是孔子提出来的，他所说的"君子"就是他理想人格的化身。孔子认为，一个人要成为"君子"必须以"仁"为做人的根本，孔子所说的"仁"不是从神秘的天道中推衍出来的，而是从人的内心中萌生的。从这个前提出发，孔子提出了仁的内涵是"仁者，爱人"。要做到这一点，就必须处处注意爱人，推己及人，当仁不让。当然，儒家并不是一切都爱，而是爱好人，憎恶人，即爱憎分明。孔子说："唯仁者能好人，能恶人。"（《里仁》）②"仁"在家庭中的规范，就是父要慈，子要孝，兄要友，弟要恭。孔子说："孝悌也者，其为人之本欤！"孝悌关系到家庭与社会的安定，"其为人也孝悌而好犯上者，鲜矣；不好犯上而好作乱者，未之有也"（《学而》）③。孔子认为，孝敬父母、尊敬兄长的人，却喜欢触犯上级，是很少见的；不喜欢触犯上级，却喜欢造反，这样的人从来就没有。儒家还认为，作为"君子"，还要讲求义、礼、智、忠、信等必要的品德修养，只要"仁义忠信，乐善不倦"（《告子上》），人人皆可以成为尧舜那样的贤人④。

以忠、义为主的儒家文化人格，是水浒英雄主导的性格。但是，乱世呼唤英雄豪杰，乱世促使了儒侠人格的互补，儒家文化人格也

---

① 张恨水：《水浒新传》，黑龙江人民出版社 1997 年版，第 1 页。
② 杨伯峻：《论语译注》，中华书局 1980 年版，第 35 页。
③ 杨伯峻：《论语译注》，中华书局 1980 年版，第 2 页。
④ 杨伯峻：《孟子译注》，中华书局 1960 年版，第 271 页。

成为塑造水浒英雄的底蕴。正如西方学者所说："《水浒传》是研究中国革命运动动机的一本必读作品……中国历史中的许多造反者，不论成败，都宣称有权反抗暴君，这也是孟子曾认可的权利。《水浒传》将当时盛行的贪污腐化归咎于行政机构而非皇帝本人，看来虽有软弱之嫌，但这部小说认为绿林社会比正统社会更合乎儒家的真正理想，确属极端大胆的看法。的确，在当时恶劣的社会环境中，强盗的山寨成为唯一能容纳儒家君子行动的地点了。"[①]而儒家文化人格又与"士"不可分割。

"士"最初是武士，经过春秋、战国时期激烈的社会动荡，"士"转变成了文士。对这一过程，现代著名史学家顾颉刚先生有过比较详细的说明。

吾国古代之士，皆武士也。士为低级之贵族，居于国中（即都城中），有统驭平民之权利，亦有执干戈以卫社稷之义务，故谓之"国士"以示其地位之高。……

自孔子殁，门弟子辗转相传，渐倾向于内心之修养而不以习武事为急，寝假而羞言戎兵，寝假而惟尚外表。……

讲内心之修养者不能以其修养解决生计，故大部分人皆趋重于知识、能力之获得。盖战国时有才之平民皆得自呈其能于列国君、相，知识即丰，更加以无碍之辩才，则白衣可以立取公卿。公卿纵难得，显者之门客则必可期也……宁越不务农，苏秦不务工商，而惟以读书为专业，揣摩为手腕，取尊荣为目标，有此等人出，其名曰"士"，与昔人同；其事在口舌，与昔人异，于是武士乃蜕化而为文士。

①［美］罗伯特·鲁尔曼：《中国通俗小说戏剧中的传统英雄人物》，《儒家学派》，美国斯坦福大学出版社1960年版，第141—176页。

然战国者，攻伐最剧烈之时代也，不但不能废武士，其慷慨赴死之精神且有甚于春秋。故士之好武者正复不少。彼辈自成一集团，不与文士混。以两集团之对立而有新名词出焉：文者谓之"儒"，武者谓之"侠"，儒重名誉，侠重义气。……古代文武兼包之士至是分歧为二。①

在由武士向文士的蜕变过程中，春秋战国是一个关键时期，而孔子亦是一个关键性人物。

在人们的意识中，儒家倡导礼法，重视文教，文质彬彬；即使对孔子及其弟子，后世儒者有意或无意地忽略、过滤了他们的尚勇意识与尚勇的人格内涵。实际上孔子及其弟子谙武略，尚勇力，并非都是颜回那样苦其心志修养身性的羸弱书生，不少弟子就置身于各大诸侯国的政治军事斗争，子路、冉有、樊迟等能够带兵打仗，驰骋沙场，在当时都是闻名于诸侯的军事将领，而且他们的军事才能都与孔子息息相关。

大家都知道孔子推崇仁爱，但也重视勇武。在《论语》中，孔子不止一次提到勇，并把它视为衡量君子的一个重要标准。孔子生活的春秋晚期，是一个尚勇的社会，诸侯争霸，王室式微，诸侯国之间的战争绵延不绝，民不聊生，国破家亡的事情已司空见惯，弱小国家为生存权苦苦挣扎。鲁国国力较弱，处在强霸的大国之间，备受欺凌，"是时也，晋平公淫，六卿擅权，东伐诸侯；楚灵王兵强，陵轹中国；齐大而近于鲁。鲁小弱，附于楚则晋怒；附于晋则楚来伐；不备于齐，齐师侵鲁"②。而鲁国内部公室不振，三桓专权，国

---

① 顾颉刚：《史林杂识初编》，中华书局1963年版，第85—91页。
② ［汉］司马迁：《史记》卷47《孔子世家》，中华书局1959年版，第1910页。

家面临着分崩离析的局面。面对这种内外形势，孔子心系国家安危，其政治思想不可能缺少勇武军备方略。

而春秋时期的贵族男子，世袭为官，和平年代理政治民；一旦爆发战争，便披坚执锐，将兵出战。故在贵族教育中，军事技能是必要的教育内容之一。《周礼·地官司徒》载："三曰六艺：礼、乐、射、御、书、数。"[1] 而"古以礼、乐、射、御、书、数为六艺。人之才能，由六艺出"[2]。从文武而言，礼、乐、书、数属于文的范畴，而射、御则属于武的范畴，是当时军事技能与军事训练的重要内容。

孔子重视射、御之学，并将其列为弟子的必修科目，既把两者当作礼仪，重在培养弟子的政治品格与道德素养，但又看重武功与军事的本领。射即射箭，孔子说："君子无所争。必也射乎！揖让而升，下而饮。其争也君子。"并要求弟子们"射不主皮，为力不同科，古之道也"[3]。在冷兵器时代，两军对垒，短兵相接，拼的是力量，拼的是武器，拼的是军事技能，拼的是军事实力，光靠道德是不能征服敌人的。《礼记·射义》："孔子射于矍相之圃，盖观者如堵墙。"[4] 孔子精通射艺之术，并以之教育弟子。

御，就是驾驶车马。车马大概一开始是军旅战事的工具，后来才演化为民间普遍的交通工具。孔子生活的时代，车马依然珍贵，普通百姓是难以拥有的。作为战车，一车四马为一乘，而"百乘之家""千乘之国""万乘之国"往往是诸侯国大小、国家强弱的象征。每辆战车可为一个作战单位，由兵甲三人组成，坐在中间的为御，坐在车两边的为车左、车右，通常车左持箭射击，车右持戈砍杀；

① 杨天宇：《周礼译注》，上海古籍出版社2004年版，第156页。
② ［清］刘宝楠：《论语正义·雍也》，中华书局1990年版，第222页。
③ 杨伯峻：《论语译注》，中华书局1980年版，第25、29页。
④ 杨天宇：《礼记译注》，上海古籍出版社2004年版，第836页。

而御尤为重要，揽辔执旌，掌控方向，指挥左右。《礼记·曲礼下》说："问大夫之子，长，曰：'能御矣。'幼，曰：'未能御也。'"①由此看来，春秋时代的贵族男子从少年到成年，御是学习掌握的基本技能。此后，孔子强调"六艺"之学，特别是属于武道的射与御，至少说明崇武、尚勇的精神也是原始儒家精神气质的底色。孔子曾说："君子道者三，我无能焉：仁者不忧，知者不惑，勇者不惧。"子贡曰："夫子自道也。"②孔子把仁、知、勇作为衡量君子的重要标准，并很自谦认为自己尚未达到这些标准。子贡却一语破的，坚信孔子完全符合这三条标准。孔子之勇自不待言。

现存史籍记载，孔子倡勇，并身体力行。孔子身材魁梧，很有勇力。《史记·孔子世家》云："孔子长九尺有六寸，人皆谓之'长人'而异之。"③《吕氏春秋·慎大览》曰："孔子之劲，举国门之关，而不肯以力闻。"④孔子可谓勇力非凡的武士。那么，孔子的勇武思想得之于哪里呢？或受时人影响，或秉承于先人。而受之于时人已无从稽考；倒是其家学渊源还可见出轩轾。

孔氏家族不乏武士传统，其武道家学渊源大概成就了孔子的勇武气概。"孔子的先辈自孔父嘉至其父，世代职司武事，军旅之事乃是孔子的世传家学。"⑤这里姑且从其父说起。叔梁纥为鲁国的陬邑宰，以勇武闻名于诸侯。《春秋左传·襄公十年》记载，晋国为首的诸侯联军围攻偪阳，叔梁纥随同鲁军参加作战。偪阳人开始打开城门，诱敌入瓮城，以便关门聚歼。其时鲁军已进入城内，悬门

---

① 杨天宇：《礼记译注》，上海古籍出版社2004年版，第48页。
② 杨伯峻：《论语译注》，中华书局1980年版，第155页。
③［汉］司马迁：《史记》卷47《孔子世家》，中华书局1959年版，第1909页。
④ 许维遹：《吕氏春秋集释》，中华书局2009年版，第362页。
⑤ 韩玉德：《孔子与"军旅之事"》，《文史哲》1986年第2期。

即将落下，叔梁纥千钧一发之际双手托起悬门："县门发，陬人纥抉之以出门者。"让攻进城内的士兵及时撤出，为鲁军立下了战功。叔梁纥双手托起城门，无疑是名副其实的大力士。[①] 还有，在公元前556年，齐国攻打鲁国北部城邑防城，史称防之战。防城守军叔梁纥率三百甲士夜袭齐军，"陬叔纥、臧畴、臧贾帅甲三百，宵犯齐师，送之而复。齐师去之"。叔梁纥救出鲁大夫臧纥，依然又回守防城。[②] 以此看来，"'军旅之事'乃是孔子世传家学，孔子既出身于这样一个'士'的家庭，不能不受其久远的武事家学的熏陶的影响。"[③] 具体到战阵之事，孔子又表现出军事家的特质。"卫灵公问陈于孔子。孔子对曰：'俎豆之事，则尝闻之矣；军旅之事，未之学也。'明日遂行。"（《论语·卫灵公》）[④] 孔子的强项是仁义、礼乐，不是不懂军旅之事，而卫灵公是一个无道之君，偏偏不问治国的根本要务仁义礼乐，却尚军旅杀伐末事，故不屑于回答。在《论语》中，孔子对军旅之事多有论述："子之所慎：斋、战、疾。"（《论语·述而》）[⑤]"子贡问政。子曰：'足食，足兵，民信之矣。'"（《论语·颜渊》）[⑥]"子曰：'善人教民七年，亦可以即戎矣。'"（《论语·子路》）[⑦] 孔子对军事之事是有相当研究的，并不漠视战争，其军事思想直接影响了弟子。

更能展现孔子勇武军旅之事的事件是"夹谷之会"。孔子为鲁国的相礼，陪同鲁定公与齐景公于夹谷会晤，"鲁定公且以乘车好

---

① ［春秋］左丘明：《春秋左传·襄公十年》，岳麓书社1988年版，第193页。
② ［春秋］左丘明：《春秋左传·襄公十七年》，岳麓书社1988年版，第209页。
③ 柯远扬：《试论孔子的军事思想》，《孔子研究》1990年第2期。
④ 杨伯峻：《论语译注》，中华书局1980年版，第161页。
⑤ 杨伯峻：《论语译注》，中华书局1980年版，第69页。
⑥ 杨伯峻：《论语译注》，中华书局1980年版，第126页。
⑦ 杨伯峻：《论语译注》，中华书局1980年版，第144页。

往。孔子摄相事，曰：'臣闻有文事者必有武备，有武事者必有文备。古者诸侯出疆，必具官以从。请具左右司马。'"①孔子预料到夹谷之会的危险，劝说鲁定公带上军队前往，以防不测。在夹谷之会上，齐人欲劫持鲁定公，孔子凭借自己的勇武与智慧粉碎了齐人的阴谋，迫使齐国占领的鲁国失地完璧归赵，维护了鲁国的尊严，为鲁国做出了莫大的贡献。

孔子对于勇武军旅之事，既受孔氏家学的熏染，又有自己的军事实践，以此教授弟子自然而然，所以孔门弟子中不乏军旅武功之士，子路、冉有、公良孺都是闻名后世的佼佼者。

冉有曾坦承军旅武事受教于孔子。冉有，名求，字子有，鲁国人，是孔子最器重的弟子之一，以善于从政和打仗著名。《史记·孔子世家》说："冉有为季氏将师，与齐战于郎，克之。"鲁哀公十一年，齐师犯鲁，兵临城下，季康子挂帅督战，冉有为左军统帅，樊迟为右帅，他们身先士卒，率军击溃齐军，鲁师大捷。班师后，"季康子曰：'子之于军旅，学之乎？性之乎？'冉有曰：'学之于孔子。'"②冉有趁机说服季康子迎回流亡了十四年的老师孔子。

公良孺是孔子的弟子，身材魁梧，勇力过人，也是一位勇士。《史记·孔子世家》载，孔子"过蒲，会公叔氏以蒲畔，蒲人止孔子。弟子有公良孺者，以私车五乘从孔子。其为人长贤，有勇力，谓曰：'吾昔从夫子遇难于匡，今又遇难于此，命也已。吾与夫子再罹难，宁斗而死。'斗甚疾，蒲人惧，谓孔子曰：'苟毋适卫，吾出子。'与之盟，出孔子东门"③。孔子出游列国，经过蒲，遇到公叔氏据蒲叛乱，蒲人扣留了孔子。公良孺贤而勇，关键时刻不畏困境，视死如归，

① ［汉］司马迁：《史记》卷47《孔子世家》，中华书局1959年版，第1915页。
② ［汉］司马迁：《史记》卷47《孔子世家》，中华书局1959年版，第1934页。
③ ［汉］司马迁：《史记》卷47《孔子世家》，中华书局1959年版，第1923页。

与蒲人殊死拼杀。公良孺的神勇，让蒲人闻风丧胆，迫使他们谈判讲和，释放了孔子及其弟子。公良孺的武功本领令人惊奇。

显然，孔子精通军旅武事，是不应该回避的。据《左传》哀公十一年载："孔文子之将攻大叔也，访于仲尼。仲尼曰：'胡簋之事，则尝学之矣。甲兵之事，未之闻也。'"①孔文子将攻打太叔，拜访孔子，孔子告诉他说，祭祀的事情，那是我以前学过的；战事的事情我没有听说过。孔子排斥对攻伐谋略等战事的学习和从事，其用意在于让其门人专力于文化政教事业。孔子提出士必须志于道，而所谓"道"是以"仁"为中心的王道，以此反对以力为中心的霸道。为此，孔子告诫门人："士不可以不弘毅，任重而道远。仁以为己任，不亦重乎？死而后已，不亦远乎？"②（《论语·泰伯》）在天下实现仁德，成为世人不懈的追求。

（四）孔子及子路文化人格对宋江等人的影响

在中国传统文化延续发展过程中，儒家思想一直为主流，为正统；并且孔子及其弟子作为儒家理想人格的象征，深深扎根于中国人的心灵之中。但在水浒故事演化的几百年中，宋江等水浒英雄的形象特征，明显地受到孔子及其弟子文化人格的影响。具体地说，《水浒传》中的宋江和李逵就是作者在融会了孔子与子路两种文化人格内涵之后，而塑造的两个不朽的文学典型。

儒学的奠基人孔子一生志于仁、笃于道，用自己的言行铸就了"修己安人""经世济民"的内圣外王的理想人格。在其身后曾享有的地位与荣耀已无以复加，"圣人""文宣王""至圣先师"等种种

---

① [春秋]左丘明：《春秋左传·襄公十七年》，岳麓书社1988年版，第405页。
② 杨伯峻：《论语译注》，中华书局1980年版，第80页。

耀眼的光环令人仰止，他的人格成为后世人们追求的典范。而有关孔子的论述，更是史册斑斑，历历可考。他的形象崇高、温和、谦恭、乐天知命，言谈深邃、博雅，一切都同他的主张和谐一致，融融可触。在历史的演进中，孔子从社会的个体又进入到文化领域，成为一种卓显的文化符号，承载着儒家文化的理想人格精神，呈现着人们对于中国传统文化的一种体认和理解。

但孔子在逐渐被圣化的时候，人们往往忽略了他的困顿，他的怀才不遇的呐喊："苟有用我者，期月而已可也，三年有成。"（《论语·子路》）[①]孔子周游列国，出入卫国，不被任用，挫折与尴尬袭来，虽自信满满，用世之志弥坚，但感喟尤深。因为在孔子时代，要在政治上有作为，实现用世理想，离开国君任用是无法想象的。由此，他的怀才不遇的情结波及历代读书人。

从历史到小说，宋江的性格是动态的。他由"勇悍狂侠"，脱胎换骨，变成了一个具有浓厚儒家文化思想的人物，成为作者笔下儒家理想人格的范型。宋江绰号"呼保义"与"及时雨"，他一出场，《水浒传》便说："于家大孝，为人仗义疏财，人皆称他做孝义黑三郎。"《临江山》词赞他："起自花村刀笔吏，英灵上应天星。疏财仗义更多能。事亲行孝敬，待士有声名。济弱扶倾心慷慨，高名冰月双清。及时甘雨四方称。山东呼保义，豪杰宋公明。"（《水浒传》第十八回）在《大宋宣和遗事》《宋江三十六赞》中，宋江绰号"呼保义"。到元代水浒戏，高文秀《黑旋风双献功》说他绰号"及时雨"，李文蔚《同乐院燕青博鱼》、康进之《梁山泊黑旋风负荆》、李致远《大妇小妻还牢末》皆说"姓宋名江字公明，绰号顺天呼保义"。"呼保义"彰显了宋江"忠义"的特征，"及

---

①杨伯峻：《论语译注》，中华书局1980年版，第137页。

时雨"概括了宋江"仗义疏财"的特点，两者在《水浒传》都得到尽力渲染。有的学者认为宋江应有原型，如陈洪认为宋江形象是以《史记·游侠列传》的郭解为原型。

其实，黄人在《小说小话》中早已指出：

> 故耐庵尚论千古，特取史迁《游侠》中郭解一传为蓝本，而构成宋公明之历史。郭之家世无征，产不逾中人；而宋亦田舍之儿，起家刀笔，非如柴进之贵族，卢俊义之豪宗也。郭短小精悍；而宋亦一矮黑汉，非有凛凛雄姿，亭亭天表也。解亡命余生；宋亦刀头残魄，非有坊表之清节，楷模之盛誉也。而识与不识者，无不齐心崇拜而愿为之死，盖自真英雄自有一种不可思议之魔力，能令贲、育失其勇，仪、秦失其辩，良、平失其智，金、张、陶、顿失其富贵，而疏附先后，驱策惟命，不自见其才而天下之人皆其才，不自见其能而天下之人皆其能。成则为汉高帝、明太祖，不成则亦不失为一代之大侠，虽无寸土尺民，而四海归心，槁黄之匹夫，贤于衮冕之独夫万万也。故论历史之人格，当首推郭解；而论小说之人格，当首溯宋江。①

台湾学者孙述宇依据宋江忠义招安的故事，指出宋江形象原型来源于南宋抗金名将岳飞。"《水浒传》里的宋江是把三个形象叠合而成的，一个是传统中的宣和时淮南盗宋江，一个是岳飞，一个好像《三国演义》里面的刘备。"②"真正把事迹演在这小说里的重要历史人物，是岳飞。小说里宋江的一些特质，是从他身上来的。

---

① 朱一玄，刘毓忱编：《水浒传资料汇编》，南开大学出版社2002年版，第358页。
② 孙述宇：《水浒传：怎样的强盗书》，上海古籍出版社2011年版，第175页。

我们看见过岳飞在宋金战争中所扮演的角色以及他与忠义人的渊源，现在看见梁山领袖身上出现他的特色，当不会很惊诧。宋江并非完全反映岳飞，宋江的山东籍贯是山东忠义人的手笔，他那些杀阎婆惜的故事则似乎是旧日这个淮南盗的传说，但仗义疏财、名满江湖、为国效力、被诬毒死、身后封侯立庙等等，却与岳飞相同。"①孙氏的这一结论着眼于宋元时期民族矛盾的文化心态立论，紧扣宋金战争时期，北宋沦陷区军民抗金的"山东忠义""两河忠义"的"忠义人""忠义山砦""忠义军马"的故事素材，并把这些素材当作水浒忠义故事的母题，在书中反复强调"忠义人"的忠君爱国与岳飞的此类伦理观念具有一致性；这些观点有其合理性，但学界反响寥寥。如果从"儒者气象"揭橥宋江形象的原型，那么儒家先贤的人格范式在其身上就打上深深的印痕。

小说描绘宋江"自幼曾攻经史"，胸藏"凌云志"，夸赞他"有人有德""谦恭仁厚""仁义礼智信"五德俱全。又常常济人贫困、排人之难、仗义疏财，是名播江湖的"及时雨"。他劝武松"封妻荫子""青史上留得一个好名"之类的话语，表现了他"建功立业，官爵升迁"的志愿。在中外文学史上恐怕再难找到一位如此受到礼赞的造反者了。他上梁山之后，打出"替天行道"的大旗；受招安，扬眉逞志，接下来便"保国安民""护境安民"去了，成为维护王权社会的中流砥柱，最后封侯庙食。

宋江形象的伦理化、政治化、神圣化，具体表现了儒家文化的道德规范和政治原则，这也与作者的儒家思想密不可分。众所周知，水浒故事随宋辽金元朝代的更迭，不断地充实着新的内容。但在民族矛盾尖锐之时，治国平天下成为重大的社会需求，宋室的式微，

---

① 孙述宇：《水浒传：怎样的强盗书》，上海古籍出版社 2011 年版，第 100 页。

宋代皇帝已无法承担挽危局、一统天下的神圣使命，这一时代呼唤具有雄才大略、重整乾坤的英雄。在这个大题目下，内圣外王的理想人格就强烈地撞击着文人的心扉，"身在元，心在宋"的小说作者，于是有了托古的构想，让宋江仁义著世，替天行道，招安后征辽平方腊，一统宇内。作者在儒家文化的默化中，不露痕迹地重塑了宋江的儒家文化的"理想人格"。《水浒志传评林》中的《题序》说："宋德衰微，乾纲不揽，管箴失措，下民咨咨，山谷嗷嗷。英雄豪杰愤国治之不平，悯民庶之失所，乃崛起山东，乌合云从，据水浒之险以为依。……有为国之忠，有济于民之义！人谓《春秋》者，史外传心之要典。愚则谓此传者，纪外叙事之要览也，岂可曰此非圣经非圣贤而可藐之哉？"[1]宋江的形象犹如被植入了儒家伟大人格的基因，不能不让人赞叹。

水浒好汉之所以打出"替天行道"的大旗，主要原因在于朝廷昏昧，致使大贤处下，不肖处上，难遂平生之愿。他们只好占据水泊，快心适意。但儒家思想向来强调"天人合一""天人感应"的唯心论，认为天是有意识的，天的意志是绝对的，人的意志符合天意就会受到护佑，否则遭罚。天的意志是通过"天子"——皇帝来体现的。"替天行道"以尊天为前提，不反对天，但从严格意义上讲，封建专制乃皇权独尊，岂容他人代"替"？所以"替天行道"在某种程度上是对封建正统程序的僭越。而各代统治阶级也并不讳言奸佞蒙蔽朝廷，使公道不彰，正义遭到践踏。如果皇帝昏庸，不能体现天道，那么只好由其他公正的人来代行天道。从广义上说，"替天行道"又不乏忠的色彩。小说如此演绎"替天行道"，而统治者又无法从

①［明］天海藏：《题水浒传序》，万历双峰堂本《水浒志传评林》，江苏广陵古籍刻印社2006年影印本。

理论上进行有力的反驳，只好强加罪名以诋毁；但这一理论却适于平民大众的价值判断，得到他们的拥护。但在"替天行道"的大旗下，梁山泊成了一个理想天地。百回本《水浒传》（容与堂刊本），在七十一回水浒英雄排座次后，也赞美说："山分八寨，旗列五方。交情浑似股肱，义气真同骨肉"，一百零八位英雄各司其职，"人人戮力，个个同心。休言啸聚山林，真可图王伯业。列两副仗义疏财金字障，竖一面替天行道杏黄旗"。他们并歃血对苍天盟誓："生死相托，吉凶相救，患难相扶，一同保国安民"；"自今以后，若是各人存心不仁，削绝大义，万望天地行诛，神人共戮，万世不得人身，亿载永沉末劫。但愿共存忠义于心，同著功勋于国，替天行道，保境安民"。李贽评曾说："宋公明最善用人，若有片长寸艺，无不留心，所以一百单七人死心塌地，如七十子之服仲尼也。"[①] 宋江等人与儒家文化人格也具有一定的可比性。

面对逐渐被圣化的孔子，儒家文化似乎也需要与之互补的人格，来表达人们对人本来面目的理解，显示儒家人格真实的、富有性情的内涵。顺应这一需要，子路的形象在古代典籍中愈来愈隐约地成为与孔子相对应的另一种文化标本。

孔子的"弟子盖三千焉，身通六艺者七十有二人"[②]。子路并不是孔子最得意的弟子，颜渊乃孔门翘楚，后儒称之为"复圣"，其地位之高，是不入"圣"流的子路难以企及的，但在《论语》中，子路出现的次数却最多。据杨伯峻先生的《论语译注》统计，子路（包括季路、由）共出现 73 次，远远高于其他弟子出现的次数（子贡 61 次，颜渊 32 次，子夏 27 次，冉有 27 次，曾子 19 次），而且在《礼记》

---

① 陈曦钟，侯忠义，鲁玉川辑校：《水浒传会评本》，北京大学出版社 1987 年版，第 1260 页。

② ［汉］司马迁：《史记》卷 47《孔子世家》，中华书局 1959 年版，第 1938 页。

《说苑》《韩诗外传》《孔子家语》中也多有提及。在这些典籍中，子路的形象比孔子其他的弟子要鲜明、活脱得多。

子路娴于军旅之事，通于武备，并得到孔子的肯定和认可。《论语·公冶长》载，孟武伯问："子路仁乎？"孔子说："不知也。"孟武伯又问。孔子说："由也，千乘之国，可使治其赋也，不知其仁也。"钱穆先生注说："古者征兵员及修武备皆称赋。治赋，即治军也。"[1]治赋就是治军，可泛指管理所有武备之事。在孔子的眼里，子路可以治军，但能否施行仁爱可另当别论。司马迁的记载更为直白："昭王将以书社地七百里封孔子。楚令尹子西曰：'……王之将率有如子路者乎？'曰：'无有。'"[2]楚国的君臣认为，子路是闻名天下的勇将，楚国的将帅不能与之匹敌。

与孔子相比，子路突出的性格特征就是"野"。《论语·子路》记述孔子的话说："野哉，由也！"[3]那么何谓"野"？《说文·里部》说："野，郊外也。"《尔雅·释地》言："邑外谓之郊，郊外谓之牧，牧外谓之野。野外谓之林，林外谓之坰。"[4]城邑是文化的集中地，远离城邑就意味着缺少文明因素，引申为朴野、粗鲁。孔子又说："质胜文则野。"朱熹《四书集注》说："野，谓鄙俗。"言辞粗鄙[5]。质是先天的、内在的思想品质；文是文采，指外在的言谈举止；"文不胜其质"就是子路。具体表现为：

粗鲁率直。子路对孔子的言行往往表示不满，这样的记载不乏其例。著名的有《论语·雍也》："子见南子，子路不悦。"[6]南子

① 钱穆：《论语新解》，生活·读书·新知三联书店 2002 年版，第 115 页。
② ［汉］司马迁：《史记》卷 47《孔子世家》，中华书局 1959 年版，第 1932 页。
③ 杨伯峻：《论语译注》，中华书局 1980 年版，第 133 页。
④ 胡奇光，方环海：《尔雅译注》，上海古籍出版社 2004 年版，第 257 页。
⑤ 程树德：《论语集释》，中华书局 2014 年版，第 1150 页。
⑥ 杨伯峻：《论语译注》，中华书局 1980 年版，第 64 页。

是春秋时卫灵公夫人，名声不好，所以子路不高兴。孔子难为情，只好发誓："我如果不对的话，天打雷劈，天打雷劈。"《论语·阳货》也载，公山弗扰在费邑图谋造反，让孔子去，"子路不悦"①。不仅如此，子路还当众指责孔子迂腐："有是哉，子之迂也！"②甚或对孔子勃然大怒。《韩非子·外储说》对此有言：

> 季孙相鲁，子路为郈令。鲁以五月起众为长沟，当此之为，子路以其私秩粟为浆饭，要作沟者于五父之衢而餐之。孔子闻之，使子贡往覆其饭，击毁其器，曰："鲁君有民，子奚为乃餐之？"子路怫然怒，攘肱而入，请曰："夫子疾由之为仁义乎？所学于夫子者，仁义也；仁义者，与天下共其所有而同其利者也。今以由之秩粟而餐民，其不可何也？"③

《孔子家语》卷2《致思》也载：

> 子路为蒲宰，为水备，与其民修沟渎。以民之劳烦苦也，人与之一箪食、一壶浆。孔子闻之，使子贡止之。子路忿然不悦，往见孔子，曰："由也以暴雨将至，恐有水灾，故与民修沟洫以备之。而民多匮饿者，是以箪食壶浆而与之。夫子使赐止之，是夫子止由之行仁也。夫子以仁教而禁其行，由不受也。"孔子曰："汝以民为饿也，何不白于君，发仓廪以赈之？而私以尔食馈之，是汝明君之无惠，而见己之德美矣。汝速已则可，不则汝之见罪必矣。"④

---

① 杨伯峻：《论语译注》，中华书局1980年版，第182页。
② 杨伯峻：《论语译注》，中华书局1980年版，第133页。
③［清］王先慎：《韩非子集解》，中华书局2013年版，第340页。
④ 杨朝明，宋立林：《孔子家语通解》，齐鲁书社2013年版，第82页。

子路的粗鲁率真还表现为他的言行稚拙与鲁莽，《论语·先进》记述孔子让子路、曾皙、冉有、公西华各表达志向，子路率先直爽地说："一千辆兵车的国家，局促地处在几个大国中间，外有军队侵犯，国内又有灾荒。我去治理，等到三年光景，可以使人人有勇气，而且懂得大道理。"子路率直好勇，孔子是不赞同的，所以给子路下批语说："子路很粗鲁。"

忠孝赤诚。子路为人朴实，忠诚坦然。对老师孔子忠心耿耿，《论语·述而》说："子疾病，子路请祷。"①《子罕》言："子疾病，子路使门人为臣。"②难怪孔子深言："主张行不通了，我想坐木筏到国外去，跟随我的恐怕只有仲由（子路）吧！"③对父母恭顺诚孝，孔子为之称赞他"生事尽力，死事尽思"："昔者由也事二亲之时，常食藜藿之实，为亲负米百里之外。亲殁之后，南游于楚，从车百乘，积粟万钟，累茵而坐，列鼎而食，愿欲食藜藿，为亲负米，不可复得也。"④对朋友坦荡无私，他曾说："愿意把我的车马衣服与朋友共同使用，坏了也没有什么不满。"⑤

尚武好勇。《论语》多言及子路好勇之事，孔子曾言"由也好勇过我，无所取材"⑥；子路问学孔子："子行三军，则谁与？"（《论语·述而》）⑦"君子尚勇乎？"（《论语·阳货》）⑧而且子路英

---

① 杨伯峻：《论语译注》，中华书局 1980 年版，第 76 页。
② 杨伯峻：《论语译注》，中华书局 1980 年版，第 90 页。
③ 杨伯峻：《论语译注》，中华书局 1980 年版，第 43 页。
④ 杨朝明，宋立林：《孔子家语通解》，齐鲁书社 2013 年版，第 87 页。
⑤ 杨伯峻：《论语译注》，中华书局 1980 年版，第 52 页。
⑥ 杨伯峻：《论语译注》，中华书局 1980 年版，第 44 页。
⑦ 杨伯峻：《论语译注》，中华书局 1980 年版，第 68 页。
⑧ 杨伯峻：《论语译注》，中华书局 1980 年版，第 190 页。

勇好斗，斗狠逞强，其尚武好勇的性格已融入他的人生理想。

子路身上虽有不少的缺点，但其形象是丰富、完整的，在儒家文化演化的漫长岁月中，子路的性格也没有什么变化。作为孔子的对立面，孔子镇静，他急躁；孔子主张以仁服人，他却崇尚武力；孔子认为玉帛钟鼓只可用来表达礼乐精神，《论语·阳货》记孔子的话说："礼云礼云，玉帛云乎哉？乐云乐云，钟鼓云乎哉？"①他却偏爱"盛服"，"衣轻裘乘肥马"。子路其人本性讲享受、讲排场、讲自然需求，表现了人的本来面目，他所承担的文化使命，使他获得了比孔门其他弟子更为显著的内涵。因此我们在感受文化伟人孔子时，也隐约感到他身边有子路存在，就文化人格而言，孔子与子路存在着一定的对应关系。

儒家在标榜伦理人格时，也没有把勇悍狂侠的人物排斥在儒家文化圈之外，因为这种人物也是展示儒家文化生命力的标尺。如果说宋江形象的终极变化是儒家文化心理和人格心理的外化，那么李逵就是一个与之对应的"野"而"质"的人物，同样涵有一定量的文化意蕴。

李逵没有文化知识，他质朴、率真，尚勇炫威，"专一路见不平，好打强汉"，但又鲁莽、粗鄙，不顾礼法。《水浒传》第三十八回写李逵与宋江初次相见，便称宋江为"黑汉子"，以致戴宗训斥他："粗鲁，全不识些体面！""全不识些高低！"大闹无为军后，宋江提议众好汉到梁山聚义，李逵便跳将起来大叫："都去！都去！但有不去的，吃我一鸟斧，砍做两截罢了！"（《水浒传》第四十一回）《水浒传》第七十四回写李逵寿张县坐衙，他手持双斧来到县衙，大叫："梁山泊黑旋风爹爹在此！"并径直坐到知县的椅子上，叫道：

---

① 杨伯峻：《论语译注》，中华书局1980年版，第185页。

"着两个出来说话，不来时便放火"，"若不依我，这县都翻做白地"。此后扯诏书，骂钦差，由着性子做下去。对待宋江，李逵赤胆血诚。他最敬仰"宋公明哥哥"，宋江关在牢里，他"寸步不离"，"早晚在牢里服侍"。一旦听到宋江有不光彩行为，他就暴怒、急躁，听说"宋江"抢了刘太公的女儿，立即砍倒杏黄旗，大闹忠义堂，要杀宋江；宋江会见李师师，李逵极为不满，他见"宋江、柴进和那美妇人吃酒，却叫他和戴宗看门，头上毛发倒竖起来"，一肚子怒气使他放火行凶。李逵莽撞、任性，只有宋江能用忠义管束他，正因为如此，李逵才死心塌地喝了宋江的毒酒而死去。

对于李逵的纯真孝义，小说也是极力赞美的。《水浒传》第四十二回叙述宋江搬取老父上山，公孙胜又回乡安顿老母，一时触动李逵，哭道："我只有一个老娘在家里，我的哥哥又在别人家做长工，如何养得我娘快乐？我要去取他来这里，快乐几时也好。"透过李逵的哭声和泪水，其纯孝之情令人荡气回肠。金圣叹也借李逵行在露草之中赶出白兔之事，大加赞赏："传言大孝合天，则甘露降；至孝合地，则芝草生；明孝合日，则凤凰集；纯孝合月，则白兔驯。闲中忽生出一白兔，明是纯孝所感，盖深许李逵之至也。"①

在小说中与李逵相似的人物不少，鲁智深粗豪，但比李逵精细；武松有李逵的直爽，却比李逵策略；石秀也勇悍胆壮，但缺少李逵的率真；等等。所以《水浒传》赞叹："人人勇欺子路，个个貌若天神。"（《水浒传》第七十七回）但这些好汉对宋江顺从的成分多，敢于直面对争的少，在兄弟间温和的面纱下，不失礼让。在与宋江的心理距离上，李逵似乎也超过了别的兄弟。可以说在《水浒传》中，

---

① 陈曦钟，侯忠义，鲁玉川辑校：《水浒传会评本》，北京大学出版社1987年版，第794页。

李逵比其他好汉更突出一些，与宋江宛然构成了相辉映的一对形象。其实，把李逵比作子路，在高文秀的水浒戏《双献功》中就有了，他描写李逵说："你这般茜红巾，腥衲袄，干红褡膊，腿绷护膝，八答麻鞋，恰便似那烟熏的子路，熏染的金刚。"①虽然宋江无法望孔子之项背，但在精神实质上，孔子与子路和宋江与李逵是相通的，甚至在对他们的描写上，也有类似的地方。如《史记·仲尼弟子列传》写子路性格粗鄙，崇尚勇力，凌暴孔子。孔子用礼仪教化子路，最后子路拜服孔子，并请求做孔子的学生：

> 仲由字子路，卞人也。少孔子九岁。
>
> 子路性鄙，好勇力，志伉直，冠雄鸡，佩豭豚，陵暴孔子。
>
> 孔子设礼稍诱子路，子路后儒服委质，因门人请为弟子。②

《集解》引用《尸子》之言，认为子路是"卞之野人"。子路性情朴野，逞勇力，气刚直，头戴雄鸡式的帽子，佩戴着公猪皮装饰的宝剑，曾经欺凌孔子。孔子用礼乐慢慢地诱导之，子路便穿儒服、携礼物拜孔子为师。

宋江用忠义束缚李逵与道德理想化身的孔子用礼驯服桀骜难驯的子路如出一辙。孔子见南子，子路不高兴，弄得孔子下不来台；而宋江见李师师，李逵极不满意，甚而放火惊扰他们。从这种比较可以看出，文学是民族文化心态的展示领域，在总体上、根本上决定民族文学的气质和民族的接受意识。《水浒传》在人物的塑造上，更大程度地传承了儒家文化人格的精神。

---

① ［元］高文秀：《黑旋风双献功》，臧晋叔编《元曲选》，中华书局1958年版，第688页。

② ［汉］司马迁：《史记》卷67《仲尼弟子列传》，中华书局1959年版，第2191页。

关于宋江、李逵的形象特征，有一种普遍的看法，认为《水浒传》受《三国志演义》的影响。因为在宋元说书中，说三国故事的"说三分"是讲史话本中的老前辈，是水浒故事可资借鉴又为数不多的长篇平话之一，从不少水浒人物身上，都可看到"三国"故事影响的痕迹。如宋江是仿照刘备的思想性格改造而来的；李逵的性格、林冲的相貌全部来自"豹头环眼，燕颔虎须"的莽张飞，等等，这种看法似乎缺乏一种厚重的底蕴。钱锺书先生曾说："在某一意义上，一切事物都是可以引合而相与比较的；在另一意义上，每一事物都是个别而无可比拟的。"① 因为"一切事物都是可以引合而相比较的"，宋江与李逵的性格塑造从深层次上看，与其说是仿照《三国志演义》，不如说是以孔子与子路的儒家文化人格为参照。这样，宋江与李逵的个性就有了稳定的、厚实的文化基础。宋江等人的阳刚之气渐渐被驯服、被"儒化"，他带领天罡地煞一心"替天行道"，百折不挠地走向招安之路，就形象地说明了这一点。《水浒传》也因此提高了自身的文化品位，蕴蓄着我们传统文化的深刻底蕴，为后人提供了广阔的哲学思考空间。

（五）济州文庙与萧让和金大坚

令人感兴趣的是，《水浒传》第三十九回还提到了位于济州的文庙。

《水浒传》中的济州，距离梁山泊最近，也可以说是梁山泊的所在地。在小说中，"济州"出现 127 次之多，是除"梁山"之外出现最多的一个地名；这里的济州在北宋时属于京东西路，州治在

---

① 钱锺书：《钱锺书散文》，浙江文艺出版社 1997 年版，第 237 页。

今山东省巨野县。根据史料记载，后周太祖广顺二年（952）置济州，治所在巨野，金天德二年（1150），金海陵王迁济州治所于任城（今任城区）；以后或者在任城或者在巨野，治所交替变更，最终因为任城地势高亢，水患难侵，遂得安宁。元世祖忽必烈至元八年（1271）升济州为济宁府，至元十二年（1275）又改为济州，属于济宁府，到至正八年（1348），遂废济州。

济州作为一个地名，第一次出现于《魏书·地形志》："济州治济北碻磝城。泰常八年置。"[1] 治所在山东聊城。到五代时期发生变化，《旧五代史·郡县志》："后周太祖广顺二年九月（952），以郓州巨野升为州。其地望为上，割兖州任城、中都，单州金乡等县隶之。至其年十二月，又割郓州郓城县隶之。"[2] 到五代后期，济州改置于巨野；到金国天德二年（1150），治所又迁徙至任城。

《金史·地理志·山东西路》载：

> 济州，中，刺史。宋济阳郡，旧治巨野，天德二年徙治任城县，
> 分巨野之民隶嘉祥、郓城、金乡三县。户四万四百八十四。[3]

金天德二年因黄河决口，遂移济州于任城。此后，济州治所在巨野和任城之间徘徊。

《元史·地理志》载：

> 济州，下。唐以前为济北郡，治单父。唐初为济州，又为济阳郡，
> 仍改济州。周濒济水立济州。宋因之。金迁州治任城，以河水湮

① ［北齐］魏收：《魏书》卷106《地形志》中，中华书局1974年版，第2528页。
② ［宋］薛居正：《旧五代史》卷150《郡县志》，中华书局1976年版，第2014页。
③ ［元］脱脱等：《金史》卷25《地理志中》，中华书局1975年版，第614页。

没故也。元至元二年，以户不及千数，并隶任城。六年，迁州于巨野，而任城为属邑。八年，升州为济宁府，治任城，复还府治巨野。十二年，以任城当江淮水陆冲要，复立济州，属济宁府，而任城废。十五年，迁府于济州，以巨野行济州事。其年复于巨野立府，仍于此为州。二十三年，复置任城，隶州。①

直到元朝末期，"济州"便消失在史书中。

《明史·地理志》说：

> 济宁州元任城县，为济州治。至正八年罢济州，徙济宁路治此。太祖吴元年为济宁府。十八年降为州，以州治任城县省入。②

济州自 423 年北魏始建，元末废止。元杂剧《争报恩三虎下山》通过主角李千娇说："这济州是贴近梁山泊的，我一向闻得宋江一伙，只杀滥官污吏，并不杀孝子节妇，以此天下驰名。"③水浒故事的流传直至《水浒传》成书，历经宋金元时期，加之宋代之后的济州比邻梁山泊，被写入小说符合历史状况，展示了小说的现实主义精神与手法。不仅如此，济州距离孔子诞生地曲阜较近，《水浒传》唯一提到的文庙在济州，是为宋元明时期州县文庙的一个缩影。

文庙是封建王朝路、府、州、县的必备建筑。文庙即孔子庙，是封建王朝推崇孔子思想的礼制庙宇。最初的孔子庙是由孔子的故居改建而成。孔子去世后，弟子们为纪念老师，在其故居内收藏孔

---

① ［明］宋濂等：《元史》卷58《地理志一》，中华书局1976年版，第1367-1368页。

② ［清］张廷玉等：《明史》卷41《地理志二》，中华书局1974年版，第943页。

③ ［明］臧晋叔：《元曲选》，中华书局1958年版，第157页。

子生前使用过的物品，“故所居堂弟子内，后世因庙藏孔子衣冠琴车书，至于汉二百余年不绝”①。此后，孔子的故居便成了祭祀孔子的庙宇。汉高祖刘邦是第一位亲临曲阜阙里孔庙祭祀孔子的皇帝，“汉武帝罢黜百家、独尊儒术后，孔子思想成为国家的指导思想，为显示国家对孔子的尊崇，根据中国崇德报功的传统，将孔子奉祀在国立学校内。东晋时，为满足祭祀的需要，国家在最高学府国学内专门建造奉祀孔子的庙宇。北齐时，‘郡学则于坊内立孔颜庙一所’，将孔子庙推广到地方。唐贞观四年（630），唐太宗下令州县学校皆建孔子庙，从此孔子庙遍及中国各地。唐以后，历代王朝不时下令维修学校孔子庙，到清代时，中国有国子监、府学、州学、县学、厅学、乡学（撤县后，学校不撤，改称乡学）等各级学校孔子庙1740所。……孔子庙成为最为普遍的列入国家祀典的礼制庙宇之一”②。实际上，文庙已经固化为儒家文化的一种象征符号。

济州文庙就是宋元时期州府学的代表。在一百零八罡煞星中，文化水平较高的两位好汉萧让与金大坚，生活在文庙周围就不足为怪了。戴宗寻找圣手书生萧让住处，有人告诉他：“只在州衙东首文庙前居住。”金圣叹为此夹批说：“住得是。”③按第三十九回的故事，宋江在江州题了反诗，在黄文炳的撺掇下，蔡九知府只好给京城的蔡京蔡太师写信，等候发落宋江。戴宗被叫去传信，便来到梁山泊，晁盖与吴用商议搭救宋江办法：

　　吴学究道：“如今蔡九知府却差院长送书上东京去，讨太师

---

① ［汉］司马迁：《史记》卷47《孔子世家》，中华书局1959年版，第1945页。
② 孔祥林等：《世界孔子庙研究》（上），中央编译出版社2010年版，第7-8页。
③ 陈曦钟，侯忠义，鲁玉川辑校：《水浒传会评本》，北京大学出版社1987年版，第730页。

回报。只这封书上，将计就计，写一封假回书，教院长回去。书上只说教把犯人宋江切不可施行，便须密切差的当人员解赴东京，问了详细，定行处决示众，断绝童谣。等他解来此间经过，我这里自差人下山夺了。此计如何？"……晁盖道："好却是好，只是没人会写蔡京笔迹。"吴学究道："吴用已思量心里了。如今天下盛行四家字体，是苏东坡、黄鲁直、米元章、蔡太师四家字体。苏、黄、米、蔡，宋朝四绝。小生曾和济州城里一个秀才做相识，那人姓萧名让。因他会写诸家字体，人都唤他做圣手书生。又会使枪弄棒，舞剑轮刀。吴用知他写得蔡京笔迹。不若央及戴院长，就到他家，赚道泰安州岳庙里要写道碑文，先送五十两银子在此，作安家之资，便要他来。随后却使人赚了他老小上山，就教本人入伙，如何？"晁盖道："书有他写，便好歹也须用使个图书印记。"吴学究又道："吴用再有个相识，小生亦思量在肚里了。这人也是中原一绝，见在济州城里居住，本身姓金，双名大坚。开得好石碑文，剔得好图书玉石印记，亦会枪棒厮打。因为他雕得好玉石，人都称他做玉臂匠。也把五十两银去，就赚他来镌碑文。到半路上，却也如此行便了。这两个人山寨里亦有用他处。"晁盖道："妙哉！"

（《水浒传》第三十九回）

由于吴用一时考虑不周，用错印章，导致救护宋江计谋失败。其后，萧让就留在了梁山，负责"设置寨中寨外、山上山下、三关把隘许多行移关防文约，大小头领号数"（《水浒传》第四十四回），"掌管一应宾客书信公文"（《水浒传》第五十一回）差事，成了一位文职将领。大聚义后，天降石碣，天书现世，他又用黄纸誊写天书；一百零八将排定座次后，宋江给他的任务是"掌管行文走檄调兵遣将"（《水浒传》第七十一回）。

萧让不仅是多面手的书法家，文章也拿得出手，是一位称职的文卷秘书。晁盖死后，"宋江传令，教圣手书生萧让作了祭文"（《水浒传》第六十八回）。宋江接受招安后，北征辽国，大获全胜，宋江勒石镌铭，彰表功绩，又令萧让作文，金大坚镌石，以记其事（《水浒传》第八十九回）。只是萧让这两次的文章，小说都没有展开写，倒是梁山接受招安后，宋江众人归附朝廷，离开梁山泊，分金大买市，宋江让萧让写了一篇告示，公布于众：

> 　　梁山泊义士宋江等，谨以大义，布告四方：昨因哨聚山林，多扰四方百姓，今日幸蒙天子宽仁厚德，特降诏敕，赦免本罪，招安归降，朝暮朝觐。无以酬谢，就本身买市十日。倘蒙不外，赉价前来，以一报答，并无虚谬。特此告知远近居民，勿疑辞避，惠然光临，不胜万幸。
>
> 　　宣和四年三月　　日，梁山泊义士宋江等谨请。（《水浒传》第八十二回）

　　这虽是篇公文，也颇见一定的文字功夫。萧让负责文字工作，应该是一位名副其实的文职将领。而作为文人，细腻的思维、文雅的气质，在梁山尤为难得，故萧让在一些重要的事情上被委以重任。如高俅围攻梁山，三次被打败，并被捉上梁山，他答应在徽宗面前为招安助力，让宋江派一个精细的人跟他到京师面君，萧让与乐和同去；辽国请降，萧让又被派去陪同辽国丞相褚坚到东京，又与柴进一起随宿太尉去辽国。可见，在梁山萧让文人的作用还是不容小觑的。

　　金大坚与萧让是知己朋友，"凤篆龙章信手生，雕镌印信更分明。人称玉臂非虚誉，艺苑驰声第一名"（《水浒传》第三十九回）。

他是梁山技艺绝伦的雕刻家。按吴用的要求，雕镌的"翰林蔡京"的印章"无纤毫差错"；但由于吴用考虑不周，这枚图章给宋江、戴宗几乎造成灭顶之灾。可是这枚小小印章的用处不容小觑，它是推动小说情节转圜的关键点，接着才有了波澜起伏的白龙庙小聚义。《辞源》："俗称印章为图书。宋张耒《柯山集》四十《汤克一图书序》：'图书之名，予不知其所起；盖古所谓玺，用以为信者。'明陆容《菽园杂记》一：'古人于图画书籍皆有印记，云某人图书。今人遂以其印呼为图书。'"印章是昭信之物，与文人生活息息相关，成为日常生活的必备之物，往往具有一定的文化内涵与艺术意蕴。

蔡九知府的家信盖着金大坚的"假图书"，蔡九并未识破，但颇为奸猾老练的黄文炳看出破绽：

> 黄文炳摇着头道："这封书不是真的。"知府道："通判错矣！此是家尊亲手笔迹，真正字体，如何不是真的？"黄文炳道："相公容复，往常家书来时，曾有这个图书么？"知府道："往常来的家书，却不曾有这个图书来，只是随手写的。今番以定是图书匣在手边，就便印了这个图书在封皮上。"黄文炳道："相公，休怪小生多言，这封书被人瞒过了相公。方今天下盛行苏、黄、米、蔡四家字体，谁不习学得。况兼这个图书，是令尊府恩相做翰林大学士时使出来，法帖文字上，多有人曾见。如今升转太师丞相，如何肯把翰林图书使出来？更兼亦是父寄书与子，须不当用讳字图书。令尊府太师恩相，是个识穷天下学，览遍世间书，高明远见的人，安肯造次错用……"（《水浒传》第四十回）

萧让和金大坚写信刻"图书"的合作，看似天衣无缝，却是白费心机，黄文炳从蔡京书体的社会影响及父子家书、为官的逻辑角度加以分析，既合情合理，又出人意料，让情节急转直下，牵动读者的情怀。

在梁山上，金大坚负责"刊造雕刻一应兵符、印信、牌面等项"，依然以文职为主。由于高超的镌刻技艺，北征辽国归来，便被留在了皇帝跟前，在内府御宝监为官，因而他没有参加南平方腊的大战，得以善终。

为救宋江，三十九位好汉在江州白龙庙聚义，这一切都与一个读书人黄文炳有关，他是推动小说情节发展的关键人物。黄文炳是赋闲在家的通判，"这人虽读经书，却是阿谀谄佞之徒，心地偏窄，只要嫉贤妒能。胜如己者害之，不如己者弄之。专在乡里害人。闻知这蔡九知府是当朝蔡太师儿子，每每来浸润他，时常过江来谒访知府，指望他引荐出职，再欲做官"（《水浒传》第三十九回）。

宋初鉴于唐末五代以来方镇擅权、君弱臣强的政治局面，在地方府、军、监设置通判一职，分化地方长吏之权，对地方长吏进行牵制，以便加强皇权统治。其官秩虽仅七品，但却被视为州郡最要之职。《宋史》卷167《职官志》载："宋初惩五代藩镇之弊，乾德初，下湖南，始置诸州通判。"通判的职掌很广，"职掌倅贰郡政，凡兵民、钱谷、户口、赋役、狱讼听断之事，可否裁决，与守臣通签书施行，所部官有善否及职事修废，得刺举以闻"[1]。漆侠先生认为"宋代专制统治唯恐地方长官如'知州'权太大，跋扈专擅，所以在'知州'之外，又设'通判'，以分'知州'的权力"，"长官与'倅贰'互相牵制，以削弱官僚的权力"[2]。而通判的选任一般有近臣荐举、进士释褐、以资除授、长吏辟除四条途径。从小说的

---

① [元] 脱脱等：《宋史》卷167《职官志》，中华书局1977年版，第3974页。
② 漆侠：《漆侠全集》第12卷，河北大学出版社2009年版，第74-75页。

叙述看，黄文炳是个"在闲"通判，为了"引荐出职"再做官，便千方百计逢迎巴结蔡九知府。小说没有交代黄文炳如何获得通判职位的，但他"读圣贤之书"，诗词鉴赏力较强，有可能通过科举之途获取通判之职。"头等进士释褐一般授大理评事、将作监丞等官通判诸州。南宋人徐度说：'祖宗朝，进士上三名，皆授将作监丞、通判，故至今犹称状元为监丞。'淳化三年，进士孙何而下四人，皆授将作监丞、大理评事，通判诸州。由于科举扩大和仕途之滥，仁宗时鉴于员多缺少的严重情形，降低了进士的差遣，规定甲等进士除京官，须先历幕职官差遣，'代还升通判'。"①

黄文炳做官期间"酷害良民，积攒下许多家私金银"，乃为酷吏。他吏道娴熟，文墨精通，为蔡九知府分析宋江的反诗、识破宋江装疯的举止、辨别蔡京家书的真伪，并力主在江州尽快除掉宋江、戴宗，这些都表现了他的政治识见与手腕，深得蔡九知府的赏识与信任。对这样的奸猾之徒，当然不会有好的下场，被捉住之后，宋江训斥他："你既读圣贤之书，如何要做这等毒害的事？我又不与你有杀父之仇，你如何定要谋我？你哥哥黄文烨与你这厮一母所生，他怎恁般修善，扶危济困，救贫拔苦，久闻你那城中都称他做黄佛子，我昨夜分毫不曾侵犯他。你这厮在乡中只是害人，交结权势之人，浸润官长，欺压良善。胜如你的你便要妒他，不如你的你又要害他。我知道无为军人民都叫你黄蜂刺，我今日且替你拔了这个'刺'！"（《水浒传》第四十一回）黄文炳被割腹剜心，凌迟处死。

文庙与读书人息息相关，是读书人命运的塑造者与见证者。《水浒传》淡淡地把文庙纳入小说环境之中，不仅增加了小说的文化因素，而且依然见证着天罡地煞的命运。

---

① 王世农：《宋代通判论略》，《山东师大学报》1990年第3期。

二、天罡地煞的"东京"情结

宋代我国商品经济发达，城市规模不断扩大，城市的变化促使社会发生深刻变革，体现了社会各阶层的价值取向。"从官僚士大夫为主体的士人社会向普通居民为主体的市民社会过渡，是唐宋城市社会最重要的变化"[①]。文学经典中出现对古代城市的反映与记忆是寻常现象，但对一个在前代具有象征意味概念的反复运用，则蕴含着某种深层意义，这实质上就构成了现代心理分析学派所说的"原型"或曰"情结"。这一情结所表现的内容并非来自作者的个人经验，而是与一个民族的"集体无意识"联系在一起的，是一种深层次的民族文化精神的体现。作为一部以北宋历史文化为背景的小说，"东京"一词在《水浒传》中的反复出现，对其思想内核、审美形态都产生了深刻的影响，使之生成了一种化不开的"东京情结"，这也成为构筑小说的一块重要基石。

（一）北宋都城风貌与节日风俗

东京又叫汴京，是北宋王朝的都城和首善之区。宋元话本及笔记小说早就对东京市井繁华之地、宴游娱乐场所和节物风俗作了浓墨重彩的渲染。都城汴京是北宋时全国最大的城市，到北宋末年已有 26 万户居民，人口已达百万之众。根据现存史料统计，东京有

---

① 宁欣：《从士人社会到市民社会——以都城社会的考察为中心》，《文史哲》2009 年第 6 期。

一百二十万人①；有的学者认为宋徽宗崇宁年间，东京人口最多时达一百四十万左右②；或认为东京人口最多时有一百五十万③；甚或达到一百七十万之巨④。虽说这些数据并不统一，但北宋末年东京人口达到百万之上是可信的。《东京梦华录》卷5载："以其人烟浩穰，添十数万众不加多，减之不觉少。所谓花阵酒池，香山药海。别有幽坊小巷，燕馆歌楼，举之万数，不欲繁碎。"⑤对相国寺、樊楼、金明池、勾栏行院的描写，折射出东京既是一个物欲横流的"销金锅"式的世俗大都市，又是一个权力交错、腐化的政治中枢。

在《大宋宣和遗事》中，宋徽宗为满足自己享乐的需要，设造作局，进花石纲，滋事扰民，致使民怨沸腾；他迷恋歌妓李师师，宿娼家，登樊楼，败坏纲纪，荒淫误国。

> 哲宗崩，徽宗即位。说这个官家，才俊过人：口赓诗韵，目数群羊；善写墨君竹，能挥薛稷书；通三教之书，晓九流之法。朝欢暮乐，依稀似剑阁孟蜀王；论爱色贪杯，仿佛如金陵陈后主。遇花朝月夜，宣童贯、蔡京，值好景良辰，命高俅、杨戬，向九里十三步皇城，无日不歌欢作乐。盖宝篆诸宫，起寿山艮岳，异花奇兽，怪石珍禽，充满其间；画栋雕梁，高楼邃阁，不可胜计。役民夫百千万，自汴梁直至苏杭，尾尾相含；人民劳苦，相枕而亡。加以岁岁灾蝗，年年饥馑，黄金一斤，易粟一斗；或削树皮而食者，或易子而飨者。宋江三十六人，哄州劫县；方腊一十三寇，放火杀人。天子全无忧问，与臣蔡京、童贯、杨戬、高俅、朱勔、王黼、

---

① 陈振：《十一世纪前后的开封》，《中州学刊》1982年第1期。
② 吴涛：《北宋都城东京》，河南人民出版社1984年版，第37页。
③ 周宝珠：《宋代东京开封府》，《河南师大学报》1984年增刊。
④ 陈昌远：《北宋时期开封城市经济的繁荣》，《史学月刊》1959年第6期。
⑤ ［宋］孟元老：《东京梦华录》，山东友谊出版社2001年版，第47页。

梁师成、李彦等，取乐追欢，朝纲不理。①

　　这里的东京上演着上层社会的放纵与昏聩，是小说家们书写"东京故事"的写实背景。脱胎于《宣和遗事》的《水浒传》对东京的描绘大致可分为两个层面：一方面它是梁山好汉生活的场所和活动的背景，鲁智深、林冲、杨志、徐宁、武松等人的故事，或多或少都与东京有所联系；一方面作者通过宋江、柴进、燕青、李逵等人的活动，具体再现了东京的某些城市面貌和元宵节的盛况。两个层面又互相渗透，相得益彰。而不论在哪个层面上，小说都反复写到了大相国寺、樊楼、宣德楼、酸枣门、封丘门、陈桥门、东华门、天汉桥等地，这些地方的都市特征与孟元老《东京梦华录》中的记载是相符的。在一定程度上，《水浒传》用文学的笔法诠释着"东京"。

　　作者精心勾勒了好汉们的故事，同时也陶醉在对东京的怀想之中，铺陈渲染了东京的某些城市面貌和节日氛围。在小说第六回，借鲁智深之眼描写东京："千门万户，纷纷朱翠交辉；三市六街，济济衣冠聚集。凤阁列九重金玉，龙楼显一派玻璃。鸾笙凤管沸歌台，象板银筝鸣舞榭。满目军民相庆，乐太平丰稔之年；四方商旅交通，聚富贵荣华之地。花街柳陌，众多娇艳名姬；楚馆秦楼，无限风流歌妓。豪门富户呼卢，公子王孙买笑。景物奢华无比并，只疑阆苑与蓬莱。"（《水浒传》第六回）这与《东京梦华录》的记述何其相似："举目则青楼画阁，绣户朱帘。雕车竞驻于天街，宝马争驰于御路。金翠耀目，罗绮飘香。新声巧笑于柳陌花衢，按管调弦于茶坊酒肆。八荒争凑，万国咸通。集四海之珍奇，皆归市易；会寰区之异味，悉在庖厨。花光满路，何限春游；箫鼓喧空，几家夜宴！

　　① 朱一玄，刘毓忱编：《水浒传资料汇编》，南开大学出版社2012年版，第36页。

伎巧则惊人耳目，奢侈则长人精神。"①到第七十二回《柴进簪花入禁院　李逵元夜闹东京》，人物们到了汴京，"来到城门下，没人阻当，果然好座东京去处。怎见得州名汴水，府号开封。逶迤接吴楚之邦，延亘连齐、鲁之境。周公建国，毕公皋改作京师；两晋春秋，梁惠王称为魏国。层迭卧牛之势，按上界戊己中央；崔嵬伏虎之形，象周天二十八宿。金明池上三春柳，小苑城边四季花。十万里鱼龙变化之乡，四百座军州辐辏之地。霭霭祥云笼紫阁，融融瑞气照楼台。"他们从御街入东华门，进入皇宫禁地；又入封丘门，转过马行街，"遍玩六街三市"；他们"出小御街，径投天汉桥来看鳌山。正打从樊楼前过，听得楼上笙簧聒耳，鼓乐喧天，灯火凝眸，游人似蚁。宋江、柴进也上樊楼，寻个阁子坐下，取些酒食肴馔，也在楼上赏灯饮酒"（《水浒传》第七十二回）。其后又入行院见李师师。至第九十回，燕青、李逵上元节从封丘门入城看灯，"正投桑家瓦来"，在勾栏内听说"三国"故事。《东京梦华录》卷2载："街（潘楼街）南桑家瓦子，近北则中瓦，次里瓦。"②由模糊到具体，《水浒传》多场面旋转式地描绘着东京。

还有元宵节的风致，把城市娱乐和习俗结合在一起书写，东京的元宵节便得到了极力渲染。正月十四日，东京"家家热闹、户户喧哗，都安排庆赏元宵"。十五日元宵夜，"翠幰竞飞，玉勒争驰都门道。鳌山彩结蓬莱岛，向晚色双龙衔照。绛霄楼上，彤芝盖底，仰瞻天表。"（《水浒传》第七十二回）"上元节至，东京年例，大张灯火，庆赏元宵"（《水浒传》第九十回）。不仅写到东京的元宵，还写元宵节内殿禁苑的侍卫制度，内殿的王班直说："今上

---

① ［宋］孟元老：《东京梦华录》，山东友谊出版社2001年版，第1页。

② ［宋］孟元老：《东京梦华录》，山东友谊出版社2001年版，第19页。

天子庆贺元宵，我们左右内外，共有二十四班，通类有五千七八百人，每人皆赐衣袄一领，翠叶金花一枝，上有小小金牌一个，凿着'与民同乐'四字，因此每日在这里听候点视。如有宫花锦袄，便能勾入内里去。"（《水浒传》第七十二回）上元期间，京城内不分男女老幼，皆遍游六街三市，通宵达旦，观灯赏景。生活在北宋中期的李遵勖有《滴滴金》一词："帝城五夜宴游歇。残灯外，看残月。都人犹在醉乡中，听更漏初彻。"《能改斋漫录》卷17录此词，并加以说明："京师上元，国初放灯止三夕。时钱氏纳土，进钱买两夜。其后十七、十八两夜灯，因钱氏而添，故词云'五夜'。"①《东京梦华录》卷6也载，从正月十五日元宵放灯，"至十九日收灯，五夜城阇不禁。"②北宋末年词人万俟咏曾作《凤凰技令》，序曰："自腊月十五日放灯，纵都人夜游。妇人游者，珠簾下邀住，饮以金瓯酒"。③著名词人李清照也回忆说："中州盛日，闺门多暇，记得偏重三五。铺翠冠儿，捻金雪柳，簇带争济楚。"苏轼也说："龙津观夜市，灯火亦煌煌。"④也难怪柴进、燕青入得城来，深为东京上元夜吸引："鳌山排万盏华灯；夜月楼台，凤辇降三山琼岛。……坐香车佳人仕女，荡金鞭公子王孙。天街上尽列珠玑，小巷内遍盈罗绮。霭霭祥云笼紫阁，融融瑞气罩楼台"。令人眼花缭乱。

《宋会要辑稿》记载，宋太祖赵匡胤于乾德三年（公元965年）下令开封府"京城夜市至三鼓以来，不得禁止"⑤。《燕翼诒谋录》卷3载："国朝故事，三元张灯。太祖乾德五年正月甲辰，诏曰：'上元张灯，旧止三夜，今朝廷无事，区宇乂安，方当年谷之丰登，宜

---

①唐圭璋编著：《宋词纪事》，中华书局2008年版，第6页。
②［宋］孟元老：《东京梦华录》，山东友谊出版社2001年版，第64页。
③唐圭璋编著：《宋词纪事》，中华书局2008年版，第165页。
④傅璇琮等：《全宋诗》第14册，北京大学出版社1992年版，第9086页。
⑤［清］徐松：《宋会要辑稿》，中华书局1957年版，第2页。

纵士民之行乐，其令开封府更放十七、十八两夜灯.'后遂为例。"①
自此，夜市生活不断发展，到了北宋后期，繁荣的商业区已经完全取消了时间限制，出现了通宵达旦经营的盛况。《东京梦华录》卷2"州桥夜市"条云："自州桥南去……直至龙津桥须脑子肉止，谓之'杂嚼'，直至三更"②。卷3"马行街北诸医铺"条云："夜市比州桥又盛百倍，车马阗拥，不可驻足，都人谓之'里头'。"③同卷"马行街铺席"条云："夜市直至三更尽，才五更又复开张。如要闹去处，通晓不绝。"④《东京梦华录》卷6《元宵》载："正月十五日元宵，大内前自岁前冬至后，开封府绞缚山棚，立木正对宣德楼，游人已集御街两廊下。奇术异能，歌舞百戏，鳞鳞相切，乐声嘈杂十余里，击丸，蹴鞠，踏索，上竿"⑤"万街千巷，尽皆繁盛浩闹。……至十九日收灯，五夜城阙不禁，尝有旨展日"⑥。这些记载充分证明了北宋时期开封是一个真正的不夜城。生活于北宋末年的蔡绦曾说："上元张灯，天下止三日，都邑旧亦然。……太祖以年丰时平，使士民纵乐，诏开封增两夜，自是始"，"国朝上元节烧灯盛于前代，为彩山峻极而对峙于端门。……大观元年，宋乔年尹开封，乃于彩山中间高揭大榜，金字书曰：'大观与民，同乐万寿。'彩山自是为故事，随年号而揭之"⑦。《梦粱录》卷1《元宵》也回忆北宋末年的元宵节盛况："昨汴京大内前缚山棚，对宣德楼，悉以彩结，山沓上皆画群仙故事，左右以五色彩结文殊、普贤，跨

① [宋] 王铚，王栐：《默记·燕翼诒谋录》，中华书局1981年版，第25页。
② [宋] 孟元老：《东京梦华录》，山东友谊出版社2001年版，第18页。
③ [宋] 孟元老：《东京梦华录》，山东友谊出版社2001年版，第26页。
④ [宋] 孟元老：《东京梦华录》，山东友谊出版社2001年版，第33页。
⑤ [宋] 孟元老：《东京梦华录》，山东友谊出版社2001年版，第59页。
⑥ [宋] 孟元老：《东京梦华录》，山东友谊出版社2001年版，第63-64页。
⑦ [宋] 蔡绦：《铁围山丛谈》，见《宋元笔记小说大观（三）》，上海古籍出版社2001年版，第3048页。

狮子白象，各手指内五道出水。其水用辘轳绞上灯棚高尖处，以木柜盛贮，逐时放下，如瀑布状。又以草缚成龙，用青幕遮草上，密置灯烛万盏，望之蜿蜒，如双龙飞走之状。"① 东京正月十五到十九放灯，元宵灯会热烈欢快，标新立异，让人陶醉，令人神往，闪烁着浓烈的民族文化色彩。

到《宣和遗事》，北宋末汴京的元宵佳节盛况处处生春，熠熠生辉：

> 东京大内前，有五座门：曰东华门，曰西华门，曰景龙门，曰神徽门，曰宣德门。自冬至日，下手架造鳌山高灯，高一十六丈，阔二百六十五步。中间有两条鳌柱，长二十四丈；两下用金龙缠柱，每一个龙口里点一盏灯，谓之"双龙衔照"。中间有一个牌，长三丈六尺，阔二丈四尺，金书八个大字，写道："宣和彩山，与民同乐。"彩山极是华丽：那彩岭直趋禁间春台，仰捧端门。梨园奏和雅之音，乐府进婆娑之舞。绛绡楼上，三千仙子捧宸京；红玉阑中，百万都民瞻圣表。……宣和六年正月十四日夜，去大内门直上一条红棉绳上，飞下一个仙鹤儿来，口内衔一道诏书。有一员中使接得展开，奉圣旨："宣万姓。"有那快行家手中把着金字牌喝道："宣万姓！"少刻，京师民有似云浪，尽头上戴着玉梅，雪柳，闹娥儿，直到鳌山下看灯。却去宣德门直上，有三四个贵官……得了圣旨，交撒下金钱银钱，与万姓抢金钱。……是夜撒金钱后，万姓各各遍游市井，可谓是：灯火荧煌天不夜，笙歌嘈杂地长春。至十五夜，去内直门下赐酒。两壁有八厢，有二十四个内等子守着，喝道："一人只得饮一杯！"真个是：金

---

① ［宋］吴自牧，符军、张社国校注：《梦粱录》，三秦出版社2004年版，第5-6页。

杯内酒凝琥珀，玉觥里香胜龙涎。一似蟠桃宴罢流琼液，敕赐流霞赏万民。那看灯底百姓，休问富贵贫贱老少尊卑，尽到端门下赐御酒一杯。[①]

至南宋"隆兴和议"，抗金意志与英雄主义精神慢慢消解，偏安局面使得民风重归柔靡。江南本来就是富庶之地，南宋城市经济复苏，加之中原贵族、富商巨贾避乱南下，重新带来了南宋社会经济的繁荣，承续自北宋的奢靡享乐之风复炽。《梦粱录》卷1《元宵》又展示了南宋元宵节的云集热闹：

> 今杭城元宵之际……舞队自去岁冬至日，便呈行放。……十五夜，帅臣出街弹压，遇舞队照例特犒。街坊买卖之人，并行支钱散给。此岁岁州府科额支行，庶几体朝廷与民同乐之意。……府第中有家乐儿童，亦各动笙簧琴瑟，清音嘹亮，最可人听，拦街嬉耍，竟夕不眠。更兼家家灯火，处处管弦，如清河坊蒋检阅家，奇茶异汤，随索随应，点月色大泡灯，光辉满屋，过者莫不驻足而观。……诸酒库亦点灯毬，喧天鼓吹，设法大赏，妓女群坐喧哗，勾引风流子弟买笑追欢。……又有深坊小巷，绣额珠帘，巧制新装，竞夸华丽。公子王孙，五陵年少，更以纱笼喝道，将带佳人美女，遍地游赏。人都道玉漏频催，金鸡屡唱，兴犹未已。甚至饮酒醺醺，倩人扶著，堕翠遗簪，难以枚举。至十六夜收灯，舞队方散。[②]

宋人普遍追求物欲享乐，即使社会充满内忧外患，也不妨碍民

---

① 无名氏原著：《宣和遗事》，江苏古籍出版社1993年版，第59–60页。

② ［宋］吴自牧，符军、张社国校注：《梦粱录》，三秦出版社2004年版，第6–7页。

天罡地煞的魅力：《水浒传》考释录 | 122

众对世俗之乐的追求。北宋的汴京与南宋的杭州南北辉映，展现了两宋社会经济文化的繁荣。水浒故事跨越了宋金元朝代，《水浒传》反映的汴京节日风俗，应该融合了南宋、金元的风俗。

（二）东京是朝廷的象征

《水浒传》中的东京，不仅是一个充斥着喧嚣和物欲的都城，也是一种政治强权的象征，成为社会矛盾激化的温床与渊薮。北宋末年都城的繁荣建立在百姓劳苦之上，君臣穷奢追乐，日日贪欢，为《水浒传》营造了宋末的图景。"官逼民反"的根子在东京，好汉们把反抗的目标指向东京；但他们"忠为君王恨贼臣，义连兄弟且藏身，不因忠义心如一，安得团圆百八人"（《水浒传》第五十五回），于是东京又是他们寻求政治出路的理想国——接受招安后走向京师。因此，东京已成为一种显著的文化符号，交织着好汉们爱与恨、愤怒与抗争的意志和为国立功、忠于朝廷的矛盾心态。他们身处江湖，成为一股反抗邪恶、匡扶正义的力量；他们走向东京，书写了一曲忠君爱国的苍凉悲歌。

东京喧哗、奢靡，统治者翻云覆雨，社会各阶层盘根错节的奸邪势力都能在这里找到代言人。《水浒传》从京城开始延展情节，京师浮浪破落户高俅受到徽宗的喜爱而发迹，与蔡京、童贯、杨戬把持朝政，倚势逞强，这便有了称霸一方的高唐知州高廉、江州知府蔡九、北京大名府留守司梁中书、华州贺太守，直至横行乡里的西门庆、蒋门神、毛太公、祝朝奉、殷天锡及陆谦、富安、张干办等爪牙走狗，他们相互勾结，贪赃枉法，共同编织着社会的铁网和黑幕。当法律与公理被权力玩弄于股掌之上时，好汉便以激情澎湃的叛逆行动"撞破天罗归水浒，掀开地网上梁山"（《水浒传》

三十七回）。

随着梁山力量的不断壮大，好汉们以放荡不羁的心灵和感性的话语表达着对东京的向往，如李逵所说："杀去东京，夺了鸟位，在那里快活，却不好！不强似这个鸟水泊里！"（《水浒传》第四十一回）要求改变生存环境，过上"快活"生活，他们便用朴野、粗犷的语言表述出来。"快活"是物质欲望的流露，要求在吃、穿、用度上摆脱贫困日子，对这种人生态度最形象的表达莫过于"大碗喝酒，大块吃肉"。阮小七起初对梁山的生活羡慕不已："他们不怕天，不怕地，不怕官司，论秤分金银，异样穿绸锦，成瓮吃酒，大块吃肉，如何不快活！"吴用"撺掇"三阮，也是为"大家图个一世快活"（《水浒传》第十五回）。在封建社会，由于阶层不同，饮食也分了等级，因此在古汉语中，上层阶级被尊为"肉食者"，一般民众则为"食菜者"。若从人口多寡上说，中华民族总体上还是一个吃"菜"的民族，毕竟是底层庶民作为基石撑起了一代又一代王朝的天空。而由食菜到食肉，是一种"快活"的人生。人人都有追求"快活"的自由，只不过《水浒传》把它演绎得更形象罢了。因之书写好汉们对东京既愤恨又向往的态度，表现的是一种泛生活化、浅层次的东京情结。

东京是朝廷的象征。宋江做了梁山泊的头领之后，打出了"替天行道"的大旗，他不再仅仅满足于生活的享受，而是殚精竭虑地为兄弟们盘算未来。他不赞成李逵动辄"杀去东京"的言行，而把"天"看作当朝天子，把梁山泊的反叛行为解释为替皇帝清除赃官污吏和不忠不义之人。排座次后，宋江"望天王降诏早招安，心方足"；并进一步阐释："今皇上至圣至明，只被奸臣闭塞，暂时昏昧。有日云开见日，知我等替天行道，不扰良民，赦罪招安，同心报国，竭力施功，有何不美？"（《水浒传》第七十一回）在造反与效忠的冲突中，宋江选择了走东京路线，走打通上层关系的招安之路。他亲自带柴进、燕青等人去东京探路，让燕青通过李师师在宋徽宗面前陈情，终于"全伙招安"。此后，他们北降辽国，南平方腊，建立了盖世之功，真可谓"汴京城下屯枭骑，一心报国真嘉会。尽归廊庙佐清朝，万古千秋尚忠义。"（《水浒传》第八十三回）

宋江等人跌跌撞撞地从江湖走向庙堂，从梁山泊走向东京，带着血腥，带着死亡，最终换来了"忠义"的美名；宋江至死还坚称"宁可朝廷负我，我忠心不负朝廷"。愚忠的色彩固然浓厚，却流露着化不开的东京情结。争取招安，金圣叹以为乃"强盗之变计"，"进有自赎之荣，退有免死之乐"。对那些上梁山的朝廷将官而言，也没有必要："若夫保障方面，为王干城，如秦明、呼延灼等；世受国恩，宠绥未绝，如花荣、徐宁等；奇材异能，莫不毕效，如凌振、索超、董平、张清等；虽在偏裨，大用有日，如彭玘、韩滔、宣赞、郝思文、龚旺、丁得孙等；是皆食宋之禄，为宋之官，感宋之德，分宋之忧，已无不展之才，已无不吐之气，已无不竭之忠，已无不报之恩者也。……强盗则须招安，将军胡为亦须招安？身在水泊则须招安而归顺朝廷；身在朝廷，胡为亦须招安而反入水泊？……故知一心报国，日望招安之言，皆宋江所以诱人入水泊"。[1]虽然金圣叹深恶宋江，但天罡地煞毕竟全部接受了招安，好汉们的思想矛盾得到统一，从伦理上升华了他们的精神境界。

从生活化到伦理化，众好汉的"东京情结"让他们的足迹遍布大江南北，牵动着整部小说的脉络，牵动着众好汉的神经，也牵动着宋王朝的盛衰，构成了小说的内在机制。尤其在民族矛盾尖锐的

---

① 陈曦钟，侯忠义，鲁玉川辑校：《水浒传会评本》，北京大学出版社1987年版，第1054页。

时代，"东京情结"又成了爱国意识的象征，是一种深层次民族文化情怀的展露。

（三）"梦华"与梦幻之美

《水浒传》流溢着扑面的阳刚之气。对其审美形态，多有悲壮美、崇高美，或喜剧美、悲剧美之说。但从"东京情结"的内在机制看，《水浒传》又表现出"梦华"之美和梦幻之美。

梦，是中华民族尤其是汉民族的一种传统审美观念，又是一种审美手段。这种手段运用在文学中，往往就是以想象、追忆、幻想的形式融合渗透现实人生，具有社会伦理道德的色彩。《水浒传》成书历经了宋元明时代，将其间的压迫与抗争、血与泪的战乱、民族的恩仇都融进了沧桑的历史之中。小说在表现北宋这一特定历史背景的时候，也在追忆着东京的繁华与昌隆，流露出对北宋王朝的眷恋之情，我们可称之为"梦华"之美。

经历了南北宋更替的孟元老，缅怀东京，写下了《东京梦华录》，他在序言中说："暗想当年，节物风流，人情和美，但成怅恨。……古人有梦游华胥之国，其乐无涯者。仆今追念，回首怅然，岂非华胥之梦觉哉！目之曰《梦华录》。然以京师之浩穰，及有未及经从处，得之于人，不无遗阙；倘遇乡党宿德，补缀周备，不胜幸甚"[1]。孟元老用历史的笔法追忆着北宋都城的辉煌，而《水浒传》用艺术的笔法追忆着昔日汴京的风流。追忆首先是对"过去"的还原，然后是幻想与重构。《水浒传》中对东京的追忆与重构犹如一杯醇酒，让读者品味着作者怀旧、思古的幽情和浓郁的民族意识。

---

① ［宋］孟元老：《东京梦华录》，山东友谊出版社 2001 年版，第 1-2 页。

《水浒传》用大篇的词赋再现了东京的城市面貌和节日风俗，如鲁智深看到的东京和大相国寺，还有宋江等人观赏元宵灯会，看到东京"一自梁王，初分晋地，双鱼正照夷门。卧牛城阔，相接四边村。多少金明陈迹，上林苑花发三春。绿杨外溶溶汴水，千里接龙津。潘樊楼上酒，九重宫殿，凤阙天闻。东风外，笙歌嘹亮堪闻。御路上公卿宰相，天街畔帝子王孙。堪图画，山河社稷，千古汴京尊。"（《水浒传》第七十二回）这些描绘与《东京梦华录》相比，未免失之空泛，却也形象生动。在书中，东京作为"天下第一国都，繁华富贵"的气派与韵致被放大，被诗化，因而具有了诗一般的意境。小说中对东京时空节物的建构与历史和现实有了一定的距离，正是这种时空交错的朦胧意识，把人带入追忆、遐想之中，带入现实与梦想之中，使行文间充溢着"华胥梦觉"般的审美意味。

然而，由梁山泊到东京，宋江等人的人生追求、伦理企望最终演化为一种水中月、镜中花般的梦幻之美。众好汉怀着对"快活"生活的追求和实现忠义的人生愿望走向梁山，走向东京；他们依靠自身的力量替天行道，实现了"快活"的生活理想，而他们更高层次的人生追求却是一条梦幻般的不归之路。众好汉接受招安，归附朝廷，随后打败不可一世的辽国，平定了方腊，为宋王朝消除了内忧外患，功绩不可谓不大。但鸟尽弓藏，兔死狗烹，他们为奸佞所不容，其人生追求终为南柯一梦。

其实，这场幻梦早在宋江见到九天玄女的梦中就被铸成了。九天玄女赐仙枣，授天书，告诫宋江"汝可替天行道：为主全忠仗义，为臣辅国安民。去邪归正。他日功成果满，作为上卿"（《水浒传》第四十二回），于是宋江按照神灵的旨意和安排走完了他辉煌而悲凉的人生。从南方来到东京之后，他向徽宗皇帝奏曰："以臣卤钝薄才，肝脑涂地，亦不能报国家大恩。昔日念臣共聚义兵一百八人，登五台发愿。谁想今日十损其八！"（《水浒传》第九十九回）虽然死去的和活着的好汉各得封赏，但宋江心中凄惨，悲从中来。他们一个个死去之后，宋江又跑到宋徽宗梦中诉说冤屈："臣等虽曾抗拒天兵，素秉忠义，并无分毫异心""今臣等与众已亡者，阴魂不散，俱聚于此，伸告陛下，诉平生衷曲，始终无异"（《水浒传》第一百回）。随着人生和生命悲剧的展演，好汉们该逃遁的都已逃遁，该死亡的相继死亡，最后魂聚蓼儿洼。他们无可逃避的结局令人扼腕，怎能不让人发出"人生如梦"的感喟。金圣叹在第七十一回末尾加上的这段"卢俊义惊恶梦"中，也暗示了好汉们的悲惨结局：他们欲招安不得，全被斩杀，喻示了这个群体必将走向寥落、灭亡。金圣叹对他们生命的反思，仍没有跳出人生如梦的轮回。

从宋江梦遇九天玄女到"宋徽宗梦游梁山泊"，好汉们由一个个鲜活的生命走向幻灭。然而死亡不等于无意义，正如幻灭不等于无意义一样，因为生命从降生到最终死亡是必然的，这虽是痛苦的，但宋江等人经过死亡的洗礼，其人格精神、伦理追求达到了一个更高的层次，在梁山泊的庙宇里受到人们的膜拜，又是壮丽的、崇高的。幻灭可以重新创造美，宋江等人从追求物欲到实现精神的涅槃，不就是一种梦幻之美吗？

作为"东京情结"的载体，从宋元话本小说到《水浒传》，"东京故事"都得到或简或繁的展现，其文学意义在于："古代小说中的'东京故事'在其审美品性上属于'审美回忆'，同时展示出文学表现的多样性，就其中浸染的各种思想意识而言，它们中的一部分是帝都文学，又属遗民文学，在地域性上，它们富有民俗特色和市井气息。我们认为，作为多种属性兼备的一种故事系列，'东京故事'毫无疑问是古代小说中最具代表性的城市故事，它们当然不可能与时下所称的城市文学相提并论，即描写城市景观，展示城市生活中的独特心理，也未曾脱尽乡村的文化底色。但是，总是不时地与传统的帝都主题、遗民主题、市井主题纠结在一起，中国古代的城市文学正是以这样的方式发展演进的。"① 诚然，"东京故事"繁复、多变，所孕育的"东京情结"豪迈、凄婉；它属于帝都文学也好，遗民文学也罢，这种被小说固化了的"东京情结"，展示了天罡地煞从江湖到庙堂的情感轨迹，也是小说中忠义思想的一种袒露。

---

① 孙逊，葛咏梅：《中国古代小说中的"东京故事"》，《文学评论》2004年第4期。

三、由"玉麒麟"而"骆驼"的卢俊义

河北卢大员外卢俊义，出身豪富之家，"绰号玉麒麟，是河北三绝。祖居北京人氏，一身好武艺，棍棒天下无对！"（《水浒传》第六十回）小说中他一出场，便有一首《满庭芳》词渲染其豪杰处，可谓大名鼎鼎：

> 目炯双瞳，眉分八字，身躯九尺如银。威风凛凛，仪表似天神。
> 义胆忠肝贯日，吐虹蜺志气凌云。弛声誉，北京城内，元是富豪
> 门。杀场临敌处，冲开万马，扫退千军。殚赤心报国，建立功勋。
> 慷慨名扬宇宙，论英雄播满乾坤。卢员外双名俊义，河北玉麒麟。
> （《水浒传》第六十一回）

卢俊义虽无庙堂官职，但胸怀鸿鹄之志，对大宋王朝忠肝赤诚。上了梁山之后，坐了第二把交椅，成为举足轻重的头领；他支持宋江的招安思想与策略，最后为朝廷征打辽国，平定方腊，立下赫赫战功，被"加授武功大夫、庐州安抚使，兼兵马副总管"（《水浒传》第九十九回）。他虽然出场很晚，在人生的最后阶段被奸臣蔡京、童贯、高俅、杨戬四个贼臣设计毒死，但他从一介豪富到建功立业、为官为宦的转换，也轰轰烈烈，生命像骆驼一样坚强、执着，令人感叹、扼腕。

（一）“玉麒麟”的意象

卢俊义绰号“玉麒麟”，源于龚开的《宋江三十六人画赞》，其赞语说：“白玉麒麟，见之可爱。风尘大行，皮毛终坏。”[①]“白玉麒麟”应来自中国文化中的麒麟意象。

麒麟在汉文化语境中是一种幻想出来的吉祥神兽，是仁德的象征。《尔雅·释兽》云：“麐，麕身，牛尾，一角。”麐同“麟”，是“古代传说中的一种动物。身似獐，头有一角，全身有鳞甲，尾似牛。古代常用之作吉祥的象征。邢疏：‘麐，瑞应兽名’”[②]。《说文解字》也说：“麒，仁兽也。麕身、牛尾、一角。从鹿、其声。”[③]检索古代文献可知，古人对麒麟充满了崇拜。《诗经·周南·麟之趾》云：“麟之趾。振振公子，于嗟麟兮！麟之定。振振公姓，于嗟麟兮！麟之角。振振公族，于嗟麟兮！”以麟之趾、定、角为喻，反复咏叹，对公子、公姓、公族予以褒扬。后儒对于这首诗的理解不一，其中，“韩说曰：‘《麟趾》，美公族之盛也。’”[④]以麒麟颂扬了周王室公子，表现了公族的德行，可引申为公族仁德多贤，故《礼记·礼运》云：“麟、凤、龟、龙谓之四灵。”[⑤]《春秋公羊传·哀公十四年》说：“麟者，仁兽也。圣王之嘉瑞也。”[⑥]

其实，麒麟“仁兽”的内涵与孔子有关，是儒家思想核心观念“仁”

---

①［元］周密：《癸辛杂识续集》，见《宋元笔记小说大观（六）》，上海古籍出版社2001年版，第5790页。

②胡奇光，方环海：《尔雅译注》，上海古籍出版社2004年版，第391页。

③［汉］许慎：《说文解字》，中华书局1963年版，第202页。

④［清］王先谦：《诗三家义集疏》，中华书局1987年版，第61页。

⑤杨天宇：《礼记译注·上》，上海古籍出版社2004年版，第278页。

⑥王维堤，唐书文：《春秋公羊传译注》，上海古籍出版社2004年版，第560页。

的外在的神性显现，象征着圣人贤人的出世。孔子降生与去世之前，麒麟都曾现身，"麟吐玉书"与"获麟绝笔"的现象在古籍中就被屡屡提及。王嘉《拾遗记》卷3《周灵王》记载："夫子未生时，有麟吐玉书于阙里人家，文云：'水精之子，系衰周而素王。'故二龙绕室，五星降庭。徵在贤明，知为神异。乃以绣绂系麟角，信宿而麟去。……鲁定公二十四年，鲁人锄商田于大泽，得麟，以示夫子。系角之绂，尚犹在焉。夫子知命之将终，乃报麟解绂，涕泗滂沱"①。《史记·孔子世家》记载："鲁哀公十四年春，狩大野。叔孙氏车子鉏商获兽，以为不祥。仲尼视之，曰：'麟也。'取之。曰：'河不出图，雒不出书，吾已矣夫！'颜渊死，孔子曰：'天丧予！'及西狩见麟，曰：'吾道穷矣！'"②孔子感叹周王室国运式微，礼乐崩溃，麒麟现世不合时宜。这一年《春秋》绝笔，两年后孔子去世。"麟吐玉书"也好，"获麟绝笔"也罢，都被纳入了"天人合一"的范畴中，《春秋繁露·王道篇》云："朱草生，醴泉出，风雨时，嘉禾兴，凤凰麒麟遊于郊"③。将麒麟作为祥瑞的观念一直延续到汉以后，并扎根于人们的意识之中。如《晋书·元帝纪》载："……及西都不守，帝出师露次，躬擐甲胄，移檄四方，征天下之兵，克日进讨。于时有玉册见于临安，白玉麒麟神玺出于江宁，其文曰'长寿万年'，日有重晕，皆以为中兴之象焉"④。《宋史·司马光传》载："交趾贡异兽，谓之麟。光言：'真伪不可知，使其真，非自至不足为瑞，愿还其献。'"⑤"白玉麒麟"预示着"中兴之象"。只不过龚开以

---

①〔晋〕王嘉：《拾遗记》，见《汉魏六朝笔记小说大观》，上海古籍出版社1999年版，第511–512页。

②〔汉〕司马迁：《史记》卷47，中华书局1959年版，第1942页。

③〔汉〕董仲舒：《春秋繁露》，中华书局1975年版，第116页。

④〔唐〕房玄龄等：《晋书》，中华书局1974年版，第144页。

⑤〔元〕脱脱等：《宋史》卷336，中华书局1977年版，第10758页。

"白玉麒麟"赞美卢俊义，恐怕用意深刻。因为龚开经历了南宋王朝的危亡，宋元易代，民族矛盾冲突剧烈，改朝换代对传统文人的思想与人格都是重大的考验与洗礼。龚开作为一个传统的知识分子，把气节看得比较重，用这种礼赞的方式显然隐含着他不满朝政、盼望汉民族能够出现"中兴之象"的情感。而麒麟"风尘大行，皮毛终坏"，隐然说明奸佞当道，明珠暗投，贤才不为国家所用，令人郁愤。龚开忠于宋王朝的情怀还是比较显豁的。

由《诗经·麟之趾》以麟比喻贤能，到"麟吐玉书"的典故，麒麟意象又涉及儿童，因而在民间有"麒麟儿"或"麟儿"等说法；由此出发，麒麟又演化为出类拔萃人才的象征。《晋书·顾和传》：顾和"总角便有清操，族叔荣雅重之，曰：'此吾家麒麟，兴吾宗者，必此子也'"①。卢俊义绰号"玉麒麟"，"玉"强调外在，与"身躯九尺如银"相应；但卢家到卢俊义时已"五代在北京住"，且生意兴隆，显然已无兴旺家业的必要，但建功立业，青史留名，光耀祖宗，与"兴吾宗"还是一脉相承的。卢俊义活动的北宋末年，君昏臣佞，阶级矛盾与民族矛盾的尖锐化加速了北宋王朝的覆灭。外患不能抵御，内乱不能平息，贤人难以施展才能，使得卢俊义空有鸿鹄之志，却"平生学的一身本事，不曾逢着买主"（《水浒传》第六十一回）。上梁山后，其"义胆忠肝"与"赤心报国"之心，跟好汉们"替天行道"、"忠心报答赵官家"的立场相契。此外，小说通过宋江之口赞美卢俊义："第一件，宋江身材黑矮，貌拙才疏；员外堂堂一表，凛凛一躯，有贵人之相。第二件，宋江出身小吏，犯罪在逃，感蒙众弟兄不弃，暂居尊位；员外出身豪杰之子，又无至恶之名，虽然有些凶险，累蒙天祐，以免此祸。第三件，宋江文

---

① ［唐］房玄龄等：《晋书》，中华书局1974年版，第2163页。

不能安邦，武又不能附众，手无缚鸡之力，身无寸箭之功；员外力敌万人，通今博古，天下谁不望风而降。"（《水浒传》第六十八回）与宋江相比，卢俊义有"贵人之相"，其出身、能力都超过了前者；宋江谦虚也罢，真心夸赞也好，很显然，"玉麒麟"既有外在的气质之盛，又有传统的仁德思想，与"白玉麒麟"的庄严肃穆趋同。宗白华先生在考察了中国古人的审美观念之后，在《中国美学史中重要问题的初步探索》中说："一切艺术的美，以至于人格的美，都趋向于玉的美：内部有光彩，但是含蓄的光彩，这种光彩是极绚烂，又极平淡。"[①]由此看来，卢俊义的品格理应被赋予丰富与美好的内涵。

（二）"玉麒麟"与"骆驼""土骆驼"

然而，由于《水浒传》的成书经过了一个漫长过程，历经了多人的加工锤炼，创作观念的差异导致卢俊义在小说中的言行与"玉麒麟"的内在规定性有了一些错位。虽然小说中卢俊义坐上了梁山第二把交椅，但难免有种高处不胜寒的感觉。胡适先生说："《宣和遗事》里，卢俊义是梁山泊上最初的第二名头领，《水浒传》前面不曾写他，把他留在最后，无法可以描写，故只好把擒史文恭的大功劳让给他。"[②]他匆匆地后来居上，从故事情节到人物个性似乎都存在缺陷、不够完美。难怪金圣叹在其《读第五才子书法》中说："卢俊义传，也算极力将英雄员外写出来了，然终不免带些呆气。譬如画骆驼，虽是庞然大物，却到底看来觉道不俊。"[③]金圣叹以

---

① 宗白华：《宗白华全集·第三卷》，安徽教育出版社1994年版，第453页。
② 胡适：《中国章回小说考证》，安徽教育出版社2006年版，第37页。
③ 陈曦钟，侯忠义，鲁玉川辑校：《水浒传会评本》，北京大学出版社1987年版，第19页。

骆驼为比喻，非常形象地定格了卢俊义的性格特征，可权且名之"骆驼说"。

其实，卢俊义虽有"麒麟"的底蕴，但只有燕青一个知心人，他内心孤凄、孤傲，是一位孤独的英雄，而这份孤高也折射出他的偏狭。究其原因，一是对底层社会了解不深，缺少仗义疏财之举，难孚众望；二是猎奇好名，容易被一些现象所蒙蔽；三是辨识人的能力不足，思虑疏阔。

首先，仗义疏财是评价梁山好汉最基本的、也是最高的一把道德标尺。好汉们陆续走向梁山之前，大都有"仗义疏财"的豪举：慷慨好施，扶危济困，舍身为人。一百零八位好汉的社会生活背景不同，走向梁山的道路有别，但谁能够仗义疏财，谁就在江湖上声名远播，谁就能够获得威信和号召力。好汉们周济贫困者就是仗义疏财的道德行为，尤其在社会矛盾加剧的时期，农民和手工业者大量破产，他们渴望获得经济上的援助与道义上的支持，崇尚仗义疏财渐渐成为下层民众的一种普遍社会心态。对社会个体来说，能够仗义疏财就是一种美德，就应得到赞赏和仰慕。

晁盖"平生仗义疏财，专爱结识天下好汉。但有人来投奔他的，不论好歹，便留在庄上住。若要去时，又将银两赍助他起身"（《水浒传》第十四回）。后来七星聚义，投奔梁山。林冲杀死王伦之后，便推晁盖为山寨之主。他说："今有晁兄，仗义疏财，智勇足备，方今天下人，闻其名，无有不伏。"（《水浒传》第二十回）可见，仗义疏财成为衡量豪杰的第一标准。

柴进家资豪富，虽没有多大的才能，却也仗义疏财，是令人仰慕的江湖好汉。小说中不止一次地赞美他"仗义疏财欺卓茂，招贤纳士胜田文"（《水浒传》第九回）；"疏财仗义，人间今见孟尝君；济困扶倾，赛过当时孙武子"（《水浒传》第二十二回）。王伦、林冲、武松、宋江等人就得到过他的帮助与护佑。柴进赢得"小旋风"的好名声，关键在于他的仗义疏财之举。

尤其是宋江，仗义疏财，乐于助人，由此赢得"及时雨"的名声。他一登场，便是"为人仗义疏财……平生只好结识江湖上好汉：但有人来投奔他的，若高若低，无有不纳，便留在庄上馆谷，终日追陪，并无厌倦；若要起身，尽力资助。端的是挥霍，视金似土。人问他求钱物，亦不推托。且好做方便，每每排难解纷，只是周全人性命。如常散施棺材药饵，济人贫苦，周人之急，扶人之困。以此山东、河北闻名，都称他做及时雨，却把他比做天上下的及时雨一般，能救万物"（《水浒传》第十八回）。宋江虽然生活在郓城这个北宋普通的小县城，但他坚持"为人仗义疏财"，故声名远播。

仗义疏财之人，值得信任拥戴；而与此相反的悭吝者，便成了被揶揄讽刺的对象，甚至要受到惩戒。鲁智深豁达慷慨，出手大方，不重钱财，而桃花山的李忠、周通之辈就"好生悭吝"；鲁智深看不上他们的行事方式，故离开桃花山时，把桌上金银酒器都踏扁了，拴在包里带走了（《水浒传》第五回）。鲁智深的举止似乎不是好汉的作为，有些不可思议，但如果把这种行为视作对吝啬之人的一种逆反心态的外在化，那么像鲁智深这样的人便更值得理解与尊重。

反观卢俊义，作为北京财主，他向宋江炫耀"颇有些少家私""金帛钱财家中颇有"。对于这位"北京有名怎地一个卢员外"，小说只提到经营"解库"之类的产业，管家李固"一应里外家私都在他身上，手下管着四五十个行财管干"（《水浒传》第六十一回）。由此看来，卢员外的产业也是有相当规模的，其资财不亚于柴进等人。他上梁山之前，小说中没有描写他的仗义疏财之举，这与那些不甚富裕却不吝钱财的好汉相比，不免显得相形见绌。卢俊义一出场，在道义上就被矮化了。只是到了好汉们打破大名府，卢俊义被救出后，奔到家中，"叫众人把应有家私、金银财宝都搬来，装在车子上，往梁山泊给散"（《水浒传》第六十六回），对其疏财之举算是轻描淡写。

其次，卢俊义好奇、孤傲，易于受到蒙蔽。为了让卢俊义上梁山，小说中专门设计了《吴用智赚玉麒麟》一节。吴用打扮成算命先生、李逵扮作道童，来到卢俊义居住的河北大名府。因为吴用念念有词："知生知死，知因知道"，高深莫测，真假难辨。卢俊义闻此便判定算命先生有真才："既出大言，必有广学。"根据卢俊义的生辰八字，吴用煞有介事地表演一番，并耸人听闻地吓唬卢俊义，让其到梁山泊一带去消灾弭祸，其命运也得以改变。王望如曾一针见血地指出："口天算博士挟奇怪哑道童，沿街卖卜，有何新闻而谆谆下问，等于菁蔡，此富贵公子好奇之误也。"[1]

其实，吴用的把戏已经引起了卢俊义家人的疑心。李固说："主人误矣。常言道：贾卜卖卦，转回说话。休听那算命的胡言乱语。只在家中，怕做甚么？"燕青也劝："休信夜来那个算命的胡讲"。其妻贾氏也一力劝阻："休听那算命的胡说"。而卢俊义却偏偏轻信吴用，口出豪言："你们不要胡说，谁人敢来赚我！梁山泊那伙贼男女打甚紧，我观他如同草芥，兀自要去特地捉他，把日前学成武艺显扬于天下，也算个男子大丈夫。"（《水浒》第六十一回）一旦接近梁山泊，店小二告诉他"官人须是悄悄过去，休得大惊小怪"。而卢俊义却拿出事先准备好的白绢旗招摇行事，要将梁山好汉一网打尽，"解上京师，请功受赏"。明万历袁无涯刻本有眉批说："先有此主意，始知亦不为算命人所赚，然正是受

---

① 陈曦钟，侯忠义，鲁玉川辑校：《水浒传会评本》，北京大学出版社1987年版，第1119页。

赚处。"①卢俊义虽直言、豪迈，但根本不了解梁山泊，仅凭自己的"鸿鹄之志"和超强武艺，便一厢情愿地要收服梁山好汉，到头来却被捉放还，锐气消损。胡适先生对此也说："最明显的例是写卢俊义的一大段。这一段硬把一个坐在家里享福的卢俊义拉上山去，已是很笨拙了；又写他信李固而疑燕青，听信了一个算命先生的妖言便去烧香解灾，竟成了一个糊涂汉了，还算得什么豪杰？至于吴用设的诡计，使卢俊义自己在壁上写下反诗，更是浅陋可笑。"②实际上，卢俊义并不糊涂，而是孤傲的性情导致太过自信，恃才狂放，容不得他人置喙。俗语言"艺高人胆大"，有强烈的功名心驱使，再加上好奇心的驱动，卢俊义一时陷入了自我营造的美妙图景之中，才有了这种冒险行为。

征辽平方腊后，卢俊义为朝廷立下了赫赫战功，燕青劝卢俊义隐迹埋名，寻个僻静处，以终天年，卢俊义却对燕青说："自从梁山泊归顺宋朝已来，北破辽兵，南征方腊，勤劳不易，边塞苦楚，弟兄殒折，幸存我一家二人性命。正要衣锦还乡，图个封妻荫子，你如何却寻这等没结果？"（《水浒传》第九十九回）最终，卢俊义轻信朝廷，轻信奸臣，落了个被毒死的下场。一次次地轻信他人，搞得家破人亡，最终也葬送了自己的性命；卢俊义的孤傲，注定了他是一个苦命的英雄。

再次，卢俊义治家无方，识力浅薄。卢俊义的悲剧与其家庭息息相关。家庭在中国传统文化中地位很高。《周易》多次言及家庭生活，"恒其德。贞，妇人吉，夫子凶"③。认为古代女子保持贞洁

---

①陈曦钟，侯忠义，鲁玉川辑校：《水浒传会评本》，北京大学出版社1987年版，第1113页。

②胡适：《中国章回小说考证》，安徽教育出版社2006年版，第39页。

③黄寿祺，张善文译注：《周易译注·下》，上海古籍出版社2007年版，第250页。

就是吉利，男子若困于家中，不能到家庭之外图谋发展，创立基业，就会遇到凶险，这种要求比较明确地定位了丈夫和妻子的社会角色。到《家人》中说得更清楚："家人，女正位乎内，男正位乎外；男女正，天地之大义也。家人有严君焉，父母之谓也。父父，子子，兄兄，弟弟，夫夫，妇妇，而家道正；正家而天下定矣。"[①]在封建社会的中国，"女主内，男主外"的家庭生活角色被固化下来，成为夫妻在家庭中不可逾越的规则。随着社会生产力的逐步发展与提高，家庭得以稳固，"家务的料理失去了它的公共的性质。它与社会不再相干了。它变成了一种私人的服务；妻子成为主要的家庭女仆，被排斥在社会生产之外"[②]。"女正位乎内，男正位乎外"这种家庭定位慢慢成为维护封建宗法等级制度的伦理基础。孔子的伦理观念顺应当时社会的发展，他非常重视夫妇关系，把夫妇、父子、君臣关系看作是治理国家的根本，认为"夫妇别，男女亲，君臣信，三者正，则庶物从之"[③]。荀子认为："夫妇之道，不可不正也，君臣父子之本也。"[④]经孔子删定的《诗经》，有不少篇目大肆渲染夫妇之道、家庭伦理，亦在"正得失，动天地，感鬼神，莫近于诗。先王以是经夫妇，成孝敬，厚人伦，美教化，移风俗"[⑤]。对夫妇之道，后世儒者说得更为直白："《周南》、《召南》，《诗》首篇名，所言皆男女之事最多。盖人道相处，道至切近莫如男女也。修身齐家，

---

① 黄寿祺，张善文译注：《周易译注·下》，上海古籍出版社2007年版，第281页。

② ［德］马克思，［德］恩格斯：《马克思恩格斯选集·第四卷》，人民出版社1995年版，第72页。

③ 杨天宇：《礼记译注·下》，上海古籍出版社2004年版，第657页。

④ ［清］王先谦：《荀子集解》，中华书局1988年版，第495页。

⑤《十三经注疏》整理委员会整理，李学勤主编：《十三经注疏·毛诗正义·上》，北京大学出版社1999年版，第11-12页。

起化夫妇，终化天下。"[①]夫妇家庭之道为后世文学书写家庭伦理定下了基调，在中国古代小说中表现得多姿多彩，《水浒传》中也多有涉及。

卢俊义家门不幸，可谓治家的失败者。在外，大胆重用管家李固，偌大的家业都托付于他掌管。在内，卢俊义算不上一个称职的丈夫。其妻贾氏被描绘成一个丧失人伦的淫妇，她背着丈夫，早与李固暗度陈仓，勾搭成奸，同在一个屋檐下，卢俊义却浑然不知。他对妻子不够关心，不了解妻子的内心与需求，造成夫妻隔阂，"平昔只顾打熬气力，不亲女色。娘子旧日和李固原有私情，今日推门相就，做了夫妻"。可悲的是他对贾氏一直信任不疑。他从梁山泊归家遇到燕青，燕青告诉他家中发生变故，李固告他归顺宋江，在梁山"坐了第二把交椅"，并"与娘子做了一路"。卢俊义怒不可遏，训斥燕青说："我的娘子不是这般人，你这厮休来放屁！""我家五代在北京住，谁不识得！量李固有几颗头，敢做恁般勾当！莫不是你做出歹事来，今日倒来反说！我到家中问出虚实，必不和你干休！"不但如此喝骂燕青，还"一脚踢倒燕青"（《水浒传》第六十二回）。这既是对自家门第的自负，也是对自己赖以生存社会环境的自信。但实际情况却颠覆了卢俊义的认知，他不了解妻子贾氏，对自己所处的生存环境也缺少明晰的判断，故而显得有些昏昧。

卢俊义不辨贾氏能否守妇道。小说中虽然没有对贾氏"主内"的描写，但其对丈夫并非全然不关心，先是劝卢俊义不要去山东泰安州："休听那算命的胡说，撇了海阔一个家业，耽惊受怕，去虎穴龙潭里做买卖。你且只在家内，清心寡欲，高居静坐，自然无事。"（《水浒传》第六十一回）贾氏首先想到的是卢氏的家业财产，然

---

①［清］康有为注：《论语注》，中华书局1984年版，第264-265页。

后才是卢俊义的安全，在她心中财物比人重要得多。贾氏对丈夫的关心给人感觉更多的是出于自私，特别是卢俊义被官府捉住时，贾氏有两段话颇耐人寻味：

> 不是我们要害你，只怕你连累我。常言道：一人造反，九族全诛！

> 丈夫，虚事难入公门，实事难以抵对。你若做出事来，送了我的性命。自古丈夫造反，妻子不首。不奈有情皮肉，无情杖子。你便招了，也只吃得有数的官司。（《水浒传》第六十二回）

常言说"一日夫妻百日恩"，况且卢俊义与贾氏"琴瑟合好"，然而贾氏对卢俊义的情感似乎被理性化了，她成了封建政治法律的代言人，夫妻恩情淡薄，宛如路人。在《水浒传》中，除了林冲的妻子为忠贞人妻的代表外，其他如潘金莲、潘巧云、贾氏，都成了淫妇的代名词，家喻户晓。作者比较落后的妇女观导致《水浒传》在描写家庭方面出现了贬低妇女的倾向。这也说明，在早期的章回小说中，对家庭生活的反映与描绘还不成熟，《三国演义》里同样存在这种现象，与后来的《金瓶梅》《红楼梦》《醒世姻缘传》等相比，它们虽开了描写家庭的先河，但书中的观念与认识却是不可同日而语的。《水浒传》更多的反映了夫妇人伦失序，从反面说明了"经夫妇，成孝敬，厚人伦，美教化，移风俗"的重要性。卢俊义治家失序，为此，张恨水先生断言："惟其不俊也，故员外既帷薄不修，捉强盗又太阿倒持，天下固有其才不足以展其志之英雄，遂无往而不为误事之蒋干。与其谓卢为玉麒麟，毋宁谓卢为土骆驼也。"①

卢俊义对待下人，不辨贤愚忠奸。一是轻信李固。卢俊义救护李固，并把他提升为总管，"这李固原是东京人，因来北京投奔相识不着，冻倒在卢员外门前。卢俊义救了他性命，养他家中。因见他勤谨，写得算得，教他管顾家间事务"（《水浒传》第六十一回）。对于家中事务，卢俊义是非常依赖李固的，故从梁山泊返家，他对李固丝毫不加怀疑。二是对待燕青始终存有疑心。燕青是个孤儿，为卢俊义养大，虽为仆人，却与卢俊义情同父子，"是卢员外一个心腹之人"。然而，燕青说贾氏和李固的事，卢俊义听不进去，对燕青训斥、辱骂，甚至反向认为"莫不是你做出歹事来，今日倒来反说？"他不听燕青劝告，被捉进衙门，险些丢掉性命。平定方腊后，到朝廷接受封赏，燕青又劝他纳还官诰，隐迹埋名，以终天年。他又充耳不闻，笃志功名，终致身死名灭。燕青苦口婆心，无以挽回卢俊义的性命。卢俊义对燕青的疑心如此，似乎与燕青"心腹之人"的定性有些出入，显示了小说描写的纰漏。对此，王望如评说："李固、燕青，同一仆也。固则为负义之鸱鸮，无所不至；青则为报恩之犬马，无所不至。员外出门时，信青不如信固；员外归家时，疑青并不疑固。果主人素无知人之明乎？抑固之卖主蒸母，习以成风，而青之杀身报主，忠本性生者乎？"②卢俊义贤愚莫辨，忠奸难识，虽生豪门，却识见浅拙，格局偏狭。盛名之下，其实难副，他的悲剧是难以避免的。

① 张恨水：《水浒人物论赞》，万象周刊社1947年版，第7页。
② 陈曦钟，侯忠义，鲁玉川辑校：《水浒传会评本》，北京大学出版社1987年版，第1144页。

（三）"玉麒麟"与"惊恶梦"

在《水浒传》的繁本、简本系统中，一百零八位天罡地煞在梁山大聚义排座次后，大都有招安、征辽、平方腊的情节。明末清初的金圣叹，却把百回本《水浒传》宋江接受招安以后的三十回砍去，"至于刊落之由，什九常因于世变，胡适（《文存》三）说，'圣叹生在流贼遍天下的时代，眼见张献忠李自成一班强盗流毒全国，故他觉得强盗是不能提倡的，是应该口诛笔伐的。'"① 金圣叹删改的七十回本《水浒传》（简称金本《水浒》），把招安以后的部分统统砍掉，又重新创作了《梁山英雄惊恶梦》一节：梁山泊大聚义，众好汉"大醉而散"，晚上卢俊义梦到自称嵇康的人，"要与大宋皇帝收捕贼人，故单身到此，汝等及早各各自缚，免得费我手脚"。"嵇康"对卢俊义、宋江等众好汉一个也不饶恕，下令将他们"一齐处斩"；"卢俊义梦中吓得魂不附体，微微闪开眼，看堂上时，却有一个牌额，大书'天下太平'四个青字"（金本《水浒》第七十回）。金圣叹安排的这一结局，又把卢俊义推到了台前。那么，金圣叹为何选择让卢俊义去"惊恶梦"呢？

作为梦境的承载者，不少好汉应该具备这样的资格。柴进作为"帝子神孙"，血统高贵，仗义疏财，但他身上江湖气息浓厚，更缺少卢俊义那样的能力，金圣叹一句"无他长，只有好客一节"② 便把他打发了；青面兽杨志是杨家将的后代，因失陷花石纲被革职，命运蹉跎，他攀附权贵，奴颜婢膝，有辱门庭；大刀关胜被描写成关羽

---

① 鲁迅：《中国小说史略》，上海古籍出版社 1998 年版，第 101 页。
② 陈曦钟，侯忠义，鲁玉川辑校：《水浒传会评本》，北京大学出版社 1987 年版，第 19 页。

第三章 ｜ 天罡地煞的文化品位 ｜ 143

的"嫡派子孙",但义勇有余,谋略不足,只合在宋江帐下"为一小卒";其他来自朝廷的将领也有"惊恶梦"的素质与秉性,但他们为活命而背叛朝廷,也难以出头。林冲、鲁智深、武松等人欲与大宋做个对头,且"李逵、武松、鲁智深那一班,都是莽男子汉"①,也不可能成为做梦的主体。宋江暂居水泊,专待招安,一心回归朝廷,专心报国,希望殷殷,恐怕难以产生"惊恶梦"的心理。况且作为读书人,传统的忠义伦理观念在金圣叹的心中根深蒂固,他对宋江一味地贬斥、否定。他在《读第五才子书法》中说:"《水浒传》有大段正经处,只是把宋江深恶痛绝,使人见之,真有犬彘不食之恨。从来人却是不晓得。""《水浒传》独恶宋江,亦是奸厥渠魁之意,其余便饶恕了。"②这样的态度决定了他不会安排宋江去"惊恶梦"。

在梁山泊,卢俊义成了"英雄惊恶梦"的不二人选。虽然卢俊义的人格不够完美,但金圣叹钟情于"玉麒麟",安排他担当"惊恶梦"的主体,体现了自己的创作心态与缜密构想。如前所引,在百回本、百二十回本《水浒传》中,宋江把自己与卢俊义比较一番,文墨平平;而到金本中,金圣叹不惜大动笔墨,如其诗所言——"夜寒薄醉摇柔翰,语不惊人也便休",有意凸显、强化卢俊义。"第一件,宋江身材黑矮,员外堂堂一表,凛凛一躯,众人无能得及。第二件,宋江出身小吏,犯罪在逃,感蒙众兄弟不弃,暂居尊位;员外生于富贵之家,长有豪杰之誉,又非众人所能得及。第三件,宋江文不能安邦,武不能附众,手无缚鸡之力,身无寸箭之功;员外力敌万人,通今博古,一发众人无能得及。"(金本《水浒》第

①陈曦钟,侯忠义,鲁玉川辑校:《水浒传会评本》,北京大学出版社1987年版,第1273页。

②陈曦钟,侯忠义,鲁玉川辑校:《水浒传会评本》,北京大学出版社1987年版,第15页。

六十七回）金氏倾心打造的三件"众人无能得及"，把卢俊义的高大形象推到了极致。金圣叹对卢俊义的性情体味得相当深刻，认为卢俊义笃定"生为大宋人，死为大宋鬼"，骨子里偏重忠义伦理意识，所以让卢俊义充当"惊恶梦"的角色便是自然而然的了。对自己杜撰的结局，金圣叹不无得意地说："看来作文，全要胸中先有缘故。若有缘故时，便随手所触，都成妙笔；若无缘故时，直是无动手处，便作得来，也是嚼蜡。"[①]金圣叹深谙《水浒传》写人的方法，并用这种方法指导自己的创作实践，短短的《梁山英雄惊恶梦》一节便是他活用的表现，以此昭示了梁山泊凄凄惨惨的结局。

金圣叹一删一改，便定格了七十回本《水浒传》。他在第七十回回前总评中说："聚一百八人于水泊，而其书以终，不可以训矣。忽然幻出卢俊义一梦，意盖引张叔夜收讨之一案，以为卒篇也。呜呼！古之君子，未有不小心恭慎而后其书得传者也。"[②]他对自己的删改本充满了自信，认定后世必能流传。胡适先生在《〈水浒传〉考证》中专门谈到金本，他说："这三百年中，七十回本居然成为《水浒传》的定本。平心而论，七十回本得享这点光荣，是很应该的。"[③]肯定了金本的艺术成就与影响。金圣叹的这种自信也许又暗合了"下至麟止"的寠臼。

中国古代小说又被称为野史、外史，其创作历来受史传传统的影响。孔子修订的鲁国史《春秋》，又称《麟经》或《麟史》，司马迁推崇《春秋》，当然会潜移默化于《史记》的创作中。史传文学的源头如此，并波及小说创作，对《水浒传》影响至显，因此金

---

① 陈曦钟，侯忠义，鲁玉川辑校：《水浒传会评本》，北京大学出版社1987年版，第18页。

② 陈曦钟，侯忠义，鲁玉川辑校：《水浒传会评本》，北京大学出版社1987年版，第1262页。

③ 胡适：《中国章回小说考证》，安徽教育出版社2006年版，第34-35页。

圣叹说："《水浒传》方法，都从《史记》出来，却有许多胜似《史记》处。若《史记》妙处，《水浒》已是件件有。"①鲁国末期，鲁哀公获麟，孔子感伤"周道之不兴，感嘉瑞之无应，故因鲁春秋而修中兴之教，绝笔于获麟之一句"②。汉武帝获麟，司马迁则在《太史公自序》中说："于是卒述陶唐以来，至于麟止。"裴骃《集解》引张晏的话说："武帝获麟，迁以为述事之端。上纪黄帝，下至麟止，犹《春秋》止于获麟也。"《史记索引》引服虔云："武帝至雍获白麟，而铸金作麟足形，故云'麟止'。迁作《史记》止于此，犹《春秋》终于获麟然也。"③金圣叹在《水浒传》第二十八回回评中说："夫修史者，国家之事也，下笔者，文人之事也。国家之事，止于叙事而止，文非其所务也。若文人之事，固当不止叙事而已，必且心以为经，手以为纬，蹰躇变化，务撰而成绝世奇文焉。"④他借"玉麒麟"惊恶梦，展现了自己的创作意图，而且金本《水浒》戛然而止，成就了"一部大书七十回"。金圣叹基于麒麟意象，让"玉麒麟"回归传统忠义伦理境界，寄托深沉。这也许就是金圣叹叨念的"绝世奇文"，暗含了"下至麟止"之意，这样说恐怕不是空穴来风吧。

（四）"嵇康"原型考释

在《水浒传》的众多版本中，梁山英雄大聚义、排座次后，便是招安及以后的情节。而金圣叹删改的七十回本《水浒传》，不但

① 陈曦钟，侯忠义，鲁玉川辑校：《水浒传会评本》，北京大学出版社1987年版，第16页。

② ［清］阮元校刻：《十三经注疏》，中华书局1980年版，第2172页。

③ ［汉］司马迁：《史记》卷130，中华书局1959年版，第3301页。

④ 陈曦钟，侯忠义，鲁玉川辑校：《水浒传会评本》，北京大学出版社1987年版，第539页。

砍掉了招安以后的部分，还增添了《梁山英雄惊恶梦》一节："其身甚长，手挽宝弓"的嵇康出现在卢俊义的梦中，嵇康对卢俊义、宋江等一百八十个好汉不依不饶，命令刽子手将他们"一齐处斩"，卢俊义惊梦。①金本的这一结局，又把"嵇康"推到了台前，使之成为卢俊义梦的主体，颇耐人寻味。

金圣叹笔下的"嵇康"是否是魏晋名士嵇康呢？对这个问题，至今没有明确的认识。嵇康，字叔夜，40岁时被司马昭杀害。他身材高大，《世说新语·容止》载："嵇康身长七尺八寸，风姿特秀。见者叹曰：'萧萧肃肃，爽朗清举。'或曰：'肃肃如松下风，高而徐引。'山公曰：'嵇叔夜之为人也，岩岩若孤松之独立；其醉也，傀俄若玉山之将崩。'"②可见嵇康风度翩翩，高大英挺。《三国志·魏书·王粲传》附载云："谯郡嵇康，文辞壮丽，好言老、庄，而尚奇任侠"③。这位接受过儒学而又师法老庄玄虚之道的嵇康，不仅"文辞壮丽"，还"尚奇任侠"，陈寿简短的一笔，给后人展示了嵇康勇武的另一面。卢俊义梦中嵇康"其身甚长，手挽宝弓"的形象与这些文献的记载是一致的。而且，裴松之在《三国志·魏书·王粲传》中又注引虞预的《晋书》说："康家本姓奚，会稽人。先自会稽迁于谯之铚县，改为嵇氏，取'稽'字之上，（加）'山'以为姓，盖以志其本也。一曰铚有嵇山，家于其侧，遂氏焉。"④

金圣叹说得很清楚，嵇康"影张叔夜"。《宋史》本传说张叔夜是北宋末年的将领。徽宗大观中进士，曾官龙图阁学士，先后出

①陈曦钟，侯忠义，鲁玉川辑校：《水浒传会评本》，北京大学出版社1987年版，第1272页。

②［南朝宋］刘义庆：《世说新语译注》，中华书局1998年版，第588页。

③［晋］陈寿撰，［宋］裴松之注：《三国志》，中华书局1964年版，第605页。

④［晋］陈寿撰，［宋］裴松之注：《三国志》，中华书局1964年版，第605—606页。

知海州、济南府、邓州、岭南道都总管，晋签枢密院事。靖康元年，金兵南下围困汴京，张叔夜率军驰援京师，与金兵激烈对抗，终城陷被俘，随徽、钦二帝北迁，行至宋辽界河白沟，绝食而死。

在张叔夜忠烈悲壮的一生中，最值得一提的是，他与宋江起义密切相关。《东都事略》卷108《张叔夜传》载："张叔夜……喜论兵……以徽猷阁待制出知海州。会巨贼宋江剽掠至海，趋海岸劫巨舰十数。叔夜募死士千人，距数十里，大张旗帜，诱之使战。密伏壮士匿海旁，约候兵合。即焚其舟。舟既焚，贼大恐，无复斗志，伏兵乘之，江乃降"[1]。《三朝北盟会编》卷88载："张叔夜，字嵇仲，有文武大材。起知海州，破群盗宋江有功。"[2]《宋史·徽宗本纪》《宋史·张叔夜传》等史料都明确记载张叔夜大败宋江并招降了他。

那么，在卢俊义的"恶梦"中，金圣叹为什么不直接写出张叔夜而写作"嵇康"呢？这恐怕与金圣叹的人格追求和创作倾向有关。

首先，从创作主体看，金圣叹推崇魏晋名士的人格范式，从"魏晋风流"中获得了精神的鼓舞与支持。嵇康、阮籍是"竹林七贤"的代表人物，他们的行为和风度为魏晋名士们树立了人格范式。嵇康在《与山巨源绝交书》里表达了自己的生活理想："今但愿守陋巷，教养子孙，时与亲旧叙离阔，陈说平生，浊酒一杯，弹琴一曲，志愿毕矣。"竹林名士们狂放不羁，逍遥于林泉之间，他们在切实地躲避着司马氏集团的笼络、威逼和利诱。渐渐地山涛、王戎、阮籍等相继走出竹林，而嵇康则始终与司马氏周旋、抗争，展现出他性格慷慨任性的一面。钱锺书先生曾说："嵇、阮皆号狂士，

---

① [宋] 王称：《二十五别史14·东都事略2》，齐鲁书社2000年版，第931页。
② 朱一玄，刘毓忱编：《水浒传资料汇编》，南开大学出版社2002年版，第4页。

然阮乃避世之狂，所以免祸；嵇乃忤世之狂，故以招祸。……忤世之狂则狂狷、狂傲，称心而言，率性而行……既'真性狭中，多所不堪'，而又'有好尽之累'，'不喜俗人'，'刚肠疾恶，轻肆直言，遇事便发'，安望世之能见容而人之不相仇乎？"[1]阮籍明哲而生，嵇康忤世被杀，他们为后代士人提供了两种人格范式，而常为后人崇拜与仿效。

金圣叹对嵇康的言行思想了然于心，他追慕嵇康的精神境界。他在《水浒传》第十四回回评中道出了自己内心的选择：

> 阮氏之言曰："人生一世，草木一秋。"嗟乎！意尽乎言矣。夫人生世间，以七十为大凡，亦可谓至暂也。乃此七十年者，又夜居其半，日仅居其半焉。抑又不宁惟是而已。在十五岁以前，蒙无所识知，则犹掷之也。至于五十岁以后，耳目渐废，腰髋不随，则亦不如掷之也。中间仅仅三十五年，而风雨占之，疾病占之，忧虑占之，饥寒又占之，然则如阮氏所谓论秤秤金银，成套穿衣服，大碗喝酒，大块吃肉者，亦有几日乎耶！而又况乎有终其身曾不得一日也者！故作者特于三阮名姓深致叹焉：曰立地太岁，曰活阎罗，中间则曰短命二郎。嗟乎！生死迅疾，人命无常，富贵难求，从吾所好，则不著书，其又何以为活也。[2]

金圣叹"从吾所好"，著书"为活"，包含着追求心理快适和展现自我的双重内涵。要在维持精神傲岸的同时，尽力开拓出一方理想的生存境界，这与嵇康"称心而已，率性而为"的性情是相通的。

---

[1] 钱锺书：《管锥篇》第三册，中华书局1979年版，第1088页。

[2] 陈曦钟，侯忠义，鲁玉川辑校：《水浒传会评本》，北京大学出版社1987年版，第270页。

金圣叹"为儿时，知负大材，不胜诧傺。恰似自古及今，止我一人是大材，止我一人无沉屈者"①。金圣叹生逢明朝末世，阉党专权，党争酷烈，加之农民起义此起彼伏，明王朝大厦将倾，他的狂放实际上躁动着时代的不安。入清之后，他仍然走着嵇康"忤世之狂"的道路，慷慨激昂地参与了吴中地区士人反对贪官的群众运动——"哭庙"，被判斩刑。其《绝命诗》云："鼠肝虫臂旧萧疏，只惜胸前几本书。虽喜唐诗略分解，庄骚马杜待何如？"临刑前依然拳拳于自己未竟的批书之事，这与嵇康临刑前奏《广陵散》有惊人的相似之处。《世说新语·雅量》云："嵇中散临刑东市，神气不变，索琴弹之，奏《广陵散》。曲终，曰：'袁孝尼尝请学此散，吾靳固不与，《广陵散》于今绝矣！'"②裴松之在《三国志·魏书·王粲传》中注引《康别传》也称"康临终之言曰：'袁孝尼尝从吾学《广陵散》，吾每靳固之。《广陵散》于今绝矣'"③。他们皆为慷烈才俊，带着未竟的挂怀而洒脱弃世。金圣叹追慕嵇康的性情人格，既张扬了生命的精神，也铸就了自己人生的悲剧。

其次，金圣叹看到了张叔夜忠君的伦理观念与嵇康是一脉相承的。

一直以来，人们认为嵇康以尊奉老庄、崇尚自然、蔑视礼法、指斥名教闻名于世，实际上这是他十分张扬的一面。鲁迅先生在《魏晋风度及文章与药及酒之关系》中说："但最引起许多人的注意，而且于生命有危险的，是《与山巨源绝交书》中的'非汤武而薄周孔'。司马懿（昭）因这篇文章，就将嵇康杀了。非薄了汤武周孔，

①［清］金圣叹：《金圣叹评点才子全集·第一卷》，光明日报出版社1997年版，第781页。

②［南朝宋］刘义庆：《世说新语译注》，中华书局1998年版，第315页。

③［晋］陈寿撰，［宋］裴松之注：《三国志》，中华书局1964年版，第606页。

在现时代是不要紧的，但在当时却关系非小，汤武是以武定天下的；周公是辅成王的；孔子是祖述尧舜，而尧舜是禅让天下的。嵇康都说不好，那么，教司马懿篡位的时候，怎么办才是好呢？没有办法。在这一点上，嵇康与司马氏的办事上有了直接的影响，因此就非死不可了。"[①] 嵇康身处魏晋政权嬗代的多事之秋，他拥护曹魏政权，反对司马氏的虚伪名教，因而难免言辞激愤。作为士林的领袖，其思想摆脱不了两汉儒家遗风的影响，依然受儒家思想的指导与支配。嵇康赞扬孔子是"损己为世""经营四方"[②] 的圣人，称其为君子。在《卜疑》一文中，他提出"常以为忠信笃敬，直道而行之……甲兵不足忌，猛兽不为患"[③] 的儒家价值观；在《太师箴》中，他假太师身份规劝帝王"无曰我尊，慢尔德音；无曰我强，肆于骄淫。弃彼佞幸，纳此遒颜"[④]，忠言磊磊；在《家诫》中，又以儒家的伦理道德教育儿子："不须作小小卑恭，当大谦裕。不须作小小廉耻，当全大让。若临朝让官，临义让生，若孔文举求代兄死：此忠臣烈士之节。"[⑤] 这些具有明显儒家价值倾向的言论，不仅体现了他对儒家礼法、纲常名教的尊奉和维护，也袒露了他对封建统治的忠义之心。

"嵇阮在原则上并不反对儒家所规定的伦理秩序，只是反对虚伪的名教，他们理想中真率自然之人格仍然与封建道德不可分割"。[⑥] 嵇康默然从道，胸怀忠义。

① 厦门大学中文系编：《鲁迅论中国古典文学》，福建人民出版社 1979 年版，第 207 页。

② [魏] 嵇康著，戴明扬校注：《嵇康集校注》，中华书局 2014 年版，第 299—300 页。

③ [魏] 嵇康著，戴明扬校注：《嵇康集校注》，中华书局 2014 年版，第 235 页。

④ [魏] 嵇康著，戴明扬校注：《嵇康集校注》，中华书局 2014 年版，第 535 页。

⑤ [魏] 嵇康著，戴明扬校注：《嵇康集校注》，人民文学出版社 1962 年版，第 564 页。

⑥ 唐长孺：《唐长孺社会文化史论丛》，武汉大学出版社 2001 年版，第 28 页。

金圣叹是一个忠义伦理观念比较浓厚的读书人，他在《水浒传·序二》中说："忠者，事上之盛节也；义者，使下之大经也。……忠以与乎人，义以处乎己，则圣贤之徒也"。他认为梁山好汉是"天下之凶物，天下之所共击也；天下之恶物，天下之所共弃也"①。水浒好汉是谈不上忠义的。在《〈宋史纲〉〈宋史目〉批语》中，他又以张叔夜"知海州"大发议论："宋史于张叔夜击降宋江，而独大书'知海州'者，重予之也。"②金圣叹对张叔夜这位忠臣大加褒扬："《传》曰：'见危致命。'又曰：'临事而惧，好谋而成。'又曰：'我战则克。'又曰：'可以寄百里之命。'张叔夜有焉，岂不矫矫社稷之臣也乎！"③可见，金圣叹的忠义伦理观念与张叔夜并无不同，与嵇康也一脉相承。

再次，从金圣叹的创作主张看，"嵇康"形象的内涵包含了张叔夜的伦理意识，并以此"因缘生法"。

嵇康与张叔夜之间是有"缘故"的。从字面上看，张叔夜的名与嵇康的字相同，加之张叔夜字嵇仲，也有一"嵇"字，这自然使金圣叹联想到嵇康，并对之进行构想与重塑，也应了他"因缘生法"的审美理论。金圣叹在《水浒传》第五十五回批语中针对人物性格塑造提出了"因缘生法"的审美见解：他用"因缘和合，无法不有""因缘生法，一切具足"解释人物性格的塑造，好比说作者为写"偷儿"，不必去做"偷儿"，只需研究"偷儿"产生的"因缘"条件，便能知悉、把握"偷儿"的特征。在创作过程中，作者如果

---

①陈曦钟，侯忠义，鲁玉川辑校：《水浒传会评本》，北京大学出版社1987年版，第6-7页。

②陈曦钟，侯忠义，鲁玉川辑校：《水浒传会评本》，北京大学出版社1987年版，第13页。

③陈曦钟，侯忠义，鲁玉川辑校：《水浒传会评本》，北京大学出版社1987年版，第14页。

能够把自己幻化为描写对象，就能塑造出栩栩如生的艺术形象。[①] 也就是说，作者的品格、气质等因素若能与描写对象合拍，取得一致性，便能在审美观照中发现主体和客体的联系，这样塑造出来的人物性格更能融合主体的自身感受。把握了事物的因缘条件，就把握住了描写对象。

金圣叹不但领悟了《水浒传》塑造人物的方法，更可贵的是，他用这种方法指导了自己的创作，《梁山英雄惊恶梦》一节便是他的"活用"，由此塑造的"嵇康"形象耐人寻味。依据历史，金圣叹凭借自己的才思把嵇叔夜与张叔夜贯通起来，他们身上所蕴含的忠君意念，又契合了金圣叹的忠义伦理意识。这既彰显了金圣叹的人格追求，又表现了他对二位"叔夜"的一往情深，并为其《水浒传》"削忠义"服务了。

可见，金圣叹顺手拈出嵇康、张叔夜，这既是因为他们三者之间人格性情的内在逻辑性，又无悖于历史，"嵇康"就成了金圣叹刻意展露的一个文学形象，其原型就是魏晋名士嵇康。卢俊义的梦中出现的是嵇叔夜还是张叔夜已不是那么重要，关键在于他们身上所蕴含的忠君意念契合了金圣叹的忠义伦理意识。从这个角度看，卢俊义的梦象充满了狂狷气、才子气和"伦理气"。

（五）胡适与金圣叹的"骆驼说"

徽州自古以来不产骆驼，而人们一提到徽商，往往就将其与"徽骆驼"连在了一起，把徽商创业的勤勉、俭朴、开拓进取的精神与"徽骆驼"融合起来，并称之为"徽骆驼精神"。而"徽骆驼"为世人所知，

---

①陈曦钟，侯忠义，鲁玉川辑校：《水浒传会评本》，北京大学出版社1987年版，第1018页。

与胡适先生有很大关系。他曾以条幅的形式两次展现过"徽骆驼"：1945 年为江苏溧阳新安同乡会题写"我们是徽骆驼"条幅，1953 年为台湾绩溪同乡会题写了"努力做徽骆驼"条幅。由此，"徽骆驼"逐渐成了徽州人的代称。为论说方便，举一具有代表性的叙述：

> 当人们评论安徽人精神尤其是徽商精神时，总会提及"徽骆驼"精神。追溯其源，史籍表明，明清时期江南地区的盐业、典当业、土产杂货业等绝大多数为徽州商人掌控，当地居民称这些行业的头柜朝奉为"徽老大"，因"老大"与"骆驼"在江南方言发音中同音，徽州商人也由此得到了一个"徽骆驼"俗称。被誉为"沙漠之舟"的骆驼，最是吃苦耐劳、勤恳努力，有着敬业、执着、拼搏、坚韧、进取等优秀品质。人格化的骆驼，更是给人以一种不畏道路艰险、忍辱负重、长途跋涉、富有进取开拓精神的印象。从某种意义上说，徽商的巨大成功与忍辱负重、坚韧不拔的"徽骆驼"精神密不可分。到了近现代，经徽州籍著名学者胡适先生宣传，徽州商人的创业精神被称为"徽骆驼精神"而享誉四海。①

以此可知，在徽州地域，富足的徽商被称作"老大"，徽州方言中"老大"的读音似骆驼，徽商便有了"徽骆驼"俗称。溯其源，以方言谐音称之，虽然通俗，但这种名号的传播范围毕竟较为有限。

胡适先生以"徽骆驼"称呼徽商或徽州人，与他对中国古代小说的研究有关，具体地说，与他前后十几年间对《水浒传》孜孜不倦的考证研究密不可分，也与金圣叹对水浒人物卢俊义的文学评点

---

① 胡卫星，章雨舟：《"徽骆驼"精神的传承意义》，《安徽日报》2013 年 4 月 8 日。

有关。

　　胡适先生于1920年作《〈水浒传〉考证》一文，第二年又作《〈水浒传〉后考》，此后就不停地充实、修正自己对《水浒传》作者、成书、版本的认识与结论。1923年作《〈水浒续集两种〉序》，直到1929年，为商务印书馆出版一百二十回本《水浒传》并作《百二十回本〈水浒传〉序》，他说：“我个人很感谢商务印书馆要我作序，使我有机会把这十年来考证《水浒》的公案结一笔总账。”[1]在此篇序中，他还大篇幅引证鲁迅先生《中国小说史略》一书《元明传来之讲史》中关于《水浒传》四个主要版本的论析，并说：“鲁迅先生之说，很细密周到，我很佩服，故值得详细征引。”[2]胡适先生花费了很多精力来研究《水浒传》，他在《〈水浒传〉后考》中说：“我为了这部《水浒传》，做了四五万字的考证，我知道一定有人笑我太不爱惜精神与时间了。但我自己觉得，我在《水浒传》上面花费了这点精力与日力是很值得的。”[3]这些研究对金圣叹的七十回本《水浒传》涉及最多。

　　金圣叹是明末的“一大怪杰”，胡适先生虽然对金圣叹的评点《水浒》不太满意，说“金圣叹的《水浒》评，不但有八股选家气，还有理学先生气”[4]，但又非常赞赏金圣叹，认为“圣叹的辩才是无敌的，他的笔锋是最能动人的。……在小说批评界，他的权威直推翻了王世贞、李贽、钟惺等等有名的批评家。……无怪乎三百年来，我们只知道七十回本，而忘记了其他种种版本的存在了”[5]。鲁迅先生也采纳了胡适对于金圣叹删改《水浒传》的观点，在《元明传

---

　　① 胡适：《中国章回小说考证》（第二版），安徽教育出版社2006年版，第99页。
　　② 胡适：《中国章回小说考证》（第二版），安徽教育出版社2006年版，第74页。
　　③ 胡适：《中国章回小说考证》（第二版），安徽教育出版社2006年版，第63页。
　　④ 胡适：《中国章回小说考证》（第二版），安徽教育出版社2006年版，第5页。
　　⑤ 胡适：《中国章回小说考证》（第二版），安徽教育出版社2006年版，第99页。

来之讲史》中，他曾两次引用胡适先生的论断：一是一百十回《忠义水浒传》，"内容与百十五回略同"（《胡适文存》三）；一是金圣叹把百回本《水浒传》宋江接受招安以后的三十回砍去，"至于刊落之由，什九常因于世变，胡适（《文存》三）说，'圣叹生在流贼遍天下的时代，眼见张献忠李自成一班强盗流毒全国，故他觉得强盗是不能提倡的，是应该口诛笔伐的。'"① 可见，金本《水浒传》给两位大家都留下了难以磨灭的印象。

胡适先生在《〈水浒传〉考证》最后一部分中专门谈论了金本《水浒传》，"这三百年中，七十回本居然成为《水浒传》的定本。平心而论，七十回本得享这点光荣，是很应该的。"②

卢俊义为"卢大员外"，"祖居北京人氏，一身好武艺，棍棒天下无对"（金本《水浒》第五十九回，下同）。"员外，宋元时多称地主，明代也称大商人。"③ 卢俊义不乏效力国家的鸿鹄大志，但又恃才狂放。在《吴用智赚玉麒麟》一回中，卢俊义根本不把梁山好汉放在眼里。卢俊义身在梁山，坚决拒绝入伙，念念不忘自己的财富，一心想着回家去过富贵安康的日子，他向宋江炫耀："卢某一身无罪，薄有家私。"由于妻子贾氏与管家李固的陷害，回到家中就被捉入官府，被"打得皮开肉绽，鲜血迸流，昏晕去了三四次。卢俊义打熬不过"，屈招下狱（《水浒传》第六十一回）。求生的欲望使他失去了往日的威风和高傲的神态。在发配沙门岛的途中，更受尽公人的折磨，只能隐忍苟活。对于这位大员外，小说没有说明他是如何致富的，只是说到他的管家李固"一应里外家私都在他身上，手下管着四五十个行财管干"（《水浒传》第六十回），

---

① 鲁迅：《中国小说史略》，上海古籍出版社 1998 年版，第 101 页。
② 胡适：《中国章回小说考证》（第二版），安徽教育出版社 2006 年版，第 34-35 页。
③ 胡竹安编著：《水浒词典》，汉语大词典出版社 1989 年版，第 517 页。

以此看来，卢员外的产业是有相当规模的。

卢俊义上梁山后，攻打曾头市，捉住史文恭，按晁盖遗言应该做梁山泊之主，金圣叹通过宋江之口赞美卢俊义："员外堂堂一表，凛凛一躯，众人无能得及""员外生于富贵之家，长有豪杰之誉，又非众人所能得及""员外力敌万人，通今博古，一发众人无能得及"（《水浒传》第六十八回）。三件"众人无能得及"，足见金圣叹对他的喜爱，但最终卢俊义仍然没有摆脱被奸臣毒死的命运。胡适先生沿着金圣叹的思路，说卢俊义"很笨拙""一个糊涂汉"[①]，这样的评说，与金圣叹的"骆驼说"如出一辙。

卢俊义虽然不是"俊"骆驼，但英雄气势已经具备，只不过在"通今博古"的气质上不太令人满意；而且小说在描写卢俊义上梁山的经历上也显得逼仄，缺少神韵，使人物显得"呆气""糊涂"了。胡适先生认为，卢俊义性格的缺憾是水浒故事从南宋以来不断演化的结果，不是作者没有才气把他塑造好，怪不得施耐庵，这是比较中肯的。卢俊义毕竟是豪富的代表，小说中直书"北京有名恁地一个卢员外"（《水浒传》第六十一回），金圣叹在夹批中干脆说"富莫富于卢员外"[②]，卢俊义属于富商之侪，与"徽商"同居于传统的"士农工商"中"商"的位置。

因此，我们可以推断，金圣叹以骆驼比喻卢俊义，在小说创作与评论中开出了一条新奇的先河，强化了胡适先生对"骆驼"的印象。一直到二十世纪四五十年代，他为同乡会题写"我们是徽骆驼""努力做徽骆驼"的条幅，不能排除这是金圣叹的《水浒传》评点对其产生影响的一个侧面显现。罗尔纲先生后来也回忆恩师说："胡适

---

① 胡适：《中国章回小说考证》（第二版），安徽教育出版社2006年版，第39页。

② 陈曦钟，侯忠义，鲁玉川辑校：《水浒传会评本》，北京大学出版社1987年版，第1134页。

这个山乡的儿子，他禀受了明清时代徽州商人勇于开拓、百折不挠的'徽骆驼'精神，天生有一腔坚忍不拔的性格。有人论胡适'容忍'精神人难企及。但这只是他的一面，另一面却是他的倔强精神……"①胡适先生张扬的"徽骆驼"与金圣叹评点卢俊义的"骆驼说"应有名称赓续的关联。只不过金圣叹意在借"骆驼"突出卢俊义一个人的性格形象，而胡适先生则将其拓展为具有地域特色的一类人了。总之，不论骆驼"俊"否，金圣叹这个著名的比喻在某种程度上触及了胡适先生的"骆驼情结"，后者一力倡导的"徽骆驼"与之是很难割离的。

---

① 罗尔纲：《师门五年记·胡适琐记》，生活·读书·新知三联书店2012年版，第183页。

四、儒家文化视域下的勇士武松

《水浒传》中的武松家喻户晓，向来为人们所激赏，有关的论文、论著可谓满山满谷。武松由顶天立地的好汉，渐次沦为"痞子加英雄"的形象，主要原因在于其"游民"的社会身份。"他们终日游手好闲，无所事事，于是酗酒、斗殴便成为其惯常的生活内容，并由此逐渐养成了爱吹牛自大和老练油滑的痞子性情"，武松正是这类人物的代表。"武松是我国古代农业文明所孕育出来的独特的'英雄'形象的代表，他的身上具有深厚的历史人文底蕴，值得我们认真研究"[1]。但作为一位刚勇人物，作为一个复仇者，武松身上既具备一种正义的刚烈气，也有着一股无法回避的血腥气。为此，积极意义也好，负面影响也罢，见仁见智，武松往往陷入复仇与道德仁义两难的伦理困境。如果把《水浒传》放置于其成书的宋元历史背景下，在儒家思想拥有绝对话语权的文化意识中，武松的勇士风采依然烈烈扬扬，因为《水浒传》"以高度的现实主义成就，逼真地给我们提供了剖视当时社会的最好标本"[2]。从社会学角度固然可以看到武松形象的复杂性，而在儒家思想的视域下，武松的形象更为真实生动。

（一）本色武松

在《宣和遗事》的"天书"中，有"三十六个姓名"，武松排

---

① 范丽敏：《武松的形象、来源及社会学解读》，《明清小说研究》2011年第3期。
② 李埏：《〈水浒传〉中所反映的庄园与矛盾》，《云南大学学报》（人文科学）1958年第1期。

行第 30 位，只是备员而已，没有故事描绘，其结局也只有简略的交代："宋江统率三十六将，往朝东岳，赛取金炉心愿。朝廷无其奈何，只得出榜招谕宋江等。有那元帅姓张名叔夜的，是世代将门之子，前来招诱；宋江和那三十六人归顺宋朝，各受武功大夫诰敕，分注诸路巡检使去也。因此三路之寇，悉得平定。后遣宋江收方腊有功，封节度使。"[①] 到了《水浒传》中，武松却让人过目难忘。

武松"身长八尺，一貌堂堂，浑身有千百斤力气"。在宋江眼里宛若太岁神灵："身躯凛凛，相貌堂堂。一双眼睛射寒星，两弯眉浑如刷漆。胸脯横阔，有万夫难敌之威风；话语轩昂，吐千丈凌云之志气。心雄胆大，似撼天狮子下云端；骨健筋强，如摇地貔貅临座上。如同天上降魔主，真是人间太岁神。"（《水浒传》第二十三回）他老家原在清河县，"因酒后醉了，与本处机密相争，一时间怒起，只一拳打得那厮昏沉"，后逃至柴进庄上避难。武松凭借气力和武功，遇事往往前打后商量，《水浒传》用了十回的篇幅，大肆渲染武松的勇力，斗杀西门庆、醉打蒋门神、大闹飞云浦、血溅鸳鸯楼、夜走蜈蚣岭、醉打孔亮直至上二龙山，酣畅淋漓地描写了武松的一连串作为。特别是写景阳冈打虎，更显英雄神力，历来为人们所称道。

正是由于武松身高力大，故能在景阳冈上赤手空拳搏虎。他不听酒家的劝说，醉酒后独自登上了景阳冈，果真遇上老虎，不得不直面残酷的自然环境：

> 原来但凡世上云生从龙，风生从虎。那一阵风过处，只听得
> 乱树背后扑地一声响，跳出一只吊睛白额大虫来。武松见了，叫

① 朱一玄、刘毓忱编：《水浒传资料汇编》，南开大学出版社 2012 年版，第 36 页。

声"呵呀！"从青石上翻将下来，便拿那条梢棒在手里，闪在青石边。那个大虫又饥又渴，把两只爪在地上略按一按，和身望上一扑，从半空里撺将下来。武松被那一惊，酒都做冷汗出了。说时迟，那时快。武松见大虫扑来，只一闪，闪在大虫背后。那大虫背后看人最难，便把前爪搭在地下，把腰胯一掀，掀将起来。武松只一躲，躲在一边。大虫见掀他不着，吼一声，却似半天里起个霹雳，振得那山冈也动。把这铁棒也似虎尾倒竖起来，只一剪，武松却又闪在一边。原来那大虫拿人，只是一扑，一掀，一剪，三般提不着时，气性先自没了一半。那大虫又剪不着，再吼了一声，一兜兜将回来。武松见那大虫复翻身回来，双手轮起梢棒，尽平生气力，只一棒，从半空劈将下来。只听得一声响，簌簌地将那树连枝带叶劈脸打将下来。定睛看时，一棒劈不着大虫。原来慌了，正打在枯树上，把那条梢棒折做两截，只拿得一半在手里。那大虫咆哮，性发起来，翻身又只一扑，扑将来。武松又只一跳，却退了十步远。那大虫却好把两只前爪搭在武松面前。武松将半截棒丢在一边，两只手就势把大虫顶花皮肐膌地揪住，一按按将下来。那只大虫急要挣扎，早没了气力，被武松尽力气纳定，那里肯放半点儿松宽。武松把只脚望大虫面门上、眼睛里只顾乱踢。那大虫咆哮起来，把身底下扒起两堆黄泥，做了一个土坑。武松把大虫嘴直按下黄泥坑里去。那大虫吃武松奈何得没了些气力。武松把左手紧紧地揪住顶花皮，偷出右手来，提起铁锤般大小拳头，尽平生之力，只顾打。打到五七十拳，那大虫眼里、口里、鼻子里、耳朵里都迸出鲜血来。那武松尽平昔神威，仗胸中武艺，半歇儿把大虫打做一堆，却似躺着一个锦布袋。（《水浒传》第二十三回）

人与虎的较量惊心动魄。老虎几招拿人不着，便失去了必胜的气势，结果被武松打得疼痛难忍，扒出一个大坑。武松凭神威制服了老虎，他的神力也名扬天下。由此，王望如赞道："别宋江，辞柴进，离沧州，抵阳谷，先饮酒，后打虎。雄哉松也！虎搏人，未闻人搏虎；众人打虎，未闻一人打虎；众人器械打虎，未闻一人拳脚打虎。述虎之势，曰'扑'，曰'掀'，曰'剪'；述打虎之状，曰'闪'，曰'按'，曰'踢'，用拳不用棒，雄哉松也！"[①]金圣叹则强调："读打虎一篇，而叹人是神人，虎是怒虎，固已妙不容说矣。"[②]武松与老虎的搏击既恐怖又神秘，生死难卜之际，武松凭借神力脱离困境，怎不让人大呼"雄哉松也"！武松杀虎博得盛名，而抑制豪强，降伏鸷猛，正展现了英雄本色。

武松出场时乃一"病大汉"，情绪暴躁，酗酒打架，"时常吃官司"，靠哥哥武大郎卖炊饼养活。此后奔走江湖，寄人篱下，投奔柴进也不被重视，空有一身本事却无处施展，落魄萎靡，困顿苦闷。遇到宋江之后，宋江"每日带挈他一处，饮酒相陪，武松的前病都不发了"。武松找回了自尊与自信，精神的振作与亢奋成为景阳冈打虎取胜的重要心理因素，这也是其性格命运的转折点。武松在阳谷县做了"都头"，融入主流社会，不仅有了稳定的收入，取得了一定的社会地位，摆脱了依靠他人生活的尴尬状态，人格也得以独立，而且对复杂的社会生态认识更深入，对世态人情看得更透彻，理性的思维渐渐盖过了从前打打杀杀的莽撞心态，这为其后来的作为奠定了心理基础。

① 陈曦钟，侯忠义，鲁玉川辑校：《水浒传会评本》，北京大学出版社1987年版，第430页。

② 陈曦钟，侯忠义，鲁玉川辑校：《水浒传会评本》，北京大学出版社1987年版，第415。

（二）“复仇之神”武松

　　《水浒传》中书写了形形色色的复仇故事，由个人到群体，由群体而个人，交互演进。其中，武松复仇的故事最为酣畅淋漓，也最能展示其疾恶如仇的刚烈性情。如果说搏击猛虎是武松面对凶险的自然环境不得已的举动，由胆怯而威猛，那么他手刃仇人的复仇之举也是在不得已的情势下发生的。《水浒传》中没有将武松复仇简单地归为一个以暴易暴的行为，而是把它作为一个复仇文化的标本，其中蕴含着封建宗法的“亲亲之道”。

　　复仇作为一种古老行为，早在原始社会就普遍存在。恩格斯也说过：“同氏族人必须相互援助、保护，特别是在受到外族人伤害时，要帮助复仇。因为，个人依靠氏族来保护自己的安全，凡伤害个人就等于伤害整个氏族。于是，从氏族的血族关系中就自然地产生血族复仇的义务。”① 就中国古代而言，以血缘关系为纽带的宗法制社会为血亲复仇提供了适宜的土壤。作为上古时代的一种遗风，“复仇之风，初皆起于部落之相报，虽非天下为公之意，犹有亲亲之道存焉。”② 进入阶级社会后，复仇现象仍一直延续着，复仇之事在史书中屡见不鲜。《史记·晋世家》载，晋国权臣屠岸贾残害赵氏一家，赵朔的遗腹子赵武被救，成年后为赵氏复仇，屠岸贾也被灭族，由此“赵氏孤儿大报仇”为后世津津乐道。至元代，《元史·太祖本纪》记载了元八世祖咩撚笃敦时的一事：

---

　　① 李光灿，吕世伦主编：《马克思、恩格斯法律思想史》（修订版），法律出版社2001年版，第805页。
　　② 吕思勉：《吕思勉读史札记·上》，上海古籍出版社1982年版，第382页。

咩撚笃敦妻曰莫挐伦，生七子而寡。莫挐伦性刚急。时押剌伊而部有群小儿掘田间草根以为食，莫挐伦乘车出，适见之，怒曰："此田乃我子弛马之所，群儿辄敢坏之邪。"驱车径出，辗伤诸儿，有至死者。押剌伊而忿怨，尽驱莫挐伦马群以去。莫挐伦诸子闻之，不及被甲，往追之。莫挐伦私忧曰："吾儿不甲以往，恐不能胜敌。"令子妇载甲赴之，已无及矣。既而果为所败，六子皆死。押剌伊而乘胜杀莫挐伦，灭其家。[①]

为了部族，莫挐伦的行为不免残暴，其六子的行为又冒险轻率，这是原始复仇的生动写照，洋溢着一种天然的野性和纯真。

由氏族到家庭，复仇被视为天经地义的事情，当然具有其合理性与正义性。《水浒传》中武松复仇的叙事，主要表现为两个故事单元：为兄复仇、为自己复仇。然而，武松的举动震荡着乱世，诸如人心奸恶、伦理规范、法理意识、血腥之气，都一股脑儿地冲击着人们的感官与灵魂。

为冤死的亲人复仇，是活着的人义不容辞的使命。中国民间素有"长兄为父，长嫂为母"的说法，并得到人们遵从，进而被纳入伦理道德规范。武松从小失去父母，由哥哥武大郎抚养长大，与兄长相依为命，手足情笃。初遇宋江，武松便说："小弟在清河县，因酒后醉了，与本处机密相争，一时间怒起，只一拳打得那厮昏沉。小弟只道他死了，因此一径地逃来，投奔大官人处躲灾避难，今已一年有余。后来打听得那厮却不曾死，救得活了。今欲正要回乡去寻哥哥，不想染患疟疾，不能够动身回去。"（《水浒传》第二十三回）武松因思念兄长回乡，不料在阳谷县兄弟重逢，阳谷却

---

①［明］宋濂等：《元史》卷1，中华书局1976年版，第2页。

成了武大的葬身之地。潘金莲与西门庆勾搭成奸，丈夫武大郎发觉，结果被潘金莲、西门庆、王婆设计毒死。

武松从京城返回阳谷，"于路上只觉得神思不安，身心恍惚，赶回要见哥哥"（《水浒传》第二十六回）。金圣叹为此感叹："并不用友于恭敬等字，却写得兄弟恩情，筋缠血渗，视今之采集经语，涂泽成篇者，真有金屎之别。"[1]他多方取证，在调查清楚哥哥的冤情与惨死的真相之后，要求县府严惩凶手。但从知县到县吏一个个贪赃枉法，收受西门庆的贿赂，身为都头的武松深悉依靠官府申冤是难以遂愿的。而为哥哥报仇雪恨，是任何人都无法阻挡的，他不得不自己动手杀死潘金莲与西门庆。武松杀死两人的手段虽然有些残忍，但仍得到更多人的同情与回护。李贽有言："武二郎杀此奸夫淫妇，妙在从容次第，有条有理。若是一竟杀了二人，有何难事？若武二郎者，正所谓动容周旋中礼者也，圣人，圣人！又曰：'我道周公尚非弟弟，武松方是弟弟。'"王望如也说："武二为兄报仇，朝家自有王法，何至白昼提刀，呼邻作证，既杀潘金莲，旋杀西门庆，而自取罪戾若此？盖县尹久为西门庆穿鼻，受赃枉法，恬不知怪，武松料仇不得报，又不可不报，故奋然以杀虎之手杀人，虽性命有所不恤也。"[2]潘金莲谋害亲夫的情节虽为小说虚构，但似有所本，元末文人孔齐著有《至正直记》，其中《鄞县侏儒》载：

> 鄞县大松场滨海民某者，侏儒之甚，且戆呆。娶妻有姿色，
> 不乐与夫妇同处，遂私通于某。既不称其淫欲，又通于某。一日，

---

[1] 陈曦钟，侯忠义，鲁玉川辑校：《水浒传会评本》，北京大学出版社1987年版，第490页。

[2] 陈曦钟，侯忠义，鲁玉川辑校：《水浒传会评本》，北京大学出版社1987年版，第508页。

此妇语之曰:"某者来,不能拒绝之,不若杀之可也。"后奸者即伺前奸者闲行,扑杀于海。未几,此妇复语之曰:"尚有亲夫在,或能知之,奈何? 当复杀之。"后奸者于是杀其亲夫于海,然后请于里之大姓潘氏,遂为夫妇。闻者莫不以为大恨。予寓东湖,有叶氏子备言其详,因记于此,以俟贤宰县者至,当白之以正其罪,戒后之为恶者云。[①]

鄞县侏儒被害,虽引起民愤,但没有人为他复仇。作者孔齐也只能寄希望于清官为其昭雪:"因记于此,以俟贤宰县者至,当白之以正其罪。"所不同的是,武松依靠"清官"不得,只能依靠自己的力量报仇雪恨。

武松孝悌,怒杀潘金莲,祭奠武大亡灵,举止磊磊。后因此被发配孟州,为替结义兄弟施恩从蒋门神手中夺回快活林,结恨当地官僚,被张团练、张都监反复设计陷害。张蒙方身为孟州守御兵马都监,与武松素昧平生,只因接受了蒋门神的贿赂便构陷武松。他诱惑武松来到张宅,抬举其做自己的"贴身知己",并将"花枝也似个女儿"许配武松。待到时机成熟,张都监诈称家中有贼,武松立马救护:"都监相公如此爱我,又把花枝也似个女儿许我。他后堂内有贼,我如何不去救护?"(《水浒传》第三十回)结果受了蒙骗,反被当贼捉住,判了重刑,身心人格受到严重戕害。负屈含恨已出离愤怒,武松毅然决定复仇。在飞云浦查明是张都监与蒋门神一伙要谋害自己性命后,他先是杀了两个防送公人和蒋门神的两个徒弟,"当时武松立于桥上,寻思了半晌,踌躇起来,怨恨冲天:

---

① [元] 孔齐:《至正直记》卷2,见《宋元笔记小说大观(六)》,上海古籍出版社 2001 年版, 第 6599 页。

'不杀得张都监，如何出得这口恨气！'"其后张都监、张团练和蒋门神都成了他的刀下之鬼，武松"方才心满意足"。令人惊奇的是，武松杀人后居然留下姓名："杀人者，打虎武松也！"（《水浒传》第三十一回）举止慷慨磊落。此前，武松为他人打抱不平，为哥哥武大郎复仇，思虑向来沉稳精细。他杀死西门庆、潘金莲，却把歹毒的王婆押送官府处理，既复仇解恨，又把握得很有分寸。此时与张都监的矛盾则是忠直而被欺骗，遭到诬陷，怒发冲冠，英雄气难以遏制，致使他在张都监家里见人就杀，连累了一些无辜之人。"卓翁曰：武二郎是个汉子，勿论其他，即杀人留姓字一节，已超出寻常万万矣。"[①]最后趁朦胧月夜出城，武松感到轻松："这口鸟气，今日方才出得松臊。梁园虽好，不是久恋之家，只可撒开。"（《水浒传》第三十一回）只不过在张都监家，把无辜的丫鬟、养娘和后槽等人不分青红皂白地杀死的行为未免太残忍，成为武松被后世读者不断诟病的原因。

其实，武松何尝没有仁爱之心？在张青酒店，武松对两个防送公人格外关照："武松平生只要打天下硬汉，这两个公人于我份上只是小心，一路上伏侍我来，我跟前又不曾道个不字。我若害了他，天理也不容我。你若敬爱我时，便与我救起他两个来。不可害了他性命。"（《水浒传》第二十八回）缘于此，金圣叹直言："上文写武松杀人如菅，真是血溅墨缸，腥风透笔矣。入此回，忽然就两个公人上，三翻四落写出一片菩萨心胸，一若天下之大仁大慈，又未有仁慈过于武松也者，于是上文尸腥血迹洗刷净尽矣。盖作者正当写武二时，胸中真是出格拟就一位天人，凭空落笔，喜则风霏露洒，

---

① 陈曦钟，侯忠义，鲁玉川辑校：《水浒传会评本》，北京大学出版社1987年版，第584页。

怒则鞭雷叱霆，无可无不可，不期然而然。"①武松不缺少仁慈之心，只是怒发冲冠之时，难免连累无辜。

武松复仇的手段虽然冷酷铁血，但《水浒传》对其复仇的行为是肯定的，因为个人复仇是对道义公正的呼唤，有助于促进社会正义的回归。阳谷县令认为他是"义气烈汉"，东平府尹说他是"有义的烈汉"，当地百姓更是同情武松："这阳谷县虽是个小县分，倒有仗义的人。有那上户之家都资助武松银两，也有送酒食钱米与武松的。"（《水浒传》第二十七回）作者则赞曰："名标千古，声播万年"，"古今壮士谈英勇，猛烈强人仗义忠"（《水浒传》第二十六回）。更显而易见的是，作者通过武松的复仇言行，揭示了梁山好汉复仇的深层原因：官吏朋比为奸，贪赂成风，吏治腐败，权豪欺压良善，恶霸泼皮横行，导致公道不彰、社会痈败，可谓"贼作官，官作贼，混愚贤"，一如金圣叹所言，"乱自上作"。不公平的社会环境必然导致复仇心态的膨胀，武松没有失去理智与理性，他是在获取官府力量支持的希望破灭之后，甚至是在官府权势的直接打压之下，欲讨还公道，才在隐忍中爆发了复仇之举。

（三）　"以直报怨"的复仇观念

水浒故事发生的邹鲁之地，"滨洙、泗，犹有周公遗风，俗好儒，备于礼，故其民龊龊"②。日本学者宫崎市定认为："要想了解中国，读《水浒传》要比读四书五经更有用。"③这当然包括了解中国文化。

---

①陈曦钟，侯忠义，鲁玉川辑校：《水浒传会评本》，北京大学出版社1987年版，第524页。

②［汉］司马迁：《史记》卷129，中华书局1959年版，第3266页。

③虞云国：《两宋历史文化丛稿》，上海人民出版社2011年版，第576页。

反过来,《水浒传》也具有儒家思想的内涵。在此,以小说中的复仇观念来观照儒家仁爱意识的冲突与调和。

在先秦儒家看来,父母、兄弟之仇当睚眦必报。在《论语》中,孔子虽然没有直接谈到复仇之事,却言及恩怨问题。《论语·宪问》中说:"或曰:'以德报怨,何如?'子曰:'何以报德?以直报怨,以德报德。'"[①]孔子不赞成以德报怨,因为"以德报怨"违背初心,如果这样做,有可能助长恶人的嚣张气焰,故提出"以直报怨"的原则。孔子强调仁爱之道,但施行仁爱也不是毫无原则的。《孟子·尽心下》说得更直接:"吾今而后知杀人亲之重也:杀人之父,人亦杀其父;杀人之兄,人亦杀其兄。"[②]《礼记·曲礼上》也说:"父之仇,弗与共戴天。兄弟之仇,不反兵;交游之仇,不同国。"[③]《礼记·檀弓上》亦论及复仇的观念与原则:"子夏问于孔子曰:'居父母之仇,如之何?'孔子曰:'寝苫,枕干,不仕,弗与共天下也。遇诸市朝,不返兵而斗。'曰:'请问居昆弟之仇,如之何?'孔子曰:'仕弗与同国。衔君命而使,虽遇之不斗。'曰:'请问从昆弟之仇,如之何?'曰:'不为魁。主人能,则执兵而陪其后。'"[④]依此可以看出孔子对复仇的态度,父母之仇不共戴天,兄弟之仇不与同国,肯定了为亲人复仇的强烈意愿,为血亲复仇的正当性不容置疑。汉代史学家班固进一步阐释说:"子得为父报仇者,臣子之与君父,其义一也。忠臣孝子所以不能已,以恩义不可夺也。故曰:'父之仇不与共天下,兄弟之仇不与共国,朋友之仇不与同朝,族人之仇

---

① 杨伯峻译注:《论语译注》,中华书局1980年版,第156页。
② 杨伯峻译注:《孟子译注·上》,中华书局1960年版,第327页。
③ 杨天宇:《礼记译注·上》,上海古籍出版社2004年版,第29页。
④ 杨天宇:《礼记译注·上》,上海古籍出版社2004年版,第75页。

不与共邻。'故《春秋》传曰:'子不复仇非子。'"① 儒家推崇"忠孝节义",《周礼》《春秋公羊传》等典籍中不乏推许复仇的记载。

汉代之后,复仇被固化为"忠孝节义"的象征,成为社会中被崇尚的诸项伦理价值的表现之一,否则就是一种耻辱,大有"不忠、不孝、不节、不义"之嫌。作为血缘宗法制度的倡导者,儒家以"亲亲"为基础建立起来的礼法秩序,必然在理论与道义上支持血亲复仇。故《宋史·孝义传·序》直言:"率天下而由孝义,非履信思顺之世乎。太祖、太宗以来,子有复父仇而杀人者,壮而释之"②。《宋史》中把复仇视为"孝义"的首要义项,并记载了三则复仇事件:

> 李璘,瀛州河间人。晋开运末,契丹犯边,有陈友者乘乱杀璘父及家属三人。乾德初,璘隶殿前散祗候,友为军小校,相遇于京师宝积坊北,璘手刃杀友而不遁去,自言复父仇,案鞫得实,太祖壮而释之。

> 雍熙中,又有京兆鄠县民甄婆儿,母刘与同里人董知政忿竞,知政击杀刘氏。婆儿始十岁,妹方襁褓,托邻人张氏乳养。婆儿避仇,徙居赦村,后数年稍长大,念母为知政所杀,又念其妹寄张氏,与兄课儿同诣张氏求见妹,张氏拒之,不得见。婆儿愤怒悲泣,谓兄曰:"我母为人所杀,妹流寄他姓,大仇不报,何用生为!"时方寒食,具酒肴诣母坟恸哭,归取条桑斧置袖中,往见知政。知政方与小儿戏,婆儿出其后,以斧斫其脑杀之。有司以其事上请,太宗嘉其能复母仇,特贷焉。

① [汉]班固撰,[清]陈立疏证,吴则虞点校:《白虎通疏证》,中华书局1994年版,第219-220页。

② [元]脱脱等:《宋史》卷456,中华书局1977年版,第13386页。

刘斌，定州人。父加友，端拱中为从弟志元所杀。斌兄弟皆幼，随母改适人，母尝戒之曰："尔等长，必复父仇。"景德中，斌兄弟挟刀伺志元于道，刺之不殊，即诣吏自陈。州具狱上请，诏志元黥面配隶汝州，释斌等罪。[1]

皇帝重视血亲复仇事件，往往亲自干预。而基于孝义，封建司法律例更多情况下也倾向于支持合乎道德伦理的行为。

魏《新律》记载："贼斗杀人，以劾而亡，许依古义，听子弟得追杀之。会赦及过误相杀，不得报仇，所以止杀害也。"[2]在对方故意杀人的情形下，允许被害者的亲属复仇，这种限制缩小了合法复仇的范围。《隋书·刑法志》载，北周文帝时制定《大律》规定："若报仇者，告于法而自杀之，不坐。"[3]可见司法上北周公开允许复仇。有唐一代，孝理天下，典章制度齐备，《唐律疏议》中却对复仇一事无专门规定，对此韩愈指出："非阙文也。盖以为不许复仇，则伤孝子之心，而乖先王之训；许复仇，则人将倚法专杀，无以禁止其端矣。"[4]在礼法的纠缠中，唐律对合理复仇者往往以减罪处理。但统治者常常倾向于伦理孝义而宽宥复仇者，王君杀死仇人后自首，唐太宗下诏宽免；卫孝女杀仇后太宗特令免罪，令其迁居雍州，并令州县以礼嫁之；对于徐元庆杀仇事件，武则天也主张赦免徐元庆。宋人沿用唐律，宋太祖、宋太宗、宋真宗的态度与唐代如出一辙。至元代，法律甚至鼓励私力救济。《元史·刑法志》载："诸人殴

---

①［元］脱脱等：《宋史》卷456，中华书局1977年版，第13386、13386-13387、13397页。

②［唐］房玄龄等：《晋书》卷30，中华书局1974年版，第925页。

③［唐］魏征等：《晋书》卷25，中华书局1973年版，第708页。

④［后晋］刘昫等：《旧唐书》卷50，中华书局1975年版，第2145页。

死其父，子殴之死者，不坐，仍于杀父者之家，征烧埋银五十两。"①
《明律》也规定，"祖父母、父母为人所杀，而子孙擅杀行凶人者，
杖六十。其即时杀死者勿论。其余亲属人等被人杀而擅杀之者，杖
一百。"②孝义与罪罚一直争论不休，古代司法不可避免地出现了左
右摇摆的现象。为慎重处理复仇事件，很多朝代都由皇帝最后裁定，
这既可防止复仇的泛化，又彰显了儒家的孝义思想。

在中国古代文学作品中，手刃仇敌，食肉寝皮，快意恩仇，是
复仇叙事的常见方式。在《三国演义》中，以"孝义"的旗号渲染
复仇的叙事就已具规模。曹操得知父亲被杀，"哭倒于地"，并"切
齿说：'陶谦纵兵杀吾父，此仇不共戴天！吾今悉起大军，洗荡徐州，
方血吾恨！'……操令但得城池，将城中百姓，尽行屠戮，以雪父
仇。……大军所到之处，杀戮人民，发掘坟墓"③。刘备得知结义兄
弟关羽在东吴被擒获并杀害，终日痛哭，"泪湿衣襟，斑斑成血"，
愤然起兵伐吴。他们的复仇虽然具有正义性，但因手段失当遭人非
议甚或受到谴责。曹操、刘备属于官僚集团，拥有强大的军事力量，
复仇规模必然引起更广泛的社会影响。

武松是纯粹的个人复仇，书中对其复仇的描绘没有摆脱章回小
说的窠臼。但值得注意的是，武松复仇更倾向于"以直报怨"，显
得磊落酣畅，能够引起读者更多的共鸣。武松认识一些字，读过一
些书，对封建纲常伦理比较了解，为哥哥武大复仇首先想到去官府
告状，满怀希望县府能主持正义。但知县贪贿，不能主持公道，武
松虽据理力争，但没有动怒大闹官府，显得镇定从容。他知道，只

---

① ［明］宋濂等：《元史》卷105，中华书局1976年版，第2675页。
② ［清］张廷玉等：《明史》卷94，中华书局1974年版，第2316页。
③ 陈曦钟、宋祥瑞，鲁玉川辑校：《三国演义会评本》，北京大学出版社1987年版，第116页。

能依靠自己的智慧和力量去复仇，仔细调查案情，寻找证据，铁血惩办仇人。他打烂了西门庆的关系网，粉碎了王婆的奸计，挡住了潘金莲的狡辩。武松不顾一切为兄报仇的行为，赢得了人们的赞佩。最终武松复仇一事依然上奏朝廷，得到"朝廷明降"而结束。书中武松为血亲复仇的叙事，一方面捍卫了儒家的孝义传统，另一方面艺术地展现了封建时代法理的真实性。

当然，武松复仇也体现了"以直报怨"的许多消极因素："他向潘金莲讨还血债一节也不乏戏剧性的壮烈感。但在以后章回里重写武松的复仇怒火时，作者的笔触就开始接近于英勇和暴行之间的微妙的交接点，这构成了作品中一个枢轴主题的层面。"① 小说中的描绘，让人觉得复仇的血腥气似乎冲淡了复仇的正气。

（四）《金瓶梅》中没有失去勇士风采的武松

一般认为，《金瓶梅》是由《水浒传》中西门庆和潘金莲的故事衍生出来的。《水浒传》第二十三回到二十七回，主要写武松打虎至为兄复仇杀死西门庆、潘金莲而被充军发配。不过在《金瓶梅》的改写中，没有让西门庆死在武松手下，而是在武松来到狮子街大酒楼时让他跳窗溜走，结果武松忍气打死皂隶李外传，被充军二千里外的孟州。武松被发配后，又洋洋洒洒地渲染了西门庆沉溺于酒、色、财、气之中，乐极生悲，身死家败。直到第八十七回，武松遇赦回来，杀嫂祭兄，又回到《水浒传》第二十七回的情节中。《金瓶梅》的作者虽然通过对这些素材的改写重构了这部奇书，但有关武松的故事，基本上承袭了《水浒传》的情节脉络。

---

① ［美］浦安迪：《明代小说四大奇书》，沈亨寿译，生活·读书·新知三联书店 2006 年版，第 301 页。

除武松、潘金莲、西门庆外，《金瓶梅》中的其他人物如武大郎、王婆、郓哥、何九叔、宋江、阎婆惜、柴进、燕顺、施恩、刘高、张都监、张团练、蒋门神，以及蔡京、高俅、童贯、杨戬等都源于《水浒传》，但人物的性格内涵有了变化，主从地位发生了巨变。像西门庆、潘金莲从过客跃为主人公，武松这一《水浒传》中浓墨重彩的人物却退居次要地位，承担起贯穿推动情节发展的作用。虽说如此，武松身上神殿勇士的色彩尚未褪去，在龌龊的小说环境中，其性格闪烁的乃是"一塌糊涂泥塘里的光彩与锋芒"①。

　　在《水浒传》中，武松与林冲、鲁智深等好汉一样，激昂、威猛，通身散发着一股豪气。他秉性刚烈，勇力过人，小说集中了十回的篇幅写他景阳冈打虎、斗杀西门庆、醉打蒋门神、大闹飞云浦、血溅鸳鸯楼、夜走蜈蚣岭等一系列事件，让这个顶天立地的勇士牢牢扎根于读者心灵之中。他爱打抱不平，仗义疏财，又斗狠逞强，血腥阴森；有时精细，讲策略，有时又鲁莽、狂躁。此后他上二龙山、赴梁山，虽对招安不满，却也服从大局，归于忠义，在征辽、平方腊的战场上建立功勋。最后魂归梁山泊"靖忠之庙"，成为神殿的勇士，终于"千古为神皆庙食，万年青史播英雄"（《水浒传》第一百回），赫赫扬扬，为庶民崇敬。金圣叹对此很快意地说："然则水浒之一百六人，殆莫不胜于宋江。然而此一百六人也者，固独人人未若武松之绝伦超群。然则武松何如人也？曰：'武松，天人也。'武松天人者，固具有鲁达之阔，林冲之毒，杨志之正，柴进之良，阮七之快，李逵之真，吴用之捷，花荣之雅，卢俊义之大，石秀之

　　① 厦门大学中文系编：《鲁迅论中国古典文学》，福建人民出版社1979年版，第105页。

警者也。断曰第一人，不亦宜乎？"①金圣叹对武松虽不乏溢美之词，但武松的形象毕竟是慷慨激越的。

走出《水浒传》的殿堂，武松成为行进在《金瓶梅》中的一个匆匆过客。两部大书写的虽然都是北宋徽宗年间的故事，后者却真实地反映了明后期嘉靖、隆庆、万历时期的社会本质。《金瓶梅》中的世界更为世俗化，它描写了一个由上至朝廷、下至市井无赖各色人等构成的鬼蜮世界，暴露了晚明社会的黑暗窳败和统治阶级的荒淫无耻。《金瓶梅》摆脱了传奇小说的框子，没有粉饰，更少造作，如实地描绘着晚明那僵死的躯壳里在发生着什么，率真地展示出令人震撼的审美价值。由于与《水浒传》有着扯不断的联系，人们在阅读《金瓶梅》的时候，眼前往往会晃动着《水浒传》的影子，武松的境遇与行动也令人惦念。

不少人认为，在《金瓶梅》中武松失去了勇士的风采，变得平庸、卑微、暗淡，与《水浒传》中的行者判若两人。但笔者认为，无论从跨小说类型还是跨语境的角度观照，武松身上的勇士色彩并没有褪去，两部小说中武松作为勇士的内涵是一脉相通的，只不过《金瓶梅》中的武松让人觉得更贴近现实，更富有人情。

武松豪饮、勇猛、威严的气质还在。他从柴进庄上回山东老家，途经景阳冈，"就在路旁酒店内吃了几碗酒，壮着胆，横拖着防身梢棒，踉踉跄跄大扠步走向岗来"②。打虎场景惊心动魄，与《水浒传》第二十三回的描写如出一辙，其勇士的威猛震动了阳谷县。武松把三十两赏银，也当厅俵散给众猎户，知县便认他"仁德忠厚"，"是一条好汉"。后来搬到武大家，在潘金莲的百般挑逗下，武松忍无可忍，

①陈曦钟，侯忠义，鲁玉川辑校：《水浒传会评本》，北京大学出版社1987年版，第486页。

②引文以香港梦梅馆1993年版《金瓶梅词话》为据，下同。

言辞掷地有声："武二是个顶天立地嘁齿戴发的男子汉！不是那等败坏风俗伤人伦的猪狗！嫂嫂休要这般不识羞耻，为此等的勾当。倘有些风吹草动，我武二眼里认的是嫂嫂，拳头却不认的是嫂嫂。再来，休要如此所为！"（《金瓶梅》第一回）武松不为色欲所动，正气凛然。

武大被王婆、潘金莲、西门庆设计害死之后，武松多方调查哥哥的死因及潘金莲的去向。获悉真相后，首先去阳谷县衙告状，不料知县贪赃枉法，武松有理难辩，不得已寻找西门庆复仇。在狮子街桥下酒楼，西门庆及时逃走，武松只找到李外传，"认的是本县皂隶李外传，就知来报信的，心中甚怒"，任气打死了他，众人怪他错打死别人，武松解释说："我问他，如何不说，我所以打他。原来不经打，就死了。"（《金瓶梅》第九回）武松怒中出手，打死李外传，未免有些粗疏、莽撞，结果被地方保甲捉入县衙。他忍气向知县求情，说道：

> "小人平日也有与相公用力效劳之处，相公岂不悯念？相公休要苦刑小人。"知县听了此言，越发恼了："你这厮亲手打死了人，尚还口强，抵赖那个？"喝令："与我好生拶起来！"当下拶了武松一拶，敲了五十杖子，教取面长枷带了，收在监内。一干人寄监在门房里。内中县丞佐贰官也有和武二好的，念他是个义烈汉子，有心要周旋他，争奈多受了西门庆贿赂，粘住了口，做不的张主。又见武松只是声冤，延挨了几日，只得朦胧取了供招……解送东平府来，详允发落。（《金瓶梅》第十回）

武松从"虎"沦落到"羊"的地步，再加上从官府到小市民崇拜的都是金钱，在义、利面前，义让位于利，忍辱求全就在所难免了。

东平知府陈文昭是个"清廉的官",武松对他倾诉说:"委是小的负屈衔冤,西门庆钱大,禁他不得。但只是小人哥哥武大,含冤地下,枉了性命!"(《金瓶梅词话》第十回)清官也罢,贪官也罢,都由于朝廷昏昧曲直不分。而"西门庆钱大,禁他不得",就表露出武松有些英雄气短。但这也体现了武松性格的变化:他清醒地认识到现实的无情,看清了自己的处境,这是难能可贵的。他虽然委曲求全,但复仇之心依然如故,勇士的本色还在,因此也不能过于鄙薄他的言行。其实,在《水浒传》中,林冲的隐忍,杨志的卑躬,以及武松被张都监、张团练陷害,都是冤屈难辩。在孟州,"知府方才坐厅,左右缉捕观察把武松押至当厅,赃物都扛在厅上。张都监家心腹人赍着张都监被盗的文书,呈上知府看了。那知府喝令左右把武松一索捆翻。牢子节级将一束问事狱具放在面前。武松却待开口分说,知府喝道:'这厮原是远流配军,如何不做贼?一定是一时见财起意。既是赃证明白,休听这厮胡说,只顾与我加力打这厮!'那牢子狱卒拿起批头竹片,雨点地打下来。武松情知不是话头,只得屈招做:'本月十五日,一时见本官衙内许多银酒器皿,因而起意,至夜乘势窃取入己。'与了招状。知府道:'这厮正是见财起意,不必说了。且取枷来钉了监下。'牢子将过长枷,把武松枷了,押下死囚牢里监禁了"。(《水浒传》第三十回)武松的违心与屈辱并没有抹杀他作为好汉的光彩,只不过这些不和谐的音符出现在他性格发展的链条上,反衬出他性格的多面性和复杂性。武松置身于《金瓶梅》中更为现实的环境中,个人的反抗更显得微不足道,只能忍辱求生,保全性命,这对于日后复仇不失为行之有效的手段;俗话说"好汉不吃眼前亏",看似卑微,但诚可为训也。

到第八十七回,武松遇赦回乡,知西门庆已死、潘金莲在王婆家而"旧仇在心",便以迎娶潘金莲为名,给了王婆一百五十两银子,把潘金莲诳到家中，杀嫂祭兄，同时也杀死王婆：

> 武松跳过墙来，到王婆房内，只见点着灯，房内一人也没
> 有。一面打开王婆箱笼，就把他衣服撒了一地，那一百两银子止
> 交与吴月娘二十两，还剩了八十五两，并些钗环首饰，武松一股
> 皆休，都包裹了。提了朴刀，越后墙，赶五更挨出城门，投十字
> 坡张青夫妇那里躲住，做了头陀，上梁山为盗去了。（《金瓶梅》
> 第八十七回）

武松骨子里依然躁动着儒家孝义的复仇心绪，不达目的誓不罢
休。《水浒传》中武松杀嫂祭兄的手段虽然残忍，却坦坦荡荡，影
响力大，是非善恶当前，连官府都有了同情武松的倾向性。到《金
瓶梅》中，武松复仇却显得更隐忍，快意恩仇的壮举让位于现实社
会的黑幕，物欲的贪婪扭曲了人们的价值判断，个人英雄主义当然
也被消解。虽说如此，武松毕竟完成了自己在小说中的使命。但卷
财而走的行为，却使他被视为卑微屑小的凡夫俗子。其实，武松给
王婆的银子，得之于施恩，并非非分之财，物归原主，也无大碍。
若看作图财，这种解读未免过于偏狭，因为武松的举措是对仇人的
一种连带惩罚，这在《水浒传》中就不乏其例。武松出于一腔怨愤，
在鸳鸯楼杀死张都监、张团练和蒋门神后，"把桌子上的银酒器皿
踏匾了，揣几件在怀里"，出了城便道："这口鸟气，今日方才出
得松緛。梁园虽好，不是久恋之家，只可撒开。"（《水浒传》第
三十一回）即使是鲁智深，对吝啬之人也有类似的惩罚举动。他大
闹五台山之后，来到李忠、周通占据的桃花山，看这二人"好生悭吝，
现放着有许多金银，却不送与俺，直等他去打劫得别人的送与洒家。
这个不是把官路当人情，只苦别人。洒家且教这厮吃俺一惊"。于

是"只拿了桌上金银酒器，都踏匾了，拴在包里"（《水浒传》第五回），下山去了。两相对照，武松的言行仍保持了《水浒传》中的基调，而对惩创王婆行为的描绘，则表现出兰陵笑笑生继承了武松性格中更贴近现实的一面，是对武松性格内涵的延展。

尤其值得注意的是，从《水浒传》移植过来的武松杀嫂故事，不仅支撑起《金瓶梅》的外在架构，而且武松这一人物的性格也与书中其他男性人物形成了鲜明的对比，在他身上寄托了作者心目中男性人格的一些理想因子。

《金瓶梅》反复地对物欲色欲进行描绘，彻底撕裂了千百年来儒家倡导的忠孝节义的伦理规范。在那个欲望弥天的世界里，道德沦丧，修身、齐家、治国、平天下的人生追求被抛到九霄云外，代之而起的是酒、色、财、气。小说开篇便有《四贪词》：

酒

酒损精神破丧家，语言无状闹喧哗。疏亲慢友多由你，背义忘恩尽是他。切须戒，饮流霞。若能依此实无差。失却万事皆因此，今后逢宾只待茶。

色

休爱绿鬓美朱颜，少贪红粉翠花钿。损身害命多娇态，倾国倾城色更鲜。莫恋此，养丹田。人能寡欲寿长年。从今罢却闲风月，纸帐梅花独自眠。

财

钱帛金珠笼内收，若非公道少贪求。亲朋道义因财失，父子怀情为利休。急缩手，且抽头。免使身心昼夜愁。儿孙自有儿孙福，莫与儿孙作远忧。

气

莫使强梁逞技能，挥拳揎袖弄精神。一时怒发无明火，到后
忧煎祸及身。莫太过，免灾迍。劝君凡事放宽情。合撒手时须撒手，
得饶人处且饶人。

正如美国学者浦安迪所说："小说的叙述重心偏重于肉体——
酒、色、财、气的要求，而非心灵的体验。在不少地方，故事的中
心人物西门庆、潘金莲甚至李瓶儿，他们的心灵在一定意义上说似
乎是全空的，那就是说，内心仿佛空无他物，除了偶尔兴起的食欲
或最多一时感情波动之外，根本没有自我意识可言。"①小说用欲
望驱使人物行动，他们没有精神追求，而是无休止地用金钱、色欲
来填补自己空虚的心灵。而武松要做一个有情有义、道德自律的男
子汉，可以说就超越了小说中其他男性人物的平庸与琐屑，是很值
得珍视的。

在现实生活中，一般人都有酒、色、财、气的秉性，只不过表
现的程度不同而已。武松任酒使气，轻财远色；而西门庆在财、色
上下功夫，使得金钱与色情支配了他的一言一行。他挥金如土，淫
欲横流，最后精尽、髓竭、人亡，树倒猢狲散。继之而起的陈经济，
继承了他的衣钵，也终因色欲身亡。可见，《金瓶梅》是以财、色
描写为轴心的，亦在突出财、色的危害。

兰陵笑笑生以冷峻的笔调，把财、色视为洪水猛兽，煞费苦心
地劝诫世人向善，至于酒与气，远没有财与色危险。因此对贪财好
色的西门庆多角度地展现他的丑陋嘴脸，让人引以为戒；而轻财远
色的武松身上则寄寓了或多或少的理想因素，在小说里的男性中，

① ［美］浦安迪著，沈亨寿译：《明代小说四大奇书》，生活·读书·新知三联
书店 2006 年版，第 134 页。

已是不可多得的人物了。"从《水浒传》移植过来的开头 10 回部分，作者运用轻松的笔调和相当高超的手腕把一个伤风败俗的、淫荡不贞，甚至是一件残忍的谋杀案设法写得使人看了并不引起震惊或恐怖。……但是，当作者一旦引用完现成的原始素材，深入他自己发展人物和主题的阶段时，那种开场阶段自发的嬉笑幽默和逗人欢乐的情调就越来越变得阴郁辛辣"①。武松匆匆而来，匆匆而去，虽然已退居从属的位置，但他与西门庆形象的交错出现，加深了小说的反讽意味。可喜的是，作者对芸芸众生中的武松投去了颇为欣赏的一瞥：一个勇猛、执着，与邪恶势力争斗不已以致复仇远遁的勇士形象，在一定程度上烛照了《金瓶梅》世界的荒唐与不堪。

从英雄传奇转向人情写实，从关注英雄到叙写市井小民，两书的叙事角度与审美空间都发生了转换，但武松性格的叙事特质与美学意蕴都与《水浒传》保持了连续性，这更见出《水浒传》艺术的超时空性，见出其艺术魅力。

---

① ［美］浦安迪：《明代小说四大奇书》，沈亨寿译，生活·读书·新知三联书店 2006 年版，第 117 页。

五、"隐秀"李俊考释

在《水浒传》天罡星中，李俊排第 26 位，他是小说中的"隐秀"人物。

李俊于第三十六回出场，他救护宋江，并对宋江介绍自己："小弟姓李名俊，祖贯庐州人氏。专在扬子江中撑船艄公为生，能识水性。人都呼小弟做混江龙李俊便是。"（《水浒传》第三十六回）后回还有一首赞词："家住浔阳江浦上，最称豪杰英雄。眉浓眼大面皮红，髭须垂铁线，语话若铜钟。凛凛身躯长八尺，能挥利剑霜锋，冲波跃浪立奇功。庐州生李俊，绰号混江龙。"（《水浒传》第三十七回）李俊水上功夫了得，成为水军统领。

李俊征讨方腊之后，在回汴京的途中，诈病隐遁；后到海外立业，为暹罗国国主。袁无涯赞誉："燕青去得伶俐，李俊留得隐秀，俱得高人一着。"[1] "隐秀"有多重义项，语出《文心雕龙·隐秀》："是以文之英蕤，有秀有隐。隐也者，文外之重旨者也；秀也者，篇中之独拔者也。隐以复意为工，秀以卓绝为巧，斯乃旧章之懿绩，才情之嘉会也。"[2] 在中国传统文论中，以人喻文、以文喻人是常见的现象；刘勰在这里用"隐秀"，是形容文章的含蓄与警策，体现了作者的才情。对人而言，可形容隐秘秀拔即含而不露的出色人物。袁无涯信手拈出此语夸赞李俊的行止，可见李俊也不愧为天罡星中的佼佼者。

---

① 陈曦钟，侯忠义，鲁玉川辑校：《水浒传会评本》，北京大学出版社 1987 年版，第 1411 页。

② 郭晋稀：《文心雕龙注译》，甘肃人民出版社 1982 年版，第 487 页。

（一）李俊原型考辨

在《水浒传》现存最早的祖本《宣和遗事》中，宋江在玄女庙看到天书，"宋江见官兵已退，走出庙来，拜谢玄女娘娘；则见香案上一声响亮，打一看时，有一卷文书在上。……仔细看觑，见有三十六将的姓名"①。在这个天书中李俊为"混江龙李海"，排在第4位，是宋江带上梁山的。"混江龙李海"应是《水浒传》中李俊的初始原型。

到了龚开的《宋江三十六人赞》中，李俊排在第16位，龚开的赞语是："乖龙混江，射之即济。武皇雄争，自惜神臂"②，"混江龙李海"变成了"混江龙李俊"。《宣和遗事》与龚开的《宋江三十六赞》产生的时间先后存在不确定性。结合《水浒传》看，小说直接承袭了《宋江三十六赞》中的"混江龙李俊"；在《宣和遗事》中，"混江龙李海"是由宋江带上梁山的，《水浒传》写到白龙庙聚义后，李俊等人也跟着宋江走向梁山泊。由此可见，《水浒传》吸收并统合了李俊的故事素材。

再看元杂剧。元代的水浒戏大约有30余种，现存水浒戏剧目24种，流传至今的有6种，即《黑旋风双献功》《同乐院燕青博鱼》《梁山泊黑旋风负荆》《大妇小妇还牢末》《争报恩三虎下山》和《鲁智深喜赏黄花峪》。这6种元代水浒戏中共有20位好汉出场：宋江、吴学究、李逵、燕青、鲁智深、刘唐、史进、阮小五、关胜、徐宁、花荣、杨雄、李俊、雷横、卢俊义、武松、王矮虎、呼延灼、张顺、

---

① 朱一玄，刘毓忱编：《水浒传资料汇编》，南开大学出版社2012年版，第41页。
② ［元］周密：《癸辛杂识续集》，见《宋元笔记小说大观（六）》，上海古籍出版社2001年版，第5791页。

戴宗。李俊没有戏剧故事，聊充备员。

余嘉锡先生在《三朝北盟会编》卷199中也发现了一个李俊。绍兴十年，单州砀山县染户养子刘遇僧冒称钦宗第二子被治罪，"决脊杖二十，刺配琼州牢城"，"小杖直李俊执杖不敢决，既而轻拂之，皮亦不伤。遇僧经过来安县，题诗于兴国寺曰：'三千里地孤寒客，七八年前富贵家。泛海玉龙惊雪浪，权藏头角混泥沙。'"并作按语说混江龙"为治河之工具。……观刘遇僧所题诗，自谓玉龙混于泥沙，则混江龙之名，可以移赠，亦趣闻也"。此处的李俊只是一个衙役，若把"混江龙"名号移赠到他身上，就与《水浒传》中的李俊有了联系。这虽然有趣，但也牵强。还有一说，李俊的原型来源于南宋岳珂的《桯史》。南宋时郑广绰号"滚海蛟"，是有名的海盗，接受朝廷招安之后做了武官。该书卷4《郑广文武诗》载：

> 海寇郑广，陆梁莆、福间，飙驶兵犀，云合亡命，无不一当百，官军莫能制。自号滚海蛟，有诏勿捕，命以官，使主福之延祥兵，以徼南溟。延祥隶帅阃，广旦望趋府。群僚以其故所为，遍宾次，无与立谭者。广郁郁弗言。一日，晨入未衙，群僚偶语风檐，或及诗句，广蘧然起于坐曰："郑广粗人，欲有拙诗白之诸官，可乎？"众属耳，乃长吟曰："郑广有诗上众官，文武看来总一般。众官做官却做贼，郑广做贼却做官。"满坐惭噱。章以初好诵此诗，每曰："今天下士大夫愧郑广者多矣，吾侪可不知自警乎！"[1]

---

[1] ［宋］岳珂：《桯史》卷4，见《宋元笔记小说大观（四）》，上海古籍出版社2001年版，第4361页。

《桯史》成书于嘉定七年（公元1214年），所记涉及两宋朝野人物之言行轶事及风情物态、诗文谑语、图谶神怪等内容。根据"滚海蛟"与"混江龙"的比附，再加上招安的经历，郑广对李俊的故事应该有一些影响。

我们知道，《水浒传》的创作历经了一个漫长的过程，此前的历史、宗教、文学、民间传说等诸种相关故事都可能成为小说的素材，成为人物形象架构的基础。因此，在寻绎人物原型的时候，就会发现那是层垒的、叠加式的，具有开放性的特点。因此，李俊的原型不仅仅与上述材料有关，他或许与"虬髯客"更接近。

（二）李俊与虬髯客

在第二章《〈虬髯客传〉与〈水浒传〉》中，已经谈到豪杰创业的"虬髯客模式"，因为百回本《水浒传》结尾写了李俊等人"尽将家私打造船只，从太仓港乘驾出海，自投化外国去了。后来为暹罗国之主。童威、费保等都做了化外官职，自取其乐，另霸海滨。这是李俊的后话"（《水浒传》第九十九回）。从创业模式看，李俊身上明显承袭了虬髯客的基因。

"李俊的后话"为《水浒后传》继承。沿着中国古代小说发展史的脉络寻觅，李俊的故事由《虬髯客传》至《水浒传》《水浒后传》，三者之间形成一个完整的链条，故郑振铎先生说《虬髯客》"所写的海外为王的事，后来陈忱的《水浒后传》所叙的李俊称王事，似即本于此"①。由此，李俊原型特征得到深入拓展。

---

① 郑振铎：《插图本中国文学史》第2册，人民文学出版社1982年版，第325页。

在人物肖像刻画中，李俊的形象也逐渐靠近虬髯客。"眉浓眼大面皮红，髭须垂铁线，语话若铜钟"（《水浒传》第三十七回），其胡须是直的。《水浒后传》却通过张顺当年的部下许义之口说："李头领，你那时还黑瘦，如今肥白得多了，又长出虬髯，几乎认不出了。"（《水浒后传》第十一回）为什么李俊也具有了"虬髯"的形貌呢？这不仅仅是《虬髯客传》对其外在形象影响的结果，也和"虬髯"这一文化审美意象有关。

虬髯客"赤髯而虬"，而"虬髯客"与"虬须客"实为一体。《汉语大词典》释"虬须"为"拳曲的胡须"，释"虬髯"为"拳曲的连鬓胡须"；《词源》修订本释"虬须"为"蜷曲的胡须"，"虬髯"为"拳曲如虬之髯须"。在唐代文学中，"虬髯"是一个特殊的意象，唐太宗李世民就是一副"虬须""虬髯"的容貌。杜甫《八哀诗·赠太子太师汝阳郡王琎》中写道："虬须似太宗"[1]；《送重表侄王砅评事使南海》中写道："隋朝大业末，……上云天下乱，宜与英俊厚。向窃窥数公，经纶亦俱有。次问最少年，虬髯十八九。子等成大名，皆因此人手。下云风云合，龙虎一吟吼。……秦王时在坐，真气惊户牖"[2]。除杜甫指称唐太宗"虬须""虬髯"外，段成式也说"太宗虬须"[3]。明太祖朱元璋也似为"虬髯"丈夫：

> 吴故墟之西，有天王堂。寺廊之南，一神端坐，长可八尺。巾若居士，衣若深衣，隆准大耳，耳有垂珠，目深肤厚，唇努而丰，额甚广，颡甚高，须类虬而不张，有深思穆穆之容。永乐初，

---

① ［清］彭定求等编：《全唐诗》卷222，中州古籍出版社1998年版，第1283页。
② ［清］彭定求等编：《全唐诗》卷222，中州古籍出版社1998年版，第1297页。
③ ［唐］段成式：《酉阳杂俎前集》卷1，见《唐五代笔记小说大观·上》，上海古籍出版社2000年版，第558页。

百户阍俊来官于苏，偶见其像，伏地而哭。人问其故，乃曰："此我太祖皇帝之容也。俊侍左右者五年，谛视甚熟。今鼎湖之驾已远，故感泣耳。"遍传吴中，观者如市，至今人每过之，即加瞻仰，以实为太祖圣像。此乃塑手之精，偶类天日之表一二而已，特人心思之至，遂形容之过也。①

也许是雕塑者不经意间把天王堂神像与朱元璋"偶类"，但这也表明朱元璋是"须类虬"的丈夫。

即使是从印度佛教中传来的阴间阎王，也被汉化为"虬髯"形象：

> 阎摩罗王。梵文的简化音译。意译是"双王"。据说他们是兄妹俩，且都是管理地狱之王，兄治男犯，妹治女犯，故称"双王"。原为南亚次大陆神话中管理阴间之王。《梨俱吠陀》中即已出现，佛教沿用其说，称为管理地狱的魔王。中国民间所传说的阎罗王即来源于此，说他属下有十八判官，分管十八地狱。
>
> 中国人把阎王和地狱完全汉化，让它们和本土的泰山治鬼等神话传说相结合，再融入佛教"六道轮回"说，又通过迷信附会，造出许多新的吓人的事物来……"二十天"中的阎王像已彻底汉化，多作浓眉巨眼虬髯王者像。②

不论怎么说，虬髯或虬须都成了一种文学意象，成为英雄豪侠的外在特征，并与帝王有了直接联系。《左传·昭公二十六年》

---

①［明］王锜：《寓圃杂记》卷1，见《明代笔记小说大观（一）》，上海古籍出版社 2005 年版，第 299–300 页。

②白化文：《汉化佛教与佛寺》，北京出版社 2003 年版，第 199–200 页。

载："有君子白皙，鬒鬚眉，甚口。""鬒鬚：黑而密。"①而这位
君子便是勇武的陈武子。至三国时期，崔琰"好击剑，尚武事"，"须
长四尺，甚有威重，朝士瞻望，而太祖亦敬惮焉"；及遭死刑，"对
宾客虬须直视，若有所瞋"。②《三国志·关羽传》写关羽"美须髯，
故亮谓之髯"。诸葛亮在给关羽的信中说："孟起兼资文武，雄烈
过人，一世之杰，黥、彭之徒，当与益德并躯争先，犹未及髯之绝
伦逸群也。"③可见，关羽的须髯与其"绝伦逸群"的武功可相提并
论。张飞的相貌史传中没有反映，至唐代李商隐《娇儿诗》中有"或
笑张飞胡"之句，朱鹤龄《李义山诗集笺注》卷1中写道："胡，
多髯也。"后来诸家也多本此说，如叶葱奇的《李商隐诗集疏注》、
刘学锴等的《李商隐诗歌集解》、周北新的《三国演义考论》等。
直至《三国演义》，张飞"豹头环眼，燕颔虎须"的外貌被定型。
人们注重须髯，并渐渐将其与英雄豪侠的形神风貌联结在一起，体
现了一种阳刚、雄强与旺盛的生命力。

　　至《水浒传》，英雄的须髯得到进一步的张扬。鲁达"腮边一
部貉貅胡须"（《水浒传》第三回），当他出家五台山，净发人欲
剃髭须，他说"留了这些儿还洒家也好"（《水浒传》第四回），
足见胡须象征的大丈夫气。林冲"燕颔虎须"（《水浒传》第七
回），柴进"掩口髭须"（《水浒传》第九回），朱贵"三丫黄髯"
（《水浒传》第十一回），朱仝"有一部虎须髯，长一尺五寸"
（《水浒传》第十三回），雷横"有一部扇圈胡须"（《水浒传》
第十三回），吴用"面白须长"（《水浒传》第十四回），阮小二
"略绰口四面连拳"，阮小七"腮边长短淡黄须"（《水浒传》第

---

　　①李梦生：《左传译注·下》，上海古籍出版社2004年版，第1161–1162页。
　　②[晋]陈寿撰，[宋]裴松之注：《三国志》，中华书局1964年版，第367–369页。
　　③[晋]陈寿撰，[宋]裴松之注：《三国志》，中华书局1964年版，第940页。

十五回），公孙胜"四方口一部落腮胡"（《水浒传》第十五回），宋江"唇方口正，髭须地阁轻盈"（《水浒传》第十八回），燕顺"赤发黄须双眼圆"（《水浒传》第三十二回），李立"赤色虬须乱撒，红丝虎眼圆睁"（《水浒传》第三十六回），张横"黄髯赤发"（《水浒传》第三十七回），张顺"三柳掩口黑髯"（《水浒传》第三十八回），孙立"胡须黑雾飘"（《水浒传》第四十九回），徐宁"三牙细黑髭髯"（《水浒传》第五十七回），朱武"面白细髯垂"（《水浒传》第五十九回），段景柱"焦黄头发髭须卷"（第六十回），燕青"三牙掩口细髯"（《水浒传》第六十一回），单廷珪"虬髯黑面皮"（《水浒传》第六十七回），诸如此类。其他明清小说中亦是如此，如《英烈传》中的朱亮祖"须髯"如庙中神灵，《说唐》中的伍云锡"红脸黄须"等。这些英雄以须髯为点缀，与其孔武气概相协。很显然，须髯已成为阳刚之气的外在表征，成为刻画豪侠常用的显在意象，体现了社会中崇尚须髯的文化心理与审美旨趣。

由豪侠到帝王，须髯这一表征被格外强化，甚至还成为帝王意志的象征。如周灵王就被称作"髭王"："在定王六年，秦人降妖，曰：'周有其髭王，亦克能修其职。诸侯服享，二世共职。……'至于灵王，生而有髭。王甚神圣，无恶于诸侯。灵王、景王，克终其世"[1]。灵王生下来就有胡须，这被看作神圣的象征。《三国志·吴书·吴主传》裴松之注引《献帝春秋》云："张辽问吴降人：'向有紫髯将军，长上短下，便马善射，是谁？'降人答曰：'是孙会稽。'"[2]张辽直接称呼孙权为"紫髯将军"。至《三国演义》，孙

① 李梦生：《左传译注·下》，上海古籍出版社 2004 年版，第 1163 页。
② ［晋］陈寿撰，［宋］裴松之注：《三国志》，中华书局 1964 年版，第 1120 页。

权"碧眼紫髯"的形貌便极为抢眼。

　　此外，金代第四位皇帝完颜亮也有"虬髯"的特点。有趣的是，不论《水浒传》繁本还是简本中，在《朱贵水亭施号箭　林冲雪夜上梁山》（《水浒传》第十一回）一回，都是开篇就引用了完颜亮的《百字令》："天丁震怒，掀翻银海，散乱珠箔。六出奇花飞滚滚，平填了山中丘壑。皓虎颠狂，素麟猖獗，掣断珍珠索。玉龙酣战，鳞甲满天飘落。谁念万里关山，征夫僵立，缟带沾旗脚。色映戈矛，光摇剑戟，杀气横戎幕。貔虎豪雄，偏裨英勇，共与谈兵略。须拼一醉，看取碧空寥廓。"完颜亮能够走进《水浒传》大概与其英雄气有关，正如百回本第十一回解释说："单题着大雪，壮那胸中杀气"。在其另一首词《鹊桥仙》中，完颜亮更是以"虬髯"标榜自己："停杯不举，停歌不发，等候银蟾出海。不知何处片云来，做许大、通天障碍。　虬髯捻断，星眸睁裂，唯恨剑锋不快。一挥截断紫云腰，仔细看、嫦娥体态。""虬髯捻断"显示出完颜亮的桀骜与霸气，宛然一个不可一世的"虬髯客"霸主形象。[1]可见，须髯也成了象征帝王形貌的特殊符号，成为其权力意志的叙事意象，这一有趣的意象增加了小说的审美意味。

　　如果再联系一下至圣先师孔子肖像的演化，也许更能展示"虬髯"的文化内涵。翻检《论语》，找不到有关孔子相貌的只言片语。孔子的孙子子思曾说："先君生无须眉，天下王侯不以损其敬。"[2]汉代谶纬之学流行，《春秋演孔图》《论语纬》《礼纬》《孝经纬》等书中，也只是对孔子的身长、五官有描绘，没有涉及胡须。到唐宋时期，孔子开始被封王，其思想学说在国家意识形态中的地位得到空前的提升，唐玄宗开元二十七年（公元739年），封孔子为"文

---

　　① 唐圭璋：《词话丛编》，中华书局1986年版，第785页。
　　② 付应庶：《孔丛子校释》卷2，中华书局2011年版，第130页。

宣王"，宋真宗大中祥符元年（公元 1008 年），尊孔子为"玄圣文宣王"，五年（公元 1012 年），又改为"至圣文宣王"。唐代各地建立孔庙，并为孔子塑像，其中最著名、最通行的莫过于吴道子的《孔子行教像》："曲阜孔庙圣迹殿内西面北起第一石有《孔子行教像》刻石。孔子站立，面容苍老，眉发皆白，满髯齐胸，颧骨突出。宽衣博带，阔袖大领，下裳垂地，足蹬云鞋，腰佩长剑，叉手肃立。"①此后，在中国的绘画和雕塑中，孔子的须髯就和他"文宣王"的圣人品性联系在一起。

虬髯、虬须意象的变迁，由文化到艺术并延伸到文学领域，牵系着历史文化，也牵系着现实生活，让人们或多或少地感受到时代在不断地向前推移。由英雄豪杰到暹罗国王，由"髭须垂铁线"到"虬髯"，李俊契合了须髯这一意象的文化内涵，他也成为一个"虬髯客"式的不朽形象。

李俊的原型虽由不同人物层垒式叠加构成，但由"髭须"而"虬髯"的王者形象演化，与虬髯客分不开。加之对虬髯客海外创业模式的延展，可以说，李俊的原型内涵有许多来自虬髯客。

（三）英蕤李俊

虬髯客志向不凡，胆略过人，谋事缜密，聚拢人才与资财，一心欲成就霸业。他来去诡秘，缥缈无迹，常人很难见到其真面目。况且，虬髯客文武兼备，李靖兵法一半出自虬髯客："卫公之兵法，半乃虬髯客所传尔。"虬髯客神龙见首不见尾，神奇莫测。正是虬髯客的这种豪杰禀赋，铸就了李俊的英雄气质。

---

① 夏乃儒主编：《孔子辞典》，上海辞书出版社 2008 年版，第 49 页。

首先，虑事谨，有胆略。李俊直到小说第三十六回才出场。宋江被发配江州，沿途劫难重重，九死一生。李俊每次出现，都能帮宋江化险为夷，他在江州一带共救护宋江三次。在揭阳岭，他对宋江说："今闻仁兄来江州，必从这里经过。小弟连连在岭下等接仁兄五七日了，不见来。今日无心，天幸使令李俊同两个弟兄上岭来，就买杯酒吃，遇见李立，说将起来。因此小弟大惊，慌忙去作房里看了，却又不认得哥哥。猛可思量起来，取讨公文看了，才知道是哥哥。"（《水浒传》第三十六回）从李俊的表白看，他得知名播江湖的宋江要来江州，事先已做好准备迎接，且"等接仁兄五七日了"；此后又同李立、张横等在浔阳江边把酒送别，依依不舍。袁无涯赞叹说："看李俊如此一种热肠，怜惜英雄，便是太湖结义根本，可自作扶余王。"[1] 李俊是个有心人，考虑得比较周全。宋江题反诗当斩，他及时带领童威、童猛、李立前来白龙庙接应。这显示了他既能谋断，又能立德于人。余象斗评说："李俊救了宋江，则江湖好人无不仰其德矣"[2]。难怪费保等人一见到他，就断定"这个为头的人，必不是以下之人"（《水浒传》第九十三回）。

基于李俊的识见，到第七十一回排座次，李俊成为水军头领张横、张顺、阮小二、阮小五、阮小七、童威、童猛的统帅，在征辽平方腊的战役中屡屡献计献策，立下战功。宋江准备攻取被方腊占据的苏州城，李俊献计："容俊去看水面阔狭，如何用兵，却作道理。……此城正南上相近太湖，兄弟欲得备舟一只，投宜兴小港，私入太湖里去，出吴江，探听南边消息，然后可以进兵，四面夹攻，方可得

① 陈曦钟，侯忠义，鲁玉川辑校：《水浒传会评本》，北京大学出版社1987年版，第691页。
② 陈曦钟，侯忠义，鲁玉川辑校：《水浒传会评本》，北京大学出版社1987年版，第669页。

破"。宋江让童威、童猛帮助李俊行事，计取苏州城（《水浒传》第九十三回），在一百二十回本《水浒传》中，李俊又生擒王庆，水灌太原城，个人才智得到充分发挥。

对待招安，好汉们的态度彼此冲突，来自官军阵营的支持招安，李逵、武松、鲁智深等则明确表示反对，宋江曾对武松说："我主张招安，要改邪归正，为国家臣子，如何便冷了众人的心？"（《水浒传》第七十一回）两败童贯之后，宋江又袒露心迹："原来宋江有仁有德，素怀归顺之心，不肯尽情追杀。惟恐众将不舍，要追童贯，火急差戴宗传下将令，布告众头领，收拾各路军马步卒，都回山寨请功。"（《水浒传》第七十七回）此后，朝廷派高俅帅大军围攻梁山泊，其水军败绩："众多军卒会水的，逃得性命回去；不会水的，尽皆淹死；生擒活捉者，都解投大寨。李俊捉得刘梦龙，张横捉得牛邦喜，欲待解上山寨，惟恐宋江又放了。两个好汉自商量，把这二人就路边结果了性命，割下首级送上山来。"（《水浒传》第七十九回）李俊行动果敢，不露声色。可见，李俊等水军头领暗地里抵制招安，态度显得很隐秘。到了小说第九十回，水军头领对招安的结果也不满意："且说水军头领特地来请军师吴用商议事务。吴用去到船中，见了李俊、张横、张顺、阮家三昆仲，俱对军师说道：'朝廷失信，奸臣弄权，闭塞贤路。俺哥哥破了大辽，止得个皇城使做，又未曾升赏我等众人。如今倒出榜文来，禁约我等不许入城。我想那伙奸臣，渐渐的待要拆散我们弟兄，各调开去。今请军师自做个主张；和哥哥商量，断然不肯。就这里杀将起来，把东京劫掠一空，再回梁山泊去，只是落草倒好。'"（《水浒传》第九十回）李俊作为水军头领，仍有自己的想法与胆略。

其次，识文字，求功业。李俊颇能识字，不是文盲，这是他胆识兼具的基础。他在揭阳令初次"看见宋江，却又不认得；相他脸上的金印，又不分晓。没可寻思处，猛想起道：'且取公人的包裹来，我看他公文便知。'"；李俊"取讨公文看了，才知道是哥哥"（《水浒传》第三十六回）。但有的论者忽略小说上下文的贯通，断章取义，认为李俊"并不识字"，大闹无为军后，跟从宋江奔向梁山泊。

到第九十三回，李俊在太湖遇到费保等人，小说中写道："列位从此不必相疑。你岂不闻唐朝国子博士李涉，夜泊被盗，赠之以诗。今录与公辈一看。诗曰：'暮雨萧萧江上村，绿林豪客偶知闻。相逢不用频猜忌，游宦而今半是君。'俺哥哥宋公明，现做收方腊正先锋，即目要取苏州，不得次第，特差我三个来探路。今既得遇你四位好汉，可随我去见俺先锋，都保你们做官。待收了方腊，朝廷升用。"（《水浒传》第九十三回）这表明他不但能识字，而且具有相当的文化水准。他劝费保等人立功做官，又流露出他的功名心态，直至"自投化外国去了，后来为暹罗国之主"。可见李俊功业未就，行动不止。

再次，识时务，知进退。李俊虽然看重功名，但在太湖榆柳庄遇到费保四人，是其思想迁异的转折点：

> 话说当下费保对李俊说道："小弟虽是个愚卤匹夫，曾闻聪明人道：世事有成必有败，为人有兴必有衰。哥哥在梁山泊勋业，到今已经数十余载，更兼百战百胜。去破大辽时，不曾损折了一个兄弟。今番收方腊，眼见挫动锐气，天数不久。为何小弟不愿为官为将？有日太平之后，一个个必然来侵害你性命。自古道：太平本是将军定，不许将军见太平。此言极妙。今我四人既已结义了，哥哥三人何不趁此气数未尽之时，寻个了身达命之处，对付些钱财，打了一只大船，聚集几人水手，江海内寻个净办处安身，以终天年，岂不美哉！"李俊听罢，倒地便拜，说道："仁兄，

重蒙教导，指引愚迷，十分全美。只是方腊未曾剿得，宋公明恩义难抛，行此一步未得。今日便随贤弟去了，全不见平生相聚的义气。若是众位肯姑待李俊，容待收伏方腊之后，李俊引两个兄弟径来相投，万望带挈。是必贤弟们先准备下这条门路。若负今日之言，天实厌之，非为男子也。"那四个道："我等准备下船只，专望哥哥到来，切不可负约！"李俊、费保结义饮酒，都约定了，誓不负盟。（《水浒传》第九十四回）

费保的话是对朝代治乱、将相命运的精辟论断，闻之顶得上阅读一部部史书。难怪胡适先生感慨："不读《明史》的《功臣传》，便不懂得明初的《水浒传》何以于固有的招安的事之外又加上宋江等有功被谗遭害和李俊、燕青见机远遁等事。……不懂得明末清初的历史，便不懂得雁宕山樵的《水浒后传》"[1]。李俊别却中原之地，立化外之基，可谓"了身达命蟾离壳，立业成名鱼化龙"，彰显了他知天时、顺天命的豁达与洒脱。

李俊身为梁山泊水军统帅，屡立战功，却处事低调；对宋江有情有义，尽到了兄弟的义务。之后，寻找时机，另谋事业，有如"混江龙"入海，是一个真正懂得韬晦之人。但金圣叹对其似乎较为忽略，谈及内容不多，在《读第五才子书法》中也没有为其考定人物的等级。《水浒后传》的作者陈忱概括说："混江龙在梁山，上中之材，何以得南面称雄？古来豪杰起于徒步多矣。如王建呼贼王八，钱婆留起于盐徒，不可胜纪。安见李俊不可为暹罗国主？况其存心忠义，辅弼得人，故《前传》言太湖小结义投外国而作暹罗国王也。"[2]

① 胡适：《中国章回小说考证》（第2版），安徽教育出版社2006年版，第42—43页。

② ［清］陈忱：《水浒后传》，书海出版社1999年版，第7页。

李俊被归为"上中之材",实在有些屈沉,至少不应在阮小七之下。倒是张恨水说得比较公道:"李俊为浔阳江上三霸之一,平民而以霸称,自非善类……故论李之人品,实已胜过诸水路头领。虽然,善读水浒如金圣叹亦未及知"①。李俊心隐才识,进退自如,英蕤自显,把他列入《水浒传》"上上人物"之中也不为过。

① 张恨水:《水浒人物论赞》,万象周刊社 1947 年版,第 33 页。

六、张顺形象考论

张顺作为《水浒传》中刻画得比较成功的形象，死后得以单独立庙祀之，获得了与宋江同等的哀荣，足见其在小说中的作用与地位，也显示了作者对这一人物的重视与厚爱。

（一）张顺原型考辨

在《宣和遗事》的"天书"中，有"三十六个姓名"，张顺排在第7位，为"浪里白条张顺"，但他只出现于天书名单中，谈不上有什么细节行动。关于宋江等人的结局，也只有简略的交代："宋江和那三十六人归顺宋朝，各受武功大夫诰敕，分注诸路巡检使去也。"[①]金圣叹断言："《宣和遗事》具载三十六人姓名，可见三十六人是实有"[②]。挂名的张顺得了一个"武功大夫"的封赏。

关于张顺其人，不少论者主张有原型可稽，并考之凿凿。最早从历史学视域研究《水浒传》的余嘉锡先生，在其《浪里百跳张顺》一文中，首先列举了南宋初年的两个张顺：一个是永兴军将官张顺，出于《建炎以来系年要录》和《宋会要》；一个是砦军张顺，来自《宋史》卷449《忠义传》，两者不是同一人。绍兴三年张刚为中书舍人，其《华阳集》卷8提及张顺，张顺转升"右武功大夫"，又引用《建炎以来系年要录》卷76说法："遂以中卫大夫和州防御

---

①无名氏原著，曹济平等校点：《宣和遗事》，江苏古籍出版社1993年版，第36页。
②陈曦钟，侯忠义，鲁玉川辑校：《水浒传会评本》，北京大学出版社1987年版，第17页。

使淮东宣抚使前军统张顺，充淮东兵马都监， 洪泽镇把隘，用世忠奏也"。余先生断言："此张顺与前为永兴军将官者当是一人，惟是否即浪里百跳。无明文可考。至于水浒所叙张顺死事情形，则又因南宋末年之张顺而附会之者也。"[①] 余先生共举出了三个"张顺"：永兴军将官张顺官至"右武功大夫"；身为砦军的张顺只是存名而已，其实是一名叛军，没有故事意义；而《水浒传》平方腊故事中的张顺，余先生认为是脱胎于南宋末年援助襄阳城的张顺。此后，张顺的原型问题不断引起后来学者考证的兴趣。

接着王利器先生作《水浒的真人真事》一文："一方面，是想补《考实》已经说到但还有新的材料可以补充的地方，另一面，是想补《考实》根本没有提到的一些人物，这些人物，不仅发展到一百八人的范围，而且还包括见于《水浒》但在《宋史》没有传可查的一些好人和坏人的历史人物在内"[②]。并认为施耐庵以在襄阳牺牲的民族英雄张顺为素材，处理成为涌金门归神的"浪里白条"张顺。由此，不妨先看看南宋末年之张顺，《宋史》卷450《忠义五·张顺传》载：

> 张顺，民兵部将也。襄阳受围五年，宋阃知其西北一水曰清泥河，源于均、房，即其地造轻舟百艘，以三舟联为一舫，中一舟装载，左右舟则虚其底而掩覆之。出重赏募死士，得三千。求将，得顺与张贵，俗呼顺曰"矮张"，贵曰"竹园张"，俱智勇，素为诸将所服，俾为都统。出令曰："此行有死而已，汝辈或非本心，

①余嘉锡：《宋江三十六人考实 杨家将故事考信录》，云南人民出版社2005年版，第45-46页。
②张国光主编，湖北省《水浒》研究会编：《水浒争鸣》（第一辑），长江文艺出版社1988年版，第1页。

宜亟去，毋败吾事。"人人感奋。

　　汉水方生，发舟百艘，稍进团山下。越二日，进高头港口，结方陈，各船置火枪、火炮、炽炭、巨斧、劲弩。夜漏下三刻，起矴出江，以红镫为识。贵先登，顺殿之，乘风破浪，径犯重围。至磨洪滩以上，北军舟师布满江面，无隙可入。众乘锐凡断铁絙攒杙数百，转战百二十里，黎明抵襄城下。城中久绝援，闻救至，踊跃气百倍。及收军，独失顺。越数日，有浮尸逆流而上，被介胄，执弓矢，直抵浮梁，视之顺也，身中四枪六箭，怒气勃勃如生。诸军惊以为神，结冢敛葬，立庙祀之。①

　　南宋遗民周密《齐东野语》卷18有《二张援襄》一文，详尽记述了张顺"援襄"的过程。张顺死难，"身中四枪六箭，怒气勃勃如生，军中惊以为神，结冢敛葬，立庙祀之"②。周氏另一书《癸辛杂识》中亦详细记载了襄阳自受围至投降的整个过程，其中也包括二张援襄这一事件。③除王利器先生外，何心先生也多有考述，但依然没有超出余嘉锡先生的考实范畴。

　　实际上，明人来斯行在其《槎庵小乘》中，对张顺就有过考证："《水浒传》有张顺者，混名浪里白条，善水，以为水军帅。《癸辛杂志》：襄樊之围，孤城困守，凡三四岁。张汉莫守樊城，重赏募死士，得骁悍三千人，求将久之，得民兵部官张顺、张贵，所谓大张都统、小张都统者，其智勇素为诸军所服。先于均州上流，名中水峪，立硬寨，造水哨，轻舟百艘，每艘三十人。盐一袋，布

---

　　①［元］脱脱等：《宋史》卷450，中华书局1977年版，第13248页。

　　②［元］周密：《齐东野语》，见《宋元笔记小说大观（五）》，上海古籍出版社2001年版，第5662页。

　　③［元］周密：《癸辛杂识》，见《宋元笔记小说大观（五）》，上海古籍出版社2001年版，第5894—5900页。

二百，且令之曰：此行有死而已，或非本心，亟去，毋败吾事。人人感激思愤，乘风破浪，径犯重围，贼兵皆披靡。襄城中闻救至，勇气百倍。及收军而失顺。数日，有浮尸逆流而上，被甲胄，执弓矢，直抵浮梁。视之，顺也。身中四枪六箭，怒气勃勃如生。军中惊以为神，立庙祀之。张贵后被获，不屈死。吕文焕为立双庙。比巡远云，则顺固能水者，但非宣和间人也。今武林涌金门内，有金华将军庙者。曹杲，后唐人，为金华令，以讨平叛者。吴越入朝，委以国事，即城隅，浚三池，引湖水入城，王归嘉之，题曰涌金。杲卒，郡人祀之，称金华将军，以为即张顺误。"①张顺"非宣和间人"，涌金门庙祀的也不是张顺。余嘉锡先生引清人梁玉绳的《瞥记》卷6云："涌金门外金华将军庙，人以为即张顺归神，非是。"清阮葵生《茶馀客话》以"金华将军"为"青蛙二字之讹"，也是无稽之谈。②明清的文人重在辨明金华将军不是张顺，进而否定张顺形象演化的历史依据。

王珏、李殿元在《也谈梁山英雄中的真人真事之谜》一文中，仔细考察了何心、王利器先生的研究，认为"前七十回关于张顺的素材，是取材于元杂剧，与援襄阳的'民兵部将'完全无关，形象也完全不像"③。不少元代杂剧作家钟情于水浒故事，创作了一系列引人注目的水浒剧。元代的水浒戏至今流传的有6种：《黑旋风双献功》《同乐院燕青博鱼》《梁山泊黑旋风负荆》《大妇小妇还牢末》《争报恩三虎下山》和《鲁智深喜赏黄花峪》。这些元代水浒戏中有20位好汉出场，张顺只在《鲁智深喜赏黄花峪》中作为众

①陈桂声选编：《水浒评话》，江西教育出版社1999年版，第325页。
②余嘉锡：《宋江三十六人考实 杨家将故事考信录》，云南人民出版社2005年版，第47页。
③王珏，李殿元：《也谈梁山英雄中的真人真事之谜》，《明清小说研究》1994年第3期。

头领的一员出场，没有具体的叙事情节和细节，只是备员而已。何心先生列举了31种元曲，他认为有13种被《水浒传》采用，其中包括无名氏的《梁山七虎闹铜台》，卢俊义妻贾氏与李固通奸，被张顺侦知，报告给宋江；后救卢俊义上山，处死了李固与贾氏。无名氏的《张顺水里报冤》剧本已佚，仅据存目，有的学者便以此断定这是第六十五回《浪里白跳水上报冤》的蓝本①。值得关注的是，剧中张顺是如何水上报冤的，不得而知；是否与小说情节一致，已难以考证。王文所说"张顺的素材，是取材于元杂剧"，大概与此有关。然而，《梁山七虎闹铜台》疑为明代作品，《张顺水里报冤》剧本又已佚失，凭此断定前七十回关于张顺的故事是取材于元杂剧，未免武断了一些。

与其说张顺的形象来源于元杂剧，还不如说来源于《宣和遗事》："宋江和那三十六人归顺宋朝，各受武功大夫诰敕，分注诸路巡检使去也"，张顺身在其中。同为"武功大夫"，再联系南宋初"永兴军将官者"张顺被封为"右武功大夫"，小说中张顺的形象也未必与其无涉。徽宗政和年中（公元1111年–1117年），定武臣官阶"自太尉至下班祇应，凡五十二阶"，武功大夫为第26阶，武德大夫为第27阶。绍兴年间（公元1131年–1162年），武官官阶又有变化，武功大夫列为第14阶，武德大夫为第15阶。②到《水浒传》中，宋江"加授武德大夫、楚州安抚使兼兵马都总管。卢俊义被封为武功大夫、庐州安抚使兼兵马副总管"（《水浒传》九十九回）。《宣和遗事》也好，《水浒传》也罢，都未必与正史完全吻合；但不论是"武功大夫"还是"武德大夫"，都有历史的影子，让人依稀看到水浒英雄的故事可以按史循迹；由此窥测，这与元杂剧相隔甚远，

---

① 何心著，中华书局上海编辑所编辑：《水浒研究》，中华书局1959年版，第7页。
② ［元］脱脱等：《宋史》卷169，中华书局1977年版，第4056、4067页。

《宣和遗事》倒是提供了一丝线索。

　　史料与文学向来是交织在一起的历史文本的文学化与文学文本的历史观照，是中国古代文学尤其是章回小说的传统表现模式。余嘉锡先生认为："《水浒传》谓张顺于涌金门外被枪箭攒死，即于其地立庙者，南宋张顺之事。谓顺赴水至涌金门撞动水簾者，张贵所募勇士事也。特易襄阳城外为杭州涌金门耳。"[①]明清文人虽然辨明金将军庙奉祀的不是张顺，但也反过来说明张顺的故事传说具有十分顽强的生命力。由此可以推断，《水浒传》中的张顺身上既有南宋初"永兴军将官者"张顺与"南宋末年之张顺"的影子，又与《宣和遗事》中的张顺难以分割，是基于三者拼合而成的一个文学形象。

（二）"中上人物"张顺

　　金圣叹在《读第五才子书法》中说："阮小二、阮小五、张横、张顺，都是中上人物。"[②]但作为水军将领，张顺无疑是其中的佼佼者。

　　张顺武功超凡，精灵勇悍。还未出场，其兄张横就介绍他说："我有个兄弟，却又了得，浑身雪练也似一身白肉，汆得四五十里水面，水底下伏得七日七夜，水里行一似一根白条，更兼一身好武艺，因此人起他一个名，唤做浪里白跳张顺"（《水浒传》第三十七回）。初遇李逵，在岸上"被李逵直把头按将下去，提起铁锤般大小拳头，去那人脊梁上擂鼓也似打。那人怎生挣扎"。吃了亏的张顺把李逵

　　①余嘉锡：《宋江三十六人考实 杨家将故事考信录》，云南人民出版社2005年版，第46—47页。
　　②陈曦钟，侯忠义，鲁玉川辑校：《水浒传会评本》，北京大学出版社1987年版，第20页。

引到船上，撞到江里，李逵几乎被淹死。最后在戴宗的央告下，"张顺再跳下水里，赴将开去。李逵正在江里探头探脑价挣扎汆水。张顺早汆到分际，带住了李逵一只手，自把两条腿踏着水浪，如行平地。那水浸不过他肚皮，淹着脐下，摆了一只手，直托李逵上岸来。江边看的人个个喝采。"（《水浒传》第三十八回）张顺在岸上不是李逵的对手，而一旦到水中就宛如蛟龙入海，施展本领，游刃有余。

在江州，宋江题了反诗，招来杀身之祸。危急关头，张顺在未知宋江下落的情况下，主动联络浔阳江、揭阳岭、揭阳镇的八位兄弟前来救援，金圣叹为之赞叹："至于张顺之来，则又做梦亦梦不到之奇文也"①。这显示了他的精灵与缜密。再如《浪里白跳水上报冤》一节，截江鬼张旺图财害命，把张顺"缚了双手，撺下江里"，幸好张顺"是个水底下伏得三五夜的人"，"就江底下咬断索子"，得以上岸。后在王定六家遇到张旺，张顺与王定六细思谋定，捉拿仇人，张顺的雄悍之气得以酣畅喷发："我生在浔阳江边，长在小孤山下，作卖鱼牙子，谁不认得！只因闹了江州，上梁山泊随从宋公明，纵横天下，谁不惧我！你这厮漏我下船，缚住双手，撺下江心。不是我会识水时，却不送了性命！今日冤仇相见，饶你不得！"（《水浒传》第六十五回）金圣叹夹批说："雄文骇俗，读之起舞。"②张顺谋事灵动细致，行动果敢，不拖泥带水。

张顺擒贼擒王，居功不彰。除张顺外，梁山泊水军头领还有李俊、张横、童威、童猛与阮氏三雄。张顺有胆有识，可堪大任。他们一块受命勾当公事，张顺往往能捉住要害人物，最后的功劳庶几归其

---

①陈曦钟，侯忠义，鲁玉川辑校：《水浒传会评本》，北京大学出版社1987年版，第736页。

②陈曦钟，侯忠义，鲁玉川辑校：《水浒传会评本》，北京大学出版社1987年版，第1186页。

名下。

黄文炳在江州搬弄是非，想置宋江于死地。为复仇，宋江智取无为军，黄文炳赶回家中，在船上遇到张顺等人："黄文炳是个乖觉的人，早瞧了八分，便奔船梢而走，望江里踊身便跳。忽见江面上一只船，水底下早钻过一个人，把黄文炳劈腰抱住，拦头揪起，扯上船来。"（《水浒传》第四十一回）"水底下"的人就是张顺。

卢俊义武功虽然了得，却不会水。在梁山泊也被张顺捉住："只见船尾一个人从水底下钻出来，叫一声，乃是浪里白跳张顺，把手挟住船梢，脚踏水浪，把船只一侧，船底朝天，英雄落水。"（《水浒传》第六十一回）卢俊义被李固与贾氏陷害，被救出后，"卢俊义将引石秀、孔明、孔亮、邹渊、邹闰五个弟兄，径奔家中来捉李固、贾氏。……李固和贾氏慌忙回身，便望里面开了后门，趄过墙边，径投河下来寻自家躲避处。……岸上张顺早把婆娘挟在肋下，拖到船边"（《水浒传》第六十六回）。捉拿贾氏，张顺信手拈来。

更难得的是，在梁山泊张顺捉住了高俅。"高太尉新船，缘何得漏？却原来是张顺引领一班儿高手水军，都把锤凿在水底下凿透船底，四下里滚入水来。高太尉扒去舵楼上，叫后船救应。只见一个人从水底下钻将起来，便跳上舵楼来……把高太尉扑同地丢下水里去。……那个人便是浪里白跳张顺，水里拿人，浑如瓮中捉鳖，手到拈来"（《水浒传》第八十回）。又是张顺"从水底下钻将起来"而立功，捉住高俅成为招安情节的转折点。

张顺捉黄文炳、捉卢俊义、捉贾氏、捉高俅，既完成了自己的使命，又很好地贯彻了宋江的意志。虽然功劳盖过了水军其他将领，但小说中他丝毫没有流露出居功自傲的态度，这使得这一形象更为熠熠生辉。

张顺笃义赤诚，冒险莽撞。由于张横的介绍，宋江早知张顺，与张顺于江州琵琶亭相会，宋江格外高兴。张顺则"纳头便拜"说："久闻大名，不想今日得会。多听的江湖上来往的人说兄长清德，扶危贫困，仗义疏财。"（《水浒传》第三十八回）从此，张顺与宋江情义日笃，心灵相通。忠不单单指对国家民族之忠，也有对家庭之忠，对兄弟之忠。宋江突生背疮，张顺自告奋勇去建康府请神医安道全。"且说张顺要救宋江，连夜趱行，时值冬尽，无雨即雪，路上好生艰难；更兼慌张，不曾带得雨具。……张顺冒着风雪，要过大江，舍命而行"（《水浒传》第六十五回）。回梁山途中，听戴宗说宋江"神思昏迷，水米不进，看看待死"，便"泪如雨下"。余象斗评说："观张顺闻戴宗之言泪下，此义心使发，恩同骨肉如此。"[1]张顺拼着性命及时请来安道全，才挽救了宋江的生命。宋江主张接受招安，张顺未有异议。征讨方腊，智取润州，张顺一马当先，去润州打探消息，夜伏金山寺建立首功。在攻取杭州城时，张顺又豁出性命。他对李俊说："小弟今欲从湖里泅水过去，从水门中暗入城去，放火为号。哥哥便可进兵，取他水门；就报与主将先锋，教三路一齐打城。"李俊道："此计虽好，只恐兄弟独力难成。"张顺道："便把这命报答先锋哥哥许多年好情分，也不多了。"张顺没有听从李俊的意见，不料在涌金门跳下水池，"待要趁水泅时，城上踏弩硬弓、苦竹枪、鹅卵石、一齐都射打下来。可怜张顺英雄，就涌金门外水池中身死。才人有诗说道：浔阳江上英雄汉，水浒城中义烈人。天数尽时无可救，涌金门外已归神。当下张顺被苦竹枪并乱箭射死于水池内"（《水浒传》第九十四回）。张顺以赴死之心、之行，袒露了自己的赤诚。但凭恃自己的水上功夫，自信超越了理智，

---

　　[1] 陈曦钟，侯忠义，鲁玉川辑校：《水浒传会评本》，北京大学出版社1987年版，第1187页。

莽动葬送了性命。李贽就认为："张顺没水入城，极莽极痴，不是白着送了性命！"[1]诚哉斯言。

金圣叹在评判众好汉等级归属的时候，不外乎看重他们思想境界的高低与人性的真假，依然囿于正统的儒家伦理观念。纵观张顺的言行与作为，金圣叹仅仅把他列为"中上人物"，与石秀、公孙胜、李应、阮小二、阮小五、张横、燕青、刘唐、徐宁、董平处在一个层次上。排在他前面的有"上上人物"武松、鲁达、李逵、林冲、吴用、花荣、阮小七、杨志、关胜，有"上中人物"秦明、索超、史进、呼延灼、卢俊义、柴进、朱仝、雷横。其他人暂且不论，但张顺与水军头领阮小七在思想境界、才能、志业等方面，应是不分轩轾。大概由于他在浔阳江上的不光彩营生及其做"鱼牙子"的经历，故未被与阮小七相提并论；时迁因是偷儿出身，便被定性为"下下人物"，至于其徐宁家盗甲、火烧翠云楼、大闹昱岭关，多次建功，皆可忽略不计了。张恨水曾在《水浒人物论赞》中说到张顺："作《水浒》者处处说强盗，何尝不是处处说朝廷乎？当是时也，外则金夏并兴，胡马南窥。内则群盗如毛，民生凋敝，蔡京方培植私党，专图利己。遂至如生药店商及鱼牙子者，亦能横行郡邑之间。观于其吏治，则宋之亡，又岂岳飞韩世忠一二人所能挽回哉！"[2]时势使然，张顺为"鱼牙子者"，是北宋末年朝政窳败所致，岂有天生为"鱼牙子"之理？倘若把张顺置于北宋末年的社会背景下加以考察，其"中上人物"的位置似乎有些不妥，金氏之论也显得未必公允。

①陈曦钟，侯忠义，鲁玉川辑校：《水浒传会评本》，北京大学出版社1987年版，第1326页。

②张恨水：《水浒人物论赞》，万象周刊社1947年版，第36页。

（三）封赐庙神的忠义崇拜

在《水浒传》中，张顺在平定方腊的杭州之战中悲壮身死："因在涌金门外被枪箭攒死，一点幽魂，不离水里飘荡。感得西湖震泽龙君，收做金华太保，留于水府龙宫为神。"（《水浒传》第九十五回）后来张顺通灵显圣，人们便在西湖边为之建立庙宇，题名金华太保。方腊被平定之后，宋江把张顺死难之事奏知朝廷，"特奉圣旨，敕封为金华将军，庙食杭州。有诗为证：生前勇悍无人敌，死后英灵助壮图。香火绵延森庙宇，至今血食在西湖"（《水浒传》第九十六回）。张顺成为众多阵亡将领中第一位封神者。张顺为"金华太保"也好，"金华将军"也罢，都是小说家言。作为原型的南宋后期民兵头领张顺，誓死援救被蒙古军围困多年的襄阳，忠义为国，惨烈殉命，《宋史》旌烈，归入《忠义传》，"立庙祀之"。这种忠义为国的意识不仅充塞《宋史》，也扎根于民间意识的土壤之中。在两宋的历史背景下，《水浒传》中关于封赐庙神的叙事也彰显了对忠义的崇拜意识。

古人建庙"以供皇天上帝、名川大川、四方之神，以祀宗庙社稷之灵，为民祈福"[1]。《周易·涣·彖传》言："亨，王假有庙，利涉大川，利贞。"《周易·程传》曰："收合人心，无如宗庙，祭祀之报，出于其心。故'享帝'、'立庙'，人心之所归也。系人心，合离散之道，无大于此。"[2]立庙的作用在于通过祭祀聚合人心。中国古代立庙始于原始社会后期，北宋司马光曾追溯庙制的兴

---

① 许维遹：《吕氏春秋集释·上》，中华书局 2009 年版，第 131 页。

② ［宋］程颐撰，孙劲松等译注：《周易程氏传译注·下》，商务印书馆 2018 年版，第 926 页。

衰："先王之制，自天子至于官师皆有庙。君子将营宫室，宗庙为先，居室为后。及秦，非笑圣人，荡灭典礼，务尊君卑臣，于是天子之外，无敢营宗庙者。汉世公卿贵人多建祠堂于墓所，在都邑则鲜焉。魏晋以降，渐复庙制。其后，遂著于令，以官品为所祀世数之差。唐侍中王珪不立私庙，为执法所纠，太宗命有司为之营构以耻之，是以唐世贵臣皆有庙。及五代荡析，士民求生有所未遑，礼颓教陊，庙制遂绝。"① 司马光所说的私庙指家庙，是品级高的臣子祭祀其祖先的场所，是其家族社会地位的象征，也是国家礼法制度的一个重要方面。值得注意的是，就现存史料而言，中唐以前官方祭祀的对象基本上不包含当代忠臣义士，也极少为之专门立庙。直到天宝七年，唐玄宗在《加应道尊号大赦文》中曾明确要求官府："其忠臣义士，孝妇烈女，史籍所载，德行弥高者，所在亦置一祠宇，量事致祭。"② 忠臣义士依然囿于"史籍所载"。到中唐时期，唐肃宗特令在睢阳为安史之乱死难的张巡、许远、南霁云三人立庙，并岁时祭祀。唐肃宗设立睢阳忠臣庙，彰显了安史之乱后朝廷在地方褒赏忠义的深刻用心，是突破了唐代祠庙制度的一个十分罕见的现象，这也说明唐代忠义意识的淡薄。

与之相比，赵宋王朝自立国之始，便注重涵养忠义之气，突出其社会道德价值取向。宋朝把忠君报国的儒家伦理思想看作是构建国家意识形态的精神基石之一，建构忠烈的庙神信仰便是在礼制上支撑王朝政权的一种必要与必备的手段，是朝廷激励将士忠义报国的教化举措。翻检《宋史·忠义传》，两宋忠节气度磊磊，绵延不断。《宋史·忠义传序》载："士大夫忠义之气，至于五季，变化殆尽。

---

① 申利编：《文彦博年谱》，巴蜀书社 2011 年版，第 384 页。
② 董诰编：《全唐文》卷 40，中华书局 1983 年版，第 429 页。

宋之初兴……艺祖首褒韩通，次表卫融，足示意向。厥后西北疆埸
之臣，勇于死敌，往往无惧。真、仁之世，田锡、王禹偁、范仲淹、
欧阳修、唐介诸贤，以直言谠论倡于朝，于是中外缙绅知以名节相
高，廉耻相尚，尽去五季之陋矣。故靖康之变，志士投袂，起而勤王，
临难不屈，所在有之。及宋之亡，忠节相望，班班可书，匡直辅翼
之功，盖非一日之积也"。在长达 10 卷的《忠义传》中，忠义之士
言辞激昂，掷地有声："宁作赵氏鬼，不为他邦臣"，"生为忠义臣，
死为忠义鬼"，"吾宁为宋鬼，安用汝富贵为"，"吾三世食赵氏禄，
为赵氏死不憾"，"头可断，膝不可屈"，"生为宋民，死为宋鬼，
赤心报国，一死而已"，诸如此类，令人感奋。[①] 而且这些忠义死国
者被立庙祀之的，比比也。对此，清代史学家赵翼感叹说："盖自
六朝以来，君臣之大义不明，其视贪生利己背国忘君已为常事。有
唐虽统一区宇已百余年，而见闻习尚犹未尽改，颜常山、卢中丞、
张睢阳辈，激于义愤者，不一一数也。至宋以后，始知以忠义为重，
虽力所不及者，犹勉以赴之，岂非正学昌明之效哉！"[②] 庙堂之上，
两宋君主竭力褒扬忠义，教化所及，世间忠义之举翕然天下。"故
凡祠庙赐额、封号，多在熙宁、元祐、崇宁、宣和之时"[③]。尤其到
了南宋时期，忠烈庙神封赐与军旅战争更为密切，以致"某些祠庙
在南宋时期甚至成为救亡图存的'精神武器'"[④]。忠义之士被封赐
庙祀，被赋予某种超自然的力量，影响范围越来越广，比如三圣神

---

① ［元］脱脱等：《宋史》卷 445-446，中华书局 1977 年版，第 13149、13195、
13211、13240、13309、13343、13356 页。

② ［清］赵翼撰，黄寿成校点：《廿二史札记》卷 20，辽宁教育出版社 2000 年版，
第 344-345 页。

③ ［元］脱脱等：《宋史》卷 105，中华书局 1977 年版，第 2562 页。

④ 张邦炜：《战时状态与南宋社会述略》，《西北师大学报》（社会科学版）
2014 年第 1 期。

信仰由北方播迁至江浙地区。早在宋徽宗宣和年间，方腊起事于东南，朝廷"率禁旅及秦、晋蕃汉兵十五万"①征方腊，陕西诸路将领刘延庆、刘光世、姚平仲、辛兴宗等成为南征方腊的主力军，三圣神也随着陕西军队的步伐而来。在临安，"旌忠庙……俗呼三圣庙。按神姓高，名永能，绥州人；姓景名崇仪，字思谊，晋州人；姓程名阁使，字博古，河南人。元丰年间，因统军战殁，庙食于凤翔府和尚原。后方腊寇睦，祷于神，凯奏而还，始封侯爵，后屡有功，赐庙额，加号王爵，曰忠显灵应孚泽昭祐王、忠显昭应孚济广祐王、忠惠顺应孚佑善利王，以旌忠观洒净主其朝夕香灯之供"②。《梁溪漫志》中也说："诸将来东南讨方腊，亦著灵异，故相与作庙于临安"③。《梦粱录》中还列举了杭州的祚德庙、灵卫庙、忠勇庙、显功庙，都与抗金有关。即使到了明初，明太祖也深谙尚忠之理，为忠义之士立庙既可告慰亡灵，又可崇德报功，激励士气。《明史》载："洪武元年，命中书省下郡县，访求应祀神祇。名山大川、圣帝明王、忠臣烈士，凡有功于国家及惠爱在民者，著于祀典，令有司岁时致祭。二年，又诏天下神祇，常有功德于民，事迹昭著者，虽不致祭，禁人毁撤祠宇。三年定诸神封号，凡后世溢美之称皆革去。天下神祠不应祀典者，即淫祠也，有司毋得致祭。"④从水浒故事发端，到《水浒传》成书，为当代忠臣义士立庙已成为宋明王朝激励士气的惯用手段了。

关于宋江征方腊的史实，各家史料记载不一，有些记载比较接近，

① [元] 脱脱等：《宋史》卷468，中华书局1977年，第13660页。

② [宋] 吴自牧著，符筠、张社国校注：《梦粱录》，三秦出版社2004年版，第207—208页。

③ [宋] 费衮：《梁溪漫志》卷10，见《宋元笔记小说大观（三）》，上海古籍出版社2001年版，第3439页。

④ [清] 张廷玉等：《明史》卷50，中华书局1974年版，第1306页。

明确说明宋江参与了征伐，与刘光世等名将并列，并立下了战功。除《宋史·侯蒙传》《东都事略·侯蒙传》外，南宋徐梦莘的《三朝北盟会编》卷52引《中兴姓氏奸邪录》言童贯率军征讨方腊："宣和二年……以贯为江浙宣抚使，领刘延庆、刘光世、辛兴宗、宋江等军二十余万往讨之"。卷212引《林泉野记》也说："腊败走入清溪洞，光世遣谍察知其要险难易，与杨可世、宋江并进，擒其伪将相，送阙下"[①]。宋代李埴的《皇宋十朝纲要》卷18记载，宣和三年，"六月辛丑，辛兴宗与宋江破贼上苑洞。"[②]《水浒传》描写宋江接受招安后，带领众好汉南征方腊，并非向壁虚造，在这近十回的叙事中依然晃动着历史的影子。宋江曾向宿太尉说："听的江南方腊造反，占据州郡，擅改年号，侵至润州，早晚渡江，来打扬州。宋江等人马久闲，在此屯扎不宜。某等情愿部领兵马，前去征剿，尽忠报国"。徽宗皇帝"已命张招讨、刘光世征进"，宿太尉再推荐宋江前去，"必干大功"，宋江遂得如愿。（《水浒传》第九十回）刘光世等人崇奉的三圣神，也必然触及宋江等好汉的灵魂，并强化其忠义伦理取向。

在南宋末年的襄樊之战中，民兵部官张顺、张贵先后战死。当时的守将吕文焕"为立双庙，比巡、远"。吕文焕仿照唐肃宗设立睢阳忠臣庙的做法，为张顺、张贵立庙，以旌表忠烈气节。这一行为放在宋明的大背景下，是顺理成章的事情，体现了民众崇拜忠臣的意识。直至小说最后，依然通过赐建庙宇彰显忠义崇拜意识：圣旨"惟有张顺显灵有功，敕封金华将军"（《水浒传》第九十九回）；宋江等人陆续死后，宋徽宗"敕封宋江为忠烈义济灵应侯，仍敕赐钱，于梁山泊起盖庙宇，大建祠堂，妆塑宋江等殁于王事诸多将佐神像。

---

① 朱一玄、刘毓忱编：《水浒传资料汇编》，南开大学出版社2002年版，第4—5页。
② 朱一玄、刘毓忱编：《水浒传资料汇编》，南开大学出版社2002年版，第13页。

敕赐殿宇牌额，御笔亲书'靖忠之庙'。济州奉敕，于梁山泊起造庙宇"。此后，宋江"累累显灵，百姓四时享祭不绝"（《水浒传》第一百回）。立庙赐庙虽然给人一种神秘感，但难以超越现实。宋人直面现实，以气节相尚，自持精神品格，提升自身意志。而张顺惨烈阵亡，并首被庙祀，宛如一束亮光，在文学领地折射出宋明时期推崇忠义、德行的思想潮流，既是对儒家传统道德的赞美与张扬，又彰显了张顺的精神价值及其在《水浒传》中的崇高地位。

张顺出场虽晚，但由江西到山东、浙江，由北征辽国到南平方腊，以水而兴，因水而亡，烈烈一生，令人叹赏。

七、"浪子"与"可儿"

——燕青人格形象索微

我们知道,《水浒传》成书经过了一个漫长、复杂的过程,特别是三十六天罡星的演化,在《水浒传》成书之前,在不同故事载体之间呈动态式发展。燕青的形象若隐若显、若明若暗,其文化内涵的嬗变耐人寻味,在一百零八将中颇具有代表性。

(一)燕青原型辨析

关于燕青的原型,前辈学者多有论及。余嘉锡先生列举了《宋史》中著名的"李浪子"李邦彦、《三朝北盟会编》中的浪子"韩之纯"、《能改斋漫录》中的"浪子和尚"、《岁时广记》中戏谑妓女祭奠柳永的"浪子"与文天祥诗中的"浪子刘",这些人皆为浪子。李邦彦"自号李浪子。拜少宰,无所建明,阿顺趋诎,充位而已。都人目为'浪子宰相'"。韩之纯"轻薄不顾士行之人也,平日以浪子自名。喜嬉游娼家,好为淫媒之语。又刺淫戏于身肤,酒酣则示人。人为羞之,而不自羞也"。"浪子刘"见于文天祥《指南录·留远亭》诗序:"十一日宿处,岸上有留远亭,北人燃火亭前,聚诸公列坐行酒。刘罴数奉以淫亵,诸酋专以为笑具。于舟中取一村妇至亭中,使荐刘寝,据刘之交坐。诸酋又嗾妇抱刘以为戏。衣冠扫地,殊不可忍。其诗曰:'落得称呼浪子刘,樽前百媚佞旄裘。当年鲍老不如此,留远亭前犬也羞。'"这些人皆因行为放浪被视为"浪子"。浪子在宋人的著述中是指出入勾栏瓦舍、轻薄无行之人。余先生着眼于"浪子"

这一符号推测："草泽健儿而名浪子，已自可异。不应南北宋间顿有两人，或者此浪子即燕青欤？"①对于燕青的原型，余先生倾向于"浪子刘"。"浪子刘"行为淫亵，斯文沦丧，诗中也未含有其他故事信息；水浒故事中的燕青虽厮混于市井，但其言行与"浪子刘"相去甚远，因此余先生的推断在学界未引起注意。

近来，程毅中先生在《浪子燕青与梁小哥》一文中，对燕青形象加以追踪，他首先介绍了历史上梁小哥的情况："在历史文献上，有一个梁小哥，名叫梁兴，又作梁青，是一位太行山忠义军杰出的首领，在金占区保聚民众抗敌作战，屡建奇功，最后被金军紧逼，于绍兴六年（1136）投奔南宋岳飞，受朝命得官。又被岳飞派遣从梁山泊渡河去河北联络太行山各路忠义军，配合作战，详见岳珂《鄂国金佗粹编续编》及《宋史·岳飞传》。"②

燕青形象源于梁小哥，首先见于张政烺先生《宋江考》一文："梁青改作燕青，小哥改作小乙，也颇有可能。"③沿着这个思路，孙述宇也断定：燕青的"真身应当是梁兴。梁兴是岳飞的'忠义统制'，在岳家军的文件里一贯叫梁兴，但在别处常叫梁青，小名梁小哥。……梁兴叫做'太行梁兴'，是在太行山区领导抗金的一条好汉子，与岳飞联络上了，于绍兴五年、六年时强度黄河来到湖北岳家军中。依《宋史·岳飞传》所载，绍兴十年岳家军大举出击之时，他会合各地忠义人，从京西而关陕而河东而河北，收付许多州县"④。

程先生又引证大量史料说明，把燕青的原型看作"梁小哥"只是一种推断。"至于梁兴，史籍上没有提起他是否善射，也没有说

---

①余嘉锡：《宋江三十六人考实 杨家将故事考信录》，云南人民出版社2005年版，第66页。

②程毅中：《浪子燕青与梁小哥》，古代小说网2020年3月10日。

③西北大学中文系编：《水浒评论资料》，西北大学中文系1975年版，第468页。

④孙述宇：《水浒传 怎样的强盗书》，上海古籍出版社2011年版，第182页。

到他善于相扑和吹笛、唱曲、写词等才艺，显然不可能成为浪子的典型形象。但梁小哥确是忠义军的一名勇将，《宋史·忠义传》里没有他的名字，显然是不公平的"[1]。由此看来，燕青是否来源于历史人物难以下结论，若回归到其原生态的绰号"浪子"，则更能展现其文化内涵。

（二）宋元时期燕青绰号内涵发微

关于燕青其人，目前最早的文献材料应来源于南宋周密的《癸辛杂识续集》与《宣和遗事》。《癸辛杂识续集》卷上《宋江三十六人赞》为宋末元初文人画家龚开（字圣与）所作，记录了宋江等三十六人的姓名和绰号，这是一份现存最早的梁山英雄名单，基本奠定了《水浒传》中三十六天罡星的基础。到宋元话本小说《宣和遗事》，三十六人姓名绰号演化为：

> 智多星吴加亮、玉麒麟李进义、青面兽杨志、混江龙李海、九纹龙史进、入云龙公孙胜、浪里白条张顺、霹雳火秦明、活阎罗阮小七、立地太岁阮小五、短命二郎阮进、大刀关必胜、豹子头林冲、黑旋风李逵、小旋风柴进、金枪手徐宁、扑天雕李应、赤发鬼刘唐、一撞直董平、插翅虎雷横、美髯公朱同、神行太保戴宗、赛关索王雄、病尉迟孙立、小李广花荣、没羽箭张青、没遮拦穆横、浪子燕青、花和尚鲁智深、行者武松、铁鞭呼延绰、急先锋索超、拼命三郎石秀、火舡工张岑、摸着云杜千、铁天王晁盖。[2]

---

① 程毅中：《浪子燕青与梁小哥》，古代小说网 2020 年 3 月 10 日。
② 无名氏原著，曹济平等校点：《宣和遗事》，江苏古籍出版社 1993 年版，第 34 页。

令人惊奇的是，这两部书中为何一股脑儿集中出现了这么多绰号呢？在中国众多正史与野史之中，绰号就屡见不鲜，展现了古人善于起绰号的文化现象，相沿成趣，便成了一种风习。到了宋代，更是盛行起绰号，仅在宋元笔记小说中，人物绰号就比比皆是。《铁围山丛谈》卷3云："熙宁间，东平有名士王景亮者，喜名貌人，后反为人号作'猪嘴关'。世谓郓有猪嘴关，由此始。继有不肖者，乃更从而和之，日久为人号'猪嘴关大使'，亦各有僚吏之目。吕升卿者，形貌短劣，谈论好举臂指画，奉使过东平，遂被目为'说法马留'。厥后，相去将三十余年，王大粹靓以给事中出守东平，乃被目为'香枨'者，盖谓不能害人，且不治病也。"①《鸡肋编》卷上载："建中靖国初，韩忠彦、曾布同为宰相，曾短瘦而韩伟岸，每并立廷下，时谓'龟鹤宰相'。滕甫亦魁梧，而滕待之厚，游处未尝不与之俱，人呼为'内翰夹袋子'。秦观之子湛，大鼻类蕃人，而柔媚舌短，世目之为'娇波斯'。有扬州人黎珣，字东美，崇宁中作郎官监司，又有京师开书铺人陈询，字嘉言，皆以貌像呼为'虾蟆'。"②"（韩）侂胄所幸妾，同甘共苦者为三夫人，号'满头花'。"③"秦桧少游太学，博记工文，善干鄙事，同舍号为'秦长脚'"④。"木八剌，字西瑛，西域人，其躯干魁伟，故人咸曰'长西瑛'云"⑤，等等。在宋元这种善起绰号语言习俗的影响之下，绰

①［宋］蔡絛：《铁围山丛谈》，见《宋元笔记小说大观（三）》，上海古籍出版社2001年版，第3079页。

②［宋］庄绰：《鸡肋编》卷上，见《宋元笔记小说大观（四）》，上海古籍出版社2001年版，第3994页。

③［宋］叶绍翁：《四朝闻见录》卷5，见《宋元笔记小说大观（三）》，上海古籍出版社2001年版，第4999页。

④［宋］罗大经：《鹤林玉露》甲编卷5，见《宋元笔记小说大观（五）》，上海古籍出版社2001年版，第5206页。

⑤［宋］陶宗仪：《南村辍耕录》卷11，见《宋元笔记小说大观（六）》，上海古籍出版社2001年版，第6281页。

 天罡地煞的魅力：《水浒传》考释录 ｜ 216

号在龚开《宋江三十六人赞》中集中涌现，就不足为奇了。

在《宋江三十六人赞》中，龚开对燕青评赞说："平康巷陌，岂知汝名？大行春色，有一丈青。"[①]而在《大宋宣和遗事》中，燕青只剩下一个绰号"浪子"。多年来，学界对这一赞语及绰号的评价见仁见智，索解多端，主要表现在对"浪子"与"一丈青"的解释上。

有的学者认为："《水浒传》描写燕青多才多艺、心灵口巧而又行为正派，和'浪子'的绰号是不一致的。在龚圣与画赞中写燕青的话是'大行春色，有一丈青'，也暗示他有'浪迹'行为。《水浒传》套用了这个绰号，却改变了燕青的历史和性格，使绰号与人物分离开来，造成了名实不符的现象。"[②]有的论者说："以燕青的两个绰号论，'浪子'着眼于性情，取其放浪形骸，不拘小节。'一丈青'着眼于身材，因其高大魁伟，可是并不矛盾的。我们并不能因为后来《水浒传》中的燕青'清清秀秀'就否认他在南宋流传的故事中的高大威猛。……说他是浪子徒有其名而无其实，他其实从没有去过'平康巷陌'，那些操皮肉生涯的妓女，自然就不知其名了"[③]。以上所举，论者似乎都要得出一个定论，但可以讨论的余地尚存。鲁迅先生在《五论"文人相轻"——明述》中说："创作难，就是给人起一个称号或诨名也不易。假使有谁能起颠扑不破的诨名的罢，那么，他如作评论，一定也是严肃正确的批评家，倘弄创作，一定也是深刻博大的作者。"[④]鲁迅先生早就注意到了绰号创作的深邃与不易，特别是作为"世代积累型"的小说，把铺天盖地的材料

---

① ［宋］周密：《癸辛杂识续集》，见《宋元笔记小说大观（六）》，上海古籍出版社 2001 年版，第 5790 页。

② 曲家源：《水浒传新论》，中国和平出版社 1995 年版，第 118 页。

③ 陈松柏：《燕青形象的嬗变》，《明清小说研究》2005 年第 1 期。

④ 鲁迅：《鲁迅全集·第 6 卷》，人民文学出版社 1958 年版，第 383 页。

组合起来难度更大，稍有不慎便会导致名实不符。

先看宋人对于"浪子"的认识。《现代汉语词典》对"浪子"一词一直保留着这样的解释："游荡不务正业的青年人。"基本上是贬义。但宋代"浪子"的内涵要宽泛得多，形骸放浪，才艺并茂，风流不羁，也都是"浪子"的应有之义，故宋人对"浪子"更宽容一些。《宋史》卷352《李邦彦传》记载："邦彦俊爽，美风姿，为文敏而工。然生长闾阎，习猥鄙事，应对便捷；善讴谑，能蹴鞠，每缀街市俚语为词曲，人争传之，自号李浪子……都人目为'浪子宰相'"①。李邦彦多才多艺，混迹青楼妓馆，道德观念淡薄，因此得了个"浪子宰相"的绰号。与之相应，《贵耳集》卷下也载，周邦彦为开封府监税官时，在李师师家遇到徽宗皇帝，遂藏匿床下，因把徽宗与师师的谑语写成小词，被免官赶出京城；又因师师歌其《兰陵王》词，"道君大喜，复召为大晟乐正，后官至大晟乐府待制。邦彦以词行，当时皆称美成词，殊不知美成文笔大有可观，作《汴都赋》，如笺奏杂著，皆是杰作，可惜以词掩其他文也。当时李师师家有二邦彦，一周美成，一李士美（李邦彦），皆为道君狎客，士美因而为宰相。吁！君臣遇合于娼优下贱之家，国之安危治乱，可想而知矣。"②舆论虽然对这种"浪子"行为有所贬斥，但并没有将其排斥在正统社会秩序之外，"浪子"可以为官为宦，甚至出人头地。对平民百姓而言，出入青楼尚且是常有之事，未必会留下什么不好的名声，何况即使蒙上"浪子"之名，也未必就是人格性情的大缺陷。从燕青的赞语看，"平康巷陌，岂知汝名？"燕青出入烟花场所，才艺不显，难为人知。至于说他"从没有去过'平康巷陌'"，那些操皮肉生涯的妓女，自

　　① ［元］脱脱等：《宋史》卷352，中华书局1977年版，第11120页。
　　② ［宋］张端义：《贵耳集》，见《宋元笔记小说大观（四）》，上海古籍出版社2001年版，第4305页。

然就不知其名了"，这种解读未免有些武断或望文生义。

我们注意到，后来的水浒故事涉及燕青"浪子"方面的内容寡薄，这恐怕不是为了净化燕青的人格而有意省略。因为宋元时期燕青的故事应该流传较多，诸如"平康巷陌"这类故事要么是粗为梗概，要么是只存纲目而已，后世作者们可以利用的内容已大打折扣，以致被舍弃，仅徒然留下了一个绰号。燕青虽说只保留一个了"浪子"的绰号，但与元杂剧中的燕青也是相关联的，下面还要论及。至于《水浒传》中，燕青到汴京寻求招安路径，来到"平康巷陌"李师师家，多少留下了一点"浪子"的蛛丝马迹，只是其行动已与浪子的行迹相去甚远。这应该是不争的事实。

（三）"一丈青"是对"浪子"内涵的补缀

再说"一丈青"。人们习惯上把"一丈青"看作绰号，《大宋宣和遗事》中的"一丈青张横"、《水浒传》中的"一丈青扈三娘"便是明证。对此，严敦易先生断定："一丈喻其长，青则是指一身花绣的颜色。"[1] 把"一丈"看作长度单位，指身材高大，为很多人接受。也有研究者认为"一丈青"指的是与燕青有关的女性。"燕青赞语里有'太行春色，有一丈青'字样，似乎不是梁山中人，而是一个和燕青有关系的女性。"[2] "燕青的绰号叫'浪子'，那就不该再有一个'一丈青'的绰号。这儿有可能是龚圣与把燕青、一丈青两个'青'弄混了。"[3] 把"一丈青"放在燕青名下，不少人觉得难以索解。在《大宋宣和遗事》中，除了天书中的三十六人名

---

[1] 严敦易：《水浒传的演变》，作家出版社1957年版，第112页。
[2] 沈伯俊：《水浒研究论文集》，中华书局1994年版，521页。
[3] 王珏，李殿元：《〈水浒传〉中的悬案》，四川人民出版社1997年版，第184页。

单，还有一段补充说明：“那时吴加亮向宋江道：‘是哥哥晁盖临终时分道与我："从政和年间朝东岳烧香，得一梦，见寨上会中合得三十六数；若果应数，须是助行忠义，卫护国家。"’吴加亮说罢，宋江道：‘今会中只少了三人。’那三人是：‘花和尚’鲁智深，‘一丈青’张横，‘铁鞭’呼延绰"[①]。张横是否身材高大，没有说明，因为到《水浒传》中他的绰号变成了“船火儿”，成了浔阳江上的船工。日本学者佐竹靖彦依照严敦易先生的说法，进一步推论：“‘一丈’是表示身高以外的某种东西的长度。‘青’是指刺青，但同时也表示另外的东西。虽说还不能完全确定，但可以推测它是指某种‘青达一丈’的细长之物。”“一丈青是指一丈长的青龙”，“可以理解的是指被刺的一丈长青龙”。[②]燕青身上的文绣是否为青龙图案不得而知。到《水浒传》中说他是卢俊义从小救护的孤儿，“为见他一身雪练也似白肉，卢俊义叫一个高手匠人与他刺了这一身遍体花绣，却似玉亭柱上铺着软翠。若赛锦体，由你是谁，都输于他”（《水浒传》第六十一回）。“一身遍体花绣”是否有一丈长，也不好推测。

但若仔细审视龚开的赞语“平康巷陌，岂知汝名？大行春色，有一丈青”，就会发现“一丈青”未必就是绰号，关键是“青”字颇令人疑惑。龚开的《宋江三十六人赞》是对画中人的议论，除开燕青，其他三十五人的赞词都是对画中人的咏叹，没有涉及其他人，燕青的赞词也不应例外。循此逻辑，可以说“一丈青”就是写燕青的，用来强调其相貌俊秀，而非燕青的另一个绰号。余嘉锡先生曾作按语说：“凡人之绰号，必当时民间有此流行之语，然后取以名之。一丈青三字，自是宋时俗语，不独不始于水浒，亦必不始于李横及

①朱一玄、刘毓忱编：《水浒传资料汇编》，南开大学出版社2002年版，第41-43页。
②［日］佐竹靖彦：《梁山泊——〈水浒传〉一〇八名豪杰》，韩玉萍译，中华书局2005年版，第112-114页。

马皋之妻也。……就'太行春色，有一丈青'二语推之，盖青为春色，一丈青者以喻春色之浓耳。是必闾里浪子相传俚语，以此指目男子妇人之年少美色者"①。可以说，此处"春色"不是"女色"的代称，而是以象征季节的自然色彩比喻燕青的美妙青春，这与《水浒传》中的描绘是相称的。他第二次到李师师家，与之结拜为姐弟时，燕青二十五岁。"原来这李师师是个风尘妓女，水性的人。见了燕青这表人物，能言快说，口舌利便，倒有心看上他。"（《水浒传》第八十一回）燕青"这表人物"已被李师师"看上"，小说虽然没有从正面具体刻画燕青的体貌，却能从两首诗词中见出端倪：

一为《沁园春》词："唇若涂朱，睛如点漆，面似堆琼。有出人英武，凌云志气，资禀聪明。仪表天然磊落，梁山上端的驰名。"（《水浒传》第六十一回）这在章回小说虽是程式化的描绘，但燕青美男子的形象跃然入目。

一为《七古》诗："罡星飞出东南角，四散奔流绕寥廓。徽宗朝内长英雄，弟兄聚会梁山泊。中有一人名燕青，花绣遍身光闪烁。凤凰踏碎玉玲珑，孔雀斜穿花错落。一团俊俏真堪夸，万种风流谁可学。锦体社内夺头筹，东岳庙中相赛博。功成身退避嫌疑，心明机巧无差错。世间无物堪比论，金风未动蝉先觉。"（《水浒传》第七十四回）

由此看来，"一丈青"与燕青的"仪表""俊俏""风流"可遥相呼应，从与人物的内在关联上看，"一丈青"不是与"浪子"同等分量的绰号，也并非是指女性，而是对"浪子"内涵的必要补充，这也为后世水浒故事作了厚实的铺垫。

---

① 余嘉锡:《宋江三十六人考实 杨家将故事考信录》，云南人民出版社2005年版，第73页。

（四）元代水浒戏中"浪子"的文化禀赋

在《大宋宣和遗事》中，燕青就已对应"浪子"的绰号了，元杂剧沿袭不辍。检索现存六种元杂剧中的"水浒戏"，其中《同乐院燕青博鱼》《鲁智深喜赏黄花峪》两剧写到燕青。在《鲁智深喜赏黄花峪》中，燕青与众好汉一同登场，描述比较简略："关胜同李俊、燕青、花荣、雷横、卢俊义、武松、王矮虎、呼延灼、张顺、徐宁上。"在《同乐院燕青博鱼》中，燕青作为主角曾反复说："我是宋江手下第十五个头领，浪子燕青。"（第一折）"我是宋江手下第十五个头领浪子燕青的便是。"（第二折）到剧末，宋江概括全剧道："则俺三十六勇耀罡星，一个个正直公平。为燕大主家不正，亲兄弟赶离家庭。杨衙内败坏风俗，共淫妇暗约偷情。将二人分尸断首，梁山上号令施行。这的是与民除害，不枉了浪子燕青。"（第四折）①实际上，元杂剧中燕青的行为与《水浒传》中相比，存在相当的距离。比如，他不遵号令，下山延期受到"脊杖六十"的惩罚；宋江欲把他赶下山，他便气坏了眼睛；下山后，燕青又被店家赶出，流落街头，"盘街儿叫化"，沦为乞丐，可怜兮兮；燕顺为其治好眼睛，便"问人借了些小本钱，贩买了些鲜鱼度日"，在同乐院以鱼赌博输与燕大，又乞赖要回；直到最后拳打恶霸杨衙内，杀了他与淫妇王腊梅"与民除害"，伸张了正义。燕青虽有些英雄气短，但除恶的主流精神是恒定的。如果反观《水浒传》中燕青的作为，仅从这些困顿落魄时的行为看待燕青，说他"无信""无量""无能""无赖""无智""无勇"，并断定"元代杂剧中的水浒故事应该是一个独立的体系，它独立于《水浒传》成书过程之外。元代杂剧中的

---

① ［明］臧晋叔编：《元曲选》第 1 册，中华书局 1989 年版，第 234、238、245 页。

燕青故事自然是这个独立体系中不可或缺的一部分。"①未免匪夷所思。这割断了人物形象内涵的延续性，进而割裂了水浒故事的发展链条。况且，《水浒传》中对燕青沦为乞丐，也用了不少笔墨描述。卢俊义被管家李固告发陷害，陷入牢狱；燕青也被赶出卢府，"在城中安不得身，只得来城外求乞度日，权在庵内安身"。为给卢俊义送饭，他求告蔡福："燕青跪在地下，擎着两行珠泪，告道：'节级哥哥，可怜见小人的主人卢员外，吃屈官司，又无送饭的钱财！小人城外叫化得着半罐子饭，权与主人充饥。节级哥哥怎地做个方便，便是重生父母，再长爷娘！'"（《水浒传》第六十二回）困境中的燕青，也不免陷入屈辱的境地。

以此看来，元杂剧中燕青的故事与《水浒传》是合流的，不是隔离的，因为"浪子"的绰号仍然是一把释疑的钥匙。

在现存的元杂剧中，燕青出入"平康巷陌"的行为依然难觅踪迹，但他曾是流浪儿的事情还是显见的。随着蒙古人入主中原，传统儒家思想遭到挤压与颠覆，相当多的文人叛逆了传统的人生道路，叛逆了曾经奉为圭臬的礼教，"浪子"的名头也成为一种审美标格。如果说宋人出入青楼妓馆，与娼优往来，被视为格调不高，还会有所顾忌，那么元代人们混迹行院勾栏、出入歌楼妓馆，就无所顾忌了。留意元代文学，就会深刻地感受到，元代文人往往自告奋勇地以"浪子"或乞丐自居、自夸、自豪，这不是出于文人的反讽与自嘲，而是一种广泛的社会共识，成为一个时代的审美价值取向。

元曲作家翘楚关汉卿，在其散曲《不伏老》中肆无忌惮地表白自我："浪子风流"，"我是个普天下郎君领袖，盖世界浪子班头"，"我是个锦阵花营都帅头"，"我是个蒸不烂、煮不熟、捶

---

① 陈松柏：《燕青形象的嬗变》，《明清小说研究》2005 年第 1 期。

不圖、炒不爆、响当当一粒铜豌豆"，让封建卫道者振聋发聩。郑光祖《倩女离魂》说秀才王文举："那王秀才生的一表人物，聪明浪子，论姐姐这个模样，正和王秀才是一对儿。"[①]还有马致远、王实甫、乔吉、高文秀等人，无不标榜"风月神仙""疏狂放浪"的"浪子"生活。而白朴崇尚"贫煞也风流"的性情；钟嗣成走得更远，居然标榜自己是乞丐头，其《正宫醉太平》中说："俺是悲田院下司，俺是刘九儿宗枝，郑元和俺当日拜为师，传流下莲花落稿子。摘竹杖绕遍莺花市……穷不了俺风流敬思"。"风流贫最好，村沙富难交，拾灰泥补砌了旧砖窑，开一个教乞儿市学……做一个穷风月训导"[②]。翻检《录鬼簿》《青楼集》，"浪子"与倡优对举，乞丐与风流偕行，这些名头几乎总是伴随着首肯与颂歌；再看《古今杂剧》《乐府群玉》之类，文人群体对"浪子""贫煞"的感叹中，不乏对命运的抗争与对艺术的追求。这种"浪子"人生，固然与传统礼教格格不入，但更可贵的是他们言行一致，真正做到这一点：既形骸放浪，不为世俗羁绊，又蕴藉风流。"仪表天然磊落，梁山上端的驰名。伊州古调，唱出绕梁声。果然是艺苑专精，风月丛中第一名。听鼓板喧云，笙声嘹亮，畅叙幽情。棍棒参差，揎拳飞脚，四百军州到处惊。人都羡英雄领袖，浪子燕青。"（《水浒传》第六十一回），如果联系《水浒传》中这首赞美燕青的《沁园春》词看，燕青也不比这些元曲作家才人逊色。

从元代的文化风气看，元杂剧中燕青的作为虽然不能涵盖元人的浪子风流，但对于"贫煞也风流""风流贫最好"的取向，也是一个很好的注脚。到《水浒传》中，再加上他的吹拉弹唱之功，多才多艺，俊雅风流，燕青又多了一分"可儿"的气质。可见，宋元

---

①［明］臧晋叔编：《元曲选》第2册，中华书局1989年版，第707页。
②隋树森编：《全元散曲》，中华书局1964年版，第1351-1352页。

时期的"浪子"在内涵上具有继承性、一致性，"浪子"燕青形象的人格内涵，也在不断地被丰富。

（五）《水浒传》中的"可儿"燕青

在梁山摩崖石刻上，赵朴初先生题有《读水浒传》一诗："废书而长叹，燕青是可儿。名虽蒙浪子，不犯李师师。"燕青的"可儿"形象走入人们的视野。

刘义庆《世说新语·赏誉》载："桓温行经王敦墓边过，望之云：'可儿！可儿！'""可儿：即'可人'。使人满意的人，能干的人。儿通'人'。王敦生时世有'可人'的品评。"[①]王敦是东晋初年的权臣，好清谈，豪迈爽朗。《世说新语·豪爽》曾这样描述他："王大将军年少时，旧有田舍名，语音亦楚。武帝唤时贤共言伎艺事，人皆多有所知，唯王都无所关，意色殊恶，自言知打鼓吹。帝令取鼓与之。于坐振袖而起，扬槌奋击，音节谐捷，神气豪上，傍若无人。举坐叹其雄爽。"王敦知鼓，技艺不凡。《豪爽》篇接着描述："王处仲，世许高尚之目。尝荒恣于色，体为之弊。左右谏之，处仲曰：'吾乃不觉尔，如此者甚易耳。'乃开后阁，驱诸婢妾数十人出路，任其所之。时人叹焉。"王敦远色、戒色，为人赞叹。"王大将军自目：高朗，性疏率，学通《左氏》。"[②]王敦有相当的文化修养，学业精进，通晓《春秋左氏传》。诸如此类，可以从德才上见出"可儿"的气质风貌了。

---

① ［南朝宋］刘义庆著，张万起、刘尚慈译注：《世说新语译注》，中华书局1998年版，第429-430页。

② ［南朝宋］刘义庆辑，郭孝儒注译评：《世说新语注译评》，经济日报出版社2002年版，第318页。

在《水浒传》中，对于燕青是否具备较高的文化素养，没有作正面描述。但他一出场，作者便不吝笔墨：

> 这人是北京土居人氏，自小父母双亡，卢员外家中养的他大。为见他一身雪练也似白肉，卢俊义叫一个高手匠人与他刺了这一身遍体花绣，却似玉亭柱上铺着软翠。若赛锦体，由你是谁，都输与他。不则一身好花绣，那人更兼吹的、弹的、唱的、舞的，拆白道字，顶真续麻，无有不能，无有不会。亦是说的诸路乡谈，省的诸行百艺的市语。更且一身本事，无人比的。拿着一张川弩，只用三枝短箭，郊外落生，并不放空，箭到物落，晚间入城，少杀也有百十个虫蚁。若赛锦标社，那里利物管取都是他的。亦且此人百伶百俐，道头知尾。本身姓燕，排行第一，官名单讳个青字。北京城里人口顺，都叫他做浪子燕青。（《水浒传》第六十一回）

他身材健美，吹弹歌舞，各种文字游戏、诸种地方言土语无所不会，说他多才多艺不为虚夸，且应该有相应的文化水平。况且，他箭弩娴熟，思虑缜密，仁义智勇兼备，诸多禀赋使他宛如和煦春日，温润可人。

燕青重情守义，恩怨分明。他依赖卢俊义活命、成长，被教授各种文武技艺，虽为卢俊义的仆人，却情同父子，被卢俊义看作"我那一个人"，"是卢俊义家心腹人"；卢俊义准备去梁山，吩咐燕青看家，"燕青小乙看管家里库房钥匙"（《水浒传》第六十一回）。后来卢俊义身陷牢狱，燕青也被赶出家门，即便乞讨，也要为狱中的卢俊义送些斋饭。燕青用心寻找时机，直到卢俊义被押解发配去沙门岛，得以"放冷箭燕青救主"，其言行令人感动。卢俊义因"通寇"犯下谋乱大罪，就像他的妻子贾氏所说："不是我们要害你，只怕你连累我。常言道：'一人造反，九族全诛！'"（《水浒传》第六十二回）世态炎凉，人情冷暖，旁人唯恐避之不及，燕青却依然披肝沥胆，救护恩人。同为卢俊义救护的李固，却恩将仇报，"这李固原是东京人，因来北京投奔相识不着，冻倒在卢员外门前。卢俊义救了他性命，养在家中。因见他勤谨，写的算的，教他管顾家间事务。五年之内，直抬举他做了都管，一应里外家私都在他身上，手下管着四五十个行财管干。一家内都称他做李都管。"（《水浒传》第六十一回）李固不仅要谋卢员外的妻子、家私，还要谋害卢员外的性命。同在一个屋檐下，与燕青比照李固枉为人也。对此王望如说："李固、燕青，同一仆也。固则为负义之鸱鸮，无所不至；青则为报恩之犬马，无所不至。"[①] 两人对比，人格高下立判。

燕青才气充溢，不近女色。黑旋风李逵行事一向鲁莽，龚开《宋江三十六人赞》就说："风有大小，不辨雌雄。山谷之中，遇尔亦凶。"这便为李逵的个性定下了招惹是非、莽莽撞撞的基调，到《水浒传》里则有过之而无不及。正因如此，小说便把他与燕青放在一处来写，并使他时常受到燕青的管束。譬如《李逵元夜闹东京》一回，宋江"就叫燕青也走一遭，专和李逵作伴"（《水浒传》第七十二回）。因为燕青精细，办事稳妥，既可约束李逵，使他不过分行动，又与之相映成趣。

"招安"的情节是小说后半部分重要的一环，招安是关系到梁山事业命运的大事，也是凸显燕青性情的绝妙笔墨。宋江为招安大计，决定到汴京走李师师的门径，以便让徽宗皇帝知悉招安真相。宋江第一次欲向李师师说明"心腹衷曲之事"，却因李逵在李师师家放火行凶，劳而无功。不久又派燕青潜入汴京，在李师师的帮助

<hr>

① 陈曦钟，侯忠义，鲁玉川辑校：《水浒传会评本》，北京大学出版社1987年版，第1144页。

下，顺利见到宋徽宗。燕青为招安之事排除了层层障碍，出色地完成了使命。燕青再次来到李师师家，"诸般乐艺"尽显"浪子"风流，既讨得了李师师的欢心，又"见机而作"："酒席之间，用些话来嘲惹他。数杯酒后，一言半语，便来撩拨。燕青是个百伶百俐的人，如何不省得。他却是好汉胸襟，怕误了哥哥大事，那里敢来承惹？……若是第二个在酒色之中的，也坏了大事。因此上单显燕青心如铁石，端的是好男子！"（《水浒传》第八十一回）燕青胸怀坦荡，值得信任。特别是他不为花魁娘子李师师所惑，因之李贽说："燕青不承应李师师，是大圣人，风流少年定以为滞货。"[1]"端的是好男子"，这是至高的评价了，更显示了燕青"可儿"的英雄本色。

燕青武功超群，可堪重任。除了文艺，还有武艺：一是弩箭，一为相扑，都堪称绝技。《放冷箭燕青救主》突出的就是他的神射功夫："这浪子燕青那把弩弓，三枝快箭，端的是百发百中。但见：弩桩劲裁乌木，山根对嵌红牙。拨手轻衬水晶，弦索半抽金线。背缠锦袋，弯弯如秋月未圆；稳放雕翎，急急似流星飞迸。绿槐影里，娇莺胆战心惊；翠柳阴中，野鹊魂飞魄散。好手人中称好手，红心里面夺红心。"（《水浒传》第六十二回）后来燕青做了步军头领，也是名实相副。他相扑水平天下无对，也是"自幼跟着卢员外，学得这身相扑，江湖上不曾逢着对手"（《水浒传》第七十四回）。小说中曾三次对燕青的相扑技能作了渲染，一是在梁山上，以相扑撅翻李逵，"为何李逵怕燕青？原来燕青小厮扑天下第一"（《水浒传》第七十三回）。二是在泰安州打擂台，"燕青智扑擎天柱"，二人生死相搏，最终打败擎天柱任原。三是与高俅厮扑，高俅被捉上梁山，酒后狂言"自小学得一身相扑，天下无对"。于是，"两

---

[1] 陈曦钟，侯忠义，鲁玉川辑校：《水浒传会评本》，北京大学出版社1987年版，第1303页。

个脱了衣裳，就厅阶上，宋江叫把软褥铺下。两个在剪绒毯上，吐个门户。高俅抢将入来，燕青手到，把高俅扭摔得定，只一跤，攧翻在地褥上做一块，半晌挣不起。这一扑，唤作守命扑"。（《水浒传》第八十回）高俅身为朝廷高官，不想被灭了威风，慌悔不安，燕青为梁山大长了锐气。

燕青进退自如，心明机巧。建立功名是梁山英雄不懈的追求。杨志"指望把一身的本事，边庭上一刀一枪，博个封妻荫子"；武松也想着"久后青史上留的一个好名"；宋江"暂居水泊，专等招安"，一旦接受了招安，便带领众兄弟为朝廷北征辽国，南平方腊，为国事尽心竭力，但最终以悲剧收场。好汉中能真正参透世事的不多，燕青就是其中一个，他不慕富贵荣华，功成身退。他曾劝卢俊义说："小乙自幼随侍主人，蒙恩感德，一言难尽。今既大事已毕，欲同主人纳还原受官诰，私去隐迹埋名，寻个僻净去处，以终天年。未知主人意下若何？""卢俊义道：'自从梁山泊归顺宋朝已来，北破辽兵，南征方腊，勤劳不易，边塞苦楚，弟兄殒折，幸存我一家二人性命。正要衣锦还乡，图个封妻荫子，你如何却寻这等没结果？'燕青笑道：'主人差矣。小乙此去，正有结果。只恐主人此去，定无结果。'……燕青纳头拜了八拜，当夜收拾了一担金珠宝贝挑着，径不知投何处去了"（《水浒传》第九十九回）。建立功业固然可歌可泣，但封建时代的功臣往往难逃"鸟尽弓藏，兔死狗烹"的命运怪圈，燕青对此有比较清醒的认识，这也是他的过人之处，卢俊义落难、宋江被毒死，再次残酷地证明了这一点。燕青抛却名利，遁迹江湖，未必不是风流"浪子"全身避害的理想抉择，难怪他在三十六天罡星中属于"天巧星"。

其实，无论是盛世还是乱世，不论出于什么原因，隐士都代不乏人，隐逸之风从没有消歇过，只不过强弱不同罢了。在水浒故事流传的宋元时期，隐逸之风大倡。宋代人们往往在仕与隐之间盘桓犹豫，待时而动，但真正归隐的是少数，亦官亦隐的形态成了更多人的愿望与追求。翻检王禹偁、欧阳修、苏轼、辛弃疾、刘克庄等人的文集，无不流露出对隐逸文化的倾慕，为此，《宋史》专列了《隐逸传》。随着宋代隐逸诗词的兴起与传播，隐逸精神很自然地借由文学作品传递到市民社会，渗入市民意识。"有元一代，隐逸情调更是遍布朝野。且不说书会才人、风流浪子，也不必说志不获展的小官吏，即便朝中大员也对此深情向往。……从现有资料看，鄙视功名利禄、赞美隐逸生活，这类题材的文艺作品数量之多，感情之强烈，在中国历史上没有哪一个朝代能与元代并驾比肩。……这说明元人的隐逸思想中并不仅仅局限于对一代政治、一族统治的不满，也不单纯是发自身世之慨的一种自我解脱，而是一种相当普遍的人生观念和社会思潮。从这里，我们可看到当时社会的独特审美风尚的一个侧面"①。燕青作为市民的一员，其隐逸之思、隐士情结展现了个人志趣，其言行是对追求自由的人性的依归，也是宋元时代隐逸文化的缩影。

　　从绰号盛行的宋代，到反传统审美价值扩张的元代，燕青从"浪子"到"可儿"，承载了诸种文化因子，其人格成为《水浒传》中的理想人格，燕青也与鲁智深、李俊一样，成为作者精心塑造的理想人物。明末小说家陈忱赞誉说："燕青忠其主，敏于事，绝其技，全于害，似有大学问、大经济，堪作救时宰相，非梁山泊人物可以比拟也"②。虽说如此，但到了《水浒传》最成功的续书《水浒后传》中，燕青虽然做了"太子少师"，被封为"文成侯"，却失去了"可儿"的色彩，显得不那么可爱了。

---

　　① 杜道明：《中国古代审美文化考论》，学苑出版社2003年版，第456页。
　　② [清]陈忱：《水浒后传·论略》，书海出版社2000年版，第5页。

第四章

《水浒传》的审美意识

文学偏爱美德，崇尚优美，但也钟情叛逆，呼唤阳刚。在中国古代文学的审美领地，《水浒传》犹如一匹奔驰的骏马，舞动着别具一格的身躯，充溢着粗豪的朴野之美。

一、朴野：《水浒传》的审美追求

中国传统文学的主流审美取向不外乎温柔敦厚，虽然文学形式随朝代更迭多有变化，但这一基调并没有多少起伏。文学虽然偏爱优美敦厚，但也不偏废"朴野"之美，故尚"野"之风一直没有停息，如诗文中的野云、野桥、野渡、野花、野寺等相关意象令人目不暇接，野人、野樵、野僧等人物络绎不绝，"野"与"奇"相生，这种心理图式在《水浒传》中得到淋漓尽致的展现。

（一）朴野的内涵

对于《水浒传》的审美形态，人们注意的更多是其炫威崇力的壮美和不乏清新的柔婉之美，好汉们轮番走上梁山的故事，演绎了两种审美形式不停转换的进行态。金圣叹在第三十二回回首总评中说："看他写花荣文秀之极，传武松之后定少不得此人，可谓矫矫虎臣，翩翩儒将，分之两俊，合之双璧矣。"[1]从景阳冈打虎到血溅鸳鸯楼，武松表现出的是雄健之美，而花荣则是"文秀之极"的优美性格，"就是铙吹之后，接之以洞箫清转，山摇地撼之后，忽又柳丝花朵，把描写这两种不同性格的故事连在一起，能使读者在审美感受、审美趣味上有所转换"[2]。但作为一部巨著，《水浒传》中的描绘张弛相间，所呈现的审美形态是多种多样的，只不过有的不

---

[1] 陈曦钟，侯忠义，鲁玉川辑校：《水浒传会评本》，北京大学出版社1987年版，第608页。

[2] 叶朗：《中国小说美学》，北京大学出版社1982年版，第100页。

被人重视罢了。其中，朴野之美就是《水浒传》追求的审美形态之一。

朴野，即质野，源于《论语》中的"质胜文则野"一语，是先秦儒家在艺术形式方面对后世影响深远的观点之一，是其中和文艺观的一种表现。《论语·雍也》云："质胜文则野，文胜质则史。文质彬彬，然后君子。"[①]文质是指君子德行的表现形式——礼节仪表，仪表过于朴素，则失之于"野"；礼节过于繁缛，便失之于"史"；它要求朴素与文饰和谐统一、无过无不及的中和之美。何晏的《论语集解》引包咸注曰："野如野人，言鄙略也。史者，文多而质少。彬彬者，文质相伴之貌。"[②]朱熹也注引他的祖师南宋理学家杨时的话说："文质不可以相胜。然质之胜文，犹之甘可以受和，白可以受采也。文胜而至于灭质，则其本亡矣。虽有文，将安施乎？然则与其史也，宁野。"[③]朱熹仍然强调"文质不可相胜"的中和文艺观，认为与其过分讲求文饰，还不如"野"一点的好。"野"性的文艺是不能登大雅之堂的，它有违"温柔敦厚"的诗教传统。在以儒家为主导的文化视域中，"野"被置于"文"与"礼"的对立面，为"君子"所不齿。故《荀子·礼论》也强调："故事生不忠厚、不敬文，谓之野；送死不忠厚、不敬文，谓之瘠。君子贱野而羞瘠。"[④]如此说来，"野"就有了野蛮不驯服的味道，其实这并不一定是贬义，因为所有的民族都要经历一个未开化的时期，所有民族的文艺都免不了要反映一种蛮荒的生活、狞厉的趣味。

朴野之美常常与一股原始而蓬勃的生命力联系在一起。如中国的傩面具、雕饰、神话故事，大都追求一种粗犷、神秘、恐怖、凶

① 杨伯峻：《论语译注》，中华书局1980年版，第61页。
② 黄侃：《文心雕龙札记》，古吴轩出版社2018年版，第13页。
③ ［宋］朱熹：《四书集注》，岳麓书社1985年版，第127页。
④ ［清］王先谦：《荀子集解·下》，中华书局2013年版，第424—425页。

恶、威严的艺术美。傩是源于原始宗教仪式的一种艺术，因为它代表着神为人类驱邪逐疫，纳吉引福，故其面具制作得异常奇怪、威严、恐怖，像钟馗、关公，或怒目圆睁，或青面凶狠，都显得粗犷、猛悍，桀骜不驯。在这里，"野"不再是被贬低的对象，它本身成为一种神秘的力量。还有商周时期青铜器上的饕餮文饰，《吕氏春秋·先识览》云："周鼎著饕餮，有首无身，食人未咽，害及其身，以言报更也。"① 这种面目狰狞恐怖的野兽图案被装饰在祭祀用的青铜器上，这正反映了人们原始的宗教意识。人们在那个野蛮的时代，需要借助这样一种令人感到畏惧的神秘力量去开辟历史道路，它既是恐怖的，又是神圣的，著名美学家李泽厚称之为"神秘的威力和狰厉的美"②。随着时代的变化，这些艺术形式已逐渐褪色，但这种深层民族文化心理与宗教意识积淀而成的特定审美心理，如绵亘的山脉代代承传，在诗歌、小说、戏曲中顽强地存在着，不少野悍的作品显示出特异的生命光彩。

《宣和遗事》追溯宋王朝的开端与发展，第五代皇帝宋神宗任用王安石为相，吕公著上书弹劾王安石："大奸似忠，大诈似信；外示朴野，中藏巧诈；骄蹇慢上，阴贼害物。制置三司条例，兼领兵财；又举三人勾当，八人巡行。臣未见其利，先见其害。区区愚忠，窃以为安石决不可用。若用之为相，必变更祖宗法度，以乱天下。"③攻击王安石的奸诈之人，却也以"朴野"一词展示了王安石的外在特征。《东轩笔记》卷9也载：

> 明肃太后临朝，袭真宗政事，留心庶狱，日遣中使至军巡院、

---

① 许维遹：《吕氏春秋集释·下》，中华书局2009年版，第398页。
② 李泽厚：《美的历程》，中国社会科学出版社1984年版，第44页。
③ 无名氏原著，曹济平等校点：《宣和遗事》，江苏古籍出版社1993年版，第7页。

御史台，体问鞫囚情节。又好问外事，每中使出入，必委曲询究，故百司细微，无不知者。有孙良孺为军巡判官，喜诈伪，能为朴野之状。一日，市布数十端，杂染五色，陈于庭下。中使怪而问之，良孺曰："家有一女，适在近，与之作少衣物也。"中使大骇，回为太后言之。太后叹其清苦，即命厚试金帛。京师人多赁马出入，驭者先许其直，必问曰："一去耶？却来耶？"苟乘以往来，则其价倍于一去也。良孺以贫，不养马，每出，必赁之。一日将押辟囚弃市，而赁马以往，其驭者问曰："官人将何之？"良孺曰："至法场头。"驭者曰："一去耶？却来耶？"闻者大笑。①

孙良孺"朴野"矫饰，获得太后垂怜，形象生动。由诗文至小说，在宋人看来，"野"既是对现实人生的展现，又具有文学的表现力，"野"的审美品位得以提升。

元末明初中国长篇章回小说趋于成熟定型，《水浒传》作为长篇小说的早期作品，其狂悍粗野之情态与其他小说相比，显得尤为显著。《水浒传》中的"野"，不仅表现在好汉们粗鄙的外在形态上，也表现在他们不受外在束缚、充满野性强力的反叛性上。

（二）朴野的结构

《水浒传》呼唤着野性。

从其总体构思看，小说开端演述伏魔之殿"镇锁着三十六员天罡星，七十二座地煞星，共是一百单八个魔君在里面"（《水浒传》第二回），把一百零八位好汉形容成一百零八个魔君，给整部小说

---

① 江畬经编辑：《历代小说笔记选》，上海书店出版社1983年版，第185-186页。

定下了具有叛逆精神的野性调子。地穴被打开以后，"只见穴内刮剌剌一声响亮，那响非同小可，恰似：天摧地塌，岳撼山崩。钱塘江上，潮头浪拥出海门来；泰华山头，巨灵神一劈山峰碎。共工奋怒，去盔撞倒了不周山；力士施威，飞锤击碎了始皇辇。一风撼折千竿竹，十万军中半夜雷。那一声响亮过处，只见一道黑气，从穴里滚将起来 ⋯⋯ 直冲上半天里，空中散作百十道金光，望四面八方去了"。由"一道黑气"化作"百十道金光"，既雄伟壮观又令人恐惧，"若还放他出世，必恼下方生灵"，"他日必为后患"（《水浒传》第一回），这是好汉们所宣泄的社会意识深处的原始冲动。普遍的秩序要求个人的情感内敛，在此趋势之下，人本能中的勇敢、斗争精神或被迫淡化，或被迫寻找复杂的形式抒发，而《水浒传》采用了超常规的方式描述英雄们的反叛性。因为在社会公平和正义有秩序地平稳运作的情况下，这种力量处于休眠状态；一旦社会公平和正义遭到践踏，社会理性被扰乱，野性的冲动就如火山爆发一样，难以遏止。人类社会需要秩序，但秩序往往又是一种束缚，因而社会上常常潜藏着打破这一秩序的冲动，而这一冲动通常处于被支配的下意识中。因而"洪太尉误走妖魔"的情节，象征着水浒英雄反叛的自发性、原始性，是野性意识的萌动。在小说的整体构思上，野性已显示出端倪。

前人评论《水浒传》的文字中，表达过一种困惑，认为妖魔幻化而来的梁山好汉具有无与伦比的反抗性和破坏性，那么他们又何以诚心地接受招安、屈服于皇权呢？对此若进行简单化的分析，必然会对小说产生前后矛盾的割裂认识，造成对梁山好汉深层次精神状态的误读。从精神角度看，好汉们前身的妖魔状态，隐喻着野性的生命强力，显示出他们身上暗伏着反叛的力量；接受招安则展示了好汉们的理想与追求。这是他们生命进程的两个阶段、两个层面。

好汉们从伏魔之殿滚将出来，一路争斗杀伐下去，展示了旺盛的生命力，但是无休止的野性意识的喷发，并不是生命的最高境界。把这种勃然的生命活力引向人生的理想与追求，才是生命的成熟，并能最终达到精神的完善和生命的辉煌；虽然好汉们为此付出了惨重的代价，但也喷发出令人扼腕的浓郁的悲剧激情。好汉们生命进程这两个阶段、两个层面的转换，靠的是忠义伦理思想的规范。他们陆续上梁山前，就时常有仗义疏财的豪举，慷慨好施，扶危济困，舍身为人，维护着被压迫者的利益。同时，好汉们提倡"四海之内皆兄弟""竭力同心，共聚大义""交情浑似股肱，义气真同骨肉""死生相托，吉凶相救，患难相扶"。其言行磊落、坦荡、性情粗豪、洒脱，这是好汉们身上最富有情感色彩、最具人情味的道德力量的表现。《水浒传》中聚义的进程是对"义"的高扬与渲染，而好汉们大聚义后，"忠"便占据了他们的精神空间。忠是过程，是目的，好汉们头顶这一光环走向伦理人格的自我完善和自我超越，他们逞性撒泼的言行也随之逐渐减少。从野性的张扬到精神境界的跨越，小说展示了他们的精神世界与心路历程。而在这心路历程的两个层面中，野性给人们留下了深刻的审美感受。

实际上，水浒英雄所处的社会环境就是混乱的，其自发、原始、野蛮的叛逆具有不可回避的必然性。清代王韬在《水浒传序》中就分析得非常清楚："试观一百八人中，谁是甘心为盗者？必至于途穷势迫，甚不得已，无可如何，乃出于此。盖于时，宋室不纲，政以贿成，君子在野，小人在位，赏善罚恶，倒持其柄。贤人才士，困踬流离，至无地以容其身。其上者隐遁以自全，其下者，遂至失身于盗贼。呜呼！谁使之然？当轴者固不得不任其咎。"[1] 故而来自

---

① 朱一玄，刘毓忱编：《水浒传资料汇编》，南开大学出版社2002年版，第327—328页。

农民商贩、猎人渔户、樵夫屠户、医卜占星、和尚道士，乃至官吏、财主、贵族、知识分子等阶层的人们纷纷走上反叛之路。

把神魔的灵异与人间社会的动荡整合起来，把幻秘的神魔意识纳入《水浒传》的整体构思之中，这种充满灵气与妙想的思路，既与中国传统哲学中"天人感应"的观念一脉相承，又给梁山泊充满野性的强力精神以合乎情理的诠释。《水浒传》公然把主流社会极端打压的反叛意识吸纳其中，不能不说是一种破天荒的创举。而在传统的中和文艺观主宰的文学领地里，《水浒传》冲决网罗，打破禁忌，为造反者大唱赞歌，也可谓独领风骚，野性十足。

（三）朴野的世情

朴野的世情是相对于士大夫精致、复杂的情感而言的，即质朴、粗野的世俗情感。世情即为世俗情感，首先指芸芸众生在世俗生活中的爱好与趣味；其次是"私情"，即偏于私人化的情感。李梦阳在《诗集自序》中说："夫途巷蠢蠢之夫，固无文也。乃其讴也，詈也，呻也，吟也，行咭而坐歌，食咄而寤嗟，此唱而彼和，无不有比焉兴焉，无非其情焉"[①]。李梦阳说的是民歌中的情歌，侧重于男女之情。对于天罡地煞来说，《水浒传》中少有浅斟低唱或钟鸣鼎食的雅致，也少有卿卿我我的缠绵幽怨，倒是能通过芸芸众生朴素的衣食生活，见出朴野的生命情态。

1."快活"的原生态生活追求

天罡地煞之中除了一部分人念念不忘功名外，大多数追求"快活"

---

① ［清］黄宗羲：《明文海》第 3 册，中华书局 1987 年版，第 2736–2737 页。

的生活，追求满足口腹之欲。英雄们大多能豪饮，"大碗喝酒，大块吃肉""论称分金银，成套穿衣裳"，在当时社会物质财富相对匮乏的情况下，这无疑是一种世俗享乐思想的表现。而且他们任酒使气，鲁智深"倒拔垂杨柳"，武松景阳冈打虎、醉打蒋门神，李逵更是饮酒惹事。这些不仅突出显示了他们的英雄本色，而且也是对他们追求物质欲望的肯定。正如李逵所说："杀去东京，夺了鸟位，在那里快活，却不好，不强似这个鸟水泊里！""快活"就是一种生活的满足，是人们最朴素的追求，更多的当然还是物质上的享受，英雄们没有拒绝功名利禄和物质生活的诱惑。

鲁智深在五台山下的酒店，让店家"大碗只顾筛来"，"一连吃了十来碗"（《水浒传》第四回）。武松不喝则已，一吃酒动辄就是十几碗，在景阳冈、快活林多有表现。宋江在浔阳楼醉酒时，则是论瓶从店里买来。第三回鲁智深与史进、李忠喝酒，先是让酒保"打四角酒来"，尔后"再吃了两角酒"。鲁智深在五台山上正想酒吃，"只见远远地一个汉子，挑着一副担桶，唱上山来。上面盖着桶盖，那汉子手里拿着一个旋子"（《水浒传》第四回）。除此之外，吃酒还论桶，鲁智深大闹五台山，一个人吃了一桶酒；第十五回吴用到石碣村找到阮氏三雄，"四人坐定了，叫酒保打一桶酒来，放在桌子上"。小说中提到的其他饮酒器具还有"一担酒""成瓮成瓮地喝酒""吃杯酒""酒盅子""把盏消酒""一壶酒""酒葫芦""一瓢酒"，等等。可见，好汉们用的大号酒器有担、桶、瓮，中号的有碗、角、旋、瓢、壶、葫芦，小号的有瓶、杯、盏、盅。可谓大中小并用，精粗细并举。

《水浒传》中除了书写皇帝、贵族官僚、地主的筵席外，很少写到金银玉制的高雅名贵的酒器，大多使用粗糙之物，这更切合小说描写的特定环境和人物身份。在风雪肆虐的城外旷野，对于看守草料场的囚犯林冲，酒葫芦是他难得的酒具。武松打虎前，一连喝了十五碗，酒胆雄力，方显英雄神威。鲁智深请众泼皮"大碗斟酒，大块切肉"，这些无赖痛快过瘾，转而随鲁智深向善。李逵更不耐烦用小盏吃酒，大碗成瓮喝得快活，以此方显粗豪本色。至于张都监、张团练在月明之夜悠闲地坐在鸳鸯楼上，等待着武松的死讯，唯有用"小酒盅子"方能发泄他们残人以逞、志得逍遥的阴暗情绪。

宋人吃酒多要温热后再饮，尤其在冬季。武松打虎威震阳谷县，第一次来到哥哥武大家做客，潘金莲准备了一桌丰盛的酒宴招待他，"并早暖了一注酒来"，不时叫武松"满饮此杯"，可武松对嫂子的盛情承受不了，只得不停地烫酒筛酒（《水浒传》第二十四回）。酒注子又称镟子，是温酒的器具，好似肚大口小的瓶子。将酒倒入其中，放入"汤桶"里，冷酒经过热传导就会被烫热。这一热酒方式，《水浒传》第九回中有较翔实的描述。当陆虞侯奉高俅之命来到沧州准备收买牢城营的管营、差拨谋害林冲性命时，恰好在林冲照看过的李小二店中饮酒，"那跟来的人讨了汤桶，自行烫酒"，当热桶里的开水变凉后，则需再换热水，所以后文中写"阁子里叫：'将汤来'。李小二去里面换汤……"

宋人饮酒，特别看重各种汤类，饮酒前往往把它当作第一道菜端到酒桌上。林冲流配到沧州时特意投奔慷慨好施的柴进，柴进为他摆宴设席，"亲自举杯，把了三巡，坐将汤来吃"（《水浒传》第九回）。第十四回叙郓城县都头雷横带着军卒巡逻到晁盖的东溪村，晁盖接待他们："一面叫庄客安排酒食管待，先把汤来吃。"而且先喝汤可以醒酒，宋江、戴宗、李逵在江州琵琶亭相会喝酒，"酒保斟酒，连筛了五七遍。宋江因见了这两人，心中欢喜，吃了几杯，忽然心里想要鱼辣汤吃"（《水浒传》第三十八回）。这种饮酒食俗，刚好同今天酒席上的上菜顺序完全颠倒了过来。

酒店用来佐酒的菜肴，当时称之为"按酒"。如鲁智深在渭州潘家酒楼请史进、李忠吃酒，"铺下菜蔬果品案酒"（《水浒传》第三十八回）；陆虞候在都城最有名气的樊楼请林冲吃酒，"叫取两瓶上色好酒，稀奇果子案酒"（《水浒传》第七回）；琵琶亭上，宋江叫酒保"铺下菜蔬果品海鲜案酒之类"（《水浒传》第三十八回）；浔阳楼上，宋江独自一人饮酒，酒保托出的是"一樽蓝桥风月美酒，摆下菜蔬时新果品按酒，列几般肥羊、嫩鸡、酿鹅、精肉，尽使朱红盘碟"（《水浒传》第三十九回），等等。"按酒"又作"案酒"，即为今日的下酒菜。如前所说，酒店的按酒不外乎果品、鸡、鹅、鱼、羊、精肉之类。家中宴请的按酒也很实在，武松被流放到安平寨，金眼彪施恩给他送的按酒是"四盘果子，一只熟鸡"；也有很丰盛的，像宋江在阎婆惜家，阎婆为他准备的按酒有"时新果子，鲜鸡嫩鱼肥鲊之类"。而在乡村酒店，佐酒的菜肴只有大众化的牛羊肉而已。

在石碣村，三阮款待吴用，用的是"大块切十斤来"的黄牛肉；晚上吴用又让阮小七"买了生熟牛肉二十斤"；宋江初逢李逵，让店家为李逵切了二斤大块羊肉；李逵跟戴宗到蓟州请公孙胜，路上偷吃了"一盘牛肉"。而好汉们在酒店里吃的肉，小说中有时虽没有直接说明是什么肉，但也可以明确判断出是牛肉或羊肉，如鲁智深在五台山下的小酒店里对庄家说："有甚肉，把一盘来吃"。庄家却说："早来有些牛肉，都卖没了，只有些菜蔬在此。"在琵琶亭，宋江让酒保"去大块肉切二斤来"与李逵吃，酒保却说："小人这里只卖羊肉，却没牛肉。"而且，不时有好汉投奔梁山泊，山寨里也往往"杀牛宰马，且做庆喜宴席"。

"大碗喝酒，大块吃肉"，已成为梁山英雄生活的重要组成部分。小说中不厌其烦地描写英雄们令现代人望尘莫及的食量，酒要成瓮地喝，肉要论斤地吃，这固然突出了英雄们的豪气威风，但更重要的是，这种饮食方式已被看作一种生活理想，引起人们的向往和羡慕。

梁山好汉造反，虽然有大的"替天行道"的理想，但从个人实际利益来说，满足生活需要的欲望更具有诱惑力。水浒故事虽经过许多文人的加工，但基本表现了民间艺人及平民百姓的喜好、愿望和追求。宋元时代的说话人和书会先生多是一些沦落不遇、历经生活磨难的下层人物，他们闯荡南北，熟悉绿林豪杰的生活方式。在那个充满战乱、灾荒的动荡年代，生存需要的满足是人们最基本的要求。有酒喝、有肉吃是很难得的事，因而"大碗喝酒，大块吃肉"成为最高的理想。吴用游说三阮入伙劫取生辰纲时，正是三人穷困潦倒的时候，吴用以大鱼大肉的话题把他们引向王伦、林冲等人占据的梁山泊，引向他们的"快活"生活，激起了阮小五的欲望："他们不怕天，不怕地，不怕官司，论秤分金银，异样穿绸锦，成瓮吃酒，大块吃肉，如何不快活！我们兄弟三个，空有一身本事，怎地学得他们！"阮小七说得更直接："若是有识我们的，水里水里去，火里火里去。若能够受用得一日，便死了开眉展眼！"（《水浒传》第十五回）面对物质享受的诱惑，他们犹如当年刘邦、项羽看见无比风光的秦始皇那样，一个要"取而代之"，一个说"大丈夫当如是也"，同样出于钦慕的心理。后来，不少英雄陆续走上梁山，而这种饮食方式又成为向尚未上山的豪杰推荐、展示、炫耀的标的了。

当然，英雄们把"大碗喝酒、大块吃肉"的饮食方式作为自己的生活理想努力追求，是有现实生活基础的。在当时他们达到的相当的生活水准，是大部分人难以企及的。正因为如此，它才具有诱惑力，有了理想的成分。因而《水浒传》中对酒肉的描写在后代读者眼中，无不让人心动。饮食结构反映了梁山英雄的生活方式，也表达了他们的生活理想。

而且，热情与粗野的结合，让好汉们的饮食等生活场面也流露出粗犷的韵味。酒肉是好汉们日常生活中必不可少的，而且他们往往具有粗豪的食相和超常的食量与酒量。作者热情地描写了好汉们常出入其中的、各式各样的酒店茶坊六十多处，全方位展现了诸如肉食的切割、菜肴的组成、酒水的端送和斟饮，以及人物们各自的酒德食性、吃法吃相，展示了好汉们日常生活中最真实生动的一面。

　　鲁智深五台山出家难熬没有酒肉的生活，"往常好肉好酒每日不离口，如今教洒家做了和尚，饿得干瘪了。赵员外这几日又不使人送些东西来与洒家吃，口中淡出鸟来，这早晚怎地得些酒来吃也好"。后来在山下一村店吃了十来碗酒，又买了半只熟狗肉，"用手扯那狗肉，蘸着蒜泥吃，一连又吃了十来碗酒。吃得口滑，只顾要吃，那里肯住"。不多时又吃下一桶酒，"剩下一脚狗腿，把来揣在怀里"，回五台山去了。（《水浒传》第四回）最后导致他醉酒撒泼，大闹五台山。

　　吴用为夺取生辰纲来石碣村撞筹三阮，在酒店阮小二要了"花糕也相似"的黄牛肉十斤，兄弟三人"狼餐虎食，吃了一回"。到晚上，阮小七又沽了一瓮酒，"买了二十斤生熟牛肉，一对大鸡"下酒。（《水浒传》第十五回）对酒肉享乐的要求便成了一种颠覆秩序的强大力量，这也是一种发乎天性的原始生存冲动，对他们以后的行动起到了催化作用。

　　比较典型的还有武松、李逵。武松为施恩去夺快活林，一路上逢酒店便吃三碗酒，一连吃了十二三家。押解飞云浦途中，武松还未走五里路，便将挂在枷上的两只熟鹅吃尽了。宋江、戴宗、李逵在江州琵琶亭酒馆吃酒，李逵便叫"酒把大碗来筛，不奈烦小盏价吃"。吃辣鱼汤时，"李逵也不使箸，便把手去碗里捞起鱼来，和骨头都嚼吃了。"宋江忍笑不住，李逵又将宋江、戴宗碗里的鱼捞过来吃了，"滴滴点点，淋了一桌子汁水"。李逵意犹未尽，宋江又叫切了二斤羊肉，李逵"也不更问，大把价挦来，只顾吃，抯指间把这二斤羊肉都吃了"，并说"这宋大哥便知我的鸟意，吃肉不强似吃鱼"（《水浒传》第三十八回）。连一向讲求礼节的宋江，有时也露出绿林好汉的面目。他元宵节入东京会见李师师，"酒行数巡，宋江口滑，揎拳裸袖，点点指指，把出梁山泊手段来"（《水浒传》七十二回），行为举止也粗野放纵。这类描写在小说中是非常丰富的，是以前的小说无法比拟的。

如果说饮酒吃肉是好汉们日常生活中不可或缺的内容，那么啖食人肉则表现了他们粗野的嗜好。李逵回家接娘的途中，杀死假黑旋风李鬼，并割下他腿上的两块肉烧吃了。好汉们打下无为军之后，捉到了陷害宋江的黄文炳，也把他割着烧吃了。不仅如此，好汉们还喜欢喝用人的心肝做的"醒酒汤"，等等。这种描写一方面表现了好汉们快意恩仇的豪举，是不满仇人以及非人社会、发泄怨愤的一种表达方式；另一方面也表明《水浒传》是人类文明发展早前阶段的产物，人们尚未完全去除野蛮性。恩格斯曾把农业社会时期称为人类文明发展的"野蛮时代"，它的高级阶段已经真正接近工业和"文明时代"[①]，但毕竟还保留着一些不开化的野蛮性。因为在这样的社会生活中，人性与兽性、人性与魔性、崇高与卑俗等诸种问题，还未受到充分的艺术关怀。因此，小说以欣赏的眼光展现这些，既是一种审美追求，又是反映好汉们世俗化真实形象的一种艺术手段。人物们身上刻着的野蛮性，也许是对封建文明的一种反观，甚或是对不合理社会秩序的一种否定。唯其如此，《水浒传》中的人物才

---

① ［德］马克思，［德］恩格斯：《马克思恩格斯选集·第1卷》，人民出版社1995年版，第114页。

广受喜爱。

《水浒传》中对饮食的描写,除了展现好汉们生活原生态的一面,还一定程度上彰显了时代特色,因而具有一定的文化意蕴。主要表现为:

以酒宴示敬、志贺。通过小说中对梁山英雄饮食的描写,能够看到饮食对好汉们来说不仅是生存手段,更多的是一种交友、庆贺战功、感谢神灵、调和人际关系、增进兄弟间友情的方式。宋江与武松在柴进庄上相遇,"当夜饮至三更"。燕顺等清风山好汉接待宋江,"杀羊宰马,连夜筵席,当夜直吃到五更"。武松发配孟州,张青、孙二娘夫妇在十字坡酒店留住武松,"管待了三日"。宋江在江州见到戴宗、李逵,少不了酒,再遇张顺,便"重整杯盘,再备肴馔"。在饮马川,戴宗、杨林遇到邓飞、孟康、裴宣,"五筹好汉,宾主相待,坐定筵宴。当日大吹大擂饮酒,一团和气"(《水浒传》第四十四回)。至于庆祝胜利、欢迎功臣就更要热闹,武松在景阳冈打了老虎,本地上户自发组织起来设宴作贺,"吃了一早晨酒食",武松在阳谷县做了都头,"众上户都来与武松作贺庆喜,连连吃了三五日酒"。梁山英雄在宴请新"入伙"的好汉时,有所谓的"分例酒",《水浒传》第四十七回中梁山专设的石勇酒店接待了新入伙的杨雄、石秀;第五十八回李立酒店接待孔亮等,都饮了分例酒。还有招待刚上山好汉的"接风酒",李应、杜兴、郭盛、吕方、汤隆等初上梁山时,都高兴地吃了"接风酒食"。梁山英雄大聚义共赏菊花的菊花会上,"肉山酒海""开怀痛饮"……筵宴在这里不过是一种形式,其目的更在于表达敬意、传递感情。"大碗喝酒,大块吃肉",既表现了梁山英雄的豪情,又传达了他们之间的深厚情谊。

以酒宴助英雄胆力。《水浒传》中塑造了许多性格鲜明的英雄,除他们本身固有的粗豪气质外,饮酒更能使他们胸胆开张,如虎添翼。作者对此一方面直接描绘,如写武松在景阳冈酒店喝酒食肉的场面;另一方面还借人物之口,渲染气氛。

第五回,鲁智深说:"酒家一分酒只有一分本事,十分酒便有十分的气力。"

第二十三回,原来武松"但吃醉了酒,性气刚"。

第二十九回,武松去快活林路上,对施恩说:"你怕我醉了没本事?我却是没酒没本事。带一分酒便有一分本事,五分酒五分本事,我若吃了十分酒,这气力不知从何而来!若不是酒醉后了胆大,景阳冈上如何打得这只大虫?那时节,我须烂醉了,好下手,又有力,又有势!""去打蒋门神,教我也有些胆量。没酒时,如何使得手段出来!"施恩只得让仆人先"挑食箩酒担"而去。

第四十三回,李逵也说:"便是哥哥分付,教我不要吃酒,以此路上走得慢了。"

金圣叹也受《水浒传》中酒文化的感染,在"酒"字上大做文章。他认为武松是"酒人",而且是"千载第一酒人"[1],与他和酒相关的人、事、物都千载留存。武松等好汉喝得有理由、有氛围、有胆魄、有雄威,"酒"也因此被赋予了野性文化因子。

2. "私情"的铺排

据统计,《水浒传》里书写的妇女有 47 人之多,其中有年逾花甲的老妪,也有豆蔻年华的少女;有身居庙堂之上的贵妇人,也有沦落天涯、挣扎于水火之中的薄命女。她们出身各异,经历迥然,可以大致分为三类:

---

① 陈曦钟,侯忠义,鲁玉川辑校:《水浒传会评本》,北京大学出版社 1987 年版,第 540 页。

第一类是以林冲娘子为代表的节妇烈女。她们忠于丈夫与家庭，坚守当时时代要求的女性节操，勇于和无赖恶棍拼死抗争，不惜以身殉情。林冲的妻子出身武官之家，而且夫妻和睦，生活安定，但由于高俅父子的百般陷害，致使她"自缢身死"。作者肯定了林冲娘子的高洁人格，在她的身上寄予了深切的同情。

　　第二类是受到痛斥、鞭挞的妇女。她们有的因色欲而失节，被看作淫妇，如潘金莲、潘巧云、阎婆惜、卢俊义之妻贾氏等；也有不守闺训的少女，如段三娘、狄太公之女；有烟花娼妓，如京城里与徽宗有私的李师师、东平府里与史进有旧的李瑞兰、建康府里与神医安道全相好的李巧奴、郓城县里与新任知县情思难断的白秀英。她们或居家不守妇道，红杏出墙；或身处花街柳巷，往来于瓦舍勾栏，与官府有着或亲或疏的勾连，其结局又大多亡于梁山英雄的刀下。在众多妇女中，还有见钱眼开的市井虔婆，如王婆、阎婆等，她们在风流场中干着教唆的勾当；还有忘恩负义、恩将仇报的文官夫人，如刘高的妻子。

　　潘金莲从小在一个大户人家作使女，不堪大户的性骚扰，被大户嫁与"面目丑陋，头脑可笑""人物猥獕，不会风流"的武大郎，内心感到失望和压抑，十分厌恶自己"三分像人，七分像鬼"的丈夫。她其实也是一个被侮辱、受损害的人物，婚姻不幸，情感郁闷，因此当西门庆出现在她面前的时候，便不顾一切地投入他的怀抱。她虽然落了王婆的圈套，但毒死善良、忠厚的武大郎，仍是罪责难逃，实难让人宽宥。

　　潘巧云出生于屠户之家，先嫁与王押司，丈夫死后改嫁杨雄。由于杨雄"一个月倒有二十来日当牢上宿"，潘巧云耐不住寂寞，便与和尚裴如海勾搭成奸，最后被杨雄残忍地杀死。

　　阎婆惜一家投奔亲戚不成，只得靠她卖唱为生，并得到宋江的周济与施舍。阎婆为报答宋江，便把女儿嫁给了他。而宋江"只爱学枪使棒，与女色不十分上紧"，与阎婆惜没有多少感情基础。后来她移情他人，与情夫张文远公开来往。在那个时代，婚姻要听从"父母之命，媒妁之言"，已婚妇女对丈夫要"从一而终"，要"嫁鸡随鸡，嫁狗随狗"，但阎婆惜的行为越过了这些规范。再加上她贪婪地索要钱财、争取名分，不知深浅地以晁盖的书信相要挟，结果被宋江杀死。

卢俊义之妻贾氏，也因为卢俊义"平昔只顾打熬力气，不亲女色"，而与总管李固眉来眼去，"推门相就，做了夫妻"，并告自己的丈夫谋反，致使卢俊义身陷牢狱，几次险些被杀头。

这些女子或与丈夫缺乏感情，或与丈夫同床异梦，由于她们不安分，越礼忘情，因而落得了同样的惨烈下场。作者以封建伦理道德为规范来审视她们，认为这些妇女不配拥有更好的命运。

第三类是作者赞美的戎装挥戈、驰骋沙场的梁山女英雄孙二娘、顾大嫂和扈三娘。

孙二娘、顾大嫂、扈三娘虽然都是梁山泊的头领，各个武艺高强，有巾帼不让须眉的气概，但作者也没有赋予她们更多女性的美好特征。孙二娘外号"母夜叉"，在孟州十字坡开酒店，她出场时"眉横杀气，眼露凶光，辘轴般蠢坌腰肢，棒槌似桑皮手脚。厚铺着一层腻粉，遮掩顽皮；浓搽就两晕胭脂，直侵乱发。红裙内斑斓裹肚，黄发边皎洁金钗。钏镯牢笼魔女臂，红衫照映夜叉精。"（《水浒传》第二十七回）其为人处世的方式令人生畏，她杀人，公然出售人肉馒头；在她身上我们很难看到温良的气质，而是多少有些杀人不眨眼的女魔头意味。顾大嫂身上的女性色彩更加淡化，她"眉粗眼大，胖面肥腰。插一头异样钗环，露两臂时兴钏镯。红裙六幅，浑如五月榴花；翠领数层，染就三春杨柳。有时怒起，提井栏便打老公头；

忽地心焦，拿石碓敲翻庄客腿。生来不会拈针线，正是山中母大虫。"
（《水浒传》第四十九回）她性格急躁，听说自己的兄弟解珍、解宝被陷害入狱，便要连夜去劫牢，这多少有点彪悍的色彩。而冠以"母夜叉""母大虫"的绰号，更是把她们身上女性的美好剥夺殆尽，实在有失公允。

扈三娘在外貌上要比孙二娘、顾大嫂美丽得多，且武艺高强：

> 雾鬓云鬟娇女将，凤头鞋宝镫斜踏。黄金坚甲衬红纱，狮蛮带柳腰端跨。霜刀把雄兵乱砍，玉纤手将猛将生拿。天然美貌海棠花，一丈青当先出马。（《水浒传》第四十八回）

可这样一个俊丽而才高的女性却嫁给一个"形容狰狞"、"五短身材，一双眼光"的手下败将王英。宋江做主把她嫁给王矮虎，她"推却不得"，只好忍泪含屈地答应下来。后来王英被郑魔君杀死，她为夫报仇心切，也被杀死于战场之上。

这些女英雄没有独立的人格，也没有多少独立的思想，更缺乏女性的优雅与温柔。后来她们随梁山义军东征西讨，与其他梁山好汉一样冲杀拼争，一样喝酒吃肉，一样豪气冲天……可见，作者依然站在男性本位的立场上去塑造她们。

那么，梁山男性角色又如何看待男女之欲呢？潘金莲挑逗武松，使人心魂荡漾，但武松不为所动，并怒斥潘金莲："武二是个顶天立地的，嚼齿戴发的男子汉，不是那等败坏风俗，没人伦的猪狗"（《水浒传》第二十三回）。小说中写阎婆惜、潘巧云、贾氏，都是为了突出宋江、杨雄、卢俊义的不好女色。当然，好汉中也有一个好色的王英，宋江批评他说："原来王英兄弟要贪女色，不是好汉的勾当"，又说"但凡好汉，犯了'溜骨髓'三个字的，好生惹人耻笑"(《水浒传》第三十一回）。燕青会见李师师，也不为女色所动，作者称赞他"心如铁石，端的是好男子"(《水浒传》第八十一回）。如此说来，如果一个男人和女人关系密切，就要不是真正的好汉，就要受人耻笑，似乎只有情感淡漠，才是真正的男子汉。

也许正是因为从这种观念出发，《水浒传》中的梁山英雄大多成了单身汉，即使有家庭的，也很少描写他们的家庭和感情生活，妻子儿女在他们的感情世界中几乎可以忽略不计。就以三十六员天罡星来说，除了花荣、秦明、张青、阮小二、徐宁、董平等少数有妻子的外，宋江、卢俊义、林冲、杨雄虽有妻妾，但她们或被杀，或自杀，好汉们后来也没有再娶；公孙胜、鲁智深、武松、李逵、史进、穆弘、雷横、朱仝、阮小五、石秀、解珍、解宝、燕青等人都是单身汉，其他几个人情况不明。由此推知，在三十六员天罡星中，单身或准单身汉至少占到三分之一。

在水浒英雄那里，耳目口腹之欲得到大肆张扬，而男女之欲却遭到疯狂的排斥。以前很多人从古代中国"男尊女卑"的观念出发来解释这个问题，好像说不大通。若把这种现象放在宋元理学家们强调的"饿死事小，失节是大"、"存天理，灭人欲"及佛道禁欲主义的文化意识中去看待，也就可以理解了。小说对男女之欲的极端压抑与挞伐，正是在封建伦理观念的压抑下朴野性情的异化。

（四）朴野的绰号

除此之外，好汉们朴野的气质也往往通过环境描写、肖像描写、绰号表现出来。

由好汉们的相貌，再审视他们的绰号，我们不得不赞叹于作者对他们朴野风采的张扬了——用语生动，画龙点睛。诸如青面兽、赤发鬼、立地太岁、短命二郎、活阎罗、拼命三郎、两头蛇、双尾蝎、插翅虎、锦毛虎、跳涧虎、青眼虎、锦豹子、金钱豹子、井木犴、旱地忽律、摩云金翅、火眼狻猊、通臂猿、白花蛇、出洞蛟、翻江蜃、九尾龟、混世魔王、操刀鬼、鬼脸儿、白日鼠、金毛犬等等。这些绰号不仅有的取自地狱里的凶神恶煞，而且还借用了十八种动物的名称，除麒麟、龙这样想象出的瑞兽之外，都是野性十足的动物。小说在人物出场时，配合人物的相貌、性情、出身、经历等，一股脑地列出一百零八将的绰号，既形象生动，又使人物显得桀骜不驯；既给读者深刻的印象，又体现了作者煞费苦心的野性追求。接受招安后，众英雄好汉来到汴京，入城朝觐，作者精心结撰了一篇骈文：

> 帝阙前万灵咸集：有圣、有仙、有那吒、有金刚、有阎罗、有判官、有门神、有太岁，乃至夜叉魔鬼，共仰道君皇帝。凤楼下百兽来朝：为彪、为豹、为麒麟、为狻猊、为犴律、为金翅、为雕鹏、为龟猿，以及犬鼠蛇蝎，皆知宋主人王。五龙夹日，是为入云龙、混江龙、出林龙、九纹龙、独角龙，如出洞蛟、翻江蜃，自逐队朝天。众虎离山，是为插翅虎、跳涧虎、锦毛虎、花项虎、青眼虎、笑面虎、矮脚虎、中箭虎，若病大虫、母大虫，亦随班行礼。原称公侯伯子的，应谐朝仪；谁知尘舞山呼，亦许园丁、医算、匠作、船工之辈。凡生毛发须髯的，自堪宠命；岂意绯袍紫绶，并加妇人、浪子、和尚、行者之身。拟空名，则太保、军师、郡马、孔目、郎将、先锋，官衔早列；比古人，则霸王、李广、关索、温侯、尉迟、仁贵，当代重生。有那生得好的，如白面郎插一支花，擎着笛扇鼓幡，欲歌且舞；看这生得丑的，似青面兽蒙鬼脸儿，拿着枪刀鞭箭，会战能征。长的比险道神，身长一丈；狠的像石将军，力镇三山。发可赤，眼可青，俱各抱丹心一片；摸得天，跳得浪，

决不走邪佞两途。喜近君王，不似昔时无面目；恩宽防御，果然此日没遮拦。试看全伙里舞枪弄棒的书生，犹胜满朝中欺君害民的官吏。义士今欣遇主，皇家始庆得人！（百二十回本《水浒传》第八十二回）

文雅的、粗野的，高贵的、低贱的，英俊的、丑陋的，千姿百态，共聚大义。为赵宋王朝，为成就大业，好汉们身上凝聚了野性的力量。

（五）泼野的武艺

作者也刻意突显武打技艺，以粗莽的比拟和泼野的想象，处处表现出好汉们不愿屈服的内驱力，可谓狂野。

林冲与洪教头比武，使出山东大擂："大擂棒是鳅鱼穴内喷来，夹枪棒是巨蟒窠中拔出。大擂棒似连根拔怪树，夹枪棒如遍地卷枯藤。两条海内抢珠龙，一对岩前争食虎。"（《水浒传》第九回）花荣与秦明大战如龙虎相争："龙怒时头角峥嵘，虎斗处爪牙狞恶。爪牙狞恶，似银钩不离锦毛团；头角峥嵘，如铜叶振摇金色树。……一个是扶持社稷天蓬将，一个是整顿江山黑煞神"（《水浒传》第三十四回）。在高唐州，李逵见殷天锡等人喝打柴进，"便拽开房门，大吼一声，直抢到马边，早把殷天锡揪下马来，一拳打翻。……李逵拿殷天锡提起来，拳头脚尖一发上。柴进那里劝得住。看那殷天锡时，呜呼哀哉，伏惟尚飨。有诗为证：惨刻侵谋倚横豪，岂知天宪竟难逃。李逵猛恶无人敌，不见阎罗不肯饶"（《水浒传》第五十二回）。到后来，高俅征讨梁山泊，两军对阵，林冲与河南河北节度使王焕酣战，作者以狂放的语言，奔放的感情，不加收敛，夸大放纵，读来称心惬意："这个恨不得枪戳透九霄云汉，那个恨不得枪刺透九曲黄河。一个枪如蟒离岩洞，一个枪似龙跃波津。一个枪使的雄似虎吞羊，一个枪使的俊如雕扑兔。"（《水浒传》第七十八回）

更耐人寻味的是，和尚们也不守清规戒律，不安于机械自制的生活格子，豪情如野马奔腾，溢出格子之外。鲁达"欺佛祖，喝观音，戒刀禅杖冷森森。不看经卷花和尚，酒肉沙门鲁智深。"（《水浒传》第五十七回）。在攻打方腊的过程中，又巧遇方腊的宝光国师邓元觉。鲁智深道："原来南军中也有这秃厮出来！洒家教那厮吃俺一百禅杖"。两人一时都使禅杖相拼，两条禅杖如银蟒飞腾、玉龙戏跃："鲁智深忿怒，全无清净之心；邓元觉生嗔，岂有慈悲之念。这个何曾尊佛道，只于月黑杀人；那个不会看经文，惟要风高放火。这个向灵山会上，恼如来懒坐莲台；那个去善法堂前，勒揭谛使回金杵。一个尽世不修梁武忏，一个平生那识祖师禅。"（《水浒传》第九十五回）两人争强，让人眼花缭乱，佛门弟子，一样杀伐决斗！小说语言谑浪笑傲，又与人物的野性相宜。

（六）朴野的风尚

朴野，相对于繁缛、文明的砌筑而言，像一片太初的原野；相对于人工雕琢的珍物而言，像一块原始的璞玉。当我们读腻了六朝的雕镂句，哑摸过唐诗宋词之后，再读被排除于正统文学之外的通俗小说，自然会感到与它们风格迥异的《水浒传》蕴蓄着一种野性之美。

《水浒传》对朴野之美的追求，不是讲求文质关系的中和文艺观能够包容的。我们应该结合小说的生成史，把它放在宋元明文化的大背景下加以认识。水浒故事中的人物形象在长期的流传演化过程中，已经与历史和现实中的好汉有了较大的差异，被赋予了一定的传奇性。这一方面是民间的说话艺术家、剧作家和那些街谈巷尾的传播者们有意为之，另一方面也是由于接受者们拘奇抉异，体现了我们民族"尚奇"的文化心理。

美国人类学家芮斐德在《乡民社会与文化》一书中提出了大、小文化传统的概念。实际上，这两种传统中隐含着城市与乡村之分，可理解为社会主导意识形态与民间文化形态之分，也就是经典与通俗即雅与俗之分。因为经典文化往往是大传统的标本，民间通俗文化则是小传统的标签；而中国的传统文化意识往往是大、小文化传统互渗互动生成的。就文学而言，俗文学与正统文学并非永远是两条平行的河流，互不交叉。唐宋时期，正统文人下顾俗文学的情况就非常普遍：唐朝赶考的风流举子客串写小说，并把它与自己的科举仕途挂起钩来，谓之"温卷"；宋朝文人经营笔记小说，描摹了当时的风土人情；到了元代，沦落于社会底层的文人编写戏曲；明清时期，不得志的文人创作小说……不同时期文人创作的非单一性，使雅俗文学一次又一次地呈现出合流的趋势。从中国小说发展史来看，小说本来就是"街谈巷语，道听途说"之流，理所当然地应当归属于小传统。小说的民间色彩尤其体现在由"说话"发展而来的话本和平话中。文人的不断参与，打开了大、小传统互相渗透的通道，这不但是一个化俗为雅的过程，更是一个大传统通俗化的过程。众所周知，《水浒传》是在民间说唱艺术的基础上经过加工写定的，是说唱文学的后裔。因此，《水浒传》的审美形态必然随着它生成史的动态进程而波动，总的趋势是融俗入雅、以俗为雅，追求世俗之趣。郑振铎先生说：罗贯中"是一位继往承来，绝续存亡的俊杰，站在雅与俗、文与质之间的。他以文雅救民间粗制品的浅薄，同时又并没有离开民间过远"①。罗贯中驰骋"在雅与俗、文与质之间"，追求文雅、不废朴野，成为其创作的原动力。

所谓"雅"，即"正确""规范""高尚""文明"。雅正文学属于士大夫阶层。从关系国计民生的诏命、奏章、卜辞、史传，到平日所写的书信、碑志，乃至言志咏怀、娱乐消遣的诗词文赋，即我们笼统地称为"正统文学"的部分，都包括在内。"俗"与"雅"相对，意为"凡庸""平庸""浅陋""鄙俚"。俗文学属于市井小民，多半为了耳目声色之乐而作，歌词、平话、说唱、戏曲、小说都属于这个范畴。正因为如此，这类作品虽然经过了雅与俗的交融，但仍时时展露出大异于温柔敦厚审美取向的朴野气息。

我们知道，宋代城市经济繁荣，北宋的都城汴京（今开封）、南宋的都城临安（今杭州），以及建康、成都等都是人口达十万以上的大城市。宋代还逐渐取消了都市中坊（居住区）和市（商业区）的界线，不禁夜市，为商业的迅速发展提供了有利的环境。孟元老《东京梦华录》、周密《武林旧事》等书对汴京、临安城中商贾辐辏、百业兴旺以及朝歌暮舞、弦管填溢的繁华情景有生动的记录。随着经济的繁荣与市民阶层的扩大，出现了专供市民娱乐的勾栏、瓦肆。元代商业经济在宋代的基础上有了新的发展，城市人口集中，为了满足市民群众在勾栏瓦肆中的文化消费，演述故事的话本、说唱艺术得到了进一步发展。在这样助推小传统兴盛的社会环境中，俗文学如一股洪流，激荡奔腾，呈现出一种新的审美态势。

在大传统的范畴中，文士们在固守"雅"的堤防的同时，审美态度也趋于世俗化。宋代的士大夫阶层采取了和光同尘、与俗俯仰的态度。在他们看来，生活中的雅俗之辨不应拘泥于细枝末节，"他

---

① 郑振铎：《郑振铎古典文学论文集》，上海古籍出版社1984年版，第381页。

们认为，审美活动中的雅俗之辨，关键在于主体是否具有高雅的品质和情趣，而不在于审美客体是高雅还是凡俗之物。……审美情趣的转变，促成了宋代文学从严于雅俗之辨转向以俗为雅"①。元代儒生社会地位低下，一部分文人走向勾栏瓦肆成为"书会才人"，和市民阶层联系更为密切，其价值取向、审美趣味也与之趋同。他们摹写世态，宣泄爱与恨、怨与怒，往往淋漓尽致，饱满酣畅。贯酸斋序《阳春白雪》，曾举出散曲有"滑雅""平熟""媚妩""豪辣浩烂"等风格。"豪辣浩烂"是当时一种泼辣野悍的创作风尚，故邓子晋序《太平乐府》，也把"豪辣浩烂"视为曲作的最高境界。元代的许多文学作品让人如饮烈酒，如食猛禽，表现出特殊的艺术魅力。故徐渭在《南词叙录》中评说："今之北曲，盖辽、金北鄙杀伐之音，壮伟狠戾，武夫马上之歌，流入中原，遂为民间之日用。"②北曲粗犷豪莽，为普通群众所喜爱，也符合下层文人的审美旨趣。

　　浸润在这样的文化环境中，《水浒传》一方面用诗词文赋装点着其"雅"的门面，另一方面又集口语——白话之大成，更多地涵盖了民间文化的因子。在以俗为雅、追求世俗之趣的总体趋向中，市井生活的野趣为《水浒传》津津乐道。野蛮的厮杀、野性的绰号、介于人魔之间的外貌及阴森可怖的环境，还有粗俗的饮食方式，无不为文学大传统所轻视、弃置，而这却能激起民间的兴趣，肆而放，显而畅。这是俗文学不断发展壮大的必然结果，显示出当时社会审美趣味的调整与转变。正如杨义先生所说："《水浒传》既汇聚了数代说话人极尽腾挪变化的叙事辩才，又融合了数代文人刻意谋篇

---

① 袁行霈主编，莫砺锋、黄天骥卷主编：《中国文学史·第三卷》，高等教育出版社1999年版，第10页。
② ［明］徐渭：《南词叙录》，见《中国古典戏曲论著集成（三）》，中国戏剧出版社1959年版，第240页。

行文的审美智慧，二者交互渗透，雅俗互补，最终已经成了一个浑然难辨你我的艺术结晶体了。"①至于对好汉们剥人食人情节的描写，不过是为了表现他们敢作敢为的粗莽豪气，可视为一种特殊的"粗豪美"，也是荒诞审美特质的表现。

尤其值得注意的是，伴随着市民意识的膨胀，金元文学中已经萌生了人作为个体具有独特性和人与环境之间存地冲突的意识。恩格斯早就指出："每一种新的进步都必然表现为对一种神圣事物的亵渎，表现为对陈旧的、日渐衰亡的、但为习惯所崇奉的秩序的叛逆"②。市民意识的主要内涵就是背叛那"为习惯所崇奉的秩序"——挣脱群体对个体的束缚，以便满足市井百姓自己的欲望。金元杂剧的出现意味着人与环境的矛盾冲突和个体的人的独特性得以凸显。"至于同是作为叙事文学的《忠义水浒传》这样的小说巨著，则是杂剧此种传统的继续和发扬"③。水浒故事自身的叛逆精神与市民意识形态中对"秩序的叛逆"相整合，共同成就了小说从构思到展现好汉们率直、粗朴行为的审美形态，从而铸就了他们充满野性强力的性格与行动。

文学偏爱美德，也钟情叛逆。《水浒传》输送着朴野的气息，洋溢着充满野性的审美取向。

①杨义：《中国古典小说史论》，中国社会科学出版社1995年版，第269页。

②［德］马克思，［德］恩格斯：《马克思恩格斯选集·第1卷》，人民出版社1995年版，第233页。

③章培恒、骆玉明主编：《中国文学史新著·中》，上海文艺出版社1997年版，第520页。

二、《水浒传》荒诞的审美特质

所谓"荒诞",在汉语里本意为漫无边际,后引申为虚妄不可信,即光怪离奇,违反常态。荒诞作为一种审美观念,发端于人类文明的童年时代,依附于神话、寓言和神怪小说发展起来,其特质就是以非理性的形式表达理性的内容。这里所说的荒诞,与文艺理论界荒诞派的意义不完全相同。西方文艺理论界的荒诞派采用反传统的形式表现人类生存状态的荒诞性,揭示了战后资本主义畸形发展下物质文明对人精神的严重压抑及其所造成的严重危机。基于这种认识,本文从小说情节、环境描写和人物形象塑造方面观照《水浒传》的荒诞性特征,以期加深对它的理解。

(一)水浒故事的血腥气

几乎没有人反对,《水浒传》通过宋江起义真实而深刻地反映了北宋时期的社会现实。但是《水浒传》又给人们展示了一幅无法用传统的理性方法加以解释的荒诞现实图景,剥人的残酷手段,淋漓尽致的食人情节,不仅在现实生活中难得一见,即使在写实作品中也是鲜见的。

在小说中,梁山好汉大都有杀人的经历,而且剥人也是寻常之举,被剥对象无论来自敌对营垒,还是一些无辜的下层人物,好汉们总是施以铁腕,像猪羊一样对待他们,以极端的手段达到自己的目的。杨雄整治潘巧云,"一刀从心窝里直割到小肚子上,取出心肝五脏,挂在松树上。杨雄又将这妇人的七事件分开了"(《水浒传》第四十六回）。潘巧云与杨雄做了一年的夫妻，却被如此毫无情义地处死了，这举动简直像对畜牲施威。如果说杨雄惩办淫妇是为消心头之恨，那么孙二娘、李立等人的"人肉作坊"则不可告人。武松初到孙二娘黑店后面的人肉作坊里，看到"壁上绷着几张人皮，梁上吊着五七条人腿。见那两个公人一颠一倒，挺着在剥人凳上"（《水浒传》第二十七回）。孙二娘虽声称不杀僧道、妓女、军徒，但不知有多少无辜者被剥皮肢解；而在李立的人肉作坊里，宋江及公人也险些被剥。这情状令人毛骨悚然。

不仅如此，《水浒传》中还细致地描绘了梁山好汉食人的情节。如第四十三回，李逵回家接娘的途中，杀死假黑旋风李鬼，吃饭时无肉，"自笑道：'好痴汉，放着好肉在面前，却不会吃！'拔出腰刀，便去李鬼腿上割下两块肉来，把些水洗净了，灶里扒些炭火来便烧。一面烧，一面吃"。同时，人肉也被当作美味的酒肴，梁山义军打下无为军后，活捉了陷害宋江的罪魁黄文炳，李逵自告奋勇：

> 只见黑旋风李逵跳起身来，说道："我与哥哥动手割这厮！我看他肥胖了，倒好烧吃。"晁盖道："说得是。教取把尖刀来，就讨盆炭火来，细细地割这厮，烧来下酒，与我贤弟消这怨气！"李逵……便把尖刀先从腿上割起，拣好的就当面炭火上炙来下酒。割一块，炙一块，无片时，割了黄文炳。（《水浒传》第四十一回）

人肉可以下酒，而人的心肝可以做"醒酒汤"，所以豪饮的梁山好汉对人的心肝特别青睐。第三十二回写宋江被清风山燕顺一伙拿住后，小喽啰说："割了这牛子心肝做醒酒汤，我们大家吃块新鲜肉。"而且他们挖取心肝时，也别有诀窍——"只见一个小喽啰掇一大铜盆水来，放在宋江面前……便把双手泼起水来，浇那宋江心窝里。原来但凡人心都是热血裹着，把这冷水泼散了热血，取出心肝来时，便脆了好吃"。并且这样挖取心肝在清风山逐渐形成了惯例。李逵割碎黄文炳之后，也"把刀割开胸膛，取出心肝，把来与众头领做醒酒汤"。可见，即使宋江、晁盖等人也不能免"俗"。

啖食人肉已成为一些好汉的嗜好，饮马川头领邓飞，绰号叫"火腿狻猊"，他"多餐人肉双睛赤"，是一个吃人肉的魔王。好汉们不仅自吃，更有甚者让别人也饱尝人肉的滋味，这便是以杀人卖肉为业的黑店老板所为。旱地忽律朱贵向林冲介绍他的酒店说："山寨里教小弟在此间开酒店为名，专一探听往来客商经过。……有财帛的来到这里，轻则蒙汗药麻翻，重则登时结果，将精肉片为靶子，肥肉煎油点灯"（《水浒传》第十一回）。而李立、孙二娘的酒店，公开出售"人肉馒头"，他们以与朱贵同样的手段打劫客商，再把人开剥了，"将大块好肉切做黄牛肉卖，零碎小肉做馅子包馒头"。多少过往行人不明不白地被他们当作牛羊宰杀卖掉，像鲁智深、武松、宋江等人都险些被做成人肉馒头。作为审美对象，《水浒传》中这些血淋淋的事实，我们如何看待呢？

（二）历史现实的残忍与血腥

在我国历史上，天灾人祸往往会引发大规模的饥荒，"人相食"，甚至"民父子相食"的惨象不绝于书。据宋代资料记载："宣和中，京西大歉，人相食。炼脑为油以食，贩于四方，莫能辨也。"[①] 到了《水浒传》成书的元代，这类惨象也未绝迹，元泰定三年至文宗元

---

① ［宋］庄绰：《鸡肋编》卷上，见《宋元笔记小说大观（四）》，上海古籍出版社 2001 年版，第 4000 页。

年，连续六年不雨，"大饥，民相食"①。元顺帝时，仅史书记载的"民相食"就有七次之多。尤其战乱年间粮食匮乏，而抢掠百姓充当粮饷亦不鲜见。北宋"自靖康丙午岁，金人乱华，六七年间，山东、京西、淮南等路，荆榛千里，斗米至数十千，且不可得。盗贼、官兵以至居民，更互相食，人肉之价，贱于犬豕"②。严酷的现实，已把人的理智和需求拉回到初民野蛮时代的水平了。

可见，在水浒故事流传、《水浒传》成书的过程中，现实中确有食人之举。但《水浒传》中描写的食人情节和现实生活中饥民的食人行为有着质的差别。古人类学家吴汝康认为："在食物极度缺乏的情况下，发生人吃人的事，这是可能的"③。现实社会中"民相食"的惨祸出于人本能的生存需要，这是人类文明史上最残酷的一页。而梁山好汉并没有饥饿至危及生命，李逵只是没菜下饭时，才想到吃李鬼；山大王们爱喝用人心肝做的"醒酒汤"，不过是出于消遣；孙二娘等人开黑店，剥人吃人竟是为了赚取钱财，唯利是图。况且，在唐宋时代，在一般人的意识里，人肉已不是可食之物了。唐代张鹜《朝野佥载》卷2载："周岭南首陈元光设客，令一袍裤行酒。光怒，令曳出，遂杀之。须臾烂煮以食诸客。后呈其二手，客惧，攫喉而吐。"④ 客人知道自己吃了人肉而感到厌恶和恐惧，故"攫喉而吐"。宋元祐时，巴郡守马余庆派健步王信往都城送信，出城数十里，王信遇见两个道士"野酌"，道士赠大桃子，"引裾裹桃而行……未数里，探桃将食，则一人首也，血渍殷然。即惊惧，急投之涧水，

①［明］宋濂等：《元史》卷32，中华书局1976年版，第724页。

②［宋］庄绰：《鸡肋编》卷中，见《宋元笔记小说大观（四）》，上海古籍出版社2001年版，第4006页。

③吴汝康：《古人类学》，文物出版社1989年版，第164页。

④［唐］段成式：《朝野佥载》，见《唐五代笔记小说大观·上》，上海古籍出版社2000年版，第19页。

疾走还郡，状如狂人，见人即作怖畏状，口称'怖人怖人'，而不食不饮"①。王信从此精神恍惚。

历史上有关食人的记述，在元代笔记小说中体现得最为充分，陶宗仪的《南村辍耕录》内容庞杂，记录了宋元为主的琐闻异事，"凡六合之内，朝野之间，天理人事，有关于风化者，皆采而录之"。特别是对前人史料加以考证辨伪，史料价值和学术价值都比较高。其卷9《想肉》云：

> 天下兵甲方殷，而淮右之军嗜食人，以小儿为上，妇女次之，男子又次之。或使坐两缸间，外逼以火，或于铁架上生炙。或缚其手足，先用沸汤浇泼，却以竹帚刷去苦皮。或盛夹袋中，入巨锅活煮。或刲作事件而淹之。或男子止断其双腿，妇女则特剜其两乳。酷毒万状，不可具言。总名曰想肉，以为食之而使人想之也。此与唐初朱粲以人为粮，置捣磨寨，谓啖醉人如食糟豚者无异，固在所不足论。唐张鹭《朝野佥载》云：武后时，杭州临安尉薛震，好食人肉。有债主及奴诣临安，止于客舍，饮之醉，并杀之，水银和煎，并骨销尽。后又欲食其妇，妇知之，逾墙而遁，以告县令。令诘之，具得其情，申州录事奏，奉敕杖一百而死。段成式《酉阳杂俎》云：李廓在颍州，获火光贼七人，前后杀人，必食其肉。狱具，廓问食肉之故，其首言："某受教于巨盗，食人肉者，夜入人家，必昏沉，或有魇不悟者。"《卢氏杂说》云：唐张茂昭为节镇，频吃人肉。及除统军到京，班中有人问曰："闻尚书在镇好人肉，虚实？"笑曰："人肉腥而且臊，争堪吃？"《五代史》云：苌从简家世屠羊，从简仕至左金吾卫上将军，尝历河

---

① ［宋］何薳：《春渚纪闻》卷3，见《宋元笔记小说大观（四）》，上海古籍出版社2001年版，第2390-2391页。

阳、忠武、武宁诸镇，好食人肉，所至多潜捕民间小儿以食之。赵思绾好食人肝，及长安城中食尽，取妇女幼稚为军粮，每犒军，辄屠数百人。《九国志》云：吴将高澧好使酒，嗜杀人而饮其血，日暮，必于宅前后掠行人而食之。宋庄季裕《鸡肋编》云：自靖康丙午岁，金狄乱华，盗贼官兵以至居民更互相食，全躯暴以为腊。登州范温，率忠义之人，泛海到钱唐，有持至行在犹食者。老瘦男子廋词谓之饶把火，妇人少艾者名之不羡羊，小儿呼为和骨烂。又通目为两脚羊。赵与时《宾退录》云：本朝王继勋，孝明皇后母弟，太祖时，屡以罪贬，后以右监门卫率府副率分司西京，残暴愈甚，强市民间子女，以备给使，小不如意，即杀而食之。太宗即位，会有诉者，暂于洛阳。又知钦州林千之，坐食人肉削籍隶海南。嗟夫！食人之肉，人亦食其肉，此兵革间之流惨耳，君子所不愿闻者。其薛震辈，当天下宴安之日，而又身为显宦，岂无珍羞美膳足以厌其口腹，顾乃喜啖人肉，是虽人类而无人性者矣，终至於诛斩窜逐而后已，天之报施，不亦宜乎！①

陶宗仪不厌其烦地罗列了唐代《朝野佥载》《酉阳杂俎》《卢氏杂说》《五代史》《九国志》，以及宋代庄季裕的《鸡肋编》、赵与时的《宾退录》中有关吃人的描绘，令人惊恐，不忍卒读。

即使在不缺乏食物的情况下，也有人残忍成性，令人发指。该类事件在正史记载中，也历历可数。在"五代十国"的乱世，食人现象屡屡发生。《新五代史·苌从简杂传》记载：

从简好食人肉，所至多潜捕民间小儿以食。许州富人有玉带，

---

① ［元］陶宗仪：《南村辍耕录》，见《宋元笔记小说大观（六）》，上海古籍出版社 2001 年版，第 6251—6253 页。

欲之而不可得，遣二卒夜入其家杀而取之。卒夜逾垣，隐木间，见其夫妇相待如宾，二卒叹曰："吾公欲夺其宝，而害斯人，吾必不免。"因跃出而告之，使其速以带献，遂逾垣而去，不知其所之。[1]

同一时期，另一"食人狂"赵思绾嗜食人胆。《新五代史·赵思绾杂传》记载：

隐帝遣郭威西督诸将兵，先围守贞于河中。居数月，思绾城中食尽，杀人而食，每犒宴，杀人数百，庖宰一如羊豕。思绾取其胆以酒吞之，语其下曰："食胆至千，则勇无敌矣！"[2]

《宋史》卷463《列传第二百二十二·外戚上》云：

王继勋，彰德节度饶之子，孝明皇后同母弟也。生时，其母见一人赤发，状貌怪异，入室中，遂生继勋。及长，美风仪，性凶率无赖。……继勋所为多不法……乾德四年，继勋复为部曲所讼，诏中书鞫之。解兵柄，为彰国军留后，奉朝请。继勋自以失职，常怏怏，专以脔割奴婢为乐，前后多被害。……开宝三年，命分司西京。继勋残暴愈甚，强市民家子女备给使，小不如意，即杀食之，而棺其骨弃野外。女侩及鬻棺者出入其门不绝，洛民苦之而不敢告。太宗在藩邸，颇闻其事。及即位，人有诉者，命户部员外郎、知杂事雷德骧乘传往鞫之。继勋具伏，自开宝六年四月至太平兴国二年二月，手所杀婢百余人。乃斩继勋洛阳市，及为

---

① ［宋］欧阳修：《新五代史》卷47，中华书局1974年版，第521页。
② ［宋］欧阳修：《新五代史》卷53，中华书局1974年版，第606页。

强市子女者女侩八人、男子三人。长寿寺僧广惠常与继勋同食人肉，令折其胫而斩之。洛民称快。①

在文明相对进步的北宋，从开宝六年到太平兴国二年这短短的五年里，王继勋杀掉或吃掉的奴婢就多达100多人，这种现象实在令人不可思议。

由此看来，唐宋以降，人们在并非饥饿至极的情况下啖食人肉，是令人难以容忍的。那么，《水浒传》中的一些好汉为什么要啖食人肉呢？这要结合小说的历史背景来看。北宋末年，阶级矛盾尖锐，一方面地主阶级的残酷剥削和压迫，使农民失去了赖以生存的土地，另一方面市民阶层备受权豪势力的欺凌迫害，他们中间有的奋起反抗，打杀了人而远走他乡，或充当杂役小卒，刽子牢兵，图口饱饭；或长途贩运，追求蝇头微利；或开店剪径，占山为王，僻立一隅；如此等等。他们生活在封建社会底层，而又不甘心受压迫和欺侮，苦难的生活赋予了他们坚韧的意志、粗豪的性格和彻底的斗争手段，强烈的反抗意识往往不择手段地表现出来，他们既有仇必报，又心狠手辣。清代史学家赵翼曾说："方腊之乱，凡得官吏，必恣行杀戮，断截肢体，探取肺肝，或熬以鼎油，或射以劲矢，备极惨毒，以泄其愤。"②对自己仇视的对象，只有寝其皮、食其肉，方可解气，如碎割黄文炳，杀吃李鬼；或不分青红皂白，被山大王拿住便要剔肉吃心肝，进入黑店便被视为"鱼肉"成为牟利的对象。这是一个无法用理性尺度衡量的现实世界，其实质就是封建社会中受压迫最重、受迫害最深的破产农民和城市贫民反抗意识的最强流露，是被过于压抑、扭曲了的强烈反现实情感的极端表达形式。

① [元] 脱脱等：《宋史》卷463，中华书局1977年版，第13541-13543页。
② [清] 赵翼：《廿二史札记》，中华书局2008年版，第196页。

其实，小说的这种表现手法，早在《虬髯客传》就有展现，李靖、红拂女在客店与虬髯客相遇，一同吃肉饮酒：

> 曰："有酒乎？"靖曰："主人西则酒肆也。"靖取酒一斗。酒既巡，客曰："吾有少下酒物，李郎能同之乎？"靖曰："不敢。"于是开革囊，取出一人头并心肝。却收头囊中，以匕首切心肝共食之。曰："此人乃天下负心者，衔之十年，今始获。吾憾释矣。"①

虬髯客视负心者为寇仇，必除之而后快。对衔恨十年的仇人，只有食其心肝方可解气。直面血淋淋的场面，以一种不置可否的语气渲染气氛，而又显得轻描淡写——小说的这种表达手段，唐人已运用得十分自如。

而《水浒传》中在叙述剥人食人的场面和好汉们的野蛮行为时，也全部用正面的肯定语气，好像只有通过这些出离现实生活的情节描绘，用这些"杀人不眨眼"的手段，才能更好地突出所塑造的江湖好汉、草莽英雄的本色。就创作主体而言，这是大胆而奇诞的构想。实际上，在小说的成书演化过程中，说书人似乎也觉察到了现实的残酷，反而很冷静地演说乱世兵燹的特点。在百回本《水浒传》第五十五回《高太尉大兴三路兵 呼延灼摆布连环马》卷首，诗曰：

> 幼辞父母去乡邦，铁马金戈入战场。
> 截发为绳穿断甲，扯旗作带裹金疮。
> 腹饥惯把人心食，口渴曾将虏血尝。

---

① 张文潜选注：《唐宋传奇选》（注泽本），福建教育出版社 1983 年版，第 212—213 页。

四海太平无事业，青铜愁见鬓如霜。

"话说这八句诗，专道武将不容易得做。自古道：一将功成万骨枯！诚有此言也。"（《水浒传》第五十五回）说书人除了感叹武将立功不易外，宛然一个过来人的角度，吐露参加征战时"腹饥惯把人心食，口渴曾将虏血尝"的残酷场景。

如果我们再联系《水浒传》作者之一罗贯中的另一部小说《三国演义》看，用在现实中乖谬的行止来突显人物的不平凡性，则是其惯用而奏效的手法。第十八回写夏侯惇拔矢啖睛，场面惊心动魄，活画出人物粗犷剽悍的个性。第十九回写刘备被吕布穷追而逃离沛城，百姓"闻刘豫州，皆争进饮食"。于是猎户刘安"欲寻野味供食，一时不能得，乃杀其妻以食之。玄德曰：'此何肉也？'安曰：'乃狼肉也。'玄德不疑，乃饱食了一顿……"到玄德知道自己吃了人肉，只是"不胜伤感"，并未惊恐万状，也未见引起更大的心灵颤动。为渲染刘备得人心，竟至于刘安杀妻取肉招待刘备的地步，在众多的三国豪杰中，也只有刘备这个天下英雄才可享此"殊荣"。这虽是个别场景，但为状刘备远得民望、近得民心的仁厚作此情节，未免悖伦荒唐。

到了《水浒传》中，剥人食人成了好汉们的快意之举，干起来得心应手，冠冕堂皇。如果说刘备是在没有思想准备的情况下吃了人肉，内心尚感愧疚，那么梁山好汉们则似乎神情麻木，从未产生过负疚和恐惧感，也从未有什么顾忌。这样一来，《水浒传》便在更深广、辛辣的基调上，勾画了一幅非理性的荒诞图景。而那令人难忘的残酷色彩与儒家奉行的仁义道德格格不入，也和梁山好汉们"替天行道""辅国安民"的信条背道而驰，为此研究水浒的先贤学者们感到无所适从。正是在这幅非理性人生图景的后面，隐含着创作主体对现实社会清醒、理性的认识：维护生命本是人类生存的最基本需求，而在宋末动荡的社会中，人的生存价值显得微不足道，芸芸众生只能在吃人或被吃阴影的笼罩下战战兢兢地求生存。他们中间不乏奋起抗争者，梁山好汉便是出色的代表；在抗争的过程中，一些道德的、伦理的规范失去了以往的约束力，好汉们相信依靠自身的力量，能够改变生存环境。这是宋代乃至整个封建社会身处乱世而不甘屈服的人们所共同呈露的人生价值取向。

与此对应，小说中人物活动的自然环境也被奇诞化。林冲初上梁山，看到梁山泊："濠边鹿角，俱将骸骨攒成；寨内碗瓢，尽使骷髅做就。剥下人皮蒙战鼓，截来头发做缰绳……断金亭上愁云起，聚义厅前杀气生"（《水浒传》第十一回）。再看青风山："八面嵯峨，四周险峻。古怪乔松盘翠盖，权枒老树挂藤萝……麋鹿成群，狐狸结党，穿荆棘往来跳跃，寻野食前后呼号。伫立草坡，一望并无商旅店；行来山坳，周回尽是死尸坑。若非佛祖修行处，定是强人打劫场"（《水浒传》第三十二回）。这样阴森可怕的地方，观之令人生畏，只有《西游记》中的妖魔洞可与之相提并论。

在这样的氛围中，剥人食人的事情是有可能发生的。小说中的自然环境和社会环境相映衬，与现实生活存在着明显的差异。为求得自身的生存发展，好汉们既反地主阶级和封建官府，又打家劫舍，杀人放火。他们身上表现出的敢作敢为的粗犷豪气，具有一种崇高感，这便是特殊的"粗豪美"，因而他们也被赋予了一种狂悍的艺术色彩。

《水浒传》将特定的历史事件作为人物活动的背景，但毕竟足资凭借的事实甚少，且这些事件与作者生活的时代有了一段距离，作者往往只能依据历史知识向壁虚造，还常常为了理想而忘掉历史、忘掉现实，导致小说环境与历史环境相隔离。正是由于这种距离感，小说中人物剥人食人的暴戾怪诞行为使我们如隔岸观火，不再感到过分的恐慌和胆寒。

同时，小说也以漫画似的描绘，淡化血淋淋的场景和氛围。如孙二娘准备杀剥武松及公人时，打扮得花枝招展，不露一点紧张声色，她说："这个鸟大汉也会戏弄老娘，这等肥胖，好做黄牛肉卖。那两个瘦蛮子，只好做水牛肉卖。"（《水浒传》第二十七回）口气平淡，轻松戏谑，将暗藏杀机的险怪情节融入人物的个性语言和日常行为，冲淡了读者的畏惧心理，使读者有了充分的精神准备，以接受血腥凶险的奇突描写，同时并未影响读者对孙二娘这一人物的喜爱。

当然，《水浒传》中的剥人食人情景，也存在着愚昧、残酷的性质。作者过分地渲染了剥人食人的人文环境，仿佛书中的世界到处都有剥人卖肉的黑店，好汉们都对人肉情有独钟，这实在太野蛮、太违背常情了。因而把这些归入荒诞的美学范畴，就会使许多现代读者不再感到震惊、迷惑，从而读之泰然。

（三）《水浒传》荒诞性的叙事显现

《水浒传》经历了长期多人的加工创作，前后行文之所以能够浑然一体，全赖于其创作始终没有背离写实的创作原则。虽然如此，在人物的性格塑造方面，《水浒传》仍带有明显的荒诞性特征，这主要表现在人物肖像的刻画及语言、行动的描写上。

在《水浒传》中，梁山好汉的前身都是天罡星和地煞星，作者这样设计，就为描摹他们的相貌留下了奇诞的想象余地，这显然是承袭了我国神话、志怪小说刻画人物肖像的传统手法。但《水浒传》毕竟是写实作品，好汉们生活在现实世界，具体地说他们大多生活于中国北方，本应与普通人无异，而小说中的部分描写却与此相悖，让他们游离于现实社会之外，诡谲迷离。

就作者们看来，好汉们之所以能称其为英雄豪杰不仅仅在于他们有惊天动地、惊世骇俗的举止，还在于他们有异乎寻常的外表，因而刻画他们的肖像不可不别出心裁。如《三国演义》中，刘备"两耳垂肩，双手过膝，目能自顾其耳"；曹操有黄须，孙权则"碧眼紫髯"，诸如此类，英雄们绝不是千人一面。这虽然受史传文学描写天子、诸侯等降生世间便伴以种种灵怪异兆之贵人天相传统的影响，但更大程度上突破了这个框子，使现实中的英雄豪杰带有了奇诞化的神怪色彩。为突出梁山一百零八将的超凡性，许多好汉被描绘得近乎面目非人，且的确因不同于常人而不同凡响。

先看黑旋风李逵："黑熊般一身粗肉，铁牛似遍体顽皮。交加一字赤黄眉，双眼赤丝乱系。怒发浑如铁刷，狰狞好似猇猊。"难怪宋江在江州初见李逵这模样，便"吃了一惊"（《水浒传》第三十八回）。这不禁使我们想到神怪小说中的妖魔。催命判官李立"赤色虬须乱撒，红丝虎眼睁圆"；张横"黄髯赤发红睛"；李忠模样"头尖骨脸似蛇形"；鲍旭生得"狰狞鬼脸如锅底，双睛叠暴露狼唇"；王定六"蚱蜢头尖光眼目，鹭鸶瘦腿全无肉"；即使是女将孙二娘，也"眉横杀气，眼露凶光。辘轴般蠢坌腰肢，棒槌似桑皮手脚……钏镯牢笼魔女臂，红衫照映夜叉精"，如此等等。他们形容古怪，三分像人，七分像鬼，人间难觅。物以类聚，人以群分，偏偏这些英雄豪杰啸聚梁山，侠肝义胆；举大业，惊天地，泣鬼神。

描写语言和行动是塑造人物性格的两个重要方式。被古今大贤称为"上上人物"的李逵，言行常引人发笑，因此有人说他"天真烂漫"。我以为这一评价没有从深层剖析李逵的性格，他的"天真"恰恰以非理性的心理和非逻辑的思维表现出来，具有极浓重的荒诞色彩，给人留下的印象最为深刻。

李逵跟宋江上梁山后，在庆喜宴上，宋江向晁盖等人讲了儿谣，李逵便跳将起来说："好！哥哥正应着天上的言语！虽然吃了他些苦，黄文炳那贼也吃我杀得快活。放着我们有许多军马，便造反怕怎地！晁盖哥哥便做了大皇帝，宋江哥哥便做了小皇帝。吴先生做个丞相，公孙道士便做个国师，我们都做个将军。杀去东京，夺了鸟位，在那里快活，却不好！不强似这个鸟水泊里！"（《水浒传》第四十一回）他懂得上应天言可以做皇帝，梁山不如东京快活，然而他竟以为皇帝也和山大王一样，可分大小，而"夺了鸟位"仅仅是为了"强似水泊"。这段描写显然说明李逵的认识是想当然的。到了第一次招安，他在这方面的表现更为鲜明。开始李逵便"突然从梁上跳将下来"，这本身就是反常的举动，然后又说了一通似是而非的话：

> 你那皇帝正不知我这里众好汉，来招安老爷们，倒要做大！你的皇帝姓宋，我的哥哥也姓宋，你做得皇帝，偏我哥哥做不得皇帝！你莫要来恼犯着黑爹爹，好歹把你那写诏的官员尽都杀了！
>
> （《水浒传》第七十五回）

第一句先指责皇帝不知众好汉，既招安，就不应做大，说得很在理。第二句说皇帝姓宋，他哥哥也姓宋，也可以做皇帝。从常理上讲，强者为王，未尝不可；但仅因姓宋便认为可以做皇帝，简直是呓语，况且皇帝姓赵而不姓宋。第三句说好歹要杀尽写诏的官员，这话就更不着边际。按《水浒传》中的描写，诏书是皇帝的旨意，写诏的官员只是皇帝的代言人。而李逵话里话外分明只恼恨写诏的官员，似乎诏书代表的是他们的意思，与钦差、皇帝无关。这不仅与事实相矛盾，且与第一句话相矛盾。李逵语义混乱，说话颠三倒四，没有逻辑性。从他的言行看，若揭开其上上人物的外衣，简直像个精神不正常的人。

再看他在《李逵寿张乔座衙》中的表现。岱岳庙相扑打擂后，李逵闯到寿张县衙，为闲耍一番，不仅装扮了县官，而且还问了一案。他强行让两个牢子"装做厮打的来告状"，结果打人的被释放，因为"这个打了人的是好汉"，被人打的反倒"枷号在衙门前示众"，理由是"这个不长进的""吃人打了"。且看书中的描绘：

> 公吏人等商量了一回，只得着两个牢子，装做厮打的来告状。县门外百姓都放来看。两个跪在厅前，这个告道："相公可怜见，他打了小人。"那个告："他骂了小人，我才打他。"李逵道："那个是吃打的？"原告道："小人是吃打的。"又问道："那个是打了他的？"被告道："他先骂了，小人是打他来。"李逵道："这个打了人的是好汉，先放了他去。这个不长进的，怎地吃人打了？与我枷号在衙门前示众。"李逵起身，把绿袍抓扎起，槐简揣在腰里，掣出大斧，直看着枷了那个原告人，号令在县门前，方才大踏步去了，也不脱那衣靴。县门前看的百姓，那里忍得住笑。正在寿张县前，走过东，走过西，忽听得一处学堂读书之声。李逵揭起帘子，走将入去，吓得那先生跳窗走了。众学生们哭的哭，叫的叫，跑的跑，躲的躲。李逵大笑出门来，正撞着穆弘。穆弘叫道："众人忧得你苦，你却在这里风！快上山去！"那里由他，拖着便走。
>
> （《水浒传》第七十四回）

在李逵的思维逻辑中，善和恶，美与丑，可以随意倒置。无是无非，无理无律，在动荡的社会现实中透视着公理难觅。如果说武松杀嫂是"替天行律"，那么李逵判案，公然把法律公理当儿戏，则是对现存律例的戏弄和否定。以此为出发点审视，小说通过李逵非理性非逻辑的言行，对当时的社会秩序进行了大胆的否定。

　　文学中的荒诞，是对客观现实生活的曲折反映，也是作家一种创造性才能的表现。在对李逵的塑造上，作者善于从情节的曲折发展中表现其性格的复杂性，避免了一览无余的直线式发展。在违情悖理的言行中突显其粗豪质朴的个性，使之具备震撼人心的力量和迷人的艺术魅力，充分展示了艺术巨匠把握人物性格特征的非凡能力。

三、水浒故事文学叙事的审美取向

鲁迅先生对中国古典小说的研究为后世树起了一座理论的丰碑。除了《中国小说史略》《中国小说的历史变迁》外，鲁迅在其杂文、书信、序跋中也曾谈到中国古典小说，比较引人注目的有两处，其一是论述《三国志演义》《水浒传》的：

> 伟大的文学是永久的，许多学者们这么说。对啦，也许是永久的罢。但我自己，却与其看薄凯契阿，雨果的书，宁可看契呵夫，高尔基的书，因为它更新，和我们的世界更接近。中国确也还盛行着《三国志演义》和《水浒传》，但这是为了社会还有三国气和水浒气的缘故。[①]（《且介亭杂文二集·叶紫作〈丰收〉序》）

其二是论述《三侠五义》等侠义小说的：

> 满洲入关，中国渐被压服了，连有"侠气"的人，也不敢再起盗心，不敢指斥奸臣，不敢直接为天子效力，于是跟一个好官员或钦差大臣，给他保镖，替他捕盗，一部《施公案》，也说得很分明，还有《彭公案》，《七侠五义》之流，至今没有穷尽。他们出身清白，连先前也并无坏处，虽在钦差之下，究居平民之上，对一方面固然必须听命，对别方面还是大可逞雄，安全之度增多了，

---

①厦门大学中文系编：《鲁迅论中国古典文学》，福建人民出版社1979年版，第118页。

奴性也跟着加足。①（《三闲集·流氓的变迁》）

　　鲁迅先生以"气"统摄，概括了这些小说复杂的内涵，显示了他的审美习尚与审美取向。

　　鲁迅先生有关中国古典小说的审美论断，为我们认识《水浒传》审美取向的选择提供了思路。在观照水浒故事的文学叙事时，鲁迅先生的尚"气"之说，具有较广泛的散发性阐释空间。

（一）中国传统诗学中的审美概念——"气"

　　"气"是一种可感的事物，被一些学说认为是生命的本源，与个体生命息息相关。《说文解字》云："气，云气也，象形。"《庄子·知北游》云："人之生，气之聚也。聚则为生，散则为死。……故曰'通天下一气耳'。圣人故贵一"②。庄子认为生命是"气"的聚散转化，甚而把天下看作一"气"。古代思想家们很早就把自然现象与人的活动、社会现象联系在一起，并把这些现象归结于"气"的变化，最终演化为中国文化中"天人合一"的观念。"气"又是中国人的思维基础之一，进入中国美学与艺术理论的视域，它便成了一个重要的文学理论概念。自从曹丕把"气"作为文学批评的术语之后，前贤与时贤们对"气"在美学、文学中的显现与特点，作了充分的阐释。正如张法总结的那样，中国美学以气为特色、为统一，

---

　　①厦门大学中文系编：《鲁迅论中国古典文学》，福建人民出版社1979年版，第166页。
　　②［清］王先谦：《新编诸子集成·第1辑·庄子集解》，中华书局1987年版，第186页。

气贯穿于中国美学的全部。^①而以"气"论文学又成为传统文学理论表述的习惯用语，尤其在中国古代诗文批评中，其内涵更是层叠叠加，繁复多变。

宋代叶少蕴在《石林诗话》卷中论起唐代诗僧曾说："近世僧学诗者极多，皆无超然自得之气，往往反拾掇摹效士大夫所残弃。……子瞻有《赠惠通》诗云：'语带烟霞从古少，气含蔬笋到公无。'尝语人曰：'颇解蔬笋语否？为无酸馅气也。'闻者无不皆笑"^②。明代何良俊在《四有斋丛说》卷24《诗》中说："'嵇叔夜诗，豪壮清丽，无一点尘俗气。'凡学作诗者，不可不成诵在心。"^③清代的东方树以"气"为标格谈论诗文书画，在他的《昭昧詹言》中，以"气"字合成的词语就有六七十个，一连串的"气"让人应接不暇，在中国文论中可谓集"气"之大成。而且"气"字既可褒用，也可贬用，两种用法相辅相成，因此成为批评家们最得力的用语之一。难怪钱锺书先生警彻地体认到：中国文学批评的特点是"把文章通盘的人化和生命化"，个体生命的"气""骨""力""魄""神""脉""髓"等都可用来品评文章。同时钱先生还把中西文论中的"气"进行了比较分析，提出："我们所谓气，并非西洋文评里的 atmosphere。我们所指是气息，西洋人所指是气压。气压是笼罩在事物外的背景，譬如说哈代（Hardy）的小说气压沉闷；气息是流动在人身内的节奏，譬如说六朝人文讲究'潜气内转'。气压是物理界的譬喻，气息是生命界的譬喻；一个是外察（extravert），一个是内省（introvert）。"^④"气"在中国文学理论中是"一种生命界的譬喻"，

---

① 张法：《中国美学史》，上海人民出版社2000年版，第357页。

② 何文焕：《历代诗话·上》，中华书局1981年版，第426页。

③［明］何良俊：《四有斋丛话》，见《明代笔记小说大观（二）》，上海古籍出版社2005年版，第1058页。

④ 周振甫，冀勤编著：《钱锺书〈谈艺录〉读本》，巴蜀书社2019年版，第350页。

这种思维模式宛然血液一样流淌在中国文人的周身，尤其为文学批评家们所崇尚、传承，显现出他们的审美取向和审美个性。

当然鲁迅先生也不例外，他把"气"和与其原意相隔的文学现象连缀在一起，负"气"而适变，这使他的文集中常常出现"《庄子》与《文选》气""方巾气""逸民气""隐逸气""古之英雄和才子气""牢骚气""毒气和鬼气""官气"等等。可贵的是，他以"拿来主义"的手法，加以模拟、创新，把品评诗文所用的"气"嫁接到小说的领地，使小说与社会、政治、人生、人性沟通起来，开拓了以更多视角诠释小说的新境界。他所说的"三国气""水浒气""侠气"，赋予了这些古典小说蓬勃的生命气息。这样，从短小隽永的诗文到鸿篇巨制的小说，从雅文学到俗文学，过渡自然而深刻。鲁迅先生这类看似不经意的界定，内涵凝练、丰富，可谓是对中国古代小说理论的一大贡献。

（二）"水浒气"的本质

所谓"三国气""水浒气""侠气"，都与社会政治伦理、时代精神和民族文化心理有关，与小说中的人物形象胶合在一起。

那么，如何理解鲁迅先生所说的"三国气""水浒气"呢？结合其行文的语境看，鲁迅是借为当时青年作家的作品作序的机会评论《三国志演义》和《水浒传》的。他说的"三国气"大抵是指底层百姓拥护仁政爱民当权者的思想，有忠君贤臣的色彩；"水浒气"大抵包含梁山好汉仗义疏财、劫富济贫、替天行道的侠义抗争精神。鲁迅早在1926年的《学界的三魂》一文中就指出："社会诸色人等爱看《双官诰》，也爱看《四杰村》，望偏安巴蜀的刘玄德成功，也愿意打家劫舍的宋公明得法；至少，是受了官的恩惠时候则艳羡官僚，受了官的剥削时候便同情匪类。但这也是人情之常；倘使连这一点反抗心都没有，岂不就成为万劫不复的奴才了？"① 这里"社会诸色人等"的主体应该是指处于底层的百姓。二十世纪三十年代，百姓万民渴望改变死气沉沉的生活现状，渴望过上安定的日子，可又苦于找不到理想的思想武器，而传统的三国故事、水浒故事仍然是他们寄托思绪的载体。鲁迅先生深谙当时的社会现实，对"三国气""水浒气"流行的原因了然于心。可以断定，他对《三国志演义》和《水浒传》的总体评价是肯定的，并无刻意贬损之意。正如他在《中国小说史略》中所说："惟细民所嗜，则仍在《三国》《水浒》。"② 因此"三国气""水浒气"又不可避免地包含着民众的个人主义及其破坏性。

近年来，学界对《三国演义》《水浒传》的研究不断深入，加上影视界对这些经典名著反复拍摄，说明"三国气""水浒气"在今天依然有生存的土壤，因此有必要对此进行反思。有的学者以人物的社会定位为视点，认为《三国演义》里的人物是英雄，《水浒传》里的人物为豪侠，从而形成了"英雄气"和"豪侠气"，两者都具有"追求正义、注重勇敢、忠诚等特点"，便奠定了"三国气""水浒气"的特点。但两者比较，《三国演义》宣扬匡扶汉室、平定天下、建功立业的宗旨，推崇的核心价值观念是忠；《水浒传》乃官逼民反，由民间和江湖回归庙堂，突出了个人意志，奉行的核心价值观念是义。③ 从"三国气""水浒气"所显现出的意识形态与民族文化心理来看，这种诠释具有一定的代表性，是在鲁迅先生论断基础上的正

① 厦门大学中文系编：《鲁迅论中国古典文学》，福建人民出版社1979年版，第128页。
② 鲁迅：《中国小说史略》，上海古籍出版社1998年版，第195页。
③ 杨子彦：《论"三国气"与"水浒气"》，《南阳师范学院学报》2008年第10期。

面充实与发挥。

　　王学泰先生则从游民的角度阐释"三国气"与"水浒气"。他提出"游民"："主要指一切脱离了当时社会秩序的人们"，"他们缺少稳定的谋生之路，居处也不固定。他们中间的大多数在城市乡镇之间游动"①。进而又提出了"游民意识""游民文化"的概念。先前他在《〈三国演义〉与游民》一文中就说："读《三国》（也包括）《水浒》一类小说，总会发现一些使生活在现代社会的人们不愉快的东西，如争权夺利、好勇斗狠的英雄观，视百姓群氓如草芥的独夫意识，以及书中处处流露出的对砍头政治、阴谋政治的热衷等等。对此，鲁迅先生称之为'三国气'、'水浒气'（据先生的一贯论述）"②。到后来，他直接认为"三国气""水浒气""就是近百年来弥漫于社会的'游民气'"③。王学泰专注于这两部小说中的负面描绘，夸大了小说中的阴谋、血腥与冷酷，认为它们给人的感觉就像"黑幕小说"，这未免有些耸人听闻，以偏概全。如果"三国气"与"水浒气"仅仅是一种"游民气"的话，那么《三国演义》《水浒传》为什么依然被年复一年地列入推荐阅读书目、新版影视作品创作蓝本，还被人不断期待与评说呢？

　　新儒学研究的著名人物牟宗三先生义理精熟，博学会通，他在《生命的学问》一书中，议论水浒世界，评点水浒人物，独具慧眼，并把水浒世界的气息归结为"汉子气"："汉子二字颇美。有气有势，又妩媚。比起英雄，又是一格。禅家常说：出家人须是硬汉子方得。他们只说个汉子，便显洒脱妩媚。《水浒》人物亦是如此。"④梁山

---

①　王学泰：《燕谭集》，新华出版社1997年版，第182页。

②　王学泰：《燕谭集》，新华出版社1997年版，第151页。

③　王学泰，李新宇：《〈水浒传〉与〈三国演义〉批判》，天津古籍出版社2004年版，第106页。

④　牟宗三：《生命的学问》，广西师范大学出版社2005年版，第188页。

好汉"纯直无曲"，受不得束缚与委屈，做事不遮遮掩掩，且体力充沛，气势勇猛，身上洋溢着生命的活力。牟先生在"《水浒》世界"里悟出"一面真理"："吾人有一个上帝，有一个孔圣人，二者之外，还有一个《水浒》世界"①。他把《水浒》世界与上帝和孔夫子相提并论，认为其代表了一种人性的自觉境界。在牟先生看来，人的身上存在三种精神，即宗教精神、人文精神和侠义精神。他看到了梁山好汉"是原始的，气质的，所以只是一个健实的妩媚的汉子"，"他们的生命并非全无安顿。义是他们生命的着落点，只是没有经过理性的自觉而建立，所以不是随孔子之路而来。"②侠义精神张扬的是个体人生，孕育的是个体的本能与冲动，这又往往转化为人们追求真理、追求进步的一种内在动力。牟先生由一部《水浒传》读出人生的真理，实为大家眼光。而《三国演义》又何尝不是呢？

　　《三国演义》与《水浒传》一样，都经过了一个漫长的成书过程，兼容了不同阶层人物的思想与气质。如果说《水浒传》过多地张扬了"个体人生"话，那么《三国演义》则更多地展示了仁君贤臣的理想人生境界。无论是英雄还是豪侠，虽然出身不同，经历有别，但最终都被统摄于忠义的理性之下。只不过《三国演义》一开始就把刘蜀集团摆到了显在的正统位置，淋漓尽致地渲染了刘备、诸葛亮、关羽等人仁君、贤臣、义友的典范人格；而《水浒传》中的好汉们游离于蒿莱与庙堂之间，他们举手投足没有那么多的条条框框，率性而为，自由奔放，把"芸芸众生"的本来面目展示得纷繁多彩。两者一上一下，忠与义的伦理思想相得益彰，鲁迅先生以"气"统之，含蓄而凝练。

　　至于"侠气"，鲁迅先生论及《三侠五义》等侠义小说时说，

---

① 牟宗三：《生命的学问》，广西师范大学出版社 2005 年版，第 191 页。
② 牟宗三：《生命的学问》，广西师范大学出版社 2005 年版，第 193 页。

明末以来"四大奇书"虽也盛行，但"时势屡更，人情日异于昔，久亦稍厌，渐生别流，虽故发源于前数书，而精神或至正反，大旨在揄扬勇侠，赞美粗豪，然又必不背于忠义"[①]他在《流氓的变迁》一文中说得更清楚，在清王朝，"连有'侠气'的人，也不敢再起盗心，不敢指斥奸臣，不敢直接为天子效力，于是跟一个好官员或钦差大臣，给他保镖，替他捕盗"，《施公案》《彭公案》《七侠五义》中的侠客，大多成了清官的助手或鹰犬。侠义公案小说受《三国演义》《水浒传》的影响，这是不争的事实。如此说来，"侠气"与"三国气""水浒气"是一脉相承的，只不过在晚清的侠义小说中，那些侠客距离《三国演义》《水浒传》中的"义"更远了，奴性色彩更浓了。"忠"处处统帅着"义"，小说中人物的独立意识被割离，这必然导致晚清侠义小说中人物人格的审美意向被伦理化、政治化、简单化，"侠气"与"三国气""水浒气"有了明显的距离。从"气"的角度看，这也反映了中国小说演进的轨迹与审美取向的裂变。

（三）水浒故事叙事形态的思想升华

鲁迅先生为什么善于在杂文、书信、序跋中以"气"概括《三国演义》《水浒传》《三侠五义》等小说的特征呢？为什么更注重这些小说的思想形态呢？

其一，鲁迅有专门的著作《中国小说史略》《中国小说的历史变迁》，对这些小说的源流发展进行了仔细的梳理与艺术上的探索，在杂文、书信、序跋中更是直接用"气"来高度概括其特征。

其二，这些小说属于通俗文学，阅读这类作品是民众接受知识

---

① 鲁迅：《中国小说史略》，上海古籍出版社 1998 年版，第 195 页。

的一个重要途径。他在《华盖集续编·马上支日记》中说："我们国民的学问，大多数却实在靠着小说，甚至于还靠着从小说编出来的戏文。……近来确是上下同心，提倡着忠孝节义了"①。民众获取到的知识与社会伦理教化合流，就使得鲁迅先生在关注民众与小说、看待社会文化思潮的时候，不得不把焦点放在思想伦理上。同时，这些小说也为鲁迅先生探究国民性提供了理想的载体。

其三，更为重要的是，这与鲁迅先生的思辨方式密切相关。鲁迅的精神人格卓尔不群，他猛烈抨击传统伦理道德，追求自由，率真磊落。究其原因，他性格的形成与其所处的地域文化环境有关。浙东一带是古老部族越族繁衍生息的大本营，自然环境险恶，原始习俗即有"断发文身"；由于远离中原，一直处在儒家礼教文化圈外，这就造就了越人任性野蛮的思维方式。《吕氏春秋·遇合篇》载："客有以吹籁见越王者，羽、角、宫、徵、商不谬，越王不善，为野音而反善之。"②这样的文化氛围常常使个体文化人格率性自然，反对独尊，反抗传统，思维别具一格，像鲁迅钟情的嵇康就提出"越名教而任自然"的大胆口号。由此，鲁迅在审视浙东民性的时候，就深刻地体会到："浙东多山，民性有山岳气，与湖南山岳地带之民气相同。"③"山岳气"是一种刚性气质，伴有强大的判断力与强烈的冲击力。

鲁迅先生在对待传统文化的态度上，表现出更多的是反正统、反权威的。比如历代正史都被看作信史，是正宗，他偏偏不信这一套。他在《华盖集·忽然想到》中说："历史上都写着中国的灵魂，

---

①厦门大学中文系编：《鲁迅论中国古典文学》，福建人民出版社1979年版，第40页。

②许维遹：《吕氏春秋集释》卷14，中华书局2009年版，第342页。

③鲁迅博物馆，鲁迅研究室，《鲁迅研究月刊》选编：《鲁迅回忆录：散著·下》，北京出版社1999年版，第1317页。

指示着将来的命运，只因为涂饰太厚，废话太多，所以很不容易察出底细来。正如通过密叶投射在莓苔上面的月光，只看见点点的碎影。但如看野史和杂记，可更容易了然了，因为他们究竟不必太摆史官的架子。"又说："野史和杂说自然也免不了有讹传，挟恩怨，但看往事却可以较分明，因为它究竟不象正史那样地装腔作势。"①鲁迅对史传这类精英文化的产物是怀疑的、不看重的，而对民间通俗文学、野史、杂记之类非正统的文学形式却比较重视与喜爱。周作人在《关于鲁迅》一文中也谈道："鲁迅写小说散文又有一特点，为别人所不能及者，即对于中国民族的深刻的观察。……豫才从小喜欢'杂览'，读野史最多，受影响亦最大……"②鲁迅"杂览"愈多，受的影响愈大，这不仅表现在他的文学创作中，也表现在他对中国古典小说的体认中。同时，在他对我们民族性的观察与解剖中，也很自然地突出了对中国古典小说思想形态的探究。这是鲁迅对中国古典小说一种有别于他人的认知与思维方式，这对他审美趣味和审美取向的形成至关重要，而用"气"字界定，恰与他的审美趣味和审美取向相吻合。

　　基于这样的认识，鲁迅先生对承载着更多民间文化因子、夹杂着丰富野史材料的《三国演义》《水浒传》《三侠五义》等小说，理解得十分深入、透彻，他抓住传统诗学中的审美概念——"气"，加以转化、跨越、升华，诠释起来言简意赅，立致通显，蕴含着勃勃生机。

---

①厦门大学中文系编：《鲁迅论中国古典文学》，福建人民出版社1979年版，第38页。

②周作人著，张丽华编：《我的杂学》，北京出版社2005年版，第129页。

第五章

《水浒传》的创作影响

《水浒传》作为一部经典小说，在中国文学史上别具风流，并获得了崇高的地位。《水浒传》风行世间，宛如一座天然的艺术宝库，引得后世文人接踵跋涉、寻觅、开掘，为各种文学艺术形式提供了取之不尽的题材能量。

一、《水浒传》与《水浒后传》

（一）李俊与扶余王

关于《水浒后传》，鲁迅先生曾在《中国小说史略》中提及："盖以续百回本。其书言宋江既死，余人尚为宋御金，然无功，李俊遂率众浮海，王于暹罗，结末颇似杜光庭之《虬髯传》"①。鲁迅先生着眼于水浒英雄的结局，故有上述论断。实际上从《水浒传》至《水浒后传》，水浒故事在豪侠模式、文化审美特征及创作意图方面，都或明或暗地留下了《虬髯客传》的痕迹。明代袁无涯就李俊在揭阳岭救护宋江一事指出："看李俊如此一种热肠，怜惜英雄，便是太湖结义根本，可自作扶余王。"②

到明末清初，陈忱的《水浒后传》由此承续，演述了三十余位幸存的水浒英雄及他们的后裔重聚造反的故事，情节发展直至暹罗国开创基业，李俊做了暹罗国王，展示了海外另一番天地。

在太湖，李俊等英雄惩办了奸贪吕志球、巴山蛇丁自燮之后，"乐和道：'太湖虽然空阔，却是一块绝地，在里头做事业的，再没有好结果。'"经过一番计较，决定到海外另寻事业。李俊说："我当初听得说书的讲，一个虬髯公，因太原有了真主，难以争衡，去做了扶余国王。这个我也不敢望。那海中多有荒岛，兄弟们都服水

---

① 鲁迅：《中国小说史略》，上海古籍出版社 1998 年版，第 102 页。
② 陈曦钟，侯忠义，鲁玉川辑校：《水浒传会评本》，北京大学出版社 1987 年版，第 691 页。

性的,不如出海再作区处,不要在这里与那班小人计较了。"(《水浒后传》①第十回)在这里,陈忱让李俊坦率地透露了自己受《虬髯客传》的影响,有意到海外闯荡,并在海外开基称王。《虬髯客传》虽为短篇,却直接启示了陈忱写作长篇的构想,他依托《水浒传》的结尾,为洋洋三十万言的《水浒后传》设定了框架。

朝代更迭,国家存亡,代代累积的忠愤感召着矢志为国的文人。《水浒后传》的作者陈忱身处明清易代之际,国家沦亡,亡国之痛、故国之思,使他把自己的一腔激愤倾注在水浒英雄身上。"嗟乎!我知古宋遗民之心矣。穷愁潦倒,满腹牢骚,胸中块垒,无酒可浇,故借此残局而著成之也。"②只不过这里秉承天意的"真人"变成了李俊。隆冬时节,李俊等人在太湖缥缈峰赏雪,"忽听得西北上一个霹雳,见一块大火从空中飞坠山下"。原来是一块白石板,上有诗云:"替天行道,久存忠义。金鳌背上,别有天地。"(《水浒后传》第九回)在太湖立足不定,李俊又夜梦骑黑蟒到天宫,见到宋江,宋江赠诗:

> 金鳌背上起蛟龙,徼外山川气象雄。
>
> 罡煞算来存一半,尽朝玉阙享皇封。

"乐和解释道:'宋公明英灵不昧,故托梦与兄长。骑在黑蟒背上腾空而去,变化之象,力士称呼大王,定有好处。我想起来,昨夜算计不通,终不然困守此地?宋公明显圣,说"徼外山川气象雄",必然使我们到海外去别寻事业。'"(《水浒后传》第十回)后来

① 引文以书海出版社 1999 年版《水浒后传》为据,下同。
② 上海人民出版社编:《〈水浒〉评论资料》,上海人民出版社 1975 年版,第640 页。

李俊果然为暹罗国主。所不同的是，虬髯客以武力杀扶余国主而自立；李俊则支持协助暹罗国王马赛真除奸平暴，马赛真被奸相共涛害死之后，李俊在朝野的拥护下被立为暹罗国主。李俊意志坚定，胸襟豁达，教化仁义，贤明清正，有血性、有气度，比虬髯客形象更为丰满，更能为人们所接受。

就忠义而言，《水浒传》中的"替天行道"主要是替皇帝铲除奸恶，而后平辽征方腊，护国安民。到《水浒后传》中又特意写牡蛎滩救驾之事。第三十七回，金兵追赶宋高宗至海上，得知皇上受困于牡蛎滩，李俊愤然道："若坐视君父之难而不救援，是豺狼也。虽肝脑涂地，亦所甘心，望众弟兄奋勇同心，共建大义！"李俊等人挺身而出，对宋廷依然忠心耿耿。蔡元放曾评说："开基徼外，海国称王，并非有所侵损于宋室，而且救驾铭勋，爱君报国，立德而兼立功，则诚无愧于天上星辰之位"①。李俊等海外称王救驾，没有僭越礼教，反而彰显了他们的赤诚忠心。明亡后，陈忱痛定思痛，其虚构描绘正表明了他"愤诸贵幸之全身远害，而特表草野孤臣"②的不平心态。对此，胡适先生指出："这一段故事全是虚造的，但著者似乎有意造出此段故事来表现他心里的希望。那时明永历帝流离南中，郑成功出没海上，难怪当日的遗民有牡蛎滩救驾、暹罗国酬勋的希望了。"③鲁迅先生也说："清初，'流寇'悉平，遗民未忘旧君，遂渐念草泽英雄之为明宣力者，故陈忱作《后水浒传》，则使李俊去国而王于暹罗。"④杜光庭以《虬髯客传》为回光返照的唐王朝用心地唱着挽歌，陈忱以豪迈的水浒故事排遣着对明王朝覆

---

① 朱一玄，刘毓忱编：《水浒传资料汇编》，南开大学出版社2002年版，第497页。
② 杜云编：《明清小说序跋选》，广西人民出版社1989年版，第146页。
③ 胡适：《中国章回小说考证》，安徽教育出版社2006年版，第111页。
④ 鲁迅：《中国小说史略》，上海古籍出版社1998年版，第204页。

亡的郁愤；两者殊途同归，创作构想新颖、开阔，寄托深沉。而两者之间，《水浒传》为小说创作中的"虬髯客模式"承前启后，成为这一链条上的关键节点。

当然也应看到，《虬髯客传》以虬髯客在乱世不敢与李世民争夺天下而退避的情节，宣扬了当时皇朝应运而兴、不可与真命天子强争的封建正统观念。《水浒后传》结尾也表达了这种观念，李俊等人拜受宋高宗，被拥立为暹罗国王和文武百官，"奠主海邦，统御髦士，作东南之保障，为山海之屏藩，永业勿替，荣名长保"（《水浒后传》第三十八回）。到第四十回，李俊有感"皇天护佑，朝廷赐恩，众兄弟同心辅助，得成此大事"，便与众兄弟吟诗赋颂"皇恩浩荡"。忠义与忠君的正统观念交织在一起，难免带有愚忠的色彩。在朝代存续交替之际，皇帝被视为国家政治的象征，维护皇帝的正统地位，又不能不说是爱国情怀使然。鲁迅先生所说的"结末颇似杜光庭之《虬髯传》"，也有此意吧。

扶余，史籍文献中又写作夫余、夫馀、扶馀等，指的是地处东北的一个古老民族。扶余族先后建立了几个政权，扶余国指古扶余民族在今松花江流域建立的第一个地方性政权。夫余国最早见于《史记·货殖列传》：燕"北邻乌桓、夫余，东绾秽貊、朝鲜、真番之利"[1]。其实，在孔子生活的春秋时期，夫余国就已存在。《史记·孔子世家》载：孔子在陈国，"有隼集于陈廷而死，楛矢贯之，石砮，矢长尺有咫。陈湣公使使问仲尼。仲尼曰：'隼来远矣，此肃慎之矢也。'"唐代张守节在《史记正义·肃慎国记》中说："肃慎，其地在夫馀国东北，可六十日行。"[2]

到汉代，扶余已发展为东北地区一大雄族。《汉书·王莽传》

---

① ［汉］司马迁：《史记》卷 129，中华书局 1959 年版，第 3265 页。
② ［汉］司马迁：《史记》卷 47，中华书局 1959 年版，第 1922–1923 页。

载："貉人犯法……夫余之属必有和者。匈奴未克，夫余、秽貉复起，此大忧也"①。《后汉书·挹娄传》载："自汉兴已后，（挹娄）臣属夫余。"在汉代封建文明影响下，夫余已建立起奴隶制国家——"国有君主"，国王死后"葬有王匣。"②关于扶余的祖先，东汉王充的《论衡·吉验篇》中记载了东明建立扶余国的传说："北夷橐离国王侍婢有娠，王欲杀之。婢对曰：'有气大如鸡子，从天而下，我故有娠。'后产子，捐于猪溷中，猪以口气嘘之，不死。复徙置马栏中，欲使马藉杀之，马复以口气嘘之，不死。王疑以为天子，令其母收取，奴畜之，名东明，令牧牛马。东明善射，王恐夺其国也，欲杀之。东明走，南至掩淲水，以弓击水，鱼鳖浮为桥。东明得渡，鱼鳖解散，追兵不得渡。因都王夫余。故北夷有夫余国焉。"③

在政治上，扶余早就臣服于汉朝，并向朝廷进贡。据《晋书·夫余传》记载，在汉武帝时扶余就已"频来朝贡"，到东汉建武二十五年，扶余国王遣使进贡，"光武帝厚答报之，于是使命岁通"④。扶余国王死后，与汉代皇族同等待遇，可以享受"金缕玉衣"，并被封为"秽王"，赐"秽王之印"。可见，扶余与两汉、魏晋持续进行着友好往来。

后来，朝鲜半岛上的百济王族"扶余氏"，为古扶余国人的后裔，"扶余之别种"，以国为姓发展而来⑤。《北史·高句丽传》云：

> 高句丽，其先出夫余。王尝得河伯女，因闭于室内，为日所照，引身避之，日影又逐，既而有孕，生一卵，大如五升。夫余

---

① ［汉］班固撰，颜师古注：《汉书》卷99，中华书局1962年版，第4130页。
② ［宋］范晔：《后汉书》卷85，中华书局1965年版，第2811–2812页。
③ 黄晖：《论衡校释》，中华书局1990年版，第88–89页。
④ ［宋］范晔：《后汉书》卷85，中华书局1965年版，第2812页。
⑤ ［唐］令狐德棻等：《周书》卷49，中华书局1971年版，第886页。

王弃之与犬，犬不食；与豕，豕不食；弃于路，牛马避之；弃于野，众鸟以毛茹之。王剖之不能破，遂还其母。母以物裹置暖处，有一男破而出。及长，字之曰朱蒙。其俗言"朱蒙"者，善射也。夫余人以朱蒙非人所生，请除之。王不听，命之养马。朱蒙私试，知有善恶，骏者减食令瘦，驽者善养令肥。夫余王以肥者自乘，以瘦者给朱蒙。后狩于田，以朱蒙善射，给之一矢。朱蒙虽一矢，殪兽甚多。夫余之臣，又谋杀之，其母以告朱蒙，朱蒙乃与焉、违等二人东南走。中道遇一大水，欲济无梁。夫余人追之甚急，朱蒙告水曰："我是日子，河伯外孙，今追兵垂及，如何得济？"于是鱼鳖为之成桥，朱蒙得度。……朱蒙遂至普述水，遇见三人……与朱蒙至纥升骨城，遂居焉。号曰高句丽，因以高为氏。①

至公元前 18 年，来自扶余的百济始祖温祚在慰礼城（今韩国首尔附近）称王，建国百济。②夫余政权约始于战国，创始人东明（朱蒙），建于今吉林一带。夫余政权曾先后派生出北夫余、高句丽、东夫余（又有前后）、南夫余、百济等几个政权。③

虬髯客与东明都有做国君的能力，都不能在故国立身，后经水路到扶余建国或杀其主自立，两人的故事十分相似。所以虬髯客的故事，有可能脱胎于东明建国的传说。这样一来，从《论衡》《魏略》等正史到《水浒传》，李俊故事结局的形成就有了"东明建立扶余国→虬髯客称王扶余→李俊称王暹罗"这样一条发展线索。

不过，还有学者考证，虬髯客海外称王，历史上确有其事。《虬

---

①［唐］李延寿：《北史》卷 94，中华书局 1974 年版，第 3110–3111 页。
②金富轼著，孙文范等校勘：《三国史记》（校勘本），吉林文史出版社 2003 年版，第 275 页。
③孙正甲：《夫余源流辨析》，《学习与探索》1984 年第 6 期。

髯客传》描述虬髯客做国王的扶余在"东南数千里外"，跟扶余国位置不符，有人解释这是虚构，但车宝仁研究认为历史上虬髯客或真有其人，扶余当为扶南之误，或为传抄有讹。他提出，唐代贞观年间，长期内乱的扶南国被真腊吞并，因此《虬髯客传》中说的战争有一定历史依据；《扶南王国》中有七世纪前期国王伊奢那跋摩像，仍有卷曲胡子，与虬髯客有些相似[1]，也就是说，历史上或许真有虬髯客其人其事。如果真是如此，那虬髯客就可能成为李俊的原型。因《水浒传》是以北宋末年为时代背景，而扶余国亡于北魏，扶南国亡于唐初，作者就安排李俊去了暹罗。

（二）《水浒后传》与大海意象

《水浒传》百回本中写以宋江为首的梁山好汉平定方腊后班师回朝，混江龙李俊不愿到朝廷接受封诰，至苏州，诈病不起，与童威、童猛信守盟誓，来太湖与费保等四人商定，"尽将家私打造船只，从太仓港乘驾出海，自投化外国去了。后来为暹罗国之主，童威、费保等都做了化外官职，自取其乐，另霸海滨，这是李俊的后话"（《水浒传》第九十九回）。到明末清初，陈忱的《水浒后传》由此承续、构想，演述了三十余位幸存的水浒英雄及英雄们的后裔重聚造反，惩奸恶、除佞臣、救护皇帝，直至暹罗国开创基业，李俊做了暹罗国王之事，亲切切，意扬扬，展示了海外另一番天地。

---

① 车宝仁：《唐传奇新考证》，《西北大学学报》（哲学社会科学版）1996年第 4 期。

1. 暹罗国考

中国古代以海岸为轴线界定为海内和海外，海外即化外，不服王化，不服管辖，因此古人对大海产生了许多遐想。被称为"志怪之祖"的《山海经》中，就有很多关于海洋的神话传说，如海神、海外异事、海外异民等，其中出现了海内外一百多个国家和居民，且多为海外远国异民。诸如此类，愈传愈神奇玄妙，这便成为后世海洋神话传说的渊薮。除《山海经》外，《庄子》《左传》《禹贡》等子集、史书中有关大海的神话传说及史实记载也有许多。尤其是《庄子》，流露出浓厚的海洋文化意识，《逍遥游》中鲲鹏的故事就是以大海为背景的。"穷发之北，有冥海者，天池也。有鱼焉，其广数千里，未有知其修者，其名为鲲。有鸟焉，其名为鹏，背若泰山，翼若垂天之云，抟扶摇羊角而上者九万里，绝云气，负青天，然后图南，且适南冥也。"[①] 海的博大，成就了鲲鹏的凌云之志。《山木》篇言鲁侯处于忧患之中，市南宜僚劝其"涉于江而浮于海"，"望之而不见其崖，愈往而不知其所穷"[②]，因此可超然物外。

此后，随着帝王们出海求仙，神仙方术大盛。而道教、佛教的迅速传播，也使得博物志怪之书层出不穷，这些书中对海的描绘亦真亦幻，鲜活生动。如《神异记》《洞冥记》《十洲记》《列仙传》《神仙传》《列异传》《博物志》《拾遗记》等，神话、仙话、长生说成为游仙文学的不衰题材，仙境、异物令人神往，大海这一意象牢牢地扎根于古代文学的领地。《十洲记》中说汉武帝听王母讲八方巨海中有十洲：祖洲、瀛洲、玄洲、炎洲、长洲、元洲、流洲、生洲、凤麟洲、聚窟洲，还有沧海岛、方丈洲、蓬莱山、昆仑山等，

---

① ［清］王先谦：《庄子集解》，中华书局1987年版，第3页。
② ［清］王先谦：《庄子集解》，中华书局1987年版，第169页。

其中瀛洲、方丈、蓬莱是著名的神仙居住地，也是文人们于茫茫大海中的理想所在。文人们驰骋幻域，自班彪的《览海赋》至苏轼的《登州海市》，大多仍沉浸在表现海这一意象的神奇层面，而写实性的海洋描绘则显得单薄、贫乏。"还有一些自然界的景物，前人似乎忽略了，没有形成饱满的诗歌意象。……例如海就是这样。自《诗经》开始，写江写河的佳句不胜枚举，写海的除了曹操的《观沧海》之外，留在人们记忆中的就不多了。王均的《早出巡行瞩望山海》、隋炀帝的《望海》、李峤和宋之问的《海》，都不曾给人留下什么印象。写海而能写出海的气魄的，还是要推李白"①。其实，李白诗中的海依然没有脱离海洋神话的底色，他钟情的"海客"，神秘兮兮："海客去已久，谁人测沉溟"（《古风》其十三）、"海客谈瀛洲，烟涛微茫信难求"（《梦游天姥吟留别》）等，壮怀逸兴，携飞仙以遨游，依然没有超越道教神仙家想像、书写海的范畴。

　　而从史料记载看，"明时欧人之'航海觅地热'，其影响之及于我者亦至巨；此参稽彼我年代事实而可见者。然而遍读汉、唐、明诸史，其能导吾以入于此种智识之涂径者，乃甚稀也"②。汉、唐、明时期，由于航海冒险者少，人们更习惯于把大海纳入心海相通、物我浑融的神秘主义圈子内，文人以精神辐射，企慕可远观而不可近玩的大海。而宋元时期，随着航海技术的发展、海外贸易的兴盛和频繁的远洋航行，开始呈现出超迈开放的海洋意识。"宋朝时期，中国人首次大规模从事对外贸易，不再主要依靠外国中间商。因而，宋朝时的中国正朝成为一个海上强国的方向发展"③。元代采取了与

---

① 袁行霈：《中国诗歌艺术研究》，北京大学出版社1987年版，第232页。
② 梁启超著，李兴华等编：《梁启超选集》，上海人民出版社1984年版，第779页。
③ ［美］斯塔夫里阿诺斯：《全球通史1500年以后的世界》，上海社会科学院出版社1999年版，第438-440页。

第五章　《水浒传》的创作影响　295

宋朝基本相同的对外政策，大力发展海外贸易，远洋航线四通八达。这促使文人们重新审视大海，拓展了他们放眼海外的视野和价值取向，为有关大海的文学创作提供了可触摸的现实空间。

从志怪小说到以《西游记》为代表的神魔小说，对海洋世界的渲染描绘仍然是带有神话气质的：四海浩淼，惝恍迷离；龙宫成为洞天福地，与天阙无异。就《西游记》而言，"在某种意义上说，这是一部借唐僧取经为由头而写成的史诗式的新《山海经》"①。而在神话和现实之间，写实小说往往把二者纠合在一起，使海的意象既缥缈又真实。如果说《水浒传》中只是提及李俊等人出海之事，那么《水浒后传》中对大海就有了具体的展示：

> 天垂积气，地浸苍茫。千重巨浪如楼，无风自涌；万斛大船似马，放舵疑飞。神鳌背耸青山，妖蜃气嘘烟市。朝光朗耀，车轮旭日起扶桑；夜色清和，桂殿凉蟾浮岛屿。大鹏展翅，陡蔽乌云。狂飔施威，恐飘鬼国。凭他随处为家，那里回头是岸？（《水浒后传》第十一回）

李俊等人一路远航，射鲸鱼，战海盗，来至清水澳，进入暹罗国。暹罗国物阜民康，共管辖二十四岛："金鳌，铁板，长滩，天堂，……竹岭，甜水，大树"（《水浒后传》第十二回）。生活于浙江湖州的陈忱，"究心经史，稗编野乘，无不贯穿"②。他既以稗史为基础，又对大海的风采有较多的审美体察，虚实相生，描绘了大海及暹罗国海岛既可远观又可亲近的壮阔景象。

---

① 杨义：《中国古典小说史论》，中国社会科学出版社1995年版，第317页。
② 陈会明：《陈忱研究》，福建人民出版社2006年版，第29页。

暹罗国是泰国的古称，由暹国、罗斛两国组成。《殊域周咨录》卷8记载："本暹与罗斛二国之地。暹古名赤土，罗斛古名婆罗刹也。暹国土瘠不宜耕种，罗斛土田平衍而多稼。暹人岁仰给之。隋大业初，曾遣使常骏自南海道往赤土，人遂讹传赤土为赤眉遗种云。后改曰暹，元元贞初，暹人常遣使入贡。至正间，暹降于罗斛，合为一国。"① 可见，隋唐以来的赤土国分裂为暹、罗斛两国。

由于地理条件不同，暹国土地贫瘠，不适稼穑；罗斛国土平整，物产丰饶，因此暹国的粮食供给主要依赖罗斛。在元代，暹国时常入贡。大德元年四月，暹国使者到京，元成宗"赐暹国、罗斛来朝者衣服有差"②。 大德三年正月，"暹番、没剌由、罗斛诸国，各以方物来贡。赐暹番世子虎符"③。《元史》卷210《外夷列传》中所说的暹番，即后来的暹国，是一个较小的国家："大德三年，暹国主上言，其父在位时，朝廷尝赐鞍辔、白马及金缕衣，乞循旧例以赐。帝以丞相完泽答剌罕言'彼小国而赐以马，恐其邻忻都辈讥议朝廷'，仍赐金缕衣，不赐以马。"④ 大约在元至正年间，强大的罗斛吞并了暹国。江西南昌人汪大渊曾先后两次出海远航，回国后写成《岛夷志略》一书。针对暹国，汪大渊说："自新门台入港，外山崎岖，内岭深邃，土瘠，不宜耕种，谷米岁仰罗斛。……至正己丑夏五月，降于罗斛"⑤。此后，在中国史书中便有了暹罗斛国之名。西萨·瓦立颇隆在书中说："中国史书记载暹国和罗斛国合并

---

① ［明］严从简：《殊域周咨录》，中华书局1993年版，第278页。
② ［元］宋濂等：《元史》卷19，中华书局1976年版，第411页。
③ ［元］宋濂等：《元史》卷19，中华书局1976年版，第425页。
④ ［元］宋濂等：《元史》卷210，中华书局1976年版，第4664页。
⑤ ［元］汪大渊原著，苏继庼校释：《岛夷志略校释》，中华书局1981年版，第154—155页。

为暹罗斛国。"①《明史》卷324载："暹罗，在占城西南，顺风十昼夜可至，即隋、唐赤土国。后分为罗斛、暹二国。暹土瘠不宜稼，罗斛地平衍，种多获，暹仰给焉。元时，暹常入贡。其后，罗斛强，并有暹地。遂称暹罗斛国。"②

那么，什么时候暹罗斛国之名被暹罗国替代了呢？一说是洪武九年。《东西洋考》卷2载："九年，国王哕啰禄遣其子昭禄群膺贡象及方物。下诏褒谕，赐暹罗国王印。自是始称暹罗，从朝命也。"③《殊域周咨录》卷8载："（洪武）九年，王遣子昭禄群膺奉金叶表文，贡象及胡椒、苏木之属。上命礼部员外郎王恒、中书省宣使蔡时敏往赐之印。诏曰：'君国子民，非上天之明命，后土之鸿恩，曷能若是？华夷虽间，乐天之乐，率土皆然。若为人上能体天地好生之德，协和神人，则禄及子孙，世世无间矣。尔参烈宝毗牙思里哕哩禄自嗣王位以来，内修齐家之道，外造睦邻之方。况类遣人称臣入贡，以方今蕃王言之，可谓盛德矣。岂不名播诸书哉！今年秋，贡象入朝。朕遣使往谕，特赐暹罗国王之印及衣一袭，尔当善抚邦民，永为多福。'恒等与昭禄群膺陛辞，赐文绮衣服并道里费。"④另一说法是洪武十年。《明史》卷324记载："（洪武）十年，昭禄群膺承其父命来朝，帝喜，命礼部员外郎王恒等赍诏及印赐之，文曰"暹罗国王之印"，并赐世子衣币及道里费。自是，其国遵朝命，始称暹罗。"⑤实际上，两种说法只是时间略有差异，至迟到洪武十年，暹罗国这一名称便取代了暹罗斛国之名。

①［泰］西萨·瓦立颇隆：《暹罗国发展史》，译文见《星暹日报》，1993年12月25日。

②［清］张廷玉等：《明史》卷324，中华书局1974年版，第8396页。

③［明］张燮：《东西洋考十二卷》，中华书局1981年版，第32页。

④［明］严从简，余思黎点校：《殊域周咨录》，中华书局1993年版，第279页。

⑤［清］张廷玉等：《明史》卷324，中华书局1974年版，第8397页。

当然，由朝廷命名到为民间接受需要一个过程，暹罗国的名字直到永乐初年才真正被接受与认同。

2. 李俊与暹罗国

"尝论夫水：发源之时，仅可滥觞；渐而为溪，为涧，为江，为湖，汪洋巨浸而放乎四海。当其冲决，怀山襄陵，莫可御遏，真为至神至勇也！"⑥从方圆八百里的梁山水泊到"周围三万六千顷"的太湖，再至浩渺的大海，随着环境的变迁，好汉们的豪迈气概越发冲天。正如李俊所说："梁山泊与太湖中虽然空阔，怎比得这海外浩荡！"（《水浒后传》第十一回）人凭水势，其放达之气与神勇性格得以张扬。

在《水浒传》中，梁山好汉活动的背景是宋徽宗时期，《水浒后传》的背景则是徽宗末期、钦宗短命王朝及高宗初立的逃窜期，即以北宋的灭亡为背景。这一时期政治、社会局势混乱，得势的蔡京、高俅、童贯、杨戬、王黼、梁师成"都是阿谀谄佞，逢君之恶，排摈正人，朘削百姓，所做的事，却是造艮岳，采花石纲，弃旧好，挑强邻，纳贿赂，任私人"之辈，终至北宋王朝"土崩瓦解，一败涂地"。昔日"梁山泊内一百八人，虽在绿林，都是心怀忠义，正直无私，皆为官私逼迫，势不得已，潜居水泊，却是替天行道，并不殃民；后来受了招安，遣他征服大辽，剿除方腊，屡建功勋，亡身殉国，平定江南回京之日，可怜所存者不过十分之三"。"尚有三十二人"在世：

　　那三十二人是：公孙胜，呼延灼，关胜，朱仝，李俊，李应，

---

⑥上海人民出版社编：《〈水浒〉评论资料》，上海人民出版社1975年版，第640页。

戴宗，燕青，朱武，黄信，孙立，孙新，阮小七，顾大嫂，樊瑞，蔡庆，童威，童猛，蒋敬，穆春，杨林，邹润，乐和，安道全，萧让，金大坚，皇甫端，杜兴，裴宣，柴进，凌振，宋清。或有赴任为官的，或有御前供奉的，或有闲居隐逸的，或有弃职归农的，或有修真学道的。（《水浒后传》第一回）

但那些奸邪势力仍不放过他们，"尽要收管甘结"（《水浒后传》第四回）。

济州通判张干办出自蔡京门下，诬陷阮小七凭吊梁山泊为重复啸聚造反，并派兵捉拿，被小七搠死。后与邹润、孙新、顾大嫂、扈成杀死恶棍毛豸，于登云山举义。李应等人不甘忍受官府的迫害，在饮马川重兴。李俊等人本想在太湖安身立命，逍遥快活，而巴山蛇丁自燮勾结常州太守吕志球，将太湖大半作放生池盘剥渔民，李俊等打破水界，蔑视贪官，却被吕、丁以"梁山余党"的罪名诱捕勒索。乐和设计捉住吕、丁二人，强迫他们拿出平日搜刮百姓的钱粮，为百姓代纳秋税；把大小渔船抽过的税，都要加倍偿还。墨吏赃官赔钱受辱，可谓大快人心。官逼民反，啸聚山泽，强烈的生命意志，使好汉们冲出陆地，走向海洋。

李俊惩创了贪官恶霸之后，在梦中乘黑蟒见到宋江，宋江告诉他"你前程远大，不比我福薄，后半段事业要你主持。你须要替天行道，存心忠义"。茫茫水泊，浩浩太湖，都非存身之地，他们毅然远走海外，于暹罗化外为王，展示其冲破黑暗的磊落之气。

李俊等人开基金鳌岛，殄灭残暴的沙龙和妖僧萨头陀，除掉了篡位的奸相共涛。此后，登云山、饮马川两处的英雄也泛海至暹罗，散落各地的英雄重又聚合在一起，共同成就大业，李俊被推为国主，建立了一个"快活"的世界。《水浒后传》一方面承续了原书的精神，一方面在原本人物形象的基础上丰富和重铸了他们的血性灵魂。

乐和在《水浒传》中机巧、伶俐，但对他言行的表现不多，性格较为单薄。到《水浒后传》中，他成了一个机智多谋、胆大心细、义勇兼备的军师。他更名避难，在建康灌醉汪五狗及众丫鬟、养娘，救出花逢春一家；又把花逢春装扮成王朝恩少子，假装登门拜师，趁机拿住吕志球，逼其释放李俊等人。暹罗国乘胜追击沙龙，一鼓拿下金鳌岛；随机应变，入暹罗朝廷议和；后用兵击杀共涛、萨头陀之兵，等等。乐和襄助李俊，功莫大焉。

《水浒传》结尾，李俊功成退隐太湖。至《水浒后传》中，他意志坚定，识见不凡，胸襟开阔，蔼然可亲，成为"得雨飞天外"的"蛟龙"（《水浒后传》第十回）。正如作者所说："混江龙在梁山，上中之材，何以得南面称雄？古来豪杰起于徒步多矣。如王建呼贼王八，钱婆留起于盐徒，不可胜纪。安见李俊不可为暹罗国主？况其存心忠义，辅弼得人，故《前传》言太湖小结义投外国而作暹罗国王也。"[1]胡适先生认为："既认了一个浔阳江上的渔户作主要人物，自不能不极力描写他一番。《后传》第九回里写李俊'不通文墨，识见却是暗合'，这便是古人描写刘邦、石勒的方法了"[2]。所不同的是，刘邦、石勒之流驰骋于陆地，李俊却被赋予了大海的胸襟和坦荡。李俊惩办奸佞，教化仁义，贤明清正，直"可改名为混海龙"（《水浒后传》第二十三回）了。

还有燕青，他《水浒传》中为"天巧星"，突出其机敏、智慧的特点。《水浒后传》以此为基点，进而发展与丰富。第二十四回写他智进金营，面见道君皇帝，送上青子黄柑；他胆略过人，又智

---

① 朱一玄，刘毓忱编：《水浒传资料汇编》，南开大学出版社2012年版，第494页。
② 胡适：《中国章回小说考证》，安徽教育出版社2006年版，第108页。

救关胜、莫氏、卢氏等人。到达暹罗国后，他深谋远虑，竭诚为国：诤谏李俊"务须励精图治，不宜自耽逸乐"（《水浒后传》第三十六回）。牡蛎滩救护宋高宗，并进言高宗远奸佞之人，任用忠贞之士。他识见卓荦，忠义过人，成为一个极具伦理性的个性人物。

在暹罗国，英雄各显身手，豪气冲天。当大海被注入时代的精神因素之后，它既成为一种自然物，又具有了伦理性质；既是人物活动的特定背景，又成为人物搏击时代的场所，成为人物性格的依托和延伸。大海透视着英雄们性格的变化与发展，渐渐化为一种厚重的文化背景。在这里，大海这一意象成为作者心目中理想人格的栖息地。

3. 暹罗国与大海意象

大海意象展示了水浒英雄们开拓进取的胸怀气度与胆识，也表露了作者理想—愤激—消解的心理轨迹。

大海汇聚了古人美妙的玄想，几乎所有人世间企求不到的，都可以寄托于大海。大海意象的审美效应就是激发、引导主体意识超现实的追求，使主体意识有一个理想的归宿。金人的入侵将北宋王朝推向覆亡的境地，将中原广大地区的百姓推向战乱的深渊；而宋高宗信用黄潜善、汪伯彦等一班奸臣，抗战派被弃置不用，南宋中兴无望。陈忱经历了明清易代，目睹了国家沦亡、百姓涂炭、民不聊生。明清易代之际与南北宋之交的情形何其相似，亡国之痛、故国之思，使陈忱把一腔热血倾注在水浒英雄身上，并把自己的政治理想寄托于海外。

李俊等人刚踏上暹罗国的清水澳，作者笔下一派亮色：

> 只见山峦环绕，林木畅茂，中间广有田地，居民都是草房，

零星散住，牛羊鸡犬，桃李桑麻，别成世界。问土人道："此间
有多少地面？属那州县管的？"土人道："方圆有百里，人家不
上千数，尽靠耕田打鱼为业，各处隔远，并无所属。我们世代居
此，也不晓甚么完粮纳税。种些棉花苎麻，做了衣服；收些米谷，
做了饭食；菜蔬鱼虾，家家有的，尽可过得"。（《水浒后传》
第十一回）

　　这简直是一个"世外桃源"，风俗古朴，风物闲美，丝毫感受
不到战乱的威胁和纷扰。经过离乱的人们多么希望有一个安宁的家
园！这种愿望在清水澳获得了实现的希望。到了金鳌岛，李俊等杀
死了暴虐不仁的沙龙，实行"仁政"："被火焚者，给赏银米，与
他盖造房屋。七十以上者，俱送绸缎一匹。百姓尽皆欢喜。"（《水
浒后传》第十一回）又通过和亲的方式与暹罗国建立了和谐的睦邻
关系。到后十回，李俊支持协助国王马赛真除奸平暴，马赛真被共
涛害死之后，李俊在朝野的拥护下做了暹罗国王。李俊没有豪横强
掠，也没有采取军事的和政治的阴谋手段夺位称王，而是凭正义的
信念与力量获得了拥戴。这种理想的政治模式只能在海外得以实现，
这种极富民主色彩的政权，是当年梁山泊"八方共域，异姓一家"
的理念不可比拟的，与小说反映的宋朝末世和作者生活的明末清初
的现实环境也有天壤之别。这虽属虚构，但寄托深沉。
　　孔子曾说："道不行，乘桴浮于海。"①这虽为逃避现实的手段，
却也是一种出于愤激的行为。陈忱为明末遗民，他创作的这部小说
"乃是很沉痛地寄托他亡国之思，种族之感的书"，"是一部泄愤

①杨伯峻：《论语译注》，中华书局1980年版，第43页。

之书"①。鲁迅先生也说，《水浒后传》"亦见避地之意矣"②。所谓"避地"，就包含了作者对宋王朝末世的悲哀，饱含着"草臣"的抗争与愤慨。陈忱在《水浒·论略》中就剖明自己的心迹："《后传》为泄愤之书。愤宋江之忠义，而见鸩于奸党，故复聚余人，而救驾立功，开基创业；愤六贼之误国，而加之以流贬诛戮；愤诸贵幸之全身远害，而特表草野孤臣，重围冒险；愤官宦之嚼民饱壑，而故使其倾倒宦囊，倍偿民利；愤释道之淫奢诳诞，而有万庆寺之烧，还道村之斩也。"③其所"愤"者，无一不是明代的积弊；眼见明朝统治者昏庸腐败，奸佞弄权，陷害忠良，而导致异族入侵，河山颠覆，百姓被祸，只得借助笔下人物舒解愤懑："嗟乎！我知古宋遗民之心矣。穷愁潦倒，满眼牢骚，胸中块磊，无酒可浇，故借此残局而著成之也。"④

李俊曾对部下说："我等在中国耐不得奸党的气，要寻一个海岛安身。"（《水浒后传》第十一回）一旦开辟金鳌岛，人各得其所，物各得其所，便感叹宋江、吴用等人虽开辟了梁山泊的局面，却不能"来到海外，反成这个基业"。乐和道："中国人都是奸邪忌妒，是最难处的。海外人还有些坦直，所以教化易行。"（《水浒后传》第十三回）两人的言语诉出了作者的心声：逃避与追求，愤激与期望，大乱与大治，这些情绪矛盾地聚合在他身上。

愤激之后，便显得柳暗花明。英雄们国内聚义、抗敌，海外建功立业，小说最后更是大书他们海外团聚。李俊受封称王，三十多位英雄冠袍加身；金銮殿上，四美结良缘（《水浒后传》第三十九回）；

---

① 胡适：《中国章回小说考证》，安徽教育出版社 2006 年版，第 105、109 页。

② 鲁迅：《中国小说史略》，上海古籍出版社 1998 年版，第 102 页。

③ 朱一玄编，朱天吉校：《明清小说资料选编·上》，南开大学出版社 2006 年版，第 335 页。

④ 朱一玄编，朱天吉校：《明清小说资料选编·上》，南开大学出版社 2006 年版，第 335 页。

庆功宴上，"赋诗演戏大团圆"（《水浒后传》第四十回）。有人认为大团圆结局是一种廉价的公式化写作，是一种主观臆造，没有多少价值。这虽有一定道理，却也忽略了文学现象产生的社会心理因素，因为文学要表现的不一定是历史真相，而是扮演着纠正现实缺陷和追求理想的角色，是作家心理的再现和延伸。公案、武侠题材也好，才子佳人小说也罢，就是历史演义和神魔作品，也难以避开这一俗套。大团圆的结局像一副精神的疗剂，使陈忱获得了心灵的慰藉与解脱，他假借柴进之名赋诗咏叹："气象巍巍大国风，元宵乐事赏心同。冰轮涌出金鳌背，万载千秋一照中。"（《水浒后传》第四十回）正如蔡元放指出的那样："作者因前传有李俊后为暹罗国王一语，因想到李俊既可去外国为王，则当日兄弟，岂不可去作一国之开基辅弼，使其另建一番功业，另受一番荣华，同归一处，以讨后半世成收成结果，作美满大团圆，以大快人心？此作《水浒后传》之主意也。"[1]的确，美满的大团圆结局令人解颐，也能让人感觉到作者内心的巨大波动：情感的潮起潮落，应和着其心灵的企望与消歇。

大海，这一最易引起人壮怀激烈之情的自然景观，进入文学领域便成为古人寄托精神的载体。水浒故事与大海意象的碰撞、交融，展现了创作主体偏重主观性、理想性的情感个性，其间有失落，有沮丧，更有一种难以遏止的激情与追求。以此，陈忱丰富了水浒故事的内涵，《水浒后传》给人们带来了艺术和精神上的审美满足。

---

① 朱一玄，刘毓忱编：《水浒传资料汇编》，南开大学出版社2012年版，第498页。

二、《水浒传》与《封神演义》

《封神演义》在中国文学史上是一部有着特殊影响的小说。作者写作此书，"意欲与《水浒传》《西游记》鼎足而三……书之开篇诗有云：'商周演义古今传'，似志在于演史，而侈谈神怪，什九虚造，实不过假商周之争，自写幻想，较《水浒》固失之架空，方《西游》又逊其雄肆，故迄今未有以鼎足视之者也"①。鲁迅先生把《封神演义》视为"神魔小说"，孙楷第先生在《中国通俗小说书目》中也把它列为灵怪类。因其写神怪，后来多种版本的文学史都把它置于《西游记》的麾下。其实，源远流长、多姿多彩的中国小说并不是沿着历史演义、英雄传奇、神怪、人情小说的叙事轨迹平行发展的，这些门类虽然各成独立体系，但又相互影响，杂糅混合，从而呈现出小说的混类现象。"小说的混类现象不是个别的孤立的，而是普遍的相互制约着的"②。《封神演义》"较《水浒》固失之架空"，但如果着眼于《水浒传》乱、力、怪、神的精神内涵，就不难发现，《封神演义》的创作显然受到了《水浒传》的熏染。

《水浒传》依据北宋末年宋江起义的史料加以生发和虚构，带着一种注重艺术真实的假象问世，但整部小说并不排除神魔意象及怪异争斗；《封神演义》以塑造神怪的方式演述历史上的商周之争，以武王伐纣、斩将封神为线索，编织了大量神魔争胜斗法的故事，将历史的真实加以神化和幻化。两者虽然表现手法有别，但精神实

---

① 鲁迅：《中国小说史略》，上海古籍出版社1998年版，第117页。
② 林辰：《小说的混类现象和小说发展的轨迹》，《社会科学辑刊》1990年第4期。

质是相通的。我们以较完整的百回本《水浒传》为例来探讨其对《封神演义》的影响。

（一）中国古代小说“爱广尚奇”的新思维

中国传统文化中有一种执着的信实观念，这就是“崇实黜奇”。儒家学派的创始人孔子一向主张注重人事，其“毋意、毋必、毋固、毋我”与“子不语怪力乱神”的言论表达了儒家对神鬼等虚妄观念的基本态度。然而，崇实观念并没有使文学创作者们循规蹈矩地一味写实，反而滋生出一种“爱广尚奇”的新思维。

早在魏晋志怪小说的创作过程中，许多作者在执拗信实观念的驱动下，要为非现实的怪异题材在现实中寻绎合理的存在方式，因而他们声称是以信实的态度来实录怪异传闻。如果对这些小说中所蕴含的迷信因素定而不论，那么这些作者对志怪传闻的信实态度的确是出于一种心理偏好——崇尚奇异，即对奇异怪诞之事流露出浓厚的追求与欣赏的趣味。干宝在《搜神记》中有意称述自己“撰记古今怪异非常之事”[①]；王嘉作《拾遗记》也“搜撰异同，而殊怪必举，纪事存朴，爱广尚奇”[②]。至唐宋传奇，“尚不离于搜奇记逸”[③]。唐人李公佐流传下来的传奇有《南柯太守传》《谢小娥传》《古岳渎经》等，构想诡幻，被李肇《唐国史补》视为“文之妖”[④]。所谓

①［晋］干宝等著，王东明主编：《搜神记四种》，陕西旅游出版社 1993 年版，第 6 页。
②［南朝梁］萧绮：《拾遗记序》，见《汉魏六朝笔记小说大观》，上海古籍出版社 1999 年版，第 492 页。
③鲁迅：《中国小说史略》，上海古籍出版社 1998 年版，第 44 页。
④［唐］李肇：《唐国史补》卷下，见《唐五代笔记小说大观·上》，上海古籍出版社 2000 年版，第 193 页。

"妖"，就是"怪"，在奇字上见功力。到明人白话小说如"三言""二拍"，仍为了满足人们尚奇的心理"适出而争奇"①。因此在文学的领地，"爱广尚奇"是一种重要而又带有浓重主观色彩的创作倾向，也是我们民族文化形成过程中产生的一种特殊民族心理。而这种民族心理又不可能不受宗教意识的影响和制约，因为从魏晋至明清小说的发展史看，不论是文言还是白话、长篇还是短篇，其叙事结构、情节模式及有关奇异怪诞之事的描述，甚或一些带有迷信色彩的内容，始终没有摆脱宗教意识的影响。它制约着人们的思维模式和审美趋向，也制约着人们对小说的创作和欣赏。

《水浒传》的尚奇风神，表现在多次利用佛道活动、佛道人物、佛道奇招异术推演情节、张目人物命运和渲染背景。龙虎山、五台山、二仙山都是奇境异景；宋江还道村遇九天玄女，鲁智深在一圣僧的引导下捉住方腊，无不是奇缘异遇；高廉、贺统军、包道乙的妖法，罗真人、公孙胜、樊瑞的道术，宋江的九宫八卦阵、兀颜统军的太乙三才阵无不令人称奇；一百零八将绰号多以怪兽猛禽、凶神恶煞名之，显得险怪迭生。书中各种奇功异术也各显其能：神行太保戴宗会神行法，把两个甲马（道符）缚在腿上，能够日行八百里，如神附体，是名副其实的"飞毛腿"；浪里白跳张顺水下功夫世间罕有，"水底下伏得七日七夜"（《水浒传》第三十七回），称得上古代优秀的"潜水员"，诸如此类。《水浒传》中这些奇异的描绘，绝不亚于志怪、神魔小说；作为我国最早的长篇小说之一，不能不触发《封神演义》的奇思妙想。

正因为这样，在《封神演义》中，昆仑山玉虚宫、终南山玉柱洞、青峰山紫阳洞，处处称奇；子牙垂钓磻溪得遇文王，闻太师命丧绝

---

① 鲁迅：《中国小说史略》，上海古籍出版社1998年版，第141页。

龙岭是缘遇奇逢；雷震子拍翅能飞，土行孙能驾"土遁"，杨戬有百变不坏之身，个个都属奇人异状。还有"十绝阵""金光阵""诛仙阵"，奇象环生，引人玄想。就是对人物命运奇遇的安排，也有相通之处。宋江遇九天玄女，玄女以"法旨"授宋江："遇宿重重喜，逢高不是凶。北幽南至睦，两处见奇功。"（《水浒传》第四十二回）子牙离开昆仑山，原始天尊也以八句偈语相嘱：

> 二十年来窘迫联，耐心守分且安然。
>
> 磻溪渭水垂竿钓，自有高明访子贤。
>
> 辅佐圣君为相父，九三拜将握兵权。
>
> 诸侯会合逢戊甲，九八封神又四年。[1]（《封神演义》第十五回）

这些神秘的言语，此后一一应验，层层出奇。

不难看出，这些奇异怪诞的描写极度张扬了人的精神力量，成为人们崇尚奇异心理的物化形态，展现了稳定的审美倾向，这给后世的人们带来特殊的审美关注领域，引发了人们对现代科技发明与创造的浓厚兴趣。

（二）崇尚勇武的精神气质

《水浒传》《封神演义》中最令人回味的恐怕是书中形象各异的人物，但最终感染人的还是勃发于人物身上的勇武之力。《水浒传》针对重文抑武的两宋社会风气和文化背景，逞威炫力；《封神演义》借阐教与截教的正邪较量，崇武倡力。勇武之力主要表现为强悍体力、

---

[1] 引文以上海古籍出版社 2011 年版《封神演义》为据，下同。

勇敢精神、刚烈气质、坚毅意志和在武力斗争中表现出的高超技艺等。

梁山好汉的故事大多有对勇力的展现和张扬，史进、鲁智深、林冲、杨志、晁盖、阮氏三雄、武松、花荣、李逵、石秀、燕青，乃至孙二娘、扈三娘、顾大嫂，他们与社会奸邪势力、与自然界猛兽的搏杀，让人看到了他们强健的体魄、坚毅与豪迈的精神和凛然的阳刚气质。他们从个人的抗争到逐步走向战场，人尽其力，人尽其才，辉辉赫赫，气吞山河，小说的描述中流淌着蓬勃与刚烈的气势。不仅如此，梁山好汉们的对手也勇力不凡：郑屠、西门庆、蒋门神之徒，都能凭各自的力量和气势压人；辽将天山勇"马上贯使漆抹弩，一尺来长铁翎箭，有名唤作一点油"（《水浒传》第八十四回）；方腊手下大将庞万春，能踏"七八百斤劲弩"，射死史进、石秀等人（《水浒传》第九十八回）。

和《水浒传》一样，《封神演义》也在竭力渲染和高扬勇力与坚毅。南宫适、武成王、哪吒、杨戬、黄天化、雷震子等人有力有勇有谋，赴汤蹈火，九死一生；武王姬发为减轻西岐的灾祸，毅然赴入"红沙阵"，经受百日之灾的磨难；姜子牙统帅三军，在西岐经历七死三灾，未尝退却。正是凭借周武集团的雄魄勇毅，才最终打败了残暴的纣王。就是纣王也没有被简单化，他凶残暴虐，但也勇力非凡，"千斤膂力冠群僚"，但因失去了正义的力量，最终葬身火海。

伴随着勇力，英雄们的武艺也得到展示。鲁智深的禅杖重达62斤，挥动起来变化自如；呼延灼的双鞭左手重12斤，右手重13斤，双管齐下，出神入化；张清"善会飞石打人，百发百中，人呼为没羽箭"，大显神威，洞仙侍郎兵败诉说："宋江兵将浩大，内有一个使石子的蛮子十分了得。那石子百发百中，不放一个空，最会打人"（《水浒传》第八十四回）。到《封神演义》中，石子更令人生威。姜子牙弟子龙须虎"善能发手有石。随手放开，便有磨盘大石头，飞蝗骤雨，打得满山灰土迷天，随发随应"（《封神演义》第三十八回）。女将邓婵玉一手五光石，使周王诸将和截教诸神魂飞魄丧。

单纯靠勇力是不能成就大事的，还必须有智谋之力。吴用才智过人，运筹帷幄，从智取生辰纲到梁山英雄排座次，从招安到征辽平方腊，无不凝聚着他的智慧。还有宋江、李忠等，也是善用谋略之人。《封神演义》中的智谋之力主要体现在周武集团的群雄身上。文王身陷囹圄，上大夫散宜生主张重贿奸臣费仲、尤浑，认为他们"必在纣王面前以好言解释，老大王自然还国，那时修德行仁，俟纣恶贯盈，再会天下诸侯，共伐无道，兴吊民伐罪之师，天下自然响应"（《封神演义》第二十回），此一谋划使文王回归西歧，建立不世基业。在攻伐纣王的过程中，子牙以"观政于商"为旗号，让武王大胆伐纣，并用反间计使邓九公父女归周；金木二吒诈降智破游魂关；杨戬随风变化，潜入敌营，反败为胜。这些都显示了人物智谋的高超。

此外，还有法力。水浒一百零八将龙腾虎跃，终被祖老天师洞玄真人镇锁在"伏魔之殿"内；罗真人法力无边，一块手帕可以化作一片红云、一片青云、一片白云，公孙胜、戴宗、李逵站在上面，升天入地，行走如飞；他还把"五雷天罡法"传于公孙胜，助他打败玩弄邪术的高廉。樊瑞亦有法力，打败了方腊手下的郑魔君；宋江"自念天书上回风破暗的密咒秘诀"，使关胜杀死郑魔君。这些都显示了道教的神力。到《封神演义》中，阐教与截教中的人物拥有法力的大有人在，彼此斗法斗力，道高一尺，魔高一丈。如姜子牙布罡斗，施符水，可以在七月天冰冻歧山；清虚道德真君倒出神砂一撮，黄飞虎就可以摆脱闻太师的追击。这些描写看似荒唐无稽，但也耐人寻味，表现出在当时生产力和科技水平低下的条件下，人们多么渴望掌握先进的技术。

在《水浒传》中，勇力、智谋的高低不仅是决定战争胜败的主要因素，功力与法力也是取胜的重要手段。作为一部写实小说，《水浒传》对非现实力量的渲染，直接开启了后世小说对非现实力量大肆描绘的写法，《封神演义》中对勇力、功力和法力的描写，令人眼花缭乱。

（三）"乱自上作"与"犯上作乱"

"乱自上作"的社会政治问题已经引起通俗小说作者的关注和思考。《水浒传》全景式地描述了以宋江为首的梁山好汉造反的情形：高俅发迹而胡作非为，逼走王进，陷害林冲，这些富有典型意义的情节充分揭示了官僚政治的黑暗与腐败。金圣叹为此明确点出："一部大书七十回，将写一百八人也，乃开书未写一百八人，而先写高俅者，盖不写高俅，便写一百八人，则是乱自下生也；不写一百八人，先写高俅，则是乱自上作也。乱自下生，不可训也，作者之所必避也。乱自上作，不可长也，作者之所深惧也。一部大书七十回而开书先写高俅，有以也。"[①] 此后，高俅伙同蔡京、童贯、杨戬把持朝政，网罗党徒，致使吏治混乱、社会窳败，百姓不造反就没有出路。在第一回，宋江等人被拟作"伏魔之殿"中的妖魔，"一百单八个'魔君'降生社会的原因，是奉了圣旨的洪太尉'误'放出来的，这隐喻着'乱自上作'，'官逼民反'的思想"[②]。"乱自上作"比较深刻地概括了宋江等人造反的社会原因。

《封神演义》开篇写纣王到女娲宫进香，亵渎女神，女娲命三

---

① 陈曦钟，侯忠义，鲁玉川辑校：《水浒传会评本》，北京大学出版社1987年版，第54页。

② 郭英德：《〈水浒传〉的三重寓意》，《文史知识》2003年第9期。

妖祸乱纣王。商朝之乱乃纣王咎由自取，由此埋下祸根。小说前三十回描述了纣王无道，设炮烙、造虿盆、剖孕妇、敲骨髓等暴行，因而丧失民心，天下诸侯造反。同时西歧自立武王，招亡纳叛，积蓄力量，与纣王分庭抗礼。此后，商纣派兵伐西歧，武王伐纣，纣王自杀。历史上的商纣是商代奴隶王朝最后一个君主，作者把商周两个不同的部族写成了君臣关系，"武王伐纣的事业是'以臣伐君'，是'以下伐上'，是'灭独夫'。……这样一种思想实际上是封建社会里的农民起义的理论根据之一"①，武王之所以伐纣，其根源依然是"乱自上作"。周武革命，以仁易暴，佛道助周的为阐教，邪恶的神助商为截教，祭宝斗法，结果武王得民心而得天下，突出的是民本思想。所不同的是，水浒好汉讲求忠义，替天行道，这有符合封建统治阶级利益的一面，他们身上也有杀尽贪官、保境安民的爱国精神。他们走向梁山不是要取代朝廷，而是"暂据水泊，专待朝廷招安，尽忠竭力报国"。

　　《水浒传》讲忠义，反权奸，主张仗义疏财，向往明君仁政；《封神演义》虽然怪异，但对仁君仁政及民本思想的追想也是昭昭然的。明代封建专制严酷，朱元璋对"民贵君轻"思想尤为反感，下令把孟子牌位抛出孔庙，并严令删除《孟子》中一些具有古代民本思想的言论，形成了钳制社会舆论的万马齐喑的局面。而通俗小说却从大众文化的角度启迪着人们的心灵，使孟子的重民思想具有了广泛的社会基础。孟子主张"保民而王"，他把民生放在第一位，把社稷放在第二位，把君放在第三位，提出仁政爱民，以便收服人心，巩固王位。而且孟子反对暴君，"贼人者谓之'贼'，贼义者谓之

---

① 中国科学院文学研究所中国文学史编写组编写：《中国文学史（三）》，人民文学出版社1979年版，第946—947页。

'残'。残贼之人谓之'一夫'。闻诛一纣矣，未闻弑君也"①。(《孟子·梁惠王下》)这种暴君可诛的道德观与孔子不分贤愚的"忠君"思想有了分别。孟子反暴君，不是不要君，而是希望出现像尧、舜、禹、汤、文王、武王那样的明君。因此这种思想在整个封建社会各个阶层中影响深远。

《水浒传》倡导忠义，好汉们虽然向往政治清明，拥护皇帝，但又与官军作对，并攻陷大宋王朝的州府，这实际上反映出他们对待朝廷的矛盾态度。如果说梁山好汉造反还未完全突破封建伦理观念的话，那么《封神演义》反对暴君则是一个超越。姜子牙就不止一次地申明："天下者非一人之天下，乃天下人之天下。"这充分显示了民愿主宰天命，人民反抗暴君是合理的。在反对正统王朝、以下抗上的题材中，两部小说有惊人的相似之处："乱自上作"是每个封建王朝的末世现象，"犯上作乱"是封建社会进步力量的一种必然选择。

（四）座次表与封神榜

神话从古至今都是各个学派喜欢谈论的话题，借此来表现各自的神话观念和哲学思想。但在儒家那里，由于其崇实抑虚的理性精神，其取向要么是"敬鬼神而远之"②(《论语·雍也》)，要么是"不语乱，力，怪，神"③(《论语·述而》)。一部《论语》很少涉及鬼神问题，这在很大程度上决定了上古神话遭轻视、被改造的命运。但佛、道思想存在泛神化倾向，这又使中国传统文化中的神灵世界

---

① 杨伯峻译注：《孟子译注·上》，中华书局1960年版，第42页。
② 杨伯峻译注：《论语译注》，中华书局1980年版，第61页。
③ 杨伯峻译注：《论语译注》，中华书局1980年版，第72页。

有了赖以存在的理论基础，对文学创作的影响突出地表现为神话文学化和历史神话化。

如前所述，《水浒传》运用了石头神话（石碣）和玄女神话，表现了好汉们反抗黑暗现实和奸邪势力及"为主全忠仗义，为臣辅国安民"的复杂思想。（关于神话对《水浒传》的影响参看第二章）《封神演义》将武王伐纣这一载入史典的重大事件神话化、神魔化，书中充斥着神秘的天命意志。两部小说分别沿着自己的神话理路延展、扩充。论及《水浒传》对《封神演义》创作的影响，不在于神话文学化和历史神话化，而在于在神话文学化和历史神话化的过程中再造神话。具体地说，梁山泊座次表上的英雄与封神榜上的英雄，都是再造出来的神话英雄，可以说，梁山英雄的座次表直接孕育了封神榜。

水浒好汉被称为"天罡星""地煞星"，是"魔君"，降到人间凝聚成一股造反的力量。《水浒传》第七十一回，在一派虔诚、几分神秘的氛围中，他们服从了秩序的安排，正如宋江所说："今者上天显应，合当聚义。今已数足，上苍分定位数，为大小二等。天罡、地煞星辰，都已分定次序。众头领各守其位，各休争执，不可逆了天言。"招安后，北征辽国，南平方腊，在勤王的战役中，许多好汉殒命沙场，最后他们的魂魄神聚蓼儿洼。宋江被"玉帝符牒敕命，封为梁山泊都土地"，并于梁山泊盖起"靖忠庙"，后又"妆塑神像三十六员于正殿，两廊仍塑七十二将……护国保民，受万万年香火。年年享祭，岁岁朝参"（《水浒传》第一百回）。好汉们进入了神界，完成了从魔到神的转化。这构成了《水浒传》再造神话的形而上的层次，体现了小说缜密的构思和浑融的艺术结构。

《封神演义》以武王伐纣的历史为切入点，重塑了上古诸神的形象，编制了民族化的"神谱"系列，这仍属于再造神话的范畴。

因为在《封神演义》成书前的明初，民间宗教就形成了以玉皇大帝为首的天宫天神谱系、以太上老君为首的神仙真人系统和以如来佛为首的西方极乐世界。而在《封神演义》的神话世界中，不论属于武王集团还是纣王集团，凡阵亡人神将帅，其灵魂一概进入封神台，形成了封神榜上"三界八部三百六十五位"正神谱系。此前，元始天尊诰敕说："特命姜尚依劫运之轻重，循资品之高下，封尔等为八部正神，分掌各司，按布周天，纠察人间善恶，检举三界功行。"（《封神演义》第九十九回）如雷部神、火部神、瘟神、五斗群星神、二十八宿、随斗部神等，而在随斗部神中居然也有三十六天罡星与七十二地煞星。姜子牙斩将封神可谓：

> 宝府秘箓出先天，斩将封神合往愆。
>
> 敕赐昆仑承旨渥，名班册籍注铨编。
>
> 斗瘟雷火分前后，神鬼人仙任倒颠。
>
> 自是修持凭造化，故教伐纣洗腥膻。（《封神演义》第一百回）

而在《昆仑山子牙下山》一回中，"三教并谈，乃阐教、截教、人道三等，共编成三百六十五位成神。又分八部：上四部雷、火、瘟、斗，下四部群星列宿、三山五岳、布雨兴云、善恶之神"（《封神演义》第十五回）。以封神榜为线索，把人、神、仙连在一起，建构起整部小说的脉络，最终诸神打破教派之别，重新排序，他们之间没有高低，只有分工不同。

《水浒传》中的座次表是其整体结构的重要枢纽，一百零八将魔—人—神的转化，在石碣天文中已有规定，是天意的安排；座次表又是小说对人物的全面总结和评价，它决定了人物的命运和行动的方向。同样，进入封神榜的人物也是天意决定的，封神榜决定了《封神演义》的结构特点，并对小说中的人物进行了全面的概括与定评，使阐教与截教是否在助纣为虐有了分明的对照，进而展示了人物的价值取向及命运结局。座次表、封神榜既是两部小说的结构表征，又是安排情节、塑造人物的依据。不难看出，封神榜是在座次表基础上的又一次创新，两者有异曲同工之妙。

由此可见，从《水浒传》到《封神演义》，小说创作已经突破了按历史演义、英雄传奇、神魔小说等固定类型发展的框子，这是古代章回小说进一步发展成熟的表现，应该引起足够的重视。

三、《水浒传》对《红楼梦》创作的影响

就小说的传承关系看，俞平伯先生早就指出："《水浒》、《金瓶》、《红楼》三巨著实为一脉相连的。……《红楼》作者心目中固以《水浒传》为范本"①。此后，前贤又多以现实主义的创作精神探析、比较《水浒传》对《红楼梦》创作的影响。其实，《水浒传》在神话构思、座次表编排、绰号大量运用方面对《红楼梦》都有不可磨灭的影响。

（一）石碣与"通灵玉"

在古典章回小说中，以神话为故事缘起并以之结构整部小说的写法，始自《水浒传》。神话是原始文化的综合表现形式，蕴含着丰富的艺术成分和独特的艺术气质。随着社会文明的积累、深化，中国神话不断地被改造、转化。其中文学化神话就是文人作家把某些原始神话移植于自己的创作领地，使之服务于自己创作意志的产物。而这种移植往往使神话与其所嵌入的文本交融在一起，既彰显了原始神话顽强的生命力，又展现出创作主体邃密的构思天才。更耐人寻味的是，创作主体在把握这种神话构思的方式时，又会自觉不自觉地再造神话，使原始神话精神得以蔓延、拓展，与文本意境融为一体。

在繁本系统中，《水浒传》卷首便引入了石头神话，这对包括《红楼梦》在内的后世小说都产生了深刻的影响。两部小说化用的石头

---

① 俞平伯：《俞平伯点评红楼梦》，团结出版社 2004 年版，第 337 页。

神话源头都可以直接追溯到《淮南子·览冥训·女娲补天》：

> 往古之时，四极废，九州裂，天不兼复，地不周载。火烂炎而不灭，水浩洋而不息。猛兽食颛民，鸷鸟攫老弱。于是女娲炼五色石以补苍天，断鳌足以立四极，杀黑龙以济冀州，积芦灰以止淫水。苍天补，四极正，淫水涸，冀州平，狡虫死，颛民生。①

女娲以五色石补苍天，救生民，给人以强大的震撼；石头作为神话意象，已然成为坚强和力量的象征。

具体到《水浒传》中，石碣便承担起石头神话的使命。北宋末年，朝廷昏昧，奸佞专权，公道不彰，民不聊生；加之外患频仍，北宋王朝岌岌可危。小说第一回写"伏魔之殿"被打开之后，殿中突现的是一块写有天书的石碣，在石碣下面的洞穴里，作为神祇的天罡星、地煞星冲天而起，散落人间，化为一百零八位好汉。他们扶弱锄恶，由小聚义到大聚梁山泊，以"替天行道"为旗号匡时救世。而"替天行道"有着复杂的内涵，在封建正统社会中，"替天行道"的主角是天子，容不得他人去替代。但宋江等人既造反，也未忘记忠义、忘记朝廷，只不过是"忠为君王恨贼臣，义连兄弟且藏身。不因忠义心如一，安得团圆百八人"。（百二十回本《水浒传》第五十五回）他们视自己的行为是替皇帝铲除奸佞污吏、不忠不义之人，最终维护大宋王朝，挽狂澜于既倒。这种"替天行道"有"怒天""愤天"之情，也有"补天"的动机，可视为一种"补天"情结。正如李贽所说："盖自宋室不竞，冠履倒施，大贤处下，不肖处上。驯致夷狄处上，

---

① 刘文典撰，冯逸、乔华点校：《新编诸子集成·淮南鸿烈集解·上》，中华书局 2013 年版，第 248-249 页。

中原处下。一时君相，犹然处堂燕雀，纳币称臣，甘心屈膝于犬羊已矣。施、罗二公，身在元，心在宋；虽生元日，实愤宋事。是故愤二帝之北狩，则称大破辽以泄其愤；愤南渡之苟安，则称灭方腊以泄其愤。"①作者的忧愤，不也显示出他们"待从头收拾旧山河"的"补天"思想吗？

　　显然石碣在一定意义上有了"补天"的功能，成为全书结构的一条明线，把相同或相近的故事单元前后勾连并暗示其意义与性质。对此金圣叹在《读第五才子书法》中点明："三个'石碣'字，是一部《水浒传》大段落。"②但金圣叹论及的七十回本《水浒传》毕竟是删改本，难尽原作者之意，忽略了繁本百回本、百二十回本中作者以石碣再造神话的意图。宋江等人矢志忠义，受招安、征辽、平方腊让他们尽忠于宋朝山河；但他们终为奸佞所不容，一个个魂聚蓼儿洼，"千古为神皆庙食，万年青史播英雄"（《水浒传》第一百回），成为梁山泊"靖忠庙"里的神灵。由此，造反者由个体价值的发挥向社会价值的担当冲刺，在神话思维的层面上，让人感受到他们的坚毅和斗志、人生价值的高扬及失败后灵魂的升华。

　　由补现实社会的"天"到升入永恒的宇宙上界，回归石头神话的原型精神，这样一个环状结构使《水浒传》成为一个有机的整体。

　　"补天"在《红楼梦》中也不止一次地出现。小说中写女娲炼石补天剩下的一块顽石被携入红尘，化为灵通宝玉随贾宝玉投生来到世间，经过一番人生悲喜之后，仍化作顽石重归青埂峰下。石头后面的偈语云："无材可去补苍天，枉入红尘若许年。此系身前身后事，倩谁记去作奇传。"（《红楼梦》第一回）从作者的主观意

---

　　①朱一玄，刘毓忱编：《水浒传资料汇编》，南开大学出版社2012年版，第171页。
　　②陈曦钟，侯忠义，鲁玉川辑校：《水浒传会评本》，北京大学出版社1987年版，第16页。

愿看，石头神话所暗含的维系封建纲常秩序之意味已褪去，他不满现实，意欲"补天"，以挽回封建王朝的颓势。作者以"无材"的顽石自况，虽为激愤之言，但其"补天"的意志是显豁的。从《红楼梦》的叙事看，曹雪芹反天命与宿命论的观念混杂在一起，他执着于现实而又袒露着色空的理念，新与旧，进步与落后，批判与同情，都扎根于他的脑际。他看到了封建社会与封建贵族灭亡的必然趋势，并对社会弊病进行了深刻的挞伐，但也幻想着为现实"补天"。

脂评本写"通灵玉"即石头，是贾宝玉的命根子，因而石头与贾宝玉形同一体，成为小说的主线，并由此编织出了《红楼梦》的环形结构。关于《红楼梦》的结构，论说如云，但从石头神话的角度看，石头不听僧、道二仙劝告来到世间，随贾宝玉"历尽离合悲欢炎凉世态"，偿还孽债，最后"悬崖撒手"，返回太虚幻境。这样石头经过神话本体—社会本体—神话本体的历练，把贾府、大观园、太虚幻境紧紧连接在一起，以神话思维彰显着人生的悲剧和生命的本质。曹雪芹以石头神话观照思考人生，由此构筑了小说明了的环形结构，这与《水浒传》的构思何其相似。

《水浒传》是"发愤"之作，作者对好汉们的造反精神有同情，有赞许，更希望以忠义伦理观念补救北宋王朝摇摇欲坠的"天"。但好汉们凄凄惨惨的结局给人以强烈的触动，昭示了作者们一厢情愿的激情与遗憾，甚或茫然。《红楼梦》凝结着作家的血和泪，对于生活于封建末世的贵族儿女以及他们的一些叛逆行为回护得多，批判得少，作家精心塑造的这些艺术形象让人们反观到其对"补天"的无力甚或绝望。同样是石头神话，两部大书却演绎着不同的内容，但两者都以此倾情打造了各自最幻最真、最曲最直、首尾相衔、血脉贯通的形而上的环形机体，凸显着石头神话的原型意义。

（二）座次表与金陵十二图册

石碣是座次表的载体。《水浒传》再造神话，天降石碣，最后让天罡、地煞获得了永生，上升到神界。《红楼梦》再造神话，营造了一个太虚幻境，缥渺幽复。这都与石头神话浑然一体，表达了一种曲终人杳、江上峰青的创作意旨。值得注意的是，在这两个神话世界里，都有一位女神统领着，分别主宰着座次表、金陵十二钗图册中人物的命运。

九天玄女原是神话中的女神，后为道教所崇奉，成为道教中有名的女神。到《水浒传》中，有诗赞玄女："头绾九龙飞凤髻，身穿金缕绛绡衣。蓝田玉带曳长裙，白玉圭璋擎彩袖。脸如莲萼，天然眉目映云环；唇似樱桃，自在规模端雪体。犹如王母宴蟠桃，却似嫦娥居月殿。正大仙容描不就，威严形象画难成。"（《水浒传》第四十二回）从发髻、脸、眉、唇、体到服饰，描绘了一个绝世仙子。她授与宋江天书，并教引宋江"替天行道：为主全忠仗义，为臣辅国安民。"玄女的天书不仅是指导宋江布阵作战的兵书，也暗含着座次表上的内容。第五十一回回前诗云："曾将玄女天书受，漫向梁山水浒藏。"第七十一回天降石碣，"此石都是义士大名，镌在上面"。天罡地煞从石碣下面的地穴中滚将出来以后，就成了座次表上"在编"的英雄了。座次表界定了众好汉的命运，是梁山事业由盛而衰的分界线。

九天玄女以天书的形式规定了座次表，掌管着宋江的灵魂和肉体，统摄着众豪杰的现世与未来。这种设置直接启发了曹雪芹，在《红楼梦》的天堂世界中，警幻仙姑成了最高权威。她"司人间之风月情债，掌尘世之女怨旷痴"，管理着人世间最复杂的情感活动，统摄着贾府中少女少妇们的命运，掌管着"清净女儿之境"大观园。与玄女相比，警幻仙子是曹雪芹虚构的，并与太虚幻境一同成为作者再造的神话。在《警幻仙姑赋》中，警幻仙姑"仙袂乍飘""云髻堆翠""腻笑春桃""唇绽樱桃""娥眉欲颦""冰清玉洁"等容止，虽没有什么个性，但与其他章回小说中对女神的铺张渲染如出一辙，说她身上有一些九天玄女的影子也不过分。

警幻仙姑带着贾宝玉在薄命司看了金陵十二钗的簿册，册子上贵族小姐、奶奶、婢妾的遭际与命运以判词、图画的形式一一说明、暗示，让人们了解到曹雪芹对册子中人物结局的态度。

册子上到底有多少人，存有歧义。蔡义江先生认为："金陵十二钗的册子第五回中写到正册、副册、又副册三等，正册十二钗全写齐了，且各有曲子；副册仅举香菱一人；又副册写了晴雯、袭人二人，余未提及。同时，已写的也都没有明说是谁。从脂批中多次提到小说原稿的末回是'警幻情榜'，榜上备列她们的名字。按理只有三十六个女子是入册子的。……胡适还以为'情榜''大似《水浒传》的石碣，又似《儒林外史》的幽榜'"[1]。俞平伯先生也说："《石头记》虽系小说史上未有之杰作，但其因袭前人之处亦复甚多。如相传结尾有所谓'情榜'，备列十二钗正、副、又副、三四副之名，约得六十人，大观园群芳罗致殆尽，此实与《水浒传》石碣罡煞名次无异也。"[2]周汝昌先生也说："雪芹对《水浒》，是又继承又'翻新'，太平闲人的'摄神水浒'说，大有道理。雪芹原书是写了一百零八个脂粉英豪——正与绿林好汉形成工致的对仗，这是有意安排。"[3]"情榜"也好，"对仗"也好，这些论断都明确地指

① 蔡义江：《红楼梦诗词曲赋评注》，团结出版社1991年版，第57页。
② 俞平伯：《俞平伯点评红楼梦》，团结出版社2004年版，第234页。
③ 周汝昌：《周汝昌点评红楼梦》，团结出版社2004年版，第348页。

出了座次表对金陵十二图册的影响，可以说，座次表直接孕育了"情榜"。

从九天玄女到警幻仙姑，一统正偏一百零八位好汉和众多女子，一个通过座次表安排众好汉的聚散悲欢，一个通过图册牵引着众女子的命运之弦。座次表与图册虽然过早地以天命意识把人物命运框住，带有宿命论的迷信色彩，但两者都基于传统的天人感应观念，让石碣、图册的记载与所写现实事件一一吻合，服务于两部大书构思的需要，从而熔铸了小说的结构、人物的特征，有异曲同工之妙。尤其是十二图册打破了座次表单一平面的叙事模式，而以判词、图画、词曲的方式立体地加以表现，诉诸人们的视觉、听觉，给人留下回环往复的重叠印象，避免了单调和平铺直叙。因而，十二图册是对座次表的超越和创新。

（三）绰号的仿拟与创新

绰号，即外号，又称诨号、诨名。在中国小说史上，借助绰号塑造人物形象、展示人物风貌已成为一种常见的手法。而最早结合人物的外貌、出身、经历、性情等因素拈出形神逼肖的绰号，并大规模用于小说人物塑造的莫过于《水浒传》。对古典章回小说而言，《水浒传》运用绰号的手法为后世小说树立了楷模；而《水浒传》之后，大规模地运用绰号标举人物性格特征的当推《红楼梦》。以此为视点，《水浒传》对《红楼梦》的浸润也是值得玩味的。

我们知道，《水浒传》经历了一个漫长的成书过程，从宋元史籍、笔记小说看，无论是达官显宦、武将豪杰还是命妇商贩、医卜星相，往往被冠以绰号。仅就笔记小说看，《鸡肋编》卷上记述建中靖国初，韩忠彦、曾布为宰相，"曾短瘦而韩伟岸，每立廷下，时谓'龟鹤宰相'"①；卷中说王德勇悍而丑陋，被叫做"王夜叉"；又有"时文士济南王治，字梦良，亦木强少和，言必厉声，性又刚果，后为大理治狱正，人亦呼之为王夜叉，以比阴狱牛头夜叉也"②的记述；《鹤林玉露》甲卷5载秦桧绰号"秦长脚"③；《齐东野语》卷9记淄州人李全，以贩牛马来青州，号"李三统辖""李铁枪"④；《癸辛杂识别集》上，记太监杨存中有胡须，诨号"髯阉"⑤；《夷坚志丙志》卷17《王铁面》载："王廷，善相人，不妄许，士大夫目为王铁面。"⑥《南村辍耕录》卷23《圣铁》载："杭州张存，幼患一目，时称张眼子。"⑦诸如此类，可见宋元人有起绰号的习惯。特别是周密《癸辛杂识续集》卷上《宋江三十六人赞》，已完整地记录了宋江等三十六人的绰号，直接为《水浒传》所继承，大都成了天罡星的诨号，余下七十多人的绰号无疑是《水浒传》作者的创造了。除一百单八将外，其他人也有诨号，如镇关西郑屠、生铁佛崔道成、飞天夜叉丘小乙、没毛大虫牛二、蒋门神蒋忠、飞天蜈蚣王道人，等等。有的人物还不止一个绰号，如宋江为黑三郎、及时雨、呼保义。《水浒传》是展示绰号的集大成之作，构成了中国

---

① ［宋］庄绰：《鸡肋编》卷上，见《宋元笔记小说大观（四）》，上海古籍出版社2001年版，第3994页。

② ［宋］庄绰：《鸡肋编》卷中，见《宋元笔记小说大观（四）》，上海古籍出版社2001年版，第4009页。

③ ［宋］罗大经：《鹤林玉露》甲编卷5，见《宋元笔记小说大观（五）》，上海古籍出版社2001年版，第5206页。

④ ［宋］周密：《齐东野语》卷9，见《宋元笔记小说大观（五）》，上海古籍出版社2001年版，第5535页。

⑤ ［宋］周密：《癸辛杂识别集·上》，见《宋元笔记小说大观（六）》，上海古籍出版社2001年版，第5862页。

⑥ ［宋］洪迈：《文白对照全译夷坚志·下》，中州古籍出版社1994年版，第1099页。

⑦ ［元］陶宗仪：《南村辍耕录》，见《宋元笔记小说大观（六）》，上海古籍出版社2001年版，第6434页。

小说史上一种别有风趣的姓名文化现象。

在数量上，《红楼梦》中的绰号虽然没有《水浒传》多，但也有几十个，远远超过其他章回小说。不仅丫鬟、仆夫有，主子、奶奶、公子、小姐也有，几乎所有重要的角色都能找到绰号，有的人物还被赋予了多个绰号。曹雪芹一面以如椽之笔为他笔下的人物精心地择名、命名，一面匠心独运地撷取、提炼绰号。如果因循绰号取材命名的方式及其内涵特征的逻辑比较两部大书，那么《红楼梦》运思绰号的过程不难追溯。

首先，《红楼梦》以"拿来主义"手法，承袭了《水浒传》中的绰号。

《红楼梦》第三回，王夫人向林黛玉介绍宝玉时说："但我不放心的最是一件：我有一个孽根祸胎，是家里的'混世魔王'，今日因庙里还愿去了，尚未回来，晚间你看见便知了。你只以后总不要睬他，你这些姊妹都不敢沾惹他的。"魔王是神怪传说中的凶神恶煞，这让人想起《水浒传》中的"混世魔王樊瑞"。这一绰号隐喻了贾宝玉与封建秩序相违背、与世俗社会相抵触的性格特点；当然也指向他作为封建大家庭的宠儿，难免沾染些不良思想与习气的特质。王熙凤有"醋坛、醋瓮、醋缸"之称（第六十七回），贾母又叫她泼皮、破落户、辣子。泼皮、破落户都为贬义，《水浒传》中的高俅、西门庆都是有名的"破落户"，还有牛二"是京师有名的破落户泼皮"（《水浒传》第十二回），作者用形容男人中无赖的词汇指称王熙凤，既切合她从小充男孩子教养的经历，又显示出她泼辣、不择手段的行事风格和不讲道德的凶狠个性。

其次，《红楼梦》对《水浒传》中的绰号加以仿拟、创新。

霸王，指称的是雄霸一方的诸侯。《史记·越王勾践世家》载："勾践已平吴，乃以兵北渡淮，与齐、晋诸侯会于徐州，致贡于周。

周元王使人赐勾践胙，命为伯。勾践已去，渡淮南，以淮上地与楚，归吴所侵宋地于宋，与鲁泗东方百里。当是时，越兵横行于江、淮东，诸侯毕贺，号称霸王。"①《水浒传》中桃花山的头领周通在附近横行霸道，号称"小霸王"。"金刚"是佛教中守护神的名号，即把守寺院山门的哼哈二将，他们高大雄壮，一身中国古代武士的装束，手中拿的是古印度的兵器金刚杵，宋万便绰号"云里金刚"。

"夜叉"是一种恶鬼，又作"药叉"，是印度神话中半神的小神灵。孙二娘开人肉作坊，卖人肉包子，被称作"母夜叉"。太岁是迷信传说中的凶神，人们往往把凶恶的人称为"太岁"。"立地太岁"是阮小二的绰号，立地意为立即，该绰号为遇之则凶之意。《水浒传》的作者对这些绰号进行了加工、改造，曹雪芹又"点铁成金"，使其"脱胎换骨"，薛蟠成了有名的"呆霸王"，一个"呆"字就活画出他弄性尚气、呆头呆脑、仗势欺人的贵族恶少形象；倪二"素日虽然是泼皮，却也因人而施，颇有义侠之名"（《红楼梦》第二十四回），以"醉金刚"点出他身上轻财尚义的好汉本色。

更有趣的是，《红楼梦》第五十五回以比喻的修辞方式，别出心裁地为王熙凤、探春、宝钗打造了绰号。王熙凤小产病弱，王夫人吩咐李纨、探春、宝钗暂理家事，由于拘管得紧，"因而里外下人都暗中抱怨说：刚刚的倒了一个'巡海夜叉'，又添了三个'镇山太岁'，越发连夜里偷着吃酒顽的工夫都没了"。在这里，王熙凤又成了"巡海夜叉"，说明她平时对待下人的凶狠；再联系贾琏曾把她比作"夜叉星"（《红楼梦》第四十四回）看，夜叉—夜叉星—巡海夜叉，曹雪芹层层递进地绘就了王熙凤凶悍的面皮。把李纨、探春、宝钗看作"镇山太岁"，是把男人的绰号用在女人身上，可

---

① [汉] 司马迁：《史记》卷41，中华书局1959年版，第1746页。

见她们管家的严正与狠势。而从"立地太岁"到"镇山太岁",眼界的广博使曹雪芹翻新出奇。

顾大嫂"眉粗眼大,胖面肥腰",粗鲁凶悍,似老虎一般,绰号母大虫,可谓形神毕现(《水浒传》第四十九回);刘姥姥粗陋无文,装蠢卖傻,给大观园带来了连片的笑声,林黛玉把她叫作"母蝗虫",与"母大虫"一字之差,却也形神毕现。为此薛宝钗评道:"世上的话,到了二嫂子嘴里也就尽了。幸而二嫂子不认得字,不大通,不过一概是市俗取笑。更有颦儿这促狭嘴,他用'春秋'的法子,将市俗的粗话撮其要,删其繁,再加润色,比方出来,一句是一句。这'母蝗虫'三字,把昨儿那些形景都画出来了。亏他想的倒也快。"(《红楼梦》第四十二回)曹雪芹借薛宝钗之口,透露了自己仿拟、创新绰号的手法:"撮其要,删其繁,再加润色",精辟独到。《红楼梦》中的绰号多是作者根据人物性格潜心运思的,这一点又远胜于《水浒传》了。

再次,《水浒传》借历史名人、典故创造绰号的手法,也为《红楼梦》借鉴、汲取。

"赛关索""病尉迟""小李广"在《癸辛杂识续集》《大宋宣和遗事》中都已出现,而"赛仁贵"(郭盛)、"小尉迟"(孙新)、"小养由基"(庞万春)则多是《水浒传》的发明。因为《水浒传》写的是英雄豪杰的故事,故多以武将命名;《红楼梦》写儿女情长,故多以历史上的美人呼之。林黛玉瘦弱多病,"心较比干多一窍,病如西子胜三分",故叫"多病西施"。(《红楼梦》第三回)薛宝钗则被称作"杨妃",第二十七回《滴翠亭杨妃戏彩蝶》,直接把她唤作了"杨妃";后来宝玉又补充说:"怪不得他们拿姐姐比杨妃,原也富胎些"(《红楼梦》第三十回)。

宋江绰号"及时雨",一般认为取自俗语,其实它来源于《孟子·尽心上》："君子之所以教者五：有如时雨化之者，有成德者，有达财者，有答问者，有私淑艾者。"①孟子说教育的方式中有像及时的雨水那样润育万物的。正如《水浒传》中叙述的那样，宋江"如常散施棺材药饵，济人贫苦，周人之急，扶人之困。以此山东、河北闻名，都称他做及时雨，却把他比作天上下的及时雨一般，能救万物"（《水浒传》第十八回）。《水浒传》以典化人，自然贴切，《红楼梦》将此发扬光大，如花袭人绰号"花解语"，典出"解语花"；香菱为"诗魔"，源自古人称嗜诗甚深的人为"诗魔"；宝钗又称香菱为"诗呆子"、湘云则被称为"诗疯子"。

通过类比，可知《水浒传》大量运用绰号的手法深深地影响了曹雪芹，他要么连类承袭，要么仿拟创新，要么触类联想，或雅或俗，或褒或贬，于细微之处显示出他创作的博大深刻。

总之，由石碣到补天之顽石，由九天玄女到警幻仙姑，由座次表到金陵十二图册，由绰号的大量排比再到翻新出奇，绰号的运用不仅给两部大书涂上了神秘的色彩，让人物形象夺目鲜活，也使艺术构思精妙立体。正如刘勰所说："是以规略文统，宜宏大体，先博览以精阅，总纲纪而摄契，然后拓衢路，置关键，长辔远驭，从容按节；凭情以会通，负气以适变。"②《水浒传》对《红楼梦》的创作确是意义重大的。

---

① 杨伯峻译注：《孟子译注》，中华书局 1960 年版，第 320 页。
② ［南北朝］刘勰著，郭晋稀注译：《文心雕龙注译》，甘肃人民出版社 1982 年版，第 374 页。

主要参考书目

［1］［德］马克思，［德］恩格斯.马克思恩格斯选集［M］.中共中央马克思恩格斯列宁斯大林著作编译局编译，北京：人民出版社，1995.

［2］［唐］李吉甫.元和郡县图志［M］.北京：中华书局，1983.

［3］［宋］乐史.太平寰宇记［M］.北京：中华书局，2007.

［4］［清］岳浚修，［清］杜诏纂.山东通志［M］.济南：济南出版社，2016.

［5］［清］顾祖禹.读史方舆纪要［M］.北京：中华书局，2005.

［6］［汉］司马迁.史记［M］.北京：中华书局，1959.

［7］［南朝宋］范晔撰，［唐］李贤注.后汉书［M］.北京：中华书局，1965.

［8］［晋］陈寿撰，［宋］裴松之注.三国志［M］.北京：中华书局，1962.

［9］［北齐］魏收.魏书［M］.北京：中华书局，1974.

［10］［唐］房玄龄等.晋书［M］.北京：中华书局，1974.

［11］［宋］薛居正.旧五代史［M］，北京：中华书局，1976.

［12］［宋］欧阳修.新五代史［M］.北京：中华书局，1974.

［13］［宋］司马光.资治通鉴［M］.北京：中华书局，2011.

［14］［清］毕沅.续资治通鉴［M］.北京：中华书局，1957.

［15］［元］脱脱等.宋史［M］.北京：中华书局，1977.

［16］［宋］王稱.东都事略［M］.济南：齐鲁书社，2000.

［17］［明］陈邦瞻.宋史纪事本末［M］.北京：中华书局，2018.

［18］［明］宋濂等.元史［M］.北京：中华书局，1976.

［19］［清］张廷玉等.明史［M］.北京：中华书局，1974.

［20］［清］刘文焕修，［清］王守谦纂.寿张县志［M］，清光绪二十六年.

［21］［清］王先谦.庄子集解［M］.北京：中华书局，1978.

［22］杨伯峻译注.论语译注［M］.北京：中华书局，1980.

［23］程树德.论语集释［M］.北京：中华书局，2014.

［24］杨伯峻译注.孟子译注［M］.北京：中华书局，1960.

［25］杨天宇.礼记译注［M］.上海：上海古籍出版社，2004.

［26］郭晋稀注译.文心雕龙注译［M］.兰州：甘肃人民出版社，1982.

［27］［宋］孟元老.东京梦华录［M］.济南：山东友谊出版社，2001.

［28］［宋］吴自牧.梦粱录［M］.西安：三秦出版社，2004.

［29］王根林等校点.汉魏六朝笔记小说大观［M］.上海：上海古籍出版社，1999.

［30］上海古籍出版社编.宋元笔记小说大观［M］.上海：上海古籍出版社，2001.

［31］［清］彭定求，陈尚君补辑.全唐诗（增订本）［M］.北京：中华书局，1999.

［32］傅璇琮等.全宋诗［M］.北京：北京大学出版社，1991.

［33］唐圭璋编著.宋词纪事［M］.北京：中华书局，2008.

［34］薛瑞兆，郭明志编.全金诗［M］.天津：南开大学出版社，1995.

［35］杨镰主编．全元诗［M］．北京：中华书局，2013.

［36］章培恒等主编．全明诗［M］．上海：上海古籍出版社，1990.

［37］《清代诗文集汇编》编纂委员会编．清代诗文集汇编［M］．上海：上海古籍出版社，2010.

［38］无名氏原著，曹济平校点．宣和遗事［M］．南京：江苏古籍出版社，1993.

［39］［明］臧晋叔编．元曲选［M］．北京：中华书局，1989.

［40］余嘉锡．宋江三十六人考实 杨家将故事考信录［M］．昆明：云南人民出版社，2005.

［41］朱一玄，刘毓忱编．水浒传资料汇编［M］．天津：南开大学出版社，2002.

［42］陈曦钟，侯忠义，鲁玉川辑校．水浒传会评本［M］．北京：北京大学出版社，1987.

［43］［清］陈忱．水浒后传［M］．上海：书海出版社，1999.

［44］张恨水．水浒新传［M］．哈尔滨：黑龙江人民出版社，1997.

［45］张恨水．水浒人物论赞［M］．重庆：万象周刊社，1947.

［46］张锦池．《水浒传》考论［M］．北京：人民出版社，2014.

［47］鲁迅．鲁迅全集［M］．北京：人民文学出版社，1957.

［48］胡适．中国章回小说考证 第2版［M］．合肥：安徽教育出版社，2006.

［49］杨义．中国古典小说史论［M］．北京：中国社会科学出版社，1995.

［50］茅盾．茅盾文艺评论集［M］．北京：文化艺术出版社，1981.

［51］钱锺书选注．宋诗选注［M］．北京：人民文学出版社，2005.

［52］俞平伯．俞平伯点评红楼梦［M］．北京：团结出版社，2004.

［53］蔡义江．红楼梦诗词曲赋鉴赏［M］．北京：中华书局，2001.

后　记

　　来到济宁学院（原济宁师范专科学校）工作，一晃就是三十多年了。时光匆匆，自己的《水浒传》研究之路，可借用南朝文学批评大家刘勰的"凭情以会通，负气以适变"来概括。

一

　　现在的高校青年教师好像有一个专属的名字叫"青椒"，这名字虽鲜嫩却显得苦涩。事实上，改革开放以来，不论是"60后"、"70后"还是"80后"及其后辈，在担任青年教师的起步阶段都承受着工作和生活上的诸多压力。

　　二十世纪九十年代初，市场经济兴旺发展露出端倪，邓小平发表了视察南方谈话，鼓励创业，越来越多的机会摆在了年轻人的面前。那时候"下海"潮开始涌动，教师队伍也骚动起来。大量教师在进行着一次背离自身原有价值、特长、职业的选择，部分青年教师毅然告别讲台，要么跳槽，要么"下海"，一夜之间放弃了多年的追求。在彷徨、观望中，我发表了一篇小文章《巴尔扎克"下海"》，巴尔扎克是一位精力旺盛、百折不挠的现实主义作家，他曾沉浮商海，办过肥皂厂、印刷厂，但都以失败告终。

　　巴尔扎克折腾了一阵子，到头来一事未成，死后还欠她姑妈四万法郎——那是借来办印刷厂的。难怪后人慨叹：巴尔扎克在小说中把投机赚钱写得头头是道，而他永远是个纸上谈兵的高手。巴尔扎克不得不由市场转移到书房，紧握手中的笔，用百十部长、中、短篇小说，二千多个人物，上百个典型建立起自己的王国。巴尔扎克虽未能淘到黄灿灿的金子，但他的《人间喜剧》在历史的长河中不是闪烁着金色的光芒吗？（《文学自由谈》1993 年第 2 期）

　　对文学的爱好支撑着一种理想的情怀，矜持与斯文还需要有人坚守。我坚持思考、感悟，但选择了七尺讲台，也就意味着选择了清贫。

　　研究《水浒传》，其实并不是一开始就明了了的方向，而是有一个辛苦的准备期。大学时期，我就喜欢中国古代小说；工作后，也一直讲授中国古代文学。备课之余，积累了些许相关材料，写了不少像《巴尔扎克"下海"》这样的小文章。如讲唐诗宋词，便费力费时地读诗人全集，写下了《白居易的养生诗》《苏东坡的养生诗》（《健康报》副刊）；讲《三国演义》，便探索《二乔是谁家的女儿》（《齐鲁晚报》副刊）、《刘备与"大耳"》（《人民日报·海外版》）的奥秘；担任学校文秘专业的班主任，便在《秘书》杂志上发表了《判词——一种古老的公文》与《唐代的幕府与秘书》；担任学生实习指导教师，便留心阅读中学语文教材，写下了《从陶渊明教子诗谈起》《岳阳楼记创作动因探》《中学古文教材中的自然美散论》（均发表于《山东教育报》），引导学生加深对教材的理解。面对当时当刻的一些教育现象，又以杂文为武器，在《中国教育报》"学园"上陆续发表《"兽性主义"与教子成人》《孔子何妨为经理》《"崇拜"危言》等。在参加工作的最初几个年头，不停地写下了一系列短文。回望来路，这些不起眼的文字却记录了自己的工作轨迹与浅显思考。

　　选择坚守斯文，便无法回避工作生活中多方面的压力，职称低、薪资低，物价却在不断地上涨，我直面生存境况，虽无奈却也积极面对，尤其幸运的是得到了爱人理解与支持。于是读书，静静地读书，让阅读渐渐成为生活的一部分。孔夫子说："君子固穷，小人穷斯滥矣。"（《论语·卫灵公》）至圣先师尚有断粮挨饿的时候，自己受一点穷困又算得了什么呢？文学史上不是有很多人验证了贫困出诗人吗？不可思议的是，自己心中居然也产生了诗情，在1994年教师节前夕，把平淡的生活写成了一首《献给妻子》：

> 躺在我的臂弯里
> 静静地睡一会吧，我的妻
> 我知道
> 你现在很累很累
>
> 你那少女的梦
> 已被锅、碗、瓢、勺的交响曲
> 惊得支离破碎
> 浪漫的憧憬
> 已琐碎成平庸单调的日子
>
> 当初，你跟上一个拿粉笔的
> 便注定了一生清贫
> 一盏孤灯
> 两间寒室
> 三尺讲台
> 憔悴了我
> 也憔悴了你
>
> 躺在我的臂弯里

静静地睡一会吧，我的妻

捡起你脸上绽开的笑容

凝成我梦中美丽的悲戚

你是我最珍爱的，我的妻

我心灵的版面永远属于你

（《中国校园文学》1994年第8期）

　　当年写的这首诗，正是自己心境的流露。现在重温这首小诗，琐碎、单调的教师生涯虽然充实、温馨，但依然有些淡淡的酸涩。

二

　　在高校立身，看重的往往是科研成果，时常感到教学、科研的压力越来越明显。前几年因兴趣使然发表了不少短文，但这些文章距离真正的科研还比较遥远。说实话，短小精悍的小文章也不好写，这样不停地写下来，虽然没有专一的方向，但也有不少收获：一是收集到了不少写作材料，锻炼了思维，使自己具有了一定的判断力和敏感性，看到一些材料就可以研判其理论价值，取舍运用，从而更好地提炼文章主题；二是锻炼了自己的文笔，使语言更为简洁、明了，文章理性色彩逐步增强，为写作长篇论文打下了坚实的基础。

　　研究方向、研究领域的选择成为迫在眉睫的问题。自己朦朦胧胧地觉得，它们在中国古代小说的园地里，应该努力地闯进去。那么如何确定科研方向，写作论文的重点又在哪里？

　　于是开始翻检期刊。当时学校中文系有资料室，保存了不少大学学报和学术期刊。上完课，我一有时间就到资料室翻阅这些期刊，按照年代顺序把有关古代小说的资料整理记录下来。那时没有网络数据库，论文也没有"摘要""关键词"，只能从比较原始的翻检、归纳工作入手，耗费了大量的时间。

接着是仔细揣摩。看到一些新颖的题目，特别是小说方面的，就觉得耳目一新，很有价值；有时候也看现当代小说的研究成果，总希望能得到一点灵感或获得一点灵气，看看能否受到启发、自己是否可以借鉴，希望能把不同的"意向"（自己理解为题意或思路）运用到自己喜欢的论题中去。这是一个漫长的过程，需要耐得住寂寞、甘坐冷板凳，要下大量的功夫！

积累渐渐多了，便开始定格兴趣。早年喜欢中国古代小说，尤其是《三国演义》，买了毛宗岗的评本认真阅读，毕业论文也是有关这部小说——《也谈貂蝉的形象》，后来在1990年第2期《济宁师专学报》上发表。是否应该接着研究、写作下去呢？其实，明代"四大奇书"（《三国演义》《水浒传》《西游记》《金瓶梅》）以及《聊斋志异》《红楼梦》等，都是一座座丰富的学术"矿藏"，虽然这方面的研究著作已经浩如烟海，但仍需拓展的空间也很大。到1990年1月，梁山县划归济宁市管辖，梁山作为水浒故事的发源地，与《水浒传》紧密相连。把《水浒传》与地域文化结合起来加以审视，好像有了天时地利兼备的感觉，引起了我浓厚的兴趣，这也决定了我以后的研究方向。

作为我国古典名著之一，学术界对《水浒传》有很多解读，当然也有一些误读。《水浒传》写的是什么？对于这一问题有很多种解答，人们关注比较多的，比如歌颂农民起义，文学史在相当一段时间都秉持这种认识；也有人认为"《水浒传》是中国人的精神地狱"，这是近年来开始流传的一种说法，有些耸人听闻；还有人因为小说中有很多暴力场面，便简单地否定整部作品，未免有些偏颇。这也反映了《水浒传》作为经典作品内在的复杂性。

还一种认识与《水浒传》中人物亦侠亦盗的性质有关。侠的特征首先是见义勇为，见义勇为是我们中华民族的一种优良传统。如鲁智深听说镇关西的恶行，挺身而出，打死镇关西；后来碰到小霸王周通抢亲，又是挺身而出；看到生铁佛崔道成欺负几个老和尚，还是挺身而出……"见义不为无勇也"，鲁智深就是一个见义勇为、锄强扶弱的人，也是《水浒传》中最能体现"侠"精神、最具有人情味的人。侠的特征还表现为仗义疏财。《水浒传》中描写了一百零八位英雄，仗义疏财者比比皆是，如林冲、鲁智深、史进、宋江、柴进等。侠除了指一类人，更是一种精神和一种行为，就是凭借个人的力量来伸张正义，就是在公平与正义面前的热血喷发与担当。早在2012年《齐鲁晚报·今日运河》的记者采访我就说过："我比较喜欢鲁智深。我觉得他是一位典型的好汉，人格方面没有污点，乐于助人，没有功利心，救人救到底。"（《"喜欢鲁智深，他是典型好汉"——济宁学院教授王振星谈〈水浒传〉研究》，2012年4月6日）但游侠群体的以武犯禁终究难以从根本上拯救病态的社会，相反，他们的行为常常对社会和民众构成一定程度的危害。在江湖游侠世界里，高尚与卑劣同在，温情与野蛮杂糅。

《水浒传》中存在着"血腥气"，也是不争的事实，既不需要回避，也没必要过度夸张。我在1995年发表的第一篇相关论文《论〈水浒传〉荒诞的审美特质》中谈的就是这种现象，我把这种现象归入"荒诞审美"的范畴。《水浒传》渲染了血腥的人文环境，仿佛水浒世界里到处都有黑店在剥人卖肉，违背常情。而把这些视为荒诞的审美意象，就会使许多现代读者阅读时不再感到震惊与迷惑，从而读之泰然。荒诞作为一种审美观念，发端于人类文明的童年时代，依附于神话、寓言和神怪小说发展起来，其特质就是以非理性的形式表达理性的内容。这篇论文1995年年初发表后，被中国人民大学复印报刊资料《中国古代、近代文学研究》于同年第8期全文转载，在学术界引起了一定的反响，这是始料未及的，对我也是莫大的鼓舞，更加下定决心在《水浒传》研究上多用功夫。接下来几年间，随着对《水浒传》认识的深入，发表了系列相关论文，如《〈水浒传〉的文化品位》《〈水浒传〉与都市文化》《儒家文化人格与〈水浒传〉的创作》等，得到学术界的关注，在《水浒传》研究领域，自己也有了一席之地。

三

写作学术论文是非常辛苦的事情。根据自己多年的科研经历，论文写作大致可分三个阶段：自然写作阶段—不自然写作阶段—科学的自然阶段。任何人写论文之前都有个"自然阶段"，这个自然阶段中的"自然"，是指根据自己的能力和感觉，从喜欢的题材或文体写起，有自信但缺少条条框框。如写诗歌、散文、小说、杂文、小品文等，喜欢什么就写什么，率性而为。我刚工作的几年，漫无目的地写，就是处于自然写作阶段。但这种写作没有一个明确的研究目标，往往会陷入茫然之中，不利于自身科研工作的推进，这就是不自然的写作阶段。一旦明了了自己的科研兴趣与研究目标，写作便进入了科学的自然阶段。孜孜以求，有耕耘便有收获。

2005年，出版《水浒文化》一书，对水浒文化形成、发展和演变以及水浒文化的内涵、影响进行了系统的梳理，对水浒文化形成了较为全面的认知，这是国内较早系统论述"水浒文化"的学术专著。此后，又陆续出版《水浒文化概览》《东鲁神秀——孔孟之乡地域文化概论》等著作。在孔孟之乡地域文化的浸润之下把玩《水浒传》，别有一番情趣。

2018年，又被选拔为"济宁市文化名家"，本书便是"济宁市文化名家"立项成果之一。

水浒文化的独特价值，彰显着中国传统文化的多元与个性。回到本文开头提到的"凭情以会通，负气以适变"，就是说要在表达思想感情的基础上去继承和创新。刘勰说的虽然是文学艺术创作，但对文学研究又何尝不是如此呢？

四季交替，由青年慢慢步入了老年，默默中青丝被染成了白发。也许对水浒文化的探讨会一直融于一年又一年的四季之中。

作者

2022年9月10日于任城